Serial Studies in Ethnic American Literature

美国少数族裔文学研究丛书

总主编：张龙海

美国拉美裔文学研究论集

Studies Collection in Latino American Literature

萨晓丽◎编著

厦门大学出版社 XIAMEN UNIVERSITY PRESS
国家一级出版社
全国百佳图书出版单位

图书在版编目(CIP)数据

美国拉美裔文学研究论集/萨晓丽编著.—厦门:厦门大学出版社,2021.5
(美国少数族裔文学研究丛书)

ISBN 978-7-5615-7721-9

Ⅰ.①美… Ⅱ.①萨… Ⅲ.①拉丁美洲文学—文学研究—美国—文集
Ⅳ.①I712.06—53

中国版本图书馆 CIP 数据核字(2019)第 299124 号

出 版 人 郑文礼
责任编辑 高奕欢
封面设计 李夏凌
技术编辑 许克华

出版发行 厦门大学出版社
社　　址 厦门市软件园二期望海路 39 号
邮政编码 361008
总　　机 0592-2181111　0592-2181406(传真)
营销中心 0592-2184458　0592-2181365
网　　址 http://www.xmupress.com
邮　　箱 xmup@xmupress.com
印　　刷 厦门集大印刷有限公司

开本 720 mm×1 000 mm　1/16
印张 18.25
字数 324 千字
版次 2021 年 5 月第 1 版
印次 2021 年 5 月第 1 次印刷
定价 70.00 元

本书如有印装质量问题请直接寄承印厂调换

厦门大学出版社
微信二维码

厦门大学出版社
微博二维码

总　序

《美国少数族裔文学研究论丛》付梓之际，我顿觉轻松，思绪也随之走远。

早在 2012 年就有了编著这套论丛的想法。当时厦门大学召开繁荣哲学社会科学大会，提出“哲学社会科学繁荣计划”，计划每年专门拿出一亿元，用于支持文科科学研究，力争到 2021 年百年校庆之时，形成哲学社会科学研究的“厦大学派”。受此“繁荣计划”的激励，我顿时心潮澎湃，想着如何结合自己的美国少数族裔文学研究领域，申报大工程、大项目。于是，这套论丛的想法就有了。

虽然有了想法，但是，本论丛却迟迟没有出来。主要原因是在实际操作过程中碰到了一些难点，而这些难点现在反倒成了本论丛的特点：如何把握这些少数族裔文学之间的关系，如何处理综述和单个作家（作品）研究之间的关系，如何处理经典热门作家与新近冷门作家之间的关系。首先是美国少数族裔文学之间发展的不平衡。从历史、规模方面来看，美国犹太文学和美国非裔文学的确是首屈一指，而作为后来崛起的美国亚裔文学、美国拉美裔文学和美国本土裔文学也在奋起直追。考虑到美国华裔文学在国内正在吸引越来越多的关注，且研究成果不断增加，遂将其单列。其次，对族裔文学研究既有较为宏观的文化、历史层面的综述，也有较为微观的单个作家、作品的文本分析。因此，本论丛在选取论文时特别考虑到这两者之间的比例。最后，每个族裔文学中都有著名的代表性作家和作品，也有刚刚出道的年轻作家及其新作，既有族裔性主题明显的作品，也有族裔性不甚明显，甚至没有的作品。因此，本论丛尽量涵盖各族裔文学研究的特点，既紧紧抓住显性，也不放过隐性。

本论丛主要包括《美国犹太文学研究论集》《美国非裔文学研究论集》《美国亚裔文学研究论集》《美国华裔文学研究论集》《美国拉美裔文学研究论集》《美国本土裔文学研究论集》等。

《美国犹太文学研究论集》主要探讨犹太文学作品中明显的犹太主题或人物，如犹太大屠杀、犹太女性书写、犹太移民和知识分子形象等，研究视角包括创伤理论、形象研究、权力关系、叙事策略和文体风格等。涉及的作家既有经典的美国犹太作家（如索尔·贝娄、伯纳德·马拉默德、菲利浦·罗斯、辛西娅·欧芝克、哈依穆·波特克等），也有新近的年轻犹太作家（如阿丽嘉·古德曼、格蕾斯·佩蕾等），关于E.L.多克特罗《上帝之城》的犹太空间意识和保罗·奥斯特《玻璃城》中隐含的犹太性的论文也收录其中，这些年轻的作家往往没被纳入美国犹太作家的行列。由此可见，本书对主要的美国犹太作家及其作品都有论及，可以当作一本以研究作品为主的美国犹太文学简史。

《美国非裔文学研究论集》收集了近二三十年美国非裔文学研究领域的论文成果，以论文的学术质量为标准，以覆盖非裔文学发展的全过程为目标。尤其注意在一定程度上矫正我国非裔美国文学研究中出现的“超经典化”现象——即研究对象过于集中于几位获奖作家的代表作品——着意收录了一些涉及曾经被学界忽视的早期作家及其诗歌、戏剧、文学理论的研究成果，以期较全面地展示非裔文学研究的丰硕成果，同时也提供一本全面了解非裔文学发展史的辅助资料。

《美国亚裔文学研究论集》以美国亚裔文学的总体性研究为开端，收录了亚裔各个族裔文学分支的研究成果——日裔、韩裔、印度裔、菲律宾裔和越南裔文学中的经典作家和作品研究。作为《美国华裔文学研究论集》的外延，该论集以较为全面的视角展示了我国学者在美国亚裔文学研究领域的论文成果。

《美国华裔文学研究论集》采取总分结构——既关注美国华裔文学的总体性研究，也着重于经典华裔作家，如汤亭亭、赵健秀、谭恩美和黄哲伦这四位作家的研究。与此同时，论集还收录了一些我国学者较少关注的华裔作家的相关研究成果。该论文集是一部既涵盖华裔文学发展史也包含作家、作品的美国华裔文学研究的辅助资料。

《美国拉美裔文学研究论集》以成长主题、历史书写、女性视角、身份建构、文化再现和综合论述等为主题，涉及墨西哥裔、古巴裔、多米尼加裔、波多黎各裔等作家及其作品研究。来自不同拉美国家的移民及其后代语言共通，但由于原生国家的历史政治经济发展各不相同，因此在民族、种族和社会经济方面存在异质性。因此，在选取论文的过程中既考虑到族裔的代表性，也考虑到主题的关联性。

《美国本土裔文学研究论集》从美国本土裔文学历史叙事出发，以"口述与书写：本土裔典仪与印第安形象"、"现实与记忆：本土裔作品中的语言策略与政治话语"、"传统与当下：族裔与主流边界的在场与缺失"、"碰撞与融合：本土裔作品中的多元杂糅空间"、"人文与自然：本土裔作品中的生态景观"为主题，收录了近三十篇国内学者的相关研究论文，系统梳理了本土裔研究的发展脉络，为本土裔文学研究提供有价值的参考。

张龙海

2019 年 5 月 25 日

于厦门陋斋

前　言

本书一共选取了30篇学术论文，均为近年来国内期刊登载的、与拉美裔美国文学有关的研究成果。依据论文主题将其分为成长与觉醒、记忆与历史书写、女性的觉醒与抗争、身份寻求与建构、文化认同与和解、综述简介和多视角评述六个部分。

拉美裔美国文学的研究主要包括墨西哥裔、古巴裔、多米尼加裔、波多黎各裔等美国作家的文学作品。来自不同拉美国家的移民及其后代语言共通，但由于原生国家的历史、政治、经济发展程度各不相同，因此在民族、种族和社会经济方面存在异质性。正如石平萍在《异军突起的美国西语裔作家》一文中所说，墨西哥裔、古巴裔、多米尼加裔、波多黎各裔中，“墨裔文学歌颂农耕文明，强调人与土地休戚与共的联系；另三个族裔则因故国是岛屿，对水和海洋情有独钟；古巴裔文学着重表现政治流亡生活的困苦和失意，另三个族裔的创作主题更为丰富和多样化”。总结起来，拉美裔美国文学的创作主题脱离不了对故国风土人情的回忆、家族历史的书写、移民与流亡、文化认同与身份认同，以及情感经历等话题。在拉美裔美国文学“异军突起”的形势下，尤其值得关注的是以墨西哥裔作家桑德拉·西斯内罗斯为首的拉美裔女性作家，她们的出现为风生水起的拉美裔文学添了一道绚丽的色彩。

本书所选论文的作者均是国内对拉美裔美国文学研究颇有建树的学者，编者希望借本书让读者对拉美裔美国文学获得初步的了解。但是我们还应当看到，我国学界对拉美裔美国文学的研究有待深入，研究对象的范围仍需拓宽。编者希冀这些前沿成果能够起到抛砖引玉的效用，唤起国内学界对拉美裔美国文学的研究热情。

编选论文时基本保留论文原发表格式，但出于风格一致的考虑，对一些论文的格式进行调整，希望作者们谅解。在此对各位作者表示衷心的感谢！

萨晓丽

目　录

第一部分　成长与觉醒

第二部分　记忆与历史书写

第三部分　女性的觉醒和抗争

第四部分　身份寻求与建构

第五部分　文化认同与和解

第六部分　综述简介和多视角评述

第一部分　成长与觉醒

《保佑我，乌尔蒂玛》
——奇卡诺成长小说中的普世智慧

石平萍[*]
（解放军外国语学院英语系）

摘　要：鲁道福·安纳亚的《保佑我，乌尔蒂玛》是奇卡诺文学的经典之作，它具有成长小说的典型特点。小说虽然展示了托尼面对陌生大世界时的惶惑、恐惧、怀疑、彷徨和负疚，但是乌尔蒂玛作为他的引路人向他传递了这样的智慧：人们应该以整体的、全面的、辩证统一的眼光去审视和认知社会的新旧矛盾，在尽可能获得理性把握的基础上，海纳百川，以平等、开放、包容的胸襟弥合对立，调和差异，将矛盾与冲突最终转化为和谐与统一。

关键词：族裔；奇卡诺；矛盾；和谐

鲁道福·安纳亚（1937—）是20世纪六七十年代美国奇卡诺（墨西哥裔美国人）文艺复兴的一员主将，迄今已出版长篇小说10部、短篇小说集2部、史诗2部、散文集1部、青少年文学作品8部，并有7部剧作上演，赢得了"奇卡诺文学的教父和领袖""最受好评、影响最广泛的奇卡诺作家"等美誉，在西语裔族群内部和主流社会都享有不凡的声望。长篇小说《保佑我，乌尔蒂玛》（1972）是他的处女作，如今已被公认为奇卡诺文学的经典之作。前美国第一夫人劳拉·布什曾列出"各年龄段读者必读的10本最好的书"，这部作品便是其中之一。

《保佑我，乌尔蒂玛》以20世纪40年代中期的美国新墨西哥州瓜达卢佩镇为背景，以第一人称的口吻讲述墨西哥裔主人公安东尼奥·马雷（昵称托尼）6岁到8岁的经历，具有成长小说的典型特点。托尼是家里最小的孩子，上有三个哥哥、两个姐姐，父亲来自大平原上一个世代放牧的家族，崇尚居无定所、自由自在的生活，母亲的祖先是一位天主教神父，家族长年在河谷从事农耕，过着安稳、虔诚的生活。故事开始前，托尼从未离开过家，顶多由父母带

* 作者简介：石平萍，教授，主要研究方向为英美文学、文学翻译和比较文学研究。

着在礼拜天去教堂，或夏末去舅舅家帮忙收割庄稼，他的小世界单纯宁静，唯一的价值观是母亲灌输的天主教教义，唯一的烦恼是父母期望的截然对立令他无所适从：是迎合父亲的愿望做一个牛仔，还是听从母亲的安排成为农夫，甚至神父？从7岁前的这个夏天开始，托尼的小世界逐渐向外面的大世界延伸，遭遇了众多陌生的人和事之后，他的生活变得复杂和动荡。先是父母把孤苦无依的老人乌尔蒂玛接到了家里，这个闻名遐迩的民间药师不仅与托尼结成了忘年交，还让托尼认识到不光神父和医生能够治病救人，兼用草药和巫术的民间医术同样具有这种功效，其解咒驱邪的能力甚至令宗教和现代医学望尘莫及。紧接着，托尼成了一名小学生，走出说西班牙语、吃玉米粉圆饼的家，进入说英语、吃三明治的学校。上学第一天，托尼便意识到自己是个异类，只能从其他班上同样背景的孩子那里找到集体的温暖。不久，二战结束，三个哥哥从战场归来，见过大世面的他们难以适应小镇的生活，又相继去了远方的大城市，托尼由此知道，在新墨西哥的农村以外，还有一个迥然不同的城市世界。一年级的最后一天，托尼从小伙伴那里听到了河谷水神金鲤的传说，后来又亲眼看到了金鲤，这才明白除了天主教的上帝、耶稣和圣母玛利亚，还有不少人信仰异教的神灵，就连他自己也深受吸引。此外，托尼发现抽象的天主教教义根本无法解释成人世界的善与恶：妓院这等淫邪之地，为什么大人们会去光顾，连哥哥也不例外？饱受战争创伤的二战老兵卢皮托开枪打死了治安官，随后又被镇上的居民射杀，他们是不是都该下地狱？特雷门蒂奥和三个女儿利用巫术作恶多端，上帝为什么不惩罚他们，反而听任他们下咒伤害卢卡斯舅舅和特列斯？当积善行德的乌尔蒂玛挺身而出，与这伙邪恶势力作战时，上帝为什么无动于衷，听任他们杀死了纳西索和乌尔蒂玛的守护精灵猫头鹰，又最终置她于死地？

这部小说淋漓尽致地展示了托尼面对陌生大世界时的惶惑、恐惧、怀疑、彷徨和负疚，这些情绪难以理解，不可捉摸，却又不可避免地影响着他的生活，影响着他所爱的亲人和朋友。他试图去把握这个纷繁芜杂、充满了矛盾与冲突的大世界，却发现自己既有的价值信念和认知框架是无能为力的。将他带出困境、送他走上成熟之路的是乌尔蒂玛，她扮演了成长小说中必不可少的引路人或导师角色。乌尔蒂玛的作用不是给托尼的问题提供确定的答案，而是引导托尼去正确地思考问题，这是找到答案的前提和关键。在乌尔蒂玛看来，世间万物环环相扣、因果相连，是一个相互依存、不可分割的整体，恰如：

> 汇聚到河流并注入大海的正是来自月亮的甘甜雨水。假如没有月亮

之水补充给海洋，海洋便会干涸。海洋中苦涩的海水被太阳带到天空，又重新变成月亮之水。没有太阳，就不会形成消解黝黑大地饥渴的甘露。

因此，我们不能孤立地看待一个事物，只看到局部，看不到事物之间的普遍联系；也不能采取单一的视角，以偏概全，看不到事物的方方面面；更不能固守二元对立、非此即彼的思维方式，看似不可调和的对立面往往构成相互依存、相互补充、相互转化的关系。在乌尔蒂玛的启发下，托尼认识到自己遭遇的诸多矛盾冲突（父母对他的不同期望、天主教的上帝与异教的金鲤、天主教与民间医术、西班牙语文化与主流文化、城市与农村等）其实并非相互排斥，势不两立，他所要做的就是要兼收并蓄，在消化吸收的基础上创造出一个全新的、完整的自我。恰如特雷莎·卡诺扎所言，这部小说的主旨“不是说成长要求人们在矛盾的选项中进行排他性的选择，而是说智慧与经历能够让人们的视线越过差异，看到统一与和谐”。从乌尔蒂玛的言传身教中，托尼还领悟到，宇宙间善恶两股力量此消彼长、循环往复，此乃生命的常态，个人应该学会发现人世间的真善美，在积极向善的同时，保持生活的勇气，以“心灵的魔力战胜人生的悲剧”。故而在小说的结尾，托尼能够坦然面对乌尔蒂玛的死亡。

《保佑我，乌尔蒂玛》有着浓厚的自传色彩。安纳亚的儿童时代便是在二战前后新墨西哥州的一个小镇度过，父母分别来自游牧家族和农耕家族，同样推崇本族裔的民间医术，兄弟姐妹也是从小信仰天主教，在家说西班牙语，在学校说英语，哥哥同样是二战老兵，就连他因游泳差点致残的经历也写进了书中的溺水事件。在一定程度上，这部小说是安纳亚的个人记忆或私人叙事。然而，为自己的成长树碑立传不是安纳亚的创作目的，在他眼里，“作家有点像巫师，能够用故事影响整个族裔，治病救人。这一直是故事的功能之一。我常写我们族裔的巫师和女巫，这使得我与这个传统相连。”换句话说，安纳亚意在借助这部私人叙事，履行治病救人、服务公众的使命。如果我们回溯到《保佑我，乌尔蒂玛》的创作和出版年代，便不难发现安纳亚针对何种疑难杂症开出了救世良方。

20 世纪六七十年代的美国社会，民权运动、反越战运动与青年学子的“反现存体制”运动纠结聚合，诉诸激进手段推进政治、经济、文化等全方位的破旧立新，血腥冲突、政治谋杀、街头游行、校园动乱此起彼伏，席卷全国。1963 年，安纳亚从新墨西哥大学英语系毕业，成了阿尔伯克基市的一名中学教师，他一边攻读英语专业及指导与咨询专业的两个硕士学位，一边创作长篇小说《保佑我，乌尔蒂玛》，还参与了反越战运动。安纳亚回忆说：“越南战争导致的全国性大争论考验着这个国家，考验着各个社群和家庭。我认识的大多数教育系统的人都反对这场战争。我散发请愿书，要求中止越战，费尽心力组织了阿尔伯克基的第一个教师工会。”与此同时，安纳亚注意到墨西哥裔同胞掀起了奇卡诺运动，全面清算美国社会对本族裔的政治压迫、经济剥削和文化消音：1965 年 9 月，加州南部墨西哥裔农业工人罢工；1967 年 6 月，墨西哥裔武装袭击新墨西哥州阿里巴河县法院；1968 年，东洛杉矶墨西哥裔高中学生集体罢课；1969 年 3 月，第一届墨西哥裔青年大会在科罗拉多州丹佛召开；1970 年 1 月，德克萨斯州联合人民党成立；1970 年 8 月，墨西哥裔在洛杉矶举行大规模反越战示威。“奇卡诺人的政治运动在蔓延”，安纳亚在自传中写道，“肯尼迪总统遇刺，奇卡诺人深受震撼。黑色星期五被视为反动势力的象征性反击，他们掌握着这个国家的权力，不愿与被压迫的人民分享。在如此动荡的岁月里，我逼迫自己学习长篇小说创作的复杂工序。”历时 7 年，安纳亚终于完成了《保佑我，乌尔蒂玛》。1971 年，这部小说的手稿荣获旨在推动墨西哥裔文学创作的昆托·索尔文学奖，翌年出版，立即风靡整个墨西哥裔社区，安纳亚由此成为奇卡诺运动中文化领域的中坚人物。

作为六七十年代激进政治的见证者和温和的参与者，安纳亚非常清楚整个美国社会正处于一个重大的转型期，社会矛盾空前激化，社会对立渐趋严重，各种不同的新主张、新思潮纷纷涌现，对传统的价值体系造成强有力的挑战，新旧力量之间的角逐往往诉诸暴力冲突和流血斗争。如霍斯特·汤恩所言，在那个年代，许多美国人都体会过“面对不可思议之事的惊骇”，每个人都想对这场社会大变革达成理性的认知，都想知道美国政治和文化的确切走向。具体到族裔政治，这个时期除了黑人民权运动和奇卡诺运动，还有亚裔运动、波多黎各人运动、印第安文艺复兴等，各个少数族裔均以前所未有的声势，要求在各个领域获得与白人同等的权利，改变盎格鲁-撒克逊新教文化一统天下的局面。在白人主流社会，保守派和改革派各执己见，争论不休。在各个少数族裔内部，激进派与温和派、分裂主义与同化主义的不同声音不绝于耳。如果说今天实行多元文化主义的美国是一个成年人，六七十年代便是他的儿童时代，恰如《保佑我，乌尔蒂玛》中的小托尼，面对生活中纷至沓来的变化，面对新旧差异、矛盾冲突，茫然四顾，不知所措。在安纳亚看来，乌尔蒂玛的智慧不仅适用于年幼的托尼，适用于六七十年代的美国社会：人们应该以整体的、全面的、辩证统一的眼光去审视和认知社会的新旧矛盾，在尽可能获得理性把握的基础上，海纳百川，以平等、开放、包容的胸襟弥合对立，调和差异，将矛盾与冲突最终转化为和谐与统一。有评论指出，安纳亚通过这部小说传达的信息是

"和谐和对他人（包括我们别无选择时血战到死的敌人）的同情"，此话不无道理。不仅如此，托尼将不同的宗教信仰、文化传统、价值观念、生活方式综合融会，建构新型自我的做法，其实也是安纳亚对个人和族群如何调和主流文化与族裔文化之矛盾，建构新型文化身份的有益建言。

"在这部小说出版的年代，它是独一无二的；它为墨西哥裔提供了文学滋养。它成了一面镜子，可以映照过去的安定世界，也成了一把标尺，可以衡量未来的世界。"正因为如此，它赢得了墨西哥裔读者的认同，截至 1978 年，在没有重要媒体刊登书评的情况下售出 8 万册。1994 年，华纳出版社将这部已经重印 21 次、售出 30 万册的作品推向美国主流社会，至今畅销不衰。《保佑我，乌尔蒂玛》之所以能够跨越种族鸿沟和时空差异，成为美国文学史上第一部西语裔畅销作品，不仅是因为小说中反映的奇卡诺文化特性很容易得到相同族裔读者的认同，勾起不同族裔读者的好奇心，更重要的是因为这部墨西哥裔成长小说中包含着每个人、每个时代、每个社会都需要的智慧。毕竟，普天之下，谁不向往自身的和谐统一与人类社会的和谐统一？

（原发表于《世界文化》2009 年第 4 期）

不一样的成长故事:《在耶稣脚下》中底层墨西哥裔美国女性的命运*

胡　俊**

(北京语言大学外国语学院英语系)

摘　要:墨西哥裔美国女作家海伦娜·玛丽亚·维瑞蒙迪斯在她的代表作《在耶稣脚下》中给我们呈现了美国底层墨西哥裔女性的命运,小说见证了新一代墨西哥裔美国移民爱斯特拉斯的成长。在爱斯特拉斯的成长过程中,她需要与种族、阶级以及性别等方面的多重压迫做斗争,而她的反抗精神让人看到了美国新一代墨西哥裔女性的觉醒。

关键词:《在耶稣脚下》;底层墨西哥裔;美国女性;成长

一

海伦娜·玛丽亚·维瑞蒙迪斯是活跃在当代美国文坛上墨西哥裔女作家中的领军人物之一。维瑞蒙迪斯走上文学创作这条道路并非偶然。她出生在一个美国墨西哥裔底层传统的大家庭,一家十一口仅仅靠作为建筑工人父亲的微薄收入来支撑,因此,她从小就体会到底层墨西哥裔美国移民生存的艰难。一方面,维瑞蒙迪斯意识到父亲的辛劳,另一方面,他的专制又让她感到压抑。同时,母亲的善良、宽容也深深打动了维瑞蒙迪斯:她利用智慧让有限的食物填饱大家的肚子;她总是尽最大所能帮助那些从墨西哥越境进入美国,最初无家可归的亲戚和朋友。这一切都被敏感的维瑞蒙迪斯牢记在心,直到她找到文学创作作为突破口,从此在她的笔端,墨西哥裔美国女性的生存状态

* 本文系国家社会科学基金一般项目“当代美国少数族裔女作家的后现代家园书写研究”阶段性成果(13BWW055)。

** 作者简介:胡俊,副教授,主要研究方向非裔美国文学。

成为她探究的重点。维瑞蒙迪斯的创作才华很快就让她崭露头角,1985 年她出版了短篇小说集《飞蛾故事集》,书中的每个故事都关乎墨西哥裔美国女性的命运,小说揭露了她们如何从青春期到老年一直受到父权制的压迫。维瑞蒙迪斯在 1995 出版第一部小说《在耶稣脚下》,奠定了她在美国文坛的地位,此书的新写实主义风格为她赢得了约翰·多斯·帕多斯奖。小说讲述的是奇卡纳女孩爱斯特拉斯的成长经历,作为墨西哥裔美国移民农工的孩子,她在成长的过程中要和种族、性别、阶级等多重压迫做斗争,她如何能突破这张多重限制交织的网获得成长的空间是小说的重心。除了文学创作,维瑞蒙迪斯对奇卡纳女权主义的批评发展也做出了不俗的贡献,她参与主编的《奇卡纳创作和批评:美国文学中的创作前言》和《奇卡纳作家论词语和电影》成为奇卡纳女权主义批评研究中的重要文献。

二

作为维瑞蒙迪斯的代表作,《在耶稣脚下》表现出了她对于奇卡纳女性命运的强烈关注,尤其是少女爱斯特拉斯的觉醒过程成为小说的重心。爱斯特拉斯出生于一个墨西哥裔美国农业移民工人的单亲家庭,因此无论从哪个层面上来看,她都属于社会的最底层。“奇卡纳的女性身份不可避免地和她作为一个受压迫的工人阶级少数族裔成员以及弱势文化的成员交织在一起”(Yarbro,1988),这注定了爱斯特拉斯有着不一样的成长故事,除了作为女性的成长,她作为少数族裔和底层劳工的代表同样经历了成长,爱斯特拉斯因而比同龄的女孩更加早熟,更早地承担了生活的责任。在被亲生父亲抛弃之后,爱斯特拉斯一家人靠四处打零工为生,贫穷、饥饿和无助感一直都伴随着爱斯特拉斯的成长,最初的爱斯特拉斯羞涩、自卑,时刻意识到自己卑微的身份。尽管母亲后来又有了新的伴侣帕法可图,可是他年事已高,加上他非法移民的身份,他并不能帮助这家人在根本上改变境遇。为了减轻家庭负担,爱斯特拉斯经常利用假期在农场干活。小说故事发生的背景是在夏天,天气炎热异常,爱斯特拉斯仍然需要在一处葡萄园打工,这一背景的选择意味深长。美国加利福尼亚州的葡萄干一直久负盛名,尤其是“阳光少女”这一品牌已经深入人心,她甜美的笑容让人觉得采摘葡萄应该是一项轻松愉悦的劳动,小说中爱斯特拉斯在葡萄园的劳动经历却揭露出这只是主流媒体创造的幻象。每天,爱斯特拉斯都要在烈日下长时间地干活,采摘的过程机械枯燥,瘦小的她还需要抱着沉重的葡萄筐去摊晒地点，这一切都让爱斯特拉斯疲惫不堪，然而“一个农业工人的劳动很少得到承认。消费者们走进超市看见摆放整齐的农产品；营销机构‘抹杀’了在烈日下劳作以换取低廉工资的那些家庭的痕迹”(Sandoval,2008)。更让她感到害怕的是，身为女性在农场干活，她还有可能遭到异性的骚扰，这一切都说明还未成年的爱斯特拉斯就要学会为了生存而斗争。当同龄的女孩还沐浴在父母的关爱下无拘无束地生活，爱斯特拉斯就意识到生活的艰辛，没有课程的暑假，她需要凭借自己弱小的身体为家里的生计贡献自己的一份力量。花季少女的年龄却并没有像花朵一样获得呵护，而是需要像杂草一样顽强地生长。即使在学校里，爱斯特拉斯也并没有过得轻松，她曾一度生活在自卑和恐惧中。学校老师关注她最多的是她的那双手，尽管这双手应该获得更多的尊重(正是靠它们爱斯特拉斯才获得生存)，但在那些白人教师的眼中，它们却是肮脏的。这些凝视她的眼神让爱斯特拉斯意识到自己作为他者的卑微。底层墨西哥裔美国人的身份让爱斯特拉斯极度缺乏安全感，一次，爱斯特拉斯在从农场回家的路上经过一处棒球场，场内的探射灯让她误以为是移民警察车上的灯，在恐慌中她拼命地跑回了家。

爱斯特拉斯曾经以为自己是孤独无助的，因为四处迁徙的经历让她很难结交到朋友，然而在成长过程中，她渐渐意识到自己身边的亲人、同族人才是她获得力量的源泉。对爱斯特拉斯影响最深的当属她的母亲帕拉，父亲出走后，爱斯特拉斯曾经目睹过母亲近似崩溃的举动，可是家中年幼的孩子们很快就让帕拉变得更为坚强。爱斯特拉斯从母亲帕拉那里学到的首先是后者坚韧不拔的精神。她记忆中最深刻的一幅图景是身怀六甲的母亲背着还年幼的她在田间劳作，母亲的忍辱负重让她深深感动。其次，母亲教会爱斯特拉斯的还有善良。当阿力乔，一个孤身在果园打暑期工的墨西哥裔美国少年，因为来不及躲避突如其来的农药喷洒机中毒后，帕拉尽管明知家中贫困，还是毅然把重病中的阿力乔接到自己家里照顾。她告诉女儿，“如果我们不互相照顾，谁会来照顾我们?”(Viramontes,1995)帕拉的这句话还让爱斯特拉斯意识到墨西哥裔美国人的命运紧密相连，这也是为何小说中多次在描写帕拉时，用的是大写的母亲，因为她代表的不仅是各个小家庭的母亲，也是墨西哥裔美国人这个种族大家庭的母亲形象，她们勤劳善良，深切地关心自己族裔后代的成长。除此之外，母亲还让爱斯特拉斯学会了勇敢。当爱斯特拉斯误以为受到移民警察的追踪，在惊恐中跑回家告诉母亲后，帕拉对她说了以下这番话：

> 不要因为害怕跑开。你待在那直视他们的眼睛。别让他们得逞，好

像你为他们要吃的晚餐摘蔬菜是在犯罪。如果他们不让你走,如果他们想把你拉进绿色的警车,你告诉他们出生证明就在耶稣脚下,就这样告诉他们……告诉他们你在这里有个母亲,你不是孤儿,她用一根红肿的手指指向大地,在这里。(Viramontes,1995)

这段话掷地有声,义正词严地表明了帕拉对她们身份的捍卫:墨西哥裔美国移民工应该为他们所做的工作得到尊重而不是歧视。尽管处于社会底层,帕拉告诉女儿她们一样是美国合法的公民,因为她们的出生证明就放在家中供奉的耶稣像脚下。此外,帕拉还从另一层面上教导女儿应该自尊,因为所有的人类同属大地母亲,她们和其他人一样都是大地母亲的儿女,应该获得平等的对待。"维瑞蒙迪斯对女性农业工人的刻画既凸现了她们的劳动,又凸现了她们的主体性。"(Viramontes,1995)帕拉这一番话力图让爱斯特拉斯意识到她作为人的价值和尊严,正是有母亲这样的教导,她在今后的生活中表现出越来越多的能动性,而不是被动地接受那些强加在她头上的角色。

除了母亲帕拉,帕法可图也在她的成长中担任了重要的角色。因为还在心底期待着亲生父亲的归来,爱斯特拉斯曾一度不认同这位身份不明的老男人,然而她在和帕法可图的长期相处中逐渐接受了他。学校老师质疑的目光曾经影响了爱斯特拉斯识字,直到一天帕法可图利用他工具盒中那些看似不起眼的工具来教爱斯特拉斯认字。他带着自豪告诉她,"名字能赋予这些工具以意义,这些用来修建、埋葬、拆毁、重新整理和修复的工具","爱斯特拉斯拿了撬干在手里,她感觉到了铁的冰冷和用途的力量,掂量着她手中的东西的重要性,很快她就明白了对于事物的知识是多么重要,那也是她开始认字的时候"。(Viramontes,1995)因此,爱斯特拉斯的识字老师并非学校里那些鄙视她的白人教师,而是帕法可图这样没有受过多少教育的移民工人,爱斯特拉斯首先认识的字更是和底层人民息息相关的词语,这不得不让人思忖作者在此的深意——爱斯特拉斯的成长注定要和族人的命运联系在一起。

小说还描述了爱斯特拉斯在成长过程中所经历的朦胧初恋。她在果园干活时认识了阿力乔,她和阿力乔之间更多的是一种平等的交流,两个生活在穷困中却乐观向上的少年相互吸引,畅谈彼此的人生梦想。爱斯特拉斯正是从周围人身上吸取了力量,逐渐变得强大:对于爱护过她的亲人们,她心存感激;对于歧视和压迫她的那些人,她勇敢地说出了"不"。

阿力乔中毒后身体每况愈下,爱斯特拉斯央求家人送他去医院。最初他们来到了一个小诊所,那里的主治医生却外出了,只留下了一位白人女护士。

她敷衍了事地给阿力乔做了简单地检查，最后开出的检查费却并不便宜，几乎要了他们身上所有的钱。一方面，阿力乔的病痛牵动着爱斯特拉斯的心，另一方面，白人女护士的高高在上又让她感到气愤，正是这种煎熬促进了她的觉醒，她开始意识到是什么造成了她们处于社会底层的命运：白人女护士安逸的中产阶级生活正是建立在对她们这些底层人的压迫之上，她还联想到阿力乔曾经给她提过的白骨意象，突然之间明白了底层墨西哥裔美国移民是如何用他们的血肉之躯带动了美国的运转。这一次，爱斯特拉斯不再保持沉默，而是让白人女护士看到了她的愤怒：她拿起帕法可图的撬子把白人女护士的桌上所有的物品扫到了地上，她甚至还拿回了正好够她们送阿力乔去一所正规医院所需的汽油费。读者们在此可能会和书中的白人女护士一样对爱斯特拉斯表现出的暴力倾向感到害怕，然而白人女护士对待他们的行为同样渗透着暴力，只是这种暴力更为隐形："虽然白人女护士认为爱斯特拉斯的行为是暴力的，但是她没有看到移民家庭受到的系统暴力，因为这种暴力隐形在正常化之下。"(Shea，2003)

小说的结尾是爱斯特拉斯一家人送阿力乔去医院后回到家里，此行的经历对每个人都有很深的触动。爱斯特拉斯之前一直没有接受和母亲同居的帕法可图，甚至常常和他闹别扭，可是在帕法可图帮助她把阿力乔送到医院后，爱斯特拉斯对他说了"谢谢"："他给了这个国家他的全部，这块土地上用他的骨头做燃料，在他生活和工作的三十年间却从来没有人对他说过谢谢"，然而"这个年轻的姑娘，这个可以做他孙女的姑娘却满含感激之情说出了谢谢，他感叹于自己深深为之所动"。(Viramontes，1995)帕法可图从爱斯特拉斯身上感受到了家庭的温暖和前所未有的尊重感。帕拉则对女儿表现出来的勇敢感到震惊和害怕，她曾经教育女儿要直面那些歧视她们的人，却没有想到女儿的反抗精神比起她来还要强大。

三

维瑞蒙迪斯在小说中创造了新一代墨西哥裔美国女性形象。虽然像帕拉这样的传统墨西哥裔美国女性身上的勤劳善良同样值得后辈继承，但是新一代墨西哥裔美国女性的身上具备了更多的反抗精神，她们不再像前辈那样忍辱负重，而是开始抗争命运。在一次访谈中，维瑞蒙迪斯提到"无论面对什么样的困难，人都应该有希望"(Carmen，2001)。爱斯特拉斯在面对生活的艰辛时并没有放弃希望,她的名字在西语中的意思是"星星",这是一颗让人看到亮光和希望的星星。墨西哥裔美国女权主义者安扎杜尔曾经这样分析同族的女性:"我们并没有完全地投入。我们没有完全利用我们的能力。我们放弃了。在我们面前摆着交叉口和选择:是感觉像个受害者,让别人掌控,去责怪别人,或者感觉是个强者,在很大程度上把握自己的命运。"(Anzaldúa,1987)爱斯特拉斯选择做一个强者来掌握自己的命运,不仅如此她还有着更大的野心,正是因为深知自己的边缘身份给她所带来的困惑、无助,她觉得自己有着一种使命感去帮助相同境遇下的人们。在小说的结尾处,爱斯特拉斯爬上了一座谷仓的屋顶,在静谧的夜空下,"她相信她的心强大得能够召唤所有漂泊在外的游子回家"(Viramontes,1995)。此处的爱斯特拉斯让人联想到瓜达卢贝圣母,"她是奇卡诺/墨西哥人推崇的唯一最有影响力的宗教、政治和文化象征",也是"反抗的象征",(Anzaldúa,1987)有了这样的力量的支撑,墨西哥裔美国人一定会努力抗争歧视和压迫,这也许是作者维瑞蒙迪斯创作爱斯特拉斯的希望。

参考文献

[1] Anzaldúa, Gloria E. *Borderlands/La Frontera: The New Mestiza*. San Francisco: Spinsters/Aunt Lute, 1987.

[2] Flys-Junquera, Carmen. Helena María Viramontes: Social and Political Perspectives of a Chicana Writer, *Arizona Journal of Hispanic Cultural Studies*, 2001, Vol. 5: 223-238.

[3] Sandoval, Anna Marie. *Toward a Latina Feminism of the Americas: Repression and Resistance in Chicana and Mexicana Literature*. Austin: University of Texas Press, 2008.

[4] Shea, Anne. "Dont Let Them Make You Feel You Did a Crime": Immigration Law, Labor Rights, and Farmworker Testimony, *MELUS*, 2003, Vol. 1: 138, 139.

[5] Viramontes, Helena María. *Under the Feet of Jesus*. New York: Plume, 1995. 96, 63, 36, 155, 176.

[6] Yarbro-Bejarano, Y. "Chicano Literature from a Chicana Feminist Perspective", in *Chicana Creativity and Criticism: Charting New Frontiers in American Literature*. Eds. M. Herrera-Sobek and H. M. Viramontes. Houston, TX: Arte Publico Press, 1988. 214.

(原发表于《广东外语外贸大学学报》2013 年第 5 期)

开辟女性生存的新空间

——析桑德拉·西斯内罗斯的《芒果街的房子》

石平萍*

（解放军外国语学院英语系）

摘　要:《芒果街的房子》是一部美国墨西哥裔女性成长小说。本文借助女性主义的理论视角,重点剖析小说中的女性形象和女主人公埃斯佩兰萨的成长历程,指出埃斯佩兰萨是不同于传统的瓜达卢佩圣母型和玛琳齐型的新女性,从而揭示出作家西斯内罗斯对墨西哥裔传统女性价值观的反思和颠覆。

关键词:女性生存;空间;瓜达卢佩圣母;玛琳齐

法国女性主义先驱西蒙·波娃有一句名言:"一个人之为女人,与其说是'天生'的,不如说是'形成'的。"①美国墨西哥裔女作家桑德拉·西斯内罗斯从本民族文化的角度对这句话做了注解:

> 我们是在墨西哥文化的熏陶中被抚养长大的,这种文化为我们准备了两个行为榜样:玛琳齐(La Malinche)和瓜达卢佩圣母(La Virgen de Guadalupe)。……这是一条艰难的道路,要么学这个,要么学那个,没有中间的可能性。②

这两类对立的女性原型,恰如西方传统文化中的夏娃和圣母玛利亚、中国传统文化中的泼妇淫妇和贤妻良母,作为男性中心的话语形式,形成对女性主体的压制,迫使女性成为臣服于男性的"第二性"。女性主义者的重要使命便

---

* 作者简介:石平萍,副教授,主要研究方向为英美文学、文学翻译和比较文学研究。

① 西蒙·波娃:《第二性》,桑竹影等译,湖南文艺出版社,1986 年版,第 23 页。

② Rodriguez-Aranda, Pilar E. On the Solitary Fate of Being Mexican, Female, Wicked and Thirty-three: An Interview with the Writer Sandra Cisneros, *The Americas Review*, 1990, Vol. 18. No. 1: 65.

是解构这些按照男性意愿、为确保男性统治地位设计出来的虚假妇女形象，建构反映女性生存真相的反话语，帮助女性获得与男性同样的主体性存在。西斯内罗斯的代表作《芒果街的房子》便是此种性质的反话语。这是一部女性成长小说，主人公和叙述者是一个名叫埃斯佩兰萨·科德罗的墨西哥裔女孩，在她居住的芒果街上，生活着众多的瓜达卢佩圣母型和玛琳齐型女性。她们在主人公的成长道路上扮演着或正面或反面的引路人角色，[①]从她们身上，埃斯佩兰萨领悟到这两类女性形象的局限性和虚假性，进而确立起独立的女性自我意识，开辟出女性生存的新空间。

一、"瓜达卢佩圣母"的异端邪说

瓜达卢佩圣母是墨西哥天主教徒信仰的神，相当于基督教的圣母玛利亚，她抚慰穷人，保护弱者，帮助受压迫者，是母性的象征。在宗教重要性之外，瓜达卢佩圣母还具有政治意义，对墨西哥民族身份的形成起到了重要作用。她的前身被认为是阿兹特克文化中的丰饶和繁衍女神托南齐恩(Tonantzin)，代表着与西班牙殖民文化相对的墨西哥本土文化，因而她被尊崇为土著居民的保护神，广泛出现于墨西哥独立革命中的旗帜上。就女性气质而言，她是圣洁的贞女，在墨西哥文化中被标榜为美德的典范、妇女的楷模，教会借助她宣扬童贞至上和禁欲操守，普通大众则从她的纯洁、温顺、慈爱和自我牺牲等品质中获得感情的慰藉。在《芒果街的房子》中，埃斯佩兰萨的母亲是一个贯穿全书的人物，是女儿成长过程中观照的行为榜样。女儿眼里的母亲有着圣母般的美貌和品德，尤其在"头发"这个小故事里，她用颂歌的句式描绘母亲，不啻为描绘教堂里的圣母像：

> 但我妈妈的头发，我妈妈的头发，像小巧的玫瑰花结，像卷曲精致的糖果卷儿，因为她整天戴着发卷，当她抱着你的时候，当她抱着你、你感觉非常安全的时候，把你的鼻子伸进她的头发，你会嗅到甜甜的味道，那是烤面包之前暖融融的味道，当她在床上留着她体温的一侧为你挪出地方，你躺在她身边，窗外雨水滴滴答答，爸爸的呼噜声此起彼伏的时候，你嗅

① 关于成长领路人，参见芮渝萍：《美国成长小说研究》，中国社会科学出版社 2004 年版，第 124-138 页。

> 到的就是这种味道。此起彼伏的呼噜声，滴滴答答的雨，还有妈妈散发着面包香味的头发。（第 6-7 页）

在这个男主外、女主内的父权制家庭里，埃斯佩兰萨的母亲可说是典型的贤妻良母，用无私的爱心和辛勤的双手，与丈夫一起把清贫的家变成了温馨的港湾。按父权制的逻辑，这是理想女性理想的幸福生活。然而在“聪明的家伙”中，父权制培养的理想女性却反戈一击，将幸福的神话击得粉碎。做一个好妻子、好母亲并不能让母亲感到满足和快乐，她告诉埃斯佩兰萨：“我本来可以出人头地的，你知道吗？”（第 90-91 页）母亲天资聪颖，会说两种语言，会唱歌剧，会画画，可惜很早辍学、嫁为人妇之后，她只能“用针和线画画，画小巧的玫瑰花结，还有丝线绣成的郁金香”（第 90 页）。弗吉尼亚·伍尔夫曾指出，女性要进行艺术创作，必须先杀死“屋子里的天使”。[①]然而面对强大的父权制传统，谈何容易。埃斯佩兰萨的母亲做了一辈子“屋子里的天使”，连该坐哪趟地铁去市中心都不知道。所幸她并未完全内化男权文化规定的女性价值观，在为家庭无私奉献的同时，她保留了一部分真实的自我，没有放弃对艺术的向往。她更没有成为父权制的同谋和帮凶，教育女儿做圣母型的理想女性。恰恰相反，她不仅现身说法，还用蝴蝶夫人和周围的单身母亲做反面教材，督促女儿努力学习，靠教育改变做男性附属品的命运，做一个独立自强的女性。她是一个具有女性主义意识萌芽的母亲。

埃斯佩兰萨的姨妈与瓜达卢佩圣母同名，也是一位圣母型的妇女。身患不治之症的她一直盼着死神的到来，因为病痛使她无法履行作为妻子、母亲的责任和义务，面对“只想做小孩子、不想洗碗、不想给爸爸熨衬衣的孩子，还有想着再娶一个妻子的丈夫”，她倍感“羞愧”和“不安”。（第 61 页）毋庸置疑，她羸弱的身体承载着温顺、慈爱、自我牺牲等为父权制社会推崇的女性美德，但作家刻画这样一位“受难的圣母”，并非为埃斯佩兰萨树立一个女性的楷模，透过埃斯佩兰萨的讲述，读者看到的是“圣母”光环背后男权文化的丑陋和冷酷。瓜达卢佩圣母被供奉在金碧辉煌的教堂里，病中的瓜达卢佩姨妈却如“小小的牡蛎，张开的硬壳里的一小片肉”，窝在不见天日的小屋里，“槽堆着脏盘子，布满灰尘的天花板上爬着苍蝇”；圣母受到万千信徒的膜拜和称颂，姨妈却无从奢求丈夫的体贴和忠贞。（第 60 页）如此强烈的对比，凸显的恰恰是男权话语支配和规范下，女性生存的非人化。姨妈如同婚姻市场上的商品，其价值体现

---

① 弗吉尼亚·伍尔夫：《一间自己的屋子》，王还译，三联书店 1989 版，第 91-92 页。

为圣母般的美貌和美德，以此换取丈夫提供的经济保障；但当疾病剥夺了她的价值和相夫教子的能力，她的存在便失去了意义，求生还是求死，全得看丈夫的脸色。

“瓜达卢佩”本是男权文化用以指代理想女性的符号，却与不治之症、生活的停滞和女性的无助联系在一起，作家试图解构这一女性原型的意图不言而喻。正如女性主义批评家苏珊·格巴和桑德拉·吉尔伯特在《阁楼上的疯女人》里所写，“被男人称颂的理想女性都回避着她们自己——或她们自己的舒适，或自我愿望，即她们的行为都是向男性奉献或牺牲，而这是真正的死亡的生活，是生活在死亡中。”[①]解构的目的是给女性创造一线生机，作家在铺陈凄凉意象之后，让埃斯佩兰萨听到了受益终身的教诲。瓜达卢佩姨妈虽生不如死，但这种极端的生存状态反倒使她认识到身体乃至心灵的自由对于女性的可贵，她的病榻成了埃斯佩兰萨的书房，她鼓励埃斯佩兰萨“坚持写作。那能带给你自由”（第 61 页）。这与法国女性主义者埃莱娜·西苏的“女性写作”理论不谋而合：

> 写作这一行为将不但“实现”妇女解除对其性特征和女性存在的抑制关系，从而使她得以接近其原本力量；这行为还将归还她的能力与资格、她的欢乐、她的喉舌以及她那一直被封闭着的巨大的身体领域。[②]

母亲和姨妈做了一辈子的贤妻良母，却告诫埃斯佩兰萨要走教育求自立的道路，要借艺术创作获得身心的自由。这是与父权制传统女性价值观格格不入的异端邪说，却是她们付出一生的代价换来的血泪教训。男权文化仅仅用为人妻母来界定女性的生命价值，用母性取代女性完整的人性，把女性局限于家庭生活小圈子，其结果必然是剥夺女性丰富多样的生命需求，使女性沦为一个没有主体性价值、仅仅为满足男性需求而存在的工具。虽然她们这代人无法摆脱对男性的依附地位，走出“家”的四堵墙，但埃斯佩兰萨最终能摈弃父权制传统对女性的定义，成长为具有独立自我意识的新女性，她们的引导功不可没。

---

① 朱立元：《当代西方文艺理论》，华东师范大学出版社 1997 版，第 347 页。

② 埃莱娜·西苏：《美杜莎的笑声》，载张京媛主编：《当代女性主义文学批评》，北京大学出版社 1992 版，第 194 页。

二、"玛琳齐"的改邪归正

玛琳齐是墨西哥历史上颇受争议的传奇女性。据记载,她生于1501年,父亲是一个印第安部落首领,父亲死后,母亲改嫁,把她卖给了过路的商人,几经辗转,最后她成了塔巴斯科玛雅族首领的奴隶,通晓几乎所有的印第安语。1519年,西班牙探险家赫尔南多·科特斯抵达阿兹特克人统治的墨西哥,她被当作礼物敬献。不久科特斯发现了她的语言天赋,

她得以从女奴转变为翻译和情妇,被称为"玛丽娜夫人"(Donna Marina)。她为科特斯育有一子,并帮助他征服了墨西哥,随后却遭到抛弃,被转嫁给他的下属。本族人视她为叛徒,轻蔑地叫她玛琳齐(意思是"船长的女人"),据传还处死了她与科特斯的儿子以示惩罚。几个世纪以来,出于墨西哥民族主义运动的需要,"玛琳齐"成了被西班牙人勾引或强暴,因而背叛民族和国家的印第安女性的代名词,她的背叛和被玷污被视为对墨西哥男性中心文化的威胁:男性的强势地位遭到颠覆,男性的保护无济于事,传统的妇德遭到僭越。在墨西哥人的意识深处,"玛琳齐"指代受歧视的女性:妖女、荡妇、弃妇、被强暴或被奴役的女人。[①]

《芒果街的房子》中,最易辨识的玛琳齐型女性无疑是玛琳(Marin),作家为她安排了几乎一模一样的名字。不仅如此,她的经历可说是玛琳齐原型的置换变形:她远离波多黎各的父母,孤身一人寄居在美国的姨妈家里,靠给姨妈看孩子换得生活费,人身自由受到控制。玛琳最大的梦想就是钓得金龟婿,远远地离开姨妈家,离开芒果街,过上白人中产阶级女性的生活。在她看来,达到这个目的的唯一办法便是出卖自己的身体,最好是先在白人占多数的市中心写字楼里找一份白领的工作,有足够的钱把自己打扮成性感的尤物,吸引有钱男人的目光。即便只是姨妈家的小保姆,玛琳也"总是穿着深色的长筒尼龙丝袜,脸上画着浓浓的妆"(第23页)。每晚等姨妈睡觉之后,她穿着短裙,点着香烟,在房前如展览商品一样展览自己,或者深更半夜去参加舞会:"要让男孩子看到我们,也要让我们看到男孩子。"(第27页)在芒果街居民的眼里,

---

① 近些年,墨西哥也有一些作家试图更客观地评价玛琳齐这个历史人物。参见张淑英:《生枯起朽的魔幻——论〈佩德罗·巴拉莫〉的书写》,http://ccms.ntu.edu.tw/-luisa/article/pedro-paramo.htm。

玛琳成了一个满身风尘味、不守贞节、为了改变自身处境不惜背叛芒果街的坏女孩。姨妈最终打发她回了波多黎各，因为这个危险的妖女“太让人操心了”（第 27 页）。

莎莉是书中另一个玛琳齐型的女孩。如果说玛琳是为了实现美国梦而主动选择做“玛琳齐”，莎莉却是父权制“红颜祸水”逻辑的受害者。她天生丽质，喜欢打扮，把眼睛画得像埃及艳后，“穿着烟灰色尼龙长袜……黑外套和鞋子”（第 81-82 页）。在父亲的眼里，“美丽到这个份上是麻烦”，因为“他信仰的宗教教规很严”，而且他的姊妹曾因私奔而令家人蒙羞。众所周知，天主教提倡禁欲，尤其看重女性的贞操；女性向来被视为是充满诱惑且危险的“夏娃”，教会常常告诫男人要管好自己的妻女，否则她们可能随时投向陌生人的怀抱。美貌的莎莉对男性已经构成相当大的诱惑，她没有刻意收敛，却放任自己的爱美之心，更加突出女性的身体魅惑。在深受天主教影响的芒果街西语裔居民看来，即便莎莉没有做出任何不轨之事，她也是妖女和潜在的荡妇，女同学不愿与她交朋友，男同学都在背后说她的坏话，连埃斯佩兰萨的妈妈都暗示：“这么小就穿黑色是不吉利的。”（第 82 页）莎莉的父亲也把女儿看成潜在的“玛琳齐”，随时有可能勾引异性，或者被异性勾引；无论何种情况，对他作为男性家长的权威和尊严都是严重的损害。他不让女儿去学校以外的地方，不让女儿参加舞会，一旦发现女儿与男孩子说话，便会“像打一条狗一样地用双手打她”（第 92 页）。

父权制社会不由分说，把“玛琳齐”的帽子扣在莎莉头上，对她的期待只有两种：不是变得安分守己，便是继续自甘堕落，而提供给她的出路只有前者。初始，莎莉选择了“阳奉阴违”的抗争：在家里，她是“父亲的女儿”，在家外，她是爱美的莎莉。但是到了“猴园”和“红色小丑”里，莎莉与男孩子交往随意，变成了名副其实的坏女孩。莎莉的行为不难理解：对她而言，身体是自我的唯一载体，也是反抗父亲、反抗芒果街的唯一武器。她试图做自己身体的主人，却在“玛琳齐”的陷阱里越陷越深，招致愈传愈烈的坏名声和父亲变本加厉的毒打。无奈的莎莉只得辍学，嫁给一个糖果推销员。婚姻可以给予她妻子的名分，一劳永逸地帮她摆脱坏女孩的形象和父亲的淫威，进而按“瓜达卢佩圣母”重塑自己的形象，赢得社会的认可。对此，埃斯佩兰萨颇有见地：“她这样做是为了逃离。”（第 101 页）不幸的是，莎莉才出狼窝，又入虎口。丈夫不让她打电话，不让她的朋友上门，甚至不让她“向窗外看”，她整天“坐在家里，因为没有他的许可，她不敢出门”。（第 102 页）像她这样的情况在芒果街上并不少见，拉费拉“美丽得令人无法直视”，丈夫怕她逃跑，一出门便把她锁在家里。（第

79 页)莎莉从“父亲的房子”逃到了“丈夫的房子”,却始终没有意识到它们并无本质的不同:它们都是男人的领地,是父权制价值体系主宰的地界。她——包括她的贞操——只不过是男人锁在房子里的财产,婚前归父亲所有,婚后归丈夫所有。

与被动、温顺、贞洁的圣母型女性相比,玛琳和莎莉都是具有一定自由意志的主动型女性,这是埃斯佩兰萨在她们身上看到的闪光点。然而,玛琳虽有一定的经济自立能力,却把改变自己命运的希望寄托在男人身上;而莎莉在父权制设计的两种女性原型之外,看不到其他的可能性。前者把自己的身体作为商品,后者除了姿色一无所有;前者等待男人带她“去住在远方的一幢大房子里”,后者永远也不可能如埃斯佩兰萨设想的那样,走到一栋位于芒果街外的房子,自由地呼吸。(第 26 页)埃斯佩兰萨意识到,无论是“玛琳齐”,还是“瓜达卢佩圣母”,归根结底都是男人的附属品,很难成长为独立自主的新女性,依靠自己的力量改变自己的生存处境。莎莉改邪归正,是意料之中的事。

三、埃斯佩兰萨“自己的房子”

芒果街上的西语裔妇女,无论是“瓜达卢佩圣母”,还是“玛琳齐”,但凡出现在埃斯佩兰萨敏感的视线里,总是与房子的意象联系在一起。房子不再代表着舒适的家或安全的空间,更多的时候,它成了父权制传统女性价值观的象征,有形或无形地禁锢着女性的身心。

从身边这些女性的遭遇中,埃斯佩兰萨看到了与自己同名的曾祖母的影子。曾祖母本是“一个像野马一样的女人,野到了不想结婚的地步”,却被曾祖父用麻袋扛回了家,如扛“一盏新奇别致的枝形吊灯”,从此,家形同牢狱,“她一辈子望着窗外,像很多很多女人那样用肘撑着忧伤”,仿佛她名字的不祥寓意——“在西班牙语里,……它意味着忧伤,意味着等待”[①]——在现实生活中得到了应验。(第 10-11 页)从曾祖母生活的墨西哥,到埃斯佩兰萨所处的美国,时空的变迁并不妨碍同样的命运在一个又一个西语裔女人身上重演,如今的芒果街上,像曾祖母一样“在窗边等待的女人”比比皆是。难道这是女性的宿命:面对父权制无时不在、无孔不入的霸权,野马般的女人也难以逃脱?埃斯佩兰萨却拒绝接受这样的解读,她看到的更多是教训,是警示:女人如果一

---

① 在西班牙语里,“埃斯佩兰萨”(Esperanza)的意思是“等待”。

味地温顺、被动、妥协，“把脖子搁在门槛上等着男人的睾丸和锁链”，结果只能是世世代代被囚禁在“男人的房子……爸爸的房子”里。（第 88、108 页）虽然她“继承了（曾祖母的）名字”，却决意不要“继承她在窗边的位置”；不仅如此，她还要“取一个新名字，一个更能代表真实的我、无人知晓的我的名字”，拥有一栋“完全属于我自己的房子……一个我可以来去自如的空间”。（第 11、108 页）

著名女性主义批评家肖瓦尔特说过：“废弃名称和自我命名的行为是确立文化身份和伸张自我的必要手段。”[①]埃斯佩兰萨把这个独立的自我命名为“紫紫 X”，这个充满不确定性的符号，体现的是一种非本质主义的思维模式。埃斯佩兰萨不仅拒绝接受父权制对女性的定义和期待，而且在不经意间摈弃了男性中心话语的本质主义和二元对立思维模式。男性中心话语为了确保父权制的等级秩序和男性的社会地位，定义和确立了两种对立的女性基本类型，如紧箍咒一样套在所有女性的头上，严重地压抑着女性作为人的主体性和丰富多彩的、不断变化的生命需求。埃斯佩兰萨拒绝给自我一个明确的、恒定的定义，便是反其道而行之，听任天性的自由发展，激发内心的各种可能性，开辟女性生存的新空间，获得完整的生命体验，这对于成长中的女性是至关重要的。解构主义女性主义者认为，女性可以成功地把自我从父权制女性价值观的囚笼中解放出来，建构独立的主体意识。[②]埃斯佩兰萨便是一个成功的例子。如果说芒果街上的绝大多数女性不是“瓜达卢佩圣母”便是“玛琳齐”，埃斯佩兰萨的女性自我却超越了这种二元对立的模式，自成一体，无法被父权社会贴上简单化的“好”或“坏”的标签。

表面看来，埃斯佩兰萨的自我建构似乎是以“玛琳齐”为镜像，最明显的联系在于两者都没有臣服于西语裔父权制传统文化的禁欲主义要求，刻意压抑性意识，规训自己的身体。埃斯佩兰萨正处在青春发育期，性意识、性别意识的萌动和发展变化是这个时期的突出特点。在《芒果街的房子》中，她对生理变化的敏感，她的爱美之心以及对与异性交往、对性爱的渴望成了“小脚之家”“胯”“钱恩克拉斯”“赛尔”等小故事的中心内容。与此同时，传统文化对女性身体和情欲的规约性期待逐渐渗入她的意识，牵制和挤压着她的生命需求，在

① Showalter, Elaine. *Sister's Choice: Tradition and Change in American Women's Writing*. Oxford: Oxford UP, 1991.7.

② 参见笔者论文《超越二元对立——双性同体与〈紫色〉》，载北京外国语大学科研处编：《庆祝北京外国语大学建校 60 周年学术论文集》，外语教学与研究出版社 2001 版，第 684-697 页。

她的内心造成了不小的冲突,冲突的结果却是对自我的忠诚和对自由的渴望。在“赛尔”中,埃斯佩兰萨直言不讳:“我想不守规矩,在夜里坐在外边,有个男孩子搂着我的脖子,风钻入我的裙子底下。”(第 73 页)也许是因为感同身受,她对莎莉这样的坏女孩产生了真切的同情。即便后来被同事强吻,又遭人强奸,成了事实上的被强暴的“玛琳齐”,她仍然没有从男性的视角来看待自己,反倒更加深切地体会到男性对性的双重标准:一方面强调女性的贞洁,一方面却对自己的欲望不加控制;无论何种情况,女性都是受害者。自身的经历,加上芒果街其他女人的遭遇,更加坚定了埃斯佩兰萨不做“第二性”的决心。她拒绝做传统的好女人:“我已经不动声色地开始了自己的战争。……我是一个像男人一样离开饭桌、既不往后推凳子也不端走盘子的女孩。”(第 89 页)而她欣赏的坏女人却不存在于现实生活:“电影里常常有一个嘴唇鲜红鲜红的女人,既美丽又残忍。她是一个让男人发狂却又把他们嘲笑走的女人。她的力量属于自己。她不会让这种力量消失。”(第 89 页)这样的女人有点像“玛琳齐”,但她不再是男人的附属品和性玩偶,而是自己——从肉体到精神——的主人。

对埃斯佩兰萨来说,身体不是对付男人的武器,更不是女性最终获得自由的途径。妈妈和姨妈向她指出了教育和写作的出路;艾丽西娅,一个靠教育、自我奋斗改变命运的女孩,给她树立了具体的榜样。埃斯佩兰萨最大的梦想是拥有“自己的房子”,不仅是代表富足生活的物理意义上的房子,更是不受芒果街男性中心价值观控制的“心灵的房子”,是女性生存的新空间。(第 64 页)埃斯佩兰萨的梦想及其对芒果街的拒斥颇似玛琳齐的投敌求荣,但她的榜样不是倚赖男人拯救的玛琳齐,而是走自救之路的艾丽西娅,而且,她摈弃的只是西语裔传统文化中的糟粕,心始终与芒果街上本民族、本阶层的同胞在一起。恰如她所说:“有一天我会拥有自己的房子,但是我不会忘记我的身份和我成长的地方。路过的流浪者会问,我可以进来吗?我会把阁楼让给他们,请他们住下来,因为我知道无家可归的滋味。”(第 86 页)更重要的是,埃斯佩兰萨谋求的不仅是个人命运的改变,还有芒果街所有女人和男人的福祉:“我离开,为的是回来。为了那些我留在身后的人。为了那些走不出芒果街的人。”(第 110 页)她吸取了“瓜达卢佩圣母”的积极因素:悲天悯人的情怀、普救众生的使命和助人为乐的美德,把小我建构成推己及人的大我。

逐步走向成熟的埃斯佩兰萨身上既有“玛琳齐”的痕迹,也有“瓜达卢佩圣母”的影子,但她既不是“玛琳齐”,也不是“瓜达卢佩圣母”。她将建构一个父权制传统无法界定的女性自我,成为兼具独立自主意识和社会责任感的作家,担任西语裔族群，尤其是妇女的代言人和引路人。她要用手中的笔写自己的故事，激励千千万万的墨西哥裔妇女摆脱身体和心灵的束缚，自立自强，改变愚昧、受剥削和控制的生存状态，开辟女性生存的新空间。她要用手中的笔写芒果街女人和男人的故事，让白人主流社会听到他们的声音，为改变西语裔的生存状态击鼓呐喊。不妨说，埃斯佩兰萨将沿着她的创造者的道路，成长为一位"奇卡纳女性主义者"。西斯内罗斯曾说："在我创作的故事和我本人的生活里，我力图表明，美国西语裔妇女必须对我们这个性别进行彻底改造，运用全新的神话重新解释。"[①]就《芒果街的房子》来说，此言不虚。

(原文发表于《外国文学》2005 年第 5 期)

① Gonzalez, Myrna-Yamil. Female Voices in Sandra Cisneros's *The House on Mango Street*, in *U. S. Latino Literature: A Critical Guide for Students and Teachers*. Eds. Harold Augenbraum, et al. Westport: Greenwood Press, 2000. 101.

第二部分　记忆与历史书写

城市历史与空间政治*

——《天使之河》中的洛杉矶

李保杰**

（山东大学外国语学院）

摘　要：城市的形成和发展与空间的再生产密不可分，是空间政治的集中体现。南加州墨西哥裔作家阿里汉德罗·莫拉利斯的小说《天使之河》以洛杉矶河和洛杉矶城的历史变迁为主线，采用家族小说的叙事方式，讲述墨西哥裔里奥斯家庭和白人凯勒斯家庭的悲情故事。小说人物从农民到城市居民的身份转变同洛杉矶的都市化进程相平行，不同文化群体的冲突整合和相互适应在物理空间的规划与分割中展开。历史书写和空间政治之间的张力凸显出历史小说的社会历史价值，文化差异和种族政治的表达在当今奇卡诺文学中具有现实意义。

关键词：城市历史；空间政治；阿里汉德罗·莫拉利斯；《天使之河》

引　言

阿里汉德罗·莫拉利斯（Alejandro Morales，1944—）是当代奇卡诺文学界的重要作家和学者，勤勉于文学创作和研究，曾获得 2007 年度的“路易里尔奖”①。他在小说创作中一直专注于历史题材，着重于书写墨西哥裔美国人的

* 本文为国家社科基金一般项目“当代西语裔美国文学研究”（项目编号：12BWW048）阶段性成果。

** 作者简介：李保杰，教授，主要从事当代美国文学和美国族裔文学研究。

① 该奖项的设立是为了纪念奇卡诺文学终身成就奖得主、加州大学圣巴巴拉分校知名学者路易·里尔（Luis Leal，1907—2010），用以表彰在美国拉美裔文学创作和研究领域的杰出人士。

历史，用他本人的话来说，就是实现“文学虚构和历史题材的结合”[①]。莫拉利斯的历史题材小说以历史为基础，书写的是过去，观照的却是当下，甚至是未来。同时，他将现实主义手法和奇幻手法结合，将拉美裔群体的社会历史和心理诉求置于不同的时空维度内，多角度展现历史题材，具有典型的奇卡诺文学特色。

拜厄特谈及历史小说创作之动因时说：“写作历史小说的强大动因之一，是书写被边缘化的、被遗忘的、未留下记录的历史的政治欲望。”（拜厄特，2016：14）这种阐释有助于解读莫拉利斯的历史小说：作为奇卡诺文学的一部分，这些历史小说的立足点是墨西哥裔/拉美裔文化，解构权威和重构自我是书写之根本。

莫拉利斯 2014 年的小说《天使之河》（*River of Angels*）便是一部这样的作品，它以洛杉矶河和洛杉矶城市的历史变迁为主线，描写有着不同种族背景的两个家庭的故事。通过分析莫拉利斯历史小说的政治表达和《天使之河》中洛杉矶都市化的空间政治，可以看出城市历史的文本化不仅仅是城市历史的书写，同时也反映了种族、阶级和文化取向等意识形态要素。

一、洛杉矶作家的本土情怀与历史题材

阿里汉德罗·莫拉利斯是当今奇卡诺作家中成就卓著的一位，是加州大学欧文分校拉蒂诺/奇卡诺研究系的教授。莫拉利斯出生在洛杉矶市北部蒙特贝洛（Montebello）的墨西哥家庭，父母都是墨西哥移民。他的父亲曾经在西蒙斯三号砖厂（Simons Brickyard No.3）工作，阿里汉德罗就是在那里出生、成长。阿里汉德罗·莫拉利斯的大部分时光都是在南加州度过的，他对洛杉矶地区非常熟悉，并且感情深厚，可谓土生土长的洛杉矶本土作家。在 2007 年路易·里尔奖的颁奖典礼上，马里奥·加西亚在颁奖词中对莫拉利斯的成就给予了很高的赞誉，称他是“奇卡诺文学创作中真正的领导者，以卓越有力、富有创造性的方式书写奇卡诺经历”（Garcia，2007）。这个评价准确地总结了莫拉利斯作品的特点——他的小说几乎全都取材于历史，气势恢宏、场景壮观、人物复杂，没有浮夸的标签，不哗众取宠。他力求通过文学想象去补充几

① 莫拉利斯与本文作者访谈时所说，或者是在加州大学欧文分校与学生研讨这部小说时对小说的评价。不再一一标注。

乎被遗忘的从前,通过文学叙述揭开尘封的过去,将墨西哥裔美国人的历程呈现出来。

作为洛杉矶本土作家,莫拉利斯把书写的重心放在了他最为熟悉的这片土地上。他的小说大多以南加州为背景,描写加州墨西哥裔美国人的历史以及这片土地的发展变革。第一部英语小说《制砖人》(*The Brick People*,1988)是家族历史小说,取材于阿里汉德罗"父母的移民经历和文化适应体验",讲述奥克塔维奥·雷韦尔塔斯和娜娜·德里昂(分别以阿里汉德罗的父母为原型)在20世纪初逃离墨西哥革命的战火,到加利福尼亚寻找生计。他们在砖厂相识、相恋,经过多年的奋斗,"到50年代终于在美国安下家的经历"(Gurpegui,1996:10)。小说还追溯南加州洛杉矶等地从19世纪末到20世纪中期的都市化进程,"时间跨度是从19、20世纪之交到第二次世界大战,描绘了南加州从农业社会到工业化的转变"(Kaup,2000:159),还有墨西哥工人争取合法权利的斗争。

《布娃娃瘟疫》(*The Rag Doll Plague*,1992)被普遍认为是带有拉丁美洲"魔幻现实主义"色彩的作品。它将现实主义、历史叙事和奇幻叙事(fantasy)融合在一起,充分运用了墨西哥文化中的灵性要素(spirituality)和民间医术(curanderismo)的文化象征,带给读者一种"巴洛克式的,甚至是荒诞不经的审美体验"(Franco,2005:375)。马丁-罗德里格斯认为,该小说将"文化多元混杂、跨国主义、盘根错节的多重身份、殖民主义和后殖民主义、中心和边缘、文化继承和文化创造等"杂合在了一起。(Martin-Rodriguez,1996:96)王守仁将叙事形式同主题研究结合起来,认为"《布娃娃瘟疫》以科幻小说形式表现墨西哥裔美国人对美国的帮助"(2006:51)。的确,这部作品的叙事打破了传统的时间序列,以跨越四个世纪的广阔视角,将不同的时间、地点和人物,用后现代主义的手法拼贴在一起。但是,小说的基本格调是政治性的,"瘟疫"贯穿小说的三个部分,其根源是欧洲殖民者对美洲土著人的压迫和奴役,以及殖民统治、物质主义和寡头政治对人类自然生态和社会生态的破坏。这些解读都有助于了解莫拉利斯的历史小说创作风格。

莫拉利斯的历史小说体现了学院派的严谨缜密,也透露出浪漫主义者不羁的想象力。作为学者出身的作家,他的创作具有学术研究的严谨风格。在书写之前和书写过程中,他都要做大量的考证和实地调查,收集的材料往往是小说手稿的数十倍。所以,在重要的时间、地点和事件方面,他的小说都尽量忠实地呈现当时的情景,使得作品带有了纪录片般的"真实性"。然而,无论有多少史料支撑,这些作品毕竟是小说,虚构性是其核心特征。同时,作为文学研究者和批评者，莫拉利斯深谙艺术虚构和文学审美在文学创作中的核心作用。因此，他的历史小说往往“要求读者在历史、非/现实和虚构叙述之间进行权衡”(Jiron-King,2007:25)。对于历史题材，他曾经跟笔者解释说，“我是在戏说历史”。在他的理解中，“历史”实际是一个个独立的“史实”，时间、地点和人物等都是各自相互独立的存在，其中的细节，即连接这些史实的人物和事件，都已经无法复制。正如拜厄特所说，“一切解读都无所谓好坏——真相是一种毫无意义的概念，所有叙事都是有选择性和扭曲的。”(拜厄特，2016：13)可见，莫拉利斯通过文学想象和创造性的书写方式，将虚构的人物或情节填充到这些历史节点之间，将历史的真实和小说的虚构进行有机的结合。

无论手法多么奇幻、情节多么纷繁复杂，莫拉利斯历史小说的主题大都可以归结到墨西哥裔和非墨西哥裔的交锋，诸如西班牙文化、美洲土著文化和盎格鲁－美国文化的相互适应，以及在历史框架下墨西哥裔美国人的政治诉求。因此，文学创作带有族裔特征和文化差异等意识形态要素，归根结底是政治性的。

二、都市历史的文本化和意识形态表达

莫拉利斯历史小说创作的手法和动因都可以在《天使之河》中得到呈现，文学书写的政治性具体体现为物理空间的再生产，历史叙事勾画出社会历史视野下的洛杉矶发展图谱，现实主义手法和魔幻现实主义手法交相使用来展现现实的不同层面。

《天使之河》是以洛杉矶为背景，通过文学性的想象和虚构，描写100多年以来城市的发展和人们生活的变化。“天使之河”意指洛杉矶河，因为“洛杉矶”在西班牙语中的意思就是“天使”，所以洛杉矶城的原义为“天使之城”。小说之所以通过洛杉矶河作为象征，追溯洛杉矶城市的历史，就在于河流对城市发展发挥了重要作用，“如果没有洛杉矶河，这座同名的城市根本不可能屹立在这里；如果没有这条河，这座城市根本不可能存在”(Deverell,2004:93)。按照作者莫拉利斯的话说，小说最重要的一个目的就是“勾画洛杉矶这个城市，追溯各个部分是如何发展起来的”[①]。洛杉矶河的变迁为故事的主线，随着河流泛滥、桥梁架设等重大事件的发生顺序，展现不同历史时期人们和河流

① 莫拉利斯文中还有莫拉利斯和本文作者交流时表达的立场和态度，不再一一注释。

关系的变化，凸显河流在城市规划中的功能。更重要的是，从“天使之城”的都市化历程可以看出意识形态要素如何左右城市布局，而都市历史的文本化更是前景化了城市空间再生产中的权力关系。

亨利·列斐伏尔在谈到空间的生产和“进入都市的权利”时强调空间的政治性，“空间是政治性的、意识形态性的。它是一种完全充斥着意识形态的表现”。（列斐伏尔，2015：37）在社会学视域下，意识形态本身就包含人口构成（种族和性别）以及经济基础（阶级）等诸多因素，这种关系反映到城市空间的再生产中，通常表现为城市发展和城市历史。具体来说，城市历史是一个城市在形成、变迁和发展中有价值的文字及非文字记录，包括地理和人文两大方面，可以表现为城市的地理变迁，如面积、位置坐落、标志性建筑物、街道布局和功能分区，也包括反映城市特点的人文因素，如人口及构成、生活方式及风俗习惯、价值观和文化艺术产品等。当然，地理和人文两种因素往往是交融在一起的，难以截然分开，共同构建城市的特色风貌。“城市历史”的字面意义也包含历史材料的文本化，即人们对这些历史记录所进行的编码、储存和提取，用来反映城市的地理及人文特征。需要明确的是，城市发展的历史与城市地理空间规划中，权力关系和利益分配等意识形态要素往往发挥关键性作用，决定了城市的定位和功能。从这个意义上讲，城市历史同样是不同生产关系的映射，是意识形态的反映。

《天使之河》中的城市历史即是如此，它反映出种族因素和城市历史之间的关系。小说根据洛杉矶的发展历史呈线性叙事展开，其中的主线是土地归属权的更替，种族的共生和混杂，以及不同文化的碰撞和交融。洛杉矶建城于1781年，最初是西班牙殖民者的定居点，后来逐渐汇聚了西班牙裔定居者、印欧混血人种和黑白混血人种，最终成为当今最具多元化特征的西部大都市。这契合莫拉利斯对洛杉矶城市特征的描述，这个城市从一开始就有着“血统的混杂和文化的杂糅”。

小说开始的时间是1842年，墨美战争尚在酝酿之中，洛杉矶还是墨西哥的领土。此时，土著居民保留着传统的生活方式，人们与河流之间的关系是和谐共存。“这个叫洛杉矶的小村庄静谧地依偎在天使之河旁边，此时，已经有越来越多的人来到这里，这些人来自墨西哥内地，或者美国南部或东北部。”（Morales，2014：2）阿贝拉多·里奥斯一家是墨西哥印第安人，他们是河流精神的化身，代表了印第安文化中人类和大自然之间的亲密与和谐。阿贝拉多的两个儿子分别是索尔（Sol，意为“太阳”）和奥塔库（Otchoo，意为“树木”），这是印第安人对大自然表达敬意最直接、最朴实的方式。阿贝拉多的生存之道来自这种朴素的关系，他熟悉大河的习性，知道如何倾听大自然的律动，知道在哪里建造房屋可以不受洪水的侵袭，他的智慧帮助更多的人在这里安顿下来。他们一家无私地救助过河时遇险的旅人，在暴风雨之夜救下布莱默一家。当然，里奥斯一家也得到了河流的庇佑：虽然大河每年都泛滥，但是似乎对他们格外仁慈；索尔被洪水冲走后被“蜥蜴人”救活，并且学会了像两栖动物那样生活，他通晓动物的语言，成为大自然中弱小生命的守护者。这些都集中体现了印第安人与自然和谐相处的朴素生态观。

及至1848年美墨战争结束，加利福尼亚州割让给美国，土地的归属权发生了更替，原始的生产关系也发生了变化。随着更多不同肤色、不同语言的人们汇聚到这里，洛杉矶逐渐开始具有了城市的雏形，土著人的朴素生态思想受到挑战，人类和河流之间原始的朴素关系开始发生变化，社会生态环境也越来越多地带有了意识形态特征。里奥斯一家从农民到资本家的身份转变，代表了洛杉矶从农耕社会到工业化社会的都市化进程。他们在1885年注册成立“里奥斯父子和辛兰德河流运输公司”，之前的摆渡服务转变为现代的企业组织方式，成为美国商业化运作的一部分。奥塔库不再使用西班牙语的名字，改用美国人更加容易接受的“奥克雷·里奥斯”。这种改变有着双重的象征含义：一方面，它象征了奥塔库从农民到资产者的改变；另一方面，人们与河流的关系也从之前的和谐相处，转变为利用和被利用的利益关系，互惠性被货币化，带有了商品性。后来城市规模继续扩大，奥克雷成立桥梁建筑公司，承建横跨洛杉矶河的桥梁，人和河流的关系进而转变为改造和被改造的关系。这种变化契合都市化的几个特征，如“农村居民向城市生活方式的转化过程，反映在人口增长，城市建成区扩展，景观和社会城市生活方式的形成”（姚世谋等，2008:93）。所以，从里奥斯一家生活方式的变化，可以循序洛杉矶从村庄到城市、从农耕社会到工业社会的变化；其中人和自然的关系也在发生根本性的变化，从平等的共存关系转变为人类对自然资源的利用和改造。

三、空间分割的政治性表达

当然，城市历史和城市化所体现的历时转变过程是非常复杂的，其中穿插着横向的单元分割，使城市的不同社区带有各自的文化意蕴，体现不同的生产关系。少数族裔和主流文化群体之间存在文化冲突和利益协商，种族因素在东、西洛杉矶的城市分区和功能定位中发挥了重要作用，东洛杉矶成为“墨西哥人”和“黑人”等少数族裔的代表。

列斐伏尔指出了生产关系在都市化中的表现:“一方面,拥有某些未知的权力的决策中心,已经形成,因为这些中心集中了财富、压迫性的权力和信息;另一方面,对过去的城邑的破坏,使得各种形式的隔离成为可能,各种社会力量无情地将人们在空间中分隔开来。”(列斐伏尔,2015:54)作为小说的核心意象,“河流”和“桥梁”都充分体现了生产关系的变化。从前的小村落消失了,土地成为商品,出身不同、经济地位各异的人们被分割在不同的社区。把握政治权力和经济权力的主流社会占据都市核心商业区,居住在最昂贵的社区,将劳动者和绝大多数的少数族裔隔离在城市中心区之外。奥克雷夫妇为了让孩子融入主流社会,在富人区购买了房产,但是大多数邻居都不愿意接纳他们,不愿意和“墨西哥人”为邻。当时的白人精英认为,洛杉矶应该是“雅利安人”的家园,而里奥斯等中产阶级墨西哥人的存在降低了高档社区的商业价值,所以白人社区就必须将有色人种驱逐出去。可见,都市不同区域的功能差异越来越明显,与居民的阶级身份和经济地位相对应,成为空间政治和地缘文化的集中代表。

小说中的“桥梁”具有双重功能:疏导交通和分隔区域。奥克雷建造的桥梁既方便了河流两岸的沟通,但同时也把城市分割开来,强化了不同社会阶层之间的隔阂。东、西洛杉矶由架设在洛杉矶河上的十余座桥梁分隔开,这样,墨西哥工人白天在西洛杉矶的工厂和商店做工,或者给白人家庭打扫卫生、照看孩子、整理庭院,而到了晚上,他们要回到东部居住,因为“有钱人并不希望和墨西哥人住在同一个社区。慢慢地,东部便有了一个特定的称号——东洛杉矶,成了墨西哥人聚居区的代名词”(Morales,2014:xi-xii)。东洛杉矶代表了这个大都市的另外一面:贫穷落后、混乱无序。墨西哥工人是都市化进程中的劳动力因素,在城市建设中发挥了重要的作用。但是,他们并未享受到都市化的种种福利,而是被隔离到了城市贫民区,“都纳入到了这些(权力)中心的支配之下。所有这些人,通过各种各样的方法,受到了一种集中的剥削,而现在,在空间上都处于一种被隔离的状态中”(列斐伏尔,2015:49)。

在书写洛杉矶故事和洛杉矶城市历史的过程中,莫拉利斯把焦点转向过去,同时也确立了历史性文学书写在当下的意义,凸显出话语权力中的政治性。重构历史的真正目的在于昭示当下;小说关注的是多元文化共生背景下人们的跨文化体验和相互之间的适应,使得这种历史书写在多元文化背景更具社会价值和政治性:“现代社会对记忆的需要,包括回顾历史和创作能够彰显当今价值的叙述形式,使得文化材料的选择具有现实性和政治性。”

(Franco,2005:377)作为墨西哥移民的后代,莫拉利斯对美洲土著文化有着深刻的理解。在创作手法上,他擅长通过奇幻元素阐释印第安生态思想,来表现墨西哥裔美国文化中的土著文化要素,例如"蜥蜴人"和民间医生(curandera)"大和母亲"等形象,体现"万物有灵""生命平等"等印第安人的生态理念,以便达到陌生化的间离效果,从而"合法化"非墨西哥裔居民对这些文化要素的抗拒,进而通过印第安文化和白人文化之间的差异,引入族裔群体在美国社会生活中的经历等话题,如华人等少数族裔为洛杉矶城市发展做出的牺牲。

小说核心的文化冲突表现在阿尔伯特和露易斯的爱情悲剧中,这是种族差异和阶级差别等意识形态要素发挥作用的结果,也是空间政治化的集中表现。洛杉矶是一个多元文化共生的城市,不同背景的人们对它的期待有所不同。加利福尼亚划归到美国以后,欧洲白人后裔希望把它建成美国的威尼斯、欧洲人的理想家园。因此精英阶层占据城市中心区,掌控土地等资源的再生产,他们不甘与印第安人、墨西哥人等"下层人"分享,希望将"劣等种族"彻底排挤出洛杉矶。在此情况下,极端种族主义迎合了特权阶层的利益诉求,欧内斯特的叔叔菲利普和他的雅利安俱乐部就是这种极端种族主义的代表。雅利安俱乐部是南加州纳粹主义者的集中地,是社会达尔文主义者的聚会之所,他们大多为大学教授、商人和政客,鼓吹白人优越论,对有色人种极尽贬低:"印第安人,特别是加州的印第安部落,天生就低人一等,生性嗜酒成癖,还带有肺结核和梅毒等各种传染病。"(Morales,2014:85)为了捍卫雅利安人血统的纯正性,菲利普宣传种族主义的优生论,夸大有色人种和白人的差异,宣称为了这座城市的未来,就"必须终止这些劣等种族的人口再生"(Morales,2014:182)。小说影射20世纪上半叶白人社会的"优生论"和种族主义立场。以哈利·拉夫林(Harry H. Laughlin,1880—1943)和麦迪逊·格兰特(Madison Grant,1865—1937)为代表的优生学学会(American Eugenics Association)中坚力量,通过各种"科学研究"的方式来"证明社会弊病和种族之间的关系"以及"移民的遗传基因决定了他们容易犯罪"等命题(Jackson & Weidman,2005:76)推动了美国的"强制绝育立法"(compulsory sterilization),而加利福尼亚州是当时积极响应者之一。就这样,统治阶级通过所谓的科学手段来挤占弱势群体的生存空间,从而控制都市的空间和空间生产,攫取最大的利润,经济权力、政治权力和空间政治在这里得到了结合。

这种结合不可避免地带有剥削性和残酷性,极端种族主义立场使菲利普丧失理性和人性,一手造成了阿尔伯特和露易斯的爱情悲剧。菲利普对有色人种的偏见遮蔽了他的理性和判断能力,种族成为他判断一个人的唯一标准。

无论阿尔伯特的个人才华如何出众，在菲利普眼里，他的出身缺陷永远无法得到弥补。菲利普无法阻挠露易斯和阿尔伯特的恋情时，先后谋杀了索尔和阿尔伯特，以此彻底阻止所谓的“劣等人种”繁衍后代。至此，家庭悲剧和爱情故事同空间政治和种族矛盾呼应起来，使得个人悲剧具有了历史的沉重感，而历史也变幻为具体而有形的存在，不再是空洞抽象的概念。

《天使之河》描写了洛杉矶所见证的苦难，但同时也表达了对未来的希望。莫拉利斯是文化自由主义者，支持文化的多元化，通过历史小说来对抗新本土主义和优生论等文化霸权话语。新本土主义者(Neo-nativist)曾经要求关闭美墨边界，而莫拉利斯在历史小说中想象性地构建了理想的家园：联通北美三国的联合体(LAMEX)，以及贯通墨西哥、美国加利福尼亚和加拿大的高速公路，没有边界，也没有哨卡：“边界是不能被人为控制的——无论是军队，还是高墙，抑或是高科技，都无济于事——原因很简单，迁移是人类的本性，无法阻挡，无法由任何人为的手段所阻断……人类的迁移是个自然的现象，和鸟类、鱼类及蝴蝶的大规模迁徙一样。当没有必要迁移时，这个过程自然会停止。”(Morales，2014：ix)小说无论是描写单元空间内族群间的共生共存，还是展示人们在纵向空间内的迁移，都体现了对“独立的精神的无限空间”(王卓，2015：9)的渴望。可见，“天使之城”的意义是双重性的，它既是多元化的西部大都市，也是精神家园的象征；虽然“天使之河”将城市截然分开，彰显出明确的种族界限和阶级差别，但是，跨界行为也是不可阻挡的，种族和文化的界限在不断地被打破、被重构：“墨西哥人、日本人、中国人、黑人，许许多多的人们，在社会的边缘、在苦难中，坚强地生活着。”(Morales，2014：79)小说最后菲利普的忏悔即表现了这股历史潮流的力量。

结　语

莫拉利斯的《天使之河》代表了作家文学创作的新高度，也是当今奇卡诺文学以历史小说的形式走出狭隘族裔自我的尝试。在城市历史的视域下，墨西哥裔美国人有限的生存空间和洛杉矶城市中心区之间形成了矛盾和张力，杂合了族裔文化的相互冲突和协商；文学想象补充了少数族裔群体的历史不在场，即拜厄特所说的“外来作家”的“政治欲望”。无论是桥梁建造历史还是城市规划历史，其中都映射出福柯所说的权力关系，表达了莫拉利斯聚焦于被消音的边缘化群体的政治欲望。所以，本质上看，这种历史小说是奇卡诺文学中政治主题的延续,或许,随着民粹主义的抬头和特朗普时代的来临,应该认真审视这种书写策略的价值。

参考文献

[1]Deverell, W. *Whitewashed Adobe: The Rise of Los Angeles and the Remaking of Its Mexican Past*. Berkeley: University of California Press, 2004.

[2]Franco, D. Working Through the Archive: Trauma and History in Alejandro Morales's *The Rag Doll Plagues*, *PMLA*, 2005, Vol. 120, No. 2: 375-387.

[3]Garcia, M. Writer Alejandro Morales to Receive Luis Leal Literature Award. 2007-7-26 / 2014-10-27. http: //www.ia.ucsb.edu /pa/display.aspx? pkey=1638

[4] Gurpegui, J. A. ed. *Alejandro Morales: Fiction Past, Present Future Perfect*. Arizona: Bilingual Press, 1996. 5-13.

[5]Jackson, J. P. Jr. & N. M. Weidman. The Origins of Scientific Racism.*The Journal of Blacks in Higher Education*, 2005/2006, No. 50: 66-79.

[6]Jiron-King, S. Epic Linearity and Cyclical Narrative: Moving Beyond Colonizing Discourse in Alejandro Morales' *The Brick People*. *Hipertexto*, 2007, Vol. 6: 25-36.

[7]Kaup, M. From Hacienda to Brick Factory: The Architecture of the Machine and Chicano Collective Memory in Alejandro Morales's *The Brick People*. *U. S. Latino Literatures and Cultures: Transnational Perspectives*. Eds. F. A. Lomelí & K. Ikas. Heidelberg: Carl Winter Verlag, 2000. 159-170.

[8]Martin-Rodriguez, M. M. The Global Border: Transnationalism and Cultural Hybridism in Alejandro Morales's *The Rag Doll Plagues*. *Alejandro Morales: Fiction Past, Present Future Perfect*. Ed. J A. Gurpegui. Arizona: Bilingual Press, 1996. 86-98.

[9]Morales, A. *River of Angels*[M]. Huston, TX: Arte Publico P, 2014.

[10]拜厄特:《论历史与故事》,黄少婷译,译林出版社 2016 年版。

[11]亨利·列斐伏尔:《空间与政治》(第二版),李春译,上海人民出版社 2015 年版。

[12]王守仁:《历史与想象的结合——莫拉莱斯的英语小说创作》,《当代外国文学》2006 年第 2 期,第 44-52 页。

[13]王卓:《多元文化视野中的美国族裔诗歌研究》,中国社会科学出版社 2015 年版。

[14]姚士谋等:《都市化及其资源环境协调关系》,《地理科学进展》2008 年第 3 期,第 93-101 页。

(原文发表于《山东外语教学》2017 年第 5 期)

克里斯蒂娜·加西娅在《梦系古巴》中的历史书写

李保杰　苏永刚*
（山东大学外国语学院）

摘　要：《梦系古巴》是古巴裔美国作家克里斯蒂娜·加西娅的代表作，也是西班牙裔美国文学中的一部经典作品。小说讲述古巴革命前后一个普通古巴家庭的离散以及一家三代人在古巴和美国历史变革中的经历。文本采用多视角、多层次的复合式叙述方式，结合政治、历史和人物命运对历史进行多角度刻画，实现了对传统单一性叙述模式和单一历史观的解构；同时作家让女性成为叙述主体，打破传统历史叙述中女性声音的缺失，实现对男性权威话语的颠覆。这两种叙述角度证明了历史的虚构性和男性权威的虚构性，同时也是美国族裔个人历史书写主体性的有力实践。

关键词：克里斯蒂娜·加西娅；《梦系古巴》；历史书写；古巴裔美国文学

克里斯蒂娜·加西娅（Cristina García，1958—）的《梦系古巴》（*Dreaming in Cuban*，1992）以皮诺一家三代的悲欢离合为缩影，以 20 世纪初至 80 年代古巴和美国历史以及两国关系为背景，描述被大海和政治分开的一家人在古巴和美国的生活，重点反映了散居美国的古巴移民及其后裔的生活。小说具有较强的政治色彩，穿插使用多个叙述人物和多种叙述角度，采用多角度立体透视的办法透过人物的命运反映这一时期的古巴历史。

一

路易·阿尔杜塞（Louis Althusser）在《意识形态和意识形态国家机器》中

---

* 作者简介：李保杰，教授，主要从事当代美国文学和美国族裔文学研究；苏永刚，教授，主要从事当代美国文学研究。

将“意识形态”定义为个体与现实生活环境的“想象关系”①。也就是说,这种关系主要是大脑的产物,与现实不具有直接的对应关系。但是他又说:“我们承认,它们(意识形态)的确暗示现实,就是说,人们需要对它们进行‘解读’,以便能够发现在关于世界的想象性表征背后所隐含的现实。”(Althusser:1264)由此可见,意识形态所反映的不是现实生产关系,而是个体与生产关系的想象性表述,表现了人类同历史的体验关系。阿尔杜塞实际上是从不同的角度论述了“历史存在于再现”的观点,《梦系古巴》就是通过文学叙述体现“历史存在于再现”,以此来“虚构”历史,达到虚实相交、虚中有实、实中有虚的叙述效果。小说故事情节本身的虚构性以及多角度的立体透视叙述方法打破了历史叙事的单一维度,读者能够从这种虚构的意识形态中解读出所隐含的现实,实现对历史的多方位解读。

《梦系古巴》从两个角度对历史进行重述与再现。首先,小说采用多位叙述者和多种叙述方式相结合的复合式叙述,根据人物各自的生活经历和政治观点对古巴历史以及古巴移民在美国的生活进行多方位刻画,从不同的角度反映人与生产关系的关系,实现了对单一叙述声音和统治阶级意识形态的解构;其次,家族灵魂人物西丽娅以及第三代三位女性(特别是移居美国的皮拉尔)作为第一人称叙述者轮流出现,打破传统历史叙述中女性声音的缺失,实现对男性权威话语的颠覆。无论是在殖民主义的西方叙述中,还是在民族主义的男性话语中,拉丁美洲女性在传统历史叙述中都是缺失的。爱德华·格利桑(Edouard Glissant)在《异化和表征》中提出,历史是西方的想象,他们主观地“创造”了世界历史,就是说,历史是叙述者的主体性的投射和反映。同样,加西娅在访谈《我只是在想象历史应有的面目》中肯定了女性话语的政治性目的,“传统的历史在书写、解释和重构中都将女性排除在外……历史记录的是男性之间的较量、争斗和所谓的男性成就”(Lopez:610)。因此,加西娅通过女性话语记录“女性成就”,实现对历史的女性主义解读。

① 阿尔杜塞的“意识形态”和马克思的“意识形态”存在细微的差别,马克思的意识形态主要是指统治阶级的思想意识和价值观念,阿尔杜塞在这里所说的意识形态没有如此明显的指向性。

二

《梦系古巴》中历史的虚构性首先表现为“梦”这个中心意象。“梦”作为虚实结合的常用主题是连接过去和现在的纽带,既表示叙述的虚构性,也暗示了“虚中有实”的再现方式,正如苏珊娜·雷奥那德(Suzanne Leonard)所言:

> 具体来说,梦使得人物在情感和身体两方面都和自己的文化传统联系起来,因此可以视为重新诠释已经被公认的历史和认知的一种历史书写方式……通过这种创造历史的方式,人物能够对他们的文化历史进行想象性的干预。

梦境为生者与死者提供交流的可能,使过去和现实交相辉映。除此之外,叙述声音的交替和叙述角度的转换为历史事件提供了不同的诠释,将原本平淡的现实分解出五颜六色的色彩。皮诺一家人的经历是古巴历史的缩影,每个人物都在梦想与现实的交替中寻求理解各自的身份,通过想象构建自我历史,并与文化历史达成和解。

他们的身份都不是单一性的,而是梦想与现实的交叉,包含了整个历史进程中的多种因素,具有明显的文化杂交色彩。他们都在努力超越空间与时间的限制,在古巴之外的文化中以及异族文化与古巴文化的交集中寻找生存的空间。就是说,他们在试图构建“古巴”之外的身份。这一方面是对单一历史观的解构,另一方面也说明古巴的殖民历史和新殖民现实对人们思想意识建构的巨大影响。即使作为古巴精神象征的西丽娅也不例外,她被西班牙情人盖斯塔沃抛弃后的 25 年里,每月给他写一封信。这些没有寄出的信赋予西丽娅叙述声音,同时也暗示她在用西班牙文化的声音进行叙述,并试图通过殖民者的话语构建自己的身份。西丽娅的女儿鲁迪斯在古巴革命中遭到一个士兵强奸并因此移居美国纽约的布鲁克林,她的面包店成为流亡美国的古巴反政府人士集中的场所。但她仍然自视为古巴人的“典范”,甚至希望通过将连锁店开遍美国来实现对美国经济的“反征服”,可见她是通过美国文化和古巴文化的冲突与和解定义自我。西丽娅的次女菲莉西娅临终前在“萨泰里阿教”[①]中找到了精神安慰，一定程度上与非洲文化达成和解。儿子哈维尔早年积极投身于共产主义理想，奔赴东欧，证明他是在苏联与东欧共产主义思想中寻找认同。小说最重要的叙述者是西丽娅的外孙女皮拉尔，她出生在古巴，生长在美国，她的名字取自“海明威的渔船”(Garcia：220)[②]，她从各个方面都体现了美国文化和古巴文化的冲突与结合。虽然皮拉尔接过了西丽娅的书信，继续着书写历史的任务，但是她毕竟是个“局外人”，这就体现了历史叙述的不确定性和不可信性。换句话说，没有哪种历史叙述是真实、权威的，人物之间的恩恩怨怨终究不过是各自不同视角、不同世界观的产物。

具体来说，多重叙述声音和叙述角度的使用直观地实现了对单一性宏观叙述的解构。文本在第一人称和第三人称叙述之间转换，西丽娅和皮拉尔是两个主要的第一人称叙述者，西丽娅的叙述声音主要出现在她写给盖斯塔沃的书信中，构成古巴革命之前历史事件的主体叙述框架，而皮拉尔和第三代另外三位叙述者的叙述分别构成六七十年代古巴裔美国移民和古巴人对身份认识的叙述框架。另外，西丽娅的书信贯穿文本始终，时常把叙述视角转到过去，使现在和过去相互交错。这体现出历史的连贯性，人物得以从过去中追寻现实矛盾的渊源；同时也暗示了历史和现实的同一性——历史存在于现实之中，存在于人们的叙述之中。小说整体的叙事结构是循环式的，西丽娅是贯穿其他所有人物的主线，她在不同时期的经历构成了不同的同心圆，如涟漪般层层展开，并渗透到每个人物的经历之中。在宏观的循环式结构框架之下，每个人物的身份构建又各自按照螺旋式的方式进行。这种多维度的历史书写解构了单一性叙述的权威，验证了阿尔杜塞所说的历史的“虚构性”。

个人历史和民族历史都带有“虚构性”的特征，都体现在文学再现中，历史主体因而必须通过不同的构建方式，在虚构和现实之间找到连接点。斯图亚特·霍尔(Stuart Hall)在《文化身份和族裔散居》中提出文化身份的多元化特征，即身份不是预先决定的，而是在具体环境下不间断的构建和重构过程，且只有在具体的历史语境下才能够得到表达。他提出两种文化身份的定位方式：“我们到底是什么身份，以及我们已经具有了什么身份”(Hall：394)，具体来说

---

① Santeria，一种新兴宗教，起源于古巴和巴西，由来自西非的黑人结合西班牙殖民者的天主教而创立，它结合了对传统约鲁巴神的膜拜以及对罗马天主教圣徒的膜拜。

② 小说中的引文均来自 Cristina Garcia, *Dreaming in Cuban* (New York: Ballantine Books, 1992)，以下只注明页码。

就是“现实身份”(Identity of Being)和“化成身份”(Identity of Becoming)。但是,不论现实身份中的共同归属感和认同感,还是化成身份中影响身份重构的亚文化差异,它们都是想象性的,都体现在文学再现中。

小说中最典型的例子就是皮拉尔,她对外祖母的心理依恋使她一直梦想着“回到古巴”,然而阔别18年之后重返古巴时,她才意识到自己永远也不可能回到梦中的古巴:“从迈阿密坐飞机30分钟就可以飞过来,但这里却是永远也无法到达的地方。”(第219页)皮拉尔生活在美国文化和古巴文化更直接的冲突之中,她通过对“美好古巴”的想象来减轻美国经历中的痛苦,而她梦中的古巴其实根本就不存在。古巴之行使皮拉尔认识到“现实身份”的虚构性,也促进了她与“化成身份”达成和解。她更加清醒地认识到自己的文化杂交身份:她既属于美国又属于古巴;同时这种杂交身份又带有双重边缘化的特征:她既不属于美国也不属于古巴。“然而,我早晚都要回纽约。现在我明白,那才是属于我的地方——不是将古巴取而代之,而是与古巴并驾齐驱。”(第236页)因此,这种想象性的历史书写不能简单地被理解为虚无主义的历史再现,人物身份的多层次和多维度特性恰恰凸显文化和解对“化成身份”的重要性。安德里娅·埃莱娜(Andrea O'Reilly Herrera)认为:“历史就存在于人物之间的共时关系之中,存在于所有的人物及叙述者各自的话语之中,存在于部分重构与反思之中。”(Herrera:86)因而在虚构的历史背后,存在着可供解读的现实。就文本来说,在虚构的个人历史背后是古巴/母亲的维系作用,得以将不同的经历、不同的视角穿连在一起。虽然每个人物都在构建多维度的自我概念,但他们的古巴历史却是这种自我构建的共同基础。家庭成员之间的疏远与和解、离散与回归都可以反映出“古巴身份”的维系作用。不论是丈夫乔治死后精神上与西丽娅的和解,还是哈维尔、鲁迪斯和皮拉尔现实中的离散与回归,都显示出古巴文化与他们各自现实身份之间无法割舍的联系。然而,人物的“古巴身份”与各自的历史相连,不尽相同。归根结底,这种共同的归属感同样是想象性的、虚构的。

多维度的想象性历史叙述以不同人物的经历为主线展开,提供了更加丰富的历史题材,比单一性的历史叙述更具真实性。《梦系古巴》中的历史书写集中体现在皮拉尔对古巴身份的解读中:“每一天,古巴在我内心一点点地淡去,外祖母在我心里一点点地淡去。只有在我的想象中,我才知道历史应该是什么面目。”(第138页)叙述主体需要从现实生活和意识形态的想象关系中寻找连接点,读者同样也需要在多层次的叙述话语结构(discursive discourse)中解读出虚构背后隐含的现实。这种想象性的书写同样反映了作者对古巴历史的“虚构”。既然历史存在于再现，那么历史叙述与其说是反映现实，还不如说是为叙述者提供书写的权利和自由。在古巴裔美国文学的书写中，古巴虽然也在一点点淡去，但始终萦绕在历史的记忆之中，叙述主体只有将这种记忆释放出来才能获得自由、获得书写美国身份的自由。小说对古巴革命所采用的多维度叙述使作者遭到批评和质疑，例如，帕特里西亚·杜阿特(Patricia Duarte)认为加西亚的小说是对古巴现实的歪曲，是为了迎合美国读者的需求而对古巴进行的商业化和美国化描写，带有非常明显的主观化色彩。西拉尔·伊塔利(Hillel Italie)同样认为："《梦系古巴》不是在重拾历史记忆，而是在创造记忆。"(Ween：137-138)然而，历史本身就是存在于书写之中，存在于对文本的解读之中。文本中不可信的叙述以及不同叙述者采用的不同再现方式说明了历史话语的多维度性质，印证了阿尔杜塞所说的历史的“虚构性”，但同时这种历史话语也体现出历史和叙述主体之间相互的能动性影响，特别是叙述主体在解读历史中的主体性特征。

三

《梦系古巴》的另外一种历史叙述特征是对男性权威话语的颠覆。男权是传统古巴文化和古巴裔美国文化的基本特征，女性声音在叙述文本中往往是缺失的。女性形象也时常以天主教圣母为原型，以隐忍、被动和服从为主要特征。小说采取了女性叙述角度，带有明显的颠覆性特征。一方面，主要叙述者都是女性，男性人物主要通过女性的叙述来描述；另一方面，女性人物以刚柔并济的强者形象出现：她们在历史和命运面前积极抗争，又保留着哺育者/母亲的形象。在西丽娅身上，这种坚强母亲的形象是显而易见的，其他女性人物也体现了这种新女性的特征，特别是在母女关系中。例如，对于皮拉尔和西丽娅的亲密关系，鲁迪斯一直心存芥蒂。然而，当皮拉尔的绘画遭到人们嘲笑时，鲁迪斯勇敢地站出来维护女儿。同样，皮拉尔在公园里的遭遇象征性地表现出她的哺育性特征，男孩吸吮她乳头的描写暗示了她的杂交文化身份对主流文化的反哺作用。因此，无论是在古巴还是在美国，文本叙述中保留着天主教传统中女性身份的积极方面，肯定了女性在家庭和社会中的作用。

男性人物则一步步从特权的地位掉落下来。小说以男性权威的消解和死亡开始：1972 年，自愿流亡美国的西丽娅的丈夫乔治身患癌症病逝，此时西丽娅正作为志愿者手拿望远镜守护着古巴的海岸。男性家长的去世代表了男性权威的消逝,其他男性人物也在以不同的方式走向衰败。第二代男性人物中,菲莉西娅的丈夫雨果性情粗暴、生活堕落;鲁迪斯的丈夫鲁非诺移民美国之后失去了男性的特权地位,成为鲁迪斯发泄欲望的工具;哈维尔本来有比较光明的未来,但是家庭分裂的打击使得他自甘沉沦、终日酗酒。第三代唯一的男性人物是菲莉西娅的儿子伊万尼托,但由于父母关系恶化,他成为母亲的精神依托,并因此成为受害者:这种过于亲密的母子关系多次被隐晦地描写为恋人般的依恋。不可否认,作者有意对这些男性人物进行原型性的描写,男性人物的性格缺陷体现了男性权威的虚构性,是对传统男权话语的挑战和颠覆。相比之下,女性作为叙事主体的出现不仅使女性获得主体性,而且弥补了女性在历史中的缺失。如果说鲁迪斯和皮拉尔的主体性和她们的美国经历相关的话,那么菲莉西娅的孪生女儿露斯和米拉格洛则代表了新一代独立自强的古巴新女性,正像她们的名字所暗示的那样,只要有“希望”,就可以创造出“奇迹”。无论在古巴还是在美国,第三代女性都能够通过各自的话语权创造自己的身份,寻求与生活的和解。

在众多的女性形象中,西丽娅无疑是中心人物,在一定程度上成为古巴的化身。作者在接受采访时曾经说:“对我来说,她(西丽娅——引者注)是全书的灵魂,尽管我不赞同她的某些言语和行为,但是她无论做什么事情,好像都带着热情和真诚。”(Garcia:250)西丽娅的生活反映了古巴的三个历史时期:殖民地时期、古巴革命时期和新殖民主义时期。由于父母离异,年仅四岁的西丽娅被送到哈瓦那的亲戚家里,失去母亲意味着自我记忆的断裂与身份的缺失。她被西班牙情人抛弃的遭遇暗示了宗主国对殖民地的掠夺和践踏;而她早年在哈瓦那美国照相器材专柜做售货员的经历则见证了古巴革命前美国对古巴经济的控制。婚后西丽娅承担起传统妇女吃苦耐劳、隐忍持家的角色,她受到丈夫冷落和婆母虐待,并因此患上忧郁症。西丽娅亲身经历了社会的不公平,并第一次作为历史的参与者和构建者投入解放运动中,因而对革命表现出高度的热情。然而革命也使她的家庭四分五裂:乔治和长女鲁迪斯作为亲美派移居美国;哈维尔起初拥护革命并被派遣到东欧,但后来沉溺于婚姻的不幸而自暴自弃;唯一在身边的女儿菲莉西娅也饱受不幸婚姻的折磨而精神萎靡。接连不断的打击使西丽娅病倒,一个乳房被切除,这极富象征性的情节是饱经苦难的古巴最生动的写照:古巴虽然获得了独立,但经济上仍然没有摆脱以美国为首的新殖民体系的控制,依然在超级大国的新殖民主义阴影之下。皮拉尔因而慨叹道,“我感觉我们好像又回到了从前,古巴好像是美国早年的翻版。”(第220页)总之,女性的历史折射出古巴的历史以及新殖民体系下第一世界与第三世界的关系，这也许就是隐藏于虚构背后的重要现实之一。

母女矛盾是西丽娅家庭破裂的因素之一，也是女儿要努力冲破母亲限制的表现；而母女的和解则标志着女儿接受母亲的传统、接受自我的过去。鲁迪斯出生后不久，西丽娅被送进精神病院，童年时母亲的缺失造就了鲁迪斯对母亲爱恨交织的情感。母女间的嫌隙在一定程度上是男性权威的结果——乔治是为了切断西丽娅和女儿的联系、剥夺她的所有一切，才把她送进精神病院的。西丽娅深深了解在男权社会中女性生活的艰难，为了女儿不再重复自己失去母亲的悲剧，而决定放弃去西班牙寻找情人的计划，留下来照顾女儿。然而女儿仍对她心存芥蒂，事实证明了她的牺牲在男权面前是多么苍白无力。鲁迪斯有着一样独立自强的个性，移居美国后获得经济独立。然而经济的成功无法弥补心中的失落，她通过不断地进食填补内心的空虚。在一次次循环往复的过程中，她逐渐认识到母亲是她魂萦梦牵的过去，是她挥之不去的古巴自我的一部分，最终她带着女儿回到了古巴，与母亲和解。

皮拉尔通过艺术（绘画）的语言来书写外祖母、书写自己的经历。皮拉尔幼年随父母移居美国，远离亲爱的祖母，她一直没有归属感，并梦想回到古巴，"尽管我一直生活在布鲁克林，但这里不像我的家。我不知道古巴是不是，但我想试一试。要是我能再见到姥姥西丽娅，我就会知道自己到底属于哪里。"（第 58 页）古巴之行使她意识到梦想中的古巴已经渐行渐远，但她可以通过艺术获得书写权力，来记述她心中的古巴、找回梦想。这种书写和西丽娅写给盖斯塔沃的书信一样是想象性的，是她个人意识的投射。她为外祖母画像时所使用的颜色是她自己选择的颜色，证明她掌握了书写的自由。如何书写并不重要，重要的是书写者的情感得以流露，书写之中得以体现主体和客体之间的情感与联系。例如，皮拉尔绘制的自由女神像上布满了一颗颗尖钉，这不仅是对美国梦的嘲讽性模仿，而且体现了与边缘化族裔身份相联系的抗争与希望。凯瑟琳·培安特（Katherine B. Payant）肯定了这种艺术虚构对女性自主意识的意义："对失去根基的这一代人来说，虚构可以提供各种各样的家园，在这里能够探索过去的意义，并且找到个人的自我空间和现在。"（Payant：163）同样，艾德利安·里奇（Andrienne Rich）也强调女性必须首先认清自我的历史，这样不仅能够传承文化传统，而且能够打破文化传统的苑囿，形成对自己的新认识。她说："我们必须首先理解他人对我们的主观性的判断，否则我们无法认识自己。对于女性来说，这是生存行为，这在文化历史上已经得到不止一次的验证。"（Rich：35）女性的命运虽然在很大程度上受到政治的影响，但是她们对自我历史的解读是更重要的生命支撑，如作者加西亚所说："我认为，爱比政治更难。”(第 252 页)小说中虽然政治左右着女性的命运,但她们的抗争为苦难增添了意义,即里奇所说“生存行为”。整个文本交织着政治和女性追寻,皮拉尔作为主要叙述者是女性话语主体性的集中体现,是女性自我认识觉醒与成熟的标志。

这两种历史叙述背后隐藏着多层次、多维度的现实,体现叙述主体重建自我、书写历史的方式。从这个意义上说,作者加西娅也在通过颠覆权力话语重构女性身份和古巴裔美国女性的双重边缘化身份。她以历史为基点,在理解女性历史的基础上达到书写历史的目的。里奇把这种书写称作“改写——回顾过去,采用新的眼光,从新的批评角度分析已有的文本”(Rich:35)。大卫·米契尔也对这种书写方式进行肯定:“加西娅没有采取非此即彼的方式将象征性的民族文化再现为国家统治权或对抗记忆的产物,她暗示着国家—民族的‘文本’既非单义性又非单向性。”(Mitchell:55)这种历史书写不仅赋予女性新的话语权力和叙述身份,也使得古巴裔美国文学摆脱了狭隘的种族主义概念,用更广阔、更开放的话语结构书写族裔身份和族裔文化。因此伊莎白尔·鲍兰德将加西娅等“古巴”作家称为“联系不同文化的桥梁”,他们的书写“使得西班牙语世界和英语世界彼此了解”。(第 154 页)

参考文献

[1]Althusser, Louis. Ideology and Ideological State Apparatuses. *The Critical Tradition: Classic Texts and Contemporary Trends*. Ed. David H. Richter. New York: Queens College of the City University of New York, 2007. 1263-1272.

[2] Alvarez-Borland, Isabel. *Cuban-American Literature of Exile: From Person to Persona*. Charlottesville: University of Virginia Press, 1998.

[3] Bhabha, HomiK. Introduction: Narrating the Nation. *Nation and Narration*. Ed. Homi Bhabha. New York: Routledge, 1990.1-7.

[4]Garcia, Cristina. *Dreaming in Cuban*. New York: Ballantine Books, 1992.

[5]Hall, Stuart. “Cultural Identity and Diaspora.” *Colonial Discourse and Post-colonial Theory: A Reader*. Eds. Patrick Williams & Laura Chrisman. New York: Columbia University Press, 1994. 392-403.

[6]Herrerra, Andrea O'Reilly. Women and the Revolution in Garcia's *Dreaming in Cuban*. *Modern Language Studies*, 1997, Vol. 27, No. 3/4: 69-91.

[7] Leonard, Suzanne. Dreaming as Cultural Work in Donald Duck and *Dreaming in Cuban*. *MELUS*, 2004. http://www. findarticles. com/p/articles/mim2278/is229/ain 8640594.

[8]Lopez, Iraida H. "...And There is Only My Imagination Where Our History Should Be": An Interview With Cristina Garcia. *Michigan Quarterly Review*, 1993, Vol. 33, No. 3: 605-617.

[9]Mitchell, David T. National Families and Familial Nations: Communisa Americans in Cristina Garcia's *Dreaming in Cuban*. *Tulsa Studies in Women's Literature*, 1996, Vol. 15, No. 1: 51-60.

[10]Payant, Katherine B. From Alienation to Reconciliation in the Novels of Cristina Garcia. *MELUS*, 2001, Vol. 26, No. 3: 163-82.

[11]Rich, Adrienne. "When We Dead Awaken: Writing as Revision." *On Lies, Secrets, and Silence: Selected Prose, 1966-1978*. New York: Norton, 1979.

[12]Ween, Lori. Translation Back formations: Authenticity and Language In Cuban American Literature. *Comparative Literature Studies*, 2003, Vol. 40, No. 2: 127-141.

（原文发表于《外国文学研究》2008 年第 5 期）

历史与想象的结合
——莫拉莱斯的英语小说创作

王守仁[*]
（南京大学外国语学院）

摘　要：当今美国文坛上，以墨西哥裔美国文学为主体的拉美裔美国文学发展迅速，取得显著成绩。莫拉莱斯是当代墨西哥裔美国文学主要作家之一，他的小说《制砖的人们》以写实的手法记载了早期墨西哥移民如何在美国求生存的艰难历史，《布娃娃瘟疫》讲述发生在过去、现在和未来三个不同时期的瘟疫，幻想交织着对现实的描绘，具有魔幻现实主义色彩。本文以莫拉莱斯的英语小说作品为个案，介绍和分析了当代墨西哥裔美国文学的一些特征。

关键词：当代美国小说；墨西哥裔；美国文学；莫拉莱斯；魔幻现实主义

当今美国，拉美裔人口增长迅速，已成为最大的少数种族，占总人口的14.2%，超过黑人两个百分点。[①] 构成美国拉美裔人口的主体是墨西哥移民及其后裔，每100个美国人当中，有9人是墨西哥裔。[②] 由于跨越边境的便利，美国墨西哥裔人口高速增长的趋势还会保持下去。拉美裔美国文学特别是墨西哥裔美国文学也乘势发展，使当代美国文学的版图发生显著变化。如果说20世纪上半叶用英语写小说诗歌和戏剧并有建树的拉美裔美国人是凤毛麟角，最近三十年拉美裔美国文学则进入了一个繁荣时期。拉美裔美国文学是一个笼统的概念，涵盖了墨西哥裔、古巴裔、波多黎各裔、智利裔、尼加拉瓜裔等众多少数族裔美国文学与人口比例相一致。墨西哥裔美国文学在整个拉美裔美国文学中占主导地位，力量雄厚，成绩斐然，重要小说家及其代表性作品

---

* 作者简介：王守仁，教授，主要研究方向为外国文学史、当代英美小说和英语教育。

① 据美国2004年人口统计，黑人占全国人口12.2%。见U.S. Census Bureau (2004), American Community Survey Data Profile Highlights. <http://factfinder.census.gov/>。

② 英文中，Latino指来自拉丁美洲国家的移民及其后裔，Chicano专指墨西哥移民及其后裔，而Hispanic除拉丁美洲国家之外还涵盖了欧洲的西班牙，泛指生活在美国的西班牙拉丁美洲国家的移民及其后裔。

有:罗道尔夫·阿纳亚(Rudolfo Anaya)的《祝福我,乌尔蒂玛》(*Bless Me, Ultima*,1972),桑德拉·希斯内罗斯(Sandra Cisneros)的《芒果街上的房子》(*The House on Mango Street*,1984),安娜·卡斯蒂约(Ana Castillo)的《米斯基阿华拉书信》(*The Mixquiahuala Letters*,1986),格洛丽娅·安萨尔杜阿(Gloria Anzaldua)的《边境地带》(*Borderlands/La Frontera*,1987),约翰·里奇(John Rechy)的《阿玛丽亚·戈麦斯神奇的一天》(*The Miraculous Day of Amalia Gomez*,1991),格拉谢拉·利蒙(Graciela Limon)的《蜂鸟之歌》(*Song of the Hummingbird,1996*),萨尔瓦多·普拉斯森夏(Salvador Plascencia)的《纸人》(*The People of Paper*,2005),和路易斯·阿尔贝托·乌雷阿(Luis Alberto Urrea)的《蜂鸟的女儿》(*The Hummingbird's Daughter*,2005)等。墨西哥裔美国文学的重镇分别是与墨西哥接壤的德克萨斯州和加利福尼亚州。来自南加州的亚历杭德罗·莫拉莱斯(Alejandro Morales,1944—)也是当代墨西哥裔美国主要作家之一,了解他的小说创作,可以管中窥豹,把握墨西哥裔美国文学的一些特征。

莫拉莱斯出生于加利福尼亚州洛杉矶以东的蒙特贝罗,父母均为墨西哥移民。蒙特贝罗城外的西蒙斯砖厂一度是世界上规模最大的砖厂,他父亲在那里当工人,养家糊口。莫拉莱斯谈起他父亲时说:

> 我想我一直真的是将我父亲以及整个墨西哥裔美国人视为建筑工人。我父亲生产出用来建造洛杉矶许多大楼的材料——砖头。我以同样的眼光来审视词语:词语也是我建造时所用的材料。如同我父亲,我是和原材料即语言打交道。我使用语言的方式是创作多多少少能影响人的小说。[①]

莫拉莱斯读高中时就对文学发生兴趣,开始练笔写诗和短篇小说,把身边所见所闻记录下来,这些文学素描后来演变成为他的处女作《老面孔与新酒》。在父亲的支持和鼓励下,他进入加州州立大学洛杉矶分校修读西班牙语专业。大学本科毕业后,莫拉莱斯去克莱蒙高中教了一年西班牙语。1969 年,他前往美国东部新泽西州的拉特格斯大学攻读硕士和博士学位,成为全美最早研

---

① Mclellan, Dennis. Building on Words: Family History Provides UC Irvine Professor Alejandro Morales the Material with Which to Lay the Foundation for Novels that Put forth the Contributions of Mexican Americans, *Los Angeles Times*, 12 February 1995.

究墨西哥裔美国文学的博士论文作者之一。1974 年,他应聘去加州大学欧文分校任教直至今日,现为该校西班牙/葡萄牙语系教授。莫拉莱斯既是一位学者,又是一位从事文学创作的作家,还是一位推动拉美裔美国文学事业的热心人。为了提携年轻人,促进墨西哥裔美国文学发展,他于 1987 年与人合办了一家独立出版社,1991 年又开了一家书店。莫拉莱斯认为众多的小出版社对拉美裔作家的成长和成功至关重要。全美规模最大、历史最悠久的拉美裔美国文学专业出版社是艺术出版社(Arte Publico Press),其使命是"让拉美裔美国作家进入主流"[①]。莫拉莱斯两部重要英语作品均由该出版社出版。

莫拉莱斯能娴熟地使用西班牙语和英语进行文学创作。实际上,他的文学生涯是从写西班牙语小说开始的。在到加州大学欧文分校任教之前,他曾在位于墨西哥城的墨西哥大学文学研究中心做了一年研究员,在墨西哥找到了他第一部西班牙语小说《老面孔与新酒》的出版商。莫拉莱斯交替使用两种语言写小说,他的第三部小说《天堂里的决斗》是"双语小说"[②],叙述语言主要是西班牙语,但小说人物有的讲西班牙语,有的讲英语。我们所知的非裔、华裔、本土作家大都只用单一的英语创作,墨西哥裔美国作家的双语能力在美国少数族裔文学中独树一帜,同时对文学创作本身也产生重要影响。他们的英语作品中常常会出现西班牙语词汇,如安萨尔杜阿的《边境地带》同时用了英语和西班牙语书名,书中有许多西班牙语句子和诗文,使之几乎成为双语文本。罗贝尔塔·费尔南德斯在他的《美国的西班牙、拉美裔文学 30 年》(2004)一文中指出:美国的西班牙、拉美裔作家是采用"双语言、双文化的视角"观察和表现世界。[③] 在墨西哥裔美国文学作品中,以西班牙语为载体的墨西哥文化享有与美国文化几乎相等的地位。莫拉莱斯的小说无论是题材还是语言都可以清楚看到墨西哥文化的印迹。

莫拉莱斯是在出版了三部西班牙语小说后才开始用英语发表作品。《制砖的人们》(*The Brick People*,1988)是他的第一部英语小说,取材于作家上

---

① Mclellan, Dennis. Latino Have a Story to Tell: O. C. Writers are Among Those Whose Works about the Hispanics Experience Have Found Wider Audience. *Los Angeles Times*, 27 December 1991.

② Morales, Alejandro. Dynamic Identities in Heterotopia, in: *Alejandro Morales: Fiction Past, Present, Future Perfect*. Ed. Jose Antonio Gurpegui. Tempe: Bilingual Review Press, 1996.20.

③ Fernandez, Robert. "Thirty Years of Hispanic Literature in the United States", <http://www.humanities-interactive.org/vocesamericanas/thirtyyears.htm>.

一辈人的生活，表现了早期墨西哥移民克服重重困难，在美国艰难立足的那一段历史。故事围绕莫拉莱斯父亲工作过的西蒙斯砖厂的兴衰展开。

小说上半部的中心是讲述美国白人老板约瑟夫和瓦尔特兄弟如何依靠墨西哥工人廉价劳力发展西蒙斯砖厂事业。早在 1892 年，约瑟夫·西蒙斯在东洛杉矶地区帕萨迪那的砖厂小规模经营，每天制砖 5 万块。他雇佣 40 个墨西哥"农民工"，指派墨西哥人罗森多为工头。约瑟夫信任罗森多，按照他的计划扩建厂房，生意兴旺。由于帕萨迪那砖厂生产能力有限，兄弟俩于 1904 年在帕萨迪那以南的蒙特贝罗城外新买了 30 英亩土地，由瓦尔特·西蒙斯经营。1906 年 4 月 18 日，加利福尼亚州旧金山发生 8.3 级大地震，6 万人丧生。震后重建刺激了对砖头的需求，砖厂 24 小时加班加点干。瓦尔特将 100 名墨西哥工人分两班，一半工人早上 7 点上班，另一半工人晚上 7 点上班，连续工作达 12 小时。瓦尔特靠剥削勤劳的墨西哥工人发了大财，到 20 世纪 20 年代初，275 名墨西哥工人在他砖厂干活。1926 年，西蒙斯砖厂达到顶峰，每天制砖达 50 万块，瓦尔特也因此视自己为"制砖业的福特"[①]。西蒙斯砖厂的独特之处是清一色雇佣墨西哥工人。瓦尔特以墨西哥人的"恩主"面目出现，在砖厂附近建起商店、学校、教堂、诊所，整个厂区有 4000 墨西哥人居住。20 世纪 30 年代，美国发生经济大萧条，西蒙斯砖厂开始走下坡路，运转的制砖机从原来的 17 台减少到 1 台。到第二次世界大战结束时，瓦尔特难以为继，考虑要把砖厂出售。莫拉莱斯在讲述西蒙斯兄弟如何办厂的同时，并行描写了墨西哥人的生活。

小说下半部的叙述中心转移到墨西哥工人奥克塔维奥·雷维尔塔斯，他于 20 世纪初历尽艰险来到美国，和父亲达米安一起在西蒙斯砖厂做工。达米安爸爸贪杯，追女人，不太顾家。作为家里的长子，奥克塔维奥有强烈的家庭责任感，成为家里的顶梁柱。他脑袋很灵，下班时间会去赌博，牌桌上手气不错，总能赢钱。1926 年他与娜娜结婚成家，一共育有五个儿女。1937 年，奥克塔维奥组织墨西哥工人罢工，要求瓦尔特提高工资，但罢工以失败告终。他因此受到厂方的刁难，后来遭到解雇，被赶出厂区。1946 年，他用自己积攒的 300 美元买地盖房，实现了当时许多墨西哥工人连想都不敢想的梦。小说结束时，奥克塔维奥看到自己儿子在建房工地上搬木头，不由回忆起自己年轻时从墨西哥北上来到美国的情景。

---

① Alejandro Morales, *The Brick People*, Houston: Arte Publico Press, 1988, 147. 以下引文只注页码。

19世纪末20世纪初，墨西哥在迪亚斯(1876—1911)独裁统治下，两极分化严重，大批农民丧失土地，沦为雇工，受封建庄园主的残酷剥削和政府警察的欺凌迫害，生活极端贫困。很多人背井离乡，长途跋涉北上前往美国寻找工作机会，奥克塔维奥是早期墨西哥移民大军中的一个代表。与千里赤贫、民生凋敝的墨西哥相比，美国的条件特别是西蒙斯砖厂的状况无疑是要好得多。奥克塔维奥为人厚道，十分珍惜自己的工作，拼命干活，是一个优秀工人，但是，西蒙斯砖厂是"瓦尔特仁慈剥削和控制墨西哥劳动力的典范"(第149页)，在砖厂做工的墨西哥人实际上是工厂"悲伤的奴隶、劳累不堪的囚犯"(第126页)。瓦尔特采用墨西哥封建庄园制的一些做法来管理墨西哥工人，建造简易住房租给墨西哥工人住，规定他们必须在工厂的商店购物，严禁工会活动，他的目的是要建立一个"墨西哥工人完全依赖他的天堂"(第70页)。与其他墨西哥工人不一样，奥克塔维奥敢于追求个人权利和自由，对厂方的管理提出异议，拒绝在工厂商店购物。20世纪30年代，砖厂不景气，瓦尔特提出：为了在未来建设一个美好社会的希望，墨西哥工人要加倍工作，但不增加工资。奥克塔维奥对此有不同想法："他不喜欢希望这个词。他认为希望是占支配地位的社会用来统治人民群众的压迫性概念。希望代表着不行动，永远不要前进，永远不要改善工人的经济状况。希望是个空无区，是用来控制的拘留区。奥克塔维奥不想受人控制。"(第202页)。

但是，奥克塔维奥没有能力改变受人控制的状况。由于瓦尔特坚决不肯让步，罢工失败，墨西哥工人只好老老实实地回到自己岗位上继续干活。在种族歧视盛行的年代，墨西哥移民的处境十分糟糕。由于砖厂工作条件恶劣，奥克塔维奥的弟弟因长期吸入红土粉尘，年纪很轻就得了肺病去世。奥克塔维奥住了25年房子失火，因为是墨西哥人居住区，蒙特贝罗市的消防队见火不救，袖手旁观大火吞噬整个街区。房子烧毁后，奥克塔维奥发现自己为工厂几乎干了一辈子，最后落得个两手空空，什么都没有。他去蒙特贝罗城里租房子，被白人拒之门外，墨西哥人的身份让他处处碰钉子。莫拉莱斯在《制砖的人们》中选取墨西哥贫苦工人作为主要表现对象，着重描写他们生存的艰辛。相比之下，不少其他少数族裔作家的作品将焦点聚集到同化进程以及作为结果而发生的文化冲突和个性危机，如非裔作家莫里森的《最蓝的眼睛》描写了白人文化对黑人心灵的侵蚀，华裔作家汤亭亭的《女勇士》讲述了女主人公在中美两种文化冲撞下的成长故事。莫拉莱斯没有遵循一般少数族裔文学的套路去表现同化进程和文化冲突,[①]究其根源,一是因为墨西哥原为西班牙殖民地,天主教影响很大,而西班牙文化与美国主流文化同属西方文化,两者融合并无多大困难。二是因为墨西哥人身体内流着印第安人的血,他们的祖先印第安人在美洲大陆创造了灿烂的文明。在西班牙殖民者到来之前,阿兹特克帝国盛极一时,而今日美国的德克萨斯州、新墨西哥州和加利福尼亚州原本属于墨西哥,墨西哥战争(1846—1848)之后才被并入美国领土。在某种意义上,墨西哥移民是回归到祖先的土地上来,对美国并不感到陌生。阿兹特克帝国使"墨西哥裔美国人享有一种本土感和历史延续感"[②]。从现实角度看,每年有数十万墨西哥人以合法及非法途径越过边境来美国,[③]大多墨西哥移民干的都是一些重活、脏活、累活,劳动强度大,收入低,他们所面临的挑战是如何维持生计,能够在美国生存下来。《制砖的人们》在满足最基本的物质需求层次上表现墨西哥移民在美国生存这一主题,具有现实意义和当下性。

莫拉莱斯在一次访谈中曾说:"《制砖的人们》是以我妈妈和我爸爸的生活为基础,因此是传记性作品。"[④]他从墨西哥裔美国人的角度,通过讲述自己家族的历史重构早期墨西哥移民生活史,同时也强调了墨西哥人对美国特别是南加州的发展和繁荣所做的贡献。这一思想在他的代表作品《布娃娃瘟疫》(*The Rag Doll Plagues*,1992)里得到了进一步发挥。莫拉莱斯在《制砖的人们》里基本上是以写实的手法描绘了发生在20世纪上半叶墨西哥移民在美国的艰辛生活,他曾计划从书中选一个年轻人物,将其置于当代社会,继续讲述当代墨西哥裔美国人的生活。他在学校里听了历史学家约翰·杰伊·特帕斯科一场关于殖民时期墨西哥医疗状况的报告后,受到启发,便调整了原来的计

---

① 拉莱斯在2006年2月7日给本文作者的电子邮件说:他目前正在创作一个"异托邦"三部曲(The Heterotopian Trilogy),第一部小说《等待发生》(*Waiting to Happen*,2001)已出版。三部曲的女主人公克鲁丝是墨西哥人,她生于美国,在墨西哥上小学和中学,后来又回到美国接受高等教育。"她是一个真正跨越国界的女子,学会了不偏不倚地去热爱两个国家。"

② 埃默里·埃利奥特主编:《哥伦比亚美国文学史》,朱通伯等译,四川辞书出版社1994年版,第671页。

③ 自2000年以来,每年有48.5万墨西哥人非法进入美国,2005年在美国的墨西哥非法移民达630万人。见Thornburgh, Nathan. Inside the Life of the Migrants Next Door, *Time*, 2006, Vol. 167, No. 6: 38, 45.

④ Interview with Alejandra Morales, in: *Alejandro Morales: Fiction Past, Present, Future Perfect*. Ed. Jose Antonio Gurpegui. Tempe: Bilingual Review Press, 1996. 10, 12.

划，写了一部“实验性小说”[①]。《布娃娃瘟疫》时间跨度很大，从18世纪末一直到21世纪末。小说分为三卷，采用第一人称叙述，第一卷叙述者是西班牙人格雷高利奥·雷维尔塔斯，第二卷叙述者名叫格雷戈里·雷维尔塔斯，他父母亲名叫奥克塔维奥与娜娜。因此，《布娃娃瘟疫》与《制砖的人们》存在着某种联系。第三卷叙述者名字也叫格雷戈里·雷维尔塔斯。其实，西班牙语人名格雷高利奥在英文中即为格雷戈里。第二卷与第三卷的叙述者格雷戈里是墨西哥移民的后代，他们已完全融入美国社会，成为典型的美国人。三个格雷戈里生活在不同年代，但都从事相同的医生职业。

《布娃娃瘟疫》第一卷的故事发生在18世纪末的墨西哥。叙述者格雷高利奥·雷维尔塔斯是西班牙王国医学、解剖学和外科学首席教授，御医团最年轻的主任。1788年，他被派往被称之为新西班牙的美洲新大陆，协助新西班牙总督改善殖民地墨西哥的医疗状况。小说开始时，格雷高利奥抵达墨西哥城，他发现整个城市污秽遍地，散发着熏人的臭气。墨西哥南方爆发了一场“布娃娃”瘟疫，三个月里吞噬了几千人的生命。之所以称之为“布娃娃”瘟疫，“那是因为生命从身体撤离后，‘布娃娃’瘟疫丢下的尸体摸上去像是布娃娃。尸体不像正常死亡那样会发硬，而是像个酒囊一样软软的”[②]。感染上“布娃娃”瘟疫的最初病症是手指和脚趾肿大，三五天后发红，不久肌肉和骨头化成脓水，四肢很快烂掉，最后蔓延到躯体。“布娃娃”瘟疫是不治之症，人们找不到有效的治疗方法，只能及早截肢，以阻挡脓水蔓延，延缓几个月的生命。“布娃娃”瘟疫在向首都逼近之际，人们对从西班牙来的格雷高利奥寄予厚望，但他对此也束手无策：“我不知道病因。我没有药方。”（第32页）不过格雷高利奥在瘟疫面前没有退却，强烈的使命感促使他很快投入防治工作。经过三年的努力，疫情有了缓解。就在这时，住在城外特波索特兰神学院的新西班牙总督七岁的女儿劳林达及其母亲玛丽塞拉发现染上了“布娃娃”瘟疫。格雷高利奥奋力抢救，依然回春无术，劳林达不治身亡。玛丽塞拉有孕在身，格雷高利奥给她做了截肢手术，但病情发展迅速，危及孩子，必须破腹将胎儿取出。1792年2月初，莫尼卡来到人间，她母亲玛丽塞拉在临终前看了孩子一眼，将

---

① Interview with Alejandra Morales, in: *Alejandro Morales: Fiction Past, Present, Future Perfect*. Ed. Jose Antonio Gurpegui. Tempe: Bilingual Review Press, 1996. 10, 12.

② Morales, Alejandra. *The Rag Doll Plagues*, Houston: Arte Publico Press, 1992.30. 以下引文只注页码。

她托付给格雷高利奥抚养成人。莫尼卡的诞生标志着瘟疫的消失，从这一年四月起就不再有病例报告。

格雷高利奥抵达墨西哥的时间是1788年，正好是欧洲大陆1789年法国大革命爆发的前夜，而在北美大陆美国于1776年宣布独立。格雷高利奥在多处将政治革命比作瘟疫，两者共同之处是夺人生命，横尸遍野。他来殖民地是要通过治病来“扑灭革命热情的火焰”(第16页)。格雷高利奥初到墨西哥是以殖民主义者眼光来看待土著印第安人:“我们得好好照看他们，因为是上帝把他们托付给我们。如果我们玩忽职守，帝国将会崩溃。”(第17页)格雷高利奥的使命是把欧洲最先进的医学成就介绍到墨西哥，将其应用到土著居民身上，以巩固帝国的殖民统治。他对印第安传统医药和土郎中怀有偏见，极力排斥:“这些土郎中是危险人物，已导致数以千计的人丧命。最坏的是那些用自己的语言施行巫术的印第安土郎中，必须制止他们邪恶的巫术。”(第16页)但是面对闻所未闻的“布娃娃”瘟疫，欧洲最先进的医学未能提供有效的药方。神甫胡德以自己亲身经历给他讲述印第安人的友善和印第安传统医药的替代疗法。随着时间的推移，格雷高利奥的思想观念逐渐发生了变化，对墨西哥产生了感情。时光的流逝淡化了格雷高利奥对旧大陆的记忆，他甚至想不起未婚妻的容貌。他解除了婚约，决心在新大陆扎根，不是为帝国服务，而是为墨西哥人做事:“我勤奋工作，是为了使莫尼卡有一个更好的世界，更好的墨西哥。”(第61页)

《布娃娃瘟疫》第二卷的故事场景从18世纪末的墨西哥城转换成20世纪70年代中期美国加州洛杉矶以东一个名叫德里的西班牙语居民区，叙述者格雷戈里·雷维尔塔斯是一位年轻的墨西哥裔美国人，在圣安娜市医疗诊所当外科医生。格雷戈里在奥兰治县剧院与“完美、漂亮”的年轻女演员桑德拉邂逅，一见钟情，坠入爱河。两人卿卿我我，开始计划甜蜜的生活时，他发现桑德拉是血友病病人，稍有不慎，身上弄破了什么地方就会出血不止。桑德拉怀孕四个月后突然大出血，送到医院抢救，结果大人虽然脱离了危险，但孩子没能保下来。除了血友病，她还患上了严重的再生障碍性贫血，体质越来越差，这给他们的生活蒙上阴影。格雷戈里深深爱着桑德拉，唯恐失去她。周末他一人回老家看望母亲，桑德拉一直在他眼前浮现:“我在她身边，她变成了一棵翠绿的柏树。她像是一棵树、一条河、一颗种子那样对我喃喃细语。她突然爆裂，像蜂鸟，像蝴蝶，飞了起来。桑德拉欢笑着，一边把从我母朵果园里摘的橘子的甜汁涂在我身上。”(第104页)格雷戈里的美丽幻景很快被残酷的现实所击碎。他回到诊所，看到医院的化验结果，得知在多次输血过程中，桑德拉染上了艾滋病。由于艾滋病是一种名声不好、无药可治的传染性疾病，人们对桑德拉的态度顿时发生了巨大变化。她原来是受人欢迎的演员，得知她是艾滋病人后，奥兰治县剧院从项目主管到演员都不愿和她在一起工作。即使在医院里，医生护士都与她保持着距离，不愿进她的病房，给她治疗肺炎的医生是通过打电话进行诊断。苏珊·桑塔格在《艾滋病及其隐喻》一文中从文化角度研究人们如何将艾滋病作为一种隐喻来运用，提及艾滋病人在社会上受到的歧视：

> 那些因诸如血友病和接受输血而感染艾滋病的人，尽管无论怎样也不能把感染的责任怪罪在他们本人身上，却可能同样为惊恐失色的人们无情地冷淡疏远，认为他们可能代表着一种更大的威胁，因为他们不像那些业已蒙受污名的艾滋病患者那样容易被识别。①

桑德拉因为感染了艾滋病而成为“贱民”。她接受别人建议决定去墨西哥，尝试印第安传统疗法。在墨西哥城郊外特波索特兰神学院的图书馆里，格雷戈里看到了当年西班牙医生格雷高利奥治疗“布娃娃”瘟疫的日记。神学院花园里有胡德神甫、玛丽塞拉、莫尼卡以及格雷高利奥的墓碑。桑德拉在墨西哥感受到了人间温暖，她沐浴在爱的阳光下，精神上得到抚慰。他们在墨西哥的朋友简小姐对她说：“你给爱你的人带来欢乐。你要感到骄傲。不要为自己衰败的身体感到羞愧。衰败是一个自然过程。上帝和地球的各种能量在呼唤你，让你加入转变我们所有人的过程。我爱你。我爱你的衰败。我爱你的疾病。”（第 119 页）印第安土郎中把桑德拉感染的艾滋病称为“布娃娃”瘟疫，他们给她介绍减少痛苦的各种草药。一位土郎中告诉桑德拉要用笑声战胜恐惧和痛苦：“学会再次放声大笑。这是你目前最需要的，学会再次放声大笑。”（第 123 页）从墨西哥回美国后，桑德拉的病情没有好转。格雷戈里和她父母精心照顾她，社区的墨西哥裔朋友伸出援助之手，主动来看护她。不久桑德拉离开了人间。

如果说《布娃娃瘟疫》第二卷是采用现实主义手法，第三卷则有了科幻色彩。叙述者格雷戈里·雷维尔塔斯从辈分上讲是第二卷中格雷戈里·雷维尔

① 苏珊·桑塔格：《疾病的隐喻》，程巍译，上海译文出版社 2003 年版，第 103 页。

塔斯医生的孙子。故事地点设置在"跨国空间"①的拉美克斯(LAMEX),该词是洛杉矶与墨西哥的缩写,时间是21世纪。这时美国、加拿大和墨西哥建立了三国联盟,墨西哥与美国之间的边界已经不复存在,洛杉矶至墨西哥城之间建有超音速旅行通道。加州的人口组成发生了巨大变化,至2020年,居住在洛杉矶的墨西哥裔美国人就已达250万,洛杉矶以东主要是亚裔居住区,有几百万来自中国大陆的移民。"中国人在人数上已成为主导力量。"(第148页)拉美克斯居民住在三类城市:有钱人住在"上层生活生存区"城;墨西哥人和华人住在"中层生活生存区"城;"下层生活生存区"城市拥有相同的历史,它们都是由监狱演变而来,其人口大部分为罪犯。与世隔绝的"下层生活生存区"城实行自治,凡发现有反社会行为的人就被送往"下层生活生存区"。主人公格雷戈里的专业是医学生物环境遗传学,担任"拉美克斯健康走廊"研究中心主任,他在洛杉矶和墨西哥城两地都有办公室。莫拉莱斯笔下的未来世界并不美好:由于人类废物不断增加,生存环境遭到毒化,整个地球在经历一场生态灾难。离海岸100英里外的太平洋深处长出三块庞大的污秽物,其体积不断增长,散发的有毒气体威胁着地球居民的生存。格雷戈里经常去喝咖啡的餐厅主人名叫特德·陈,是第三代华裔,妻子阿玛丽亚是墨西哥裔加州姑娘,他们结婚一年多,因为听说污秽物正逼近圣地亚哥,很担心污染,不知道是否应该怀孩子。墨西哥城终日被烟雾笼罩,偶尔看见蓝天,人们会不上班,和家人庆祝蓝天,像美国人过感恩节那样感谢上苍。故事开始时,格雷戈里接到报告:圣地亚哥地区一个名叫"美景"的"下层生活生存区"城暴发瘟疫,几小时内已有五百人丧生——染病的人先是感到头昏乏力,随后呼吸困难,肺部血管充血,使胸腔膨胀,同时全身红一块青一块,发病三四天后心脏或肺叶破裂,无药可治。瘟疫这头"人造怪兽"(第185页)四处游荡,杀人无数。格雷戈里在圣地亚哥海军基地给三国联盟军团士兵做体检时无意中发现一位墨西哥军人的血液像是得了白血病,但身体却很健康。他随后进行试验,证实来自墨西哥城的墨西哥人适应了恶劣的生存环境,他们的血液发生了千年一遇的生物大突破,具有神奇疗效。洛杉矶随后暴发瘟疫,夺去了数以千计的白人和日本人的生命。三国联盟理事会采用格雷戈里的疗法,给病人输墨西哥人的血,使很多

① Martin-Rodriguez, Manuel M. The Global Border: Transnationalism and Cultural Hybridism in Alejandra Morales's The Rag Doll Plagues, in: *Alejandro Morales: Fiction Past, Present, Future Perfect*. Ed. Jose Antonio Gurpegui. Tempe: Bilingual Review Press, 1996.96.

病人起死回生脱离危险。小说结束时，阿玛丽亚已怀孕 7 个月；夫妇俩正在等待他们的孩子出生，“那孩子代表了新千年的希望”（第 200 页）。

《布娃娃瘟疫》描写了过去、现在和未来发生的瘟疫。自有史以来，瘟疫始终伴随着人类，构成人类生存状态的一个部分。时至科技发达的今日，我们仍然面对非典、艾滋病、禽流感的威胁。莫拉莱斯引导读者去思考发生瘟疫的原因，他说：“《布娃娃瘟疫》主要是关于疾病的来源：它们是从哪里来的？为什么它们会回来？我们认为已经解决了问题，但它们又出现了。我觉得这与经济和社会状况大有关系。”[①]莫拉莱斯试图在瘟疫与经济和社会状况之间建立起联系。在小说第一卷，格雷高利奥初到墨西哥城，发现该城市不仅肮脏而且堕落：“城市的堕落到处显而易见。”（第 15 页）最典型的例子是格雷高利奥在去医院途中路过妓院区，那里的肮脏场面不堪入目。经过三年的努力，墨西哥城变得比较清洁安全，罪犯得到惩罚，妓院被关闭，瘟疫最后神秘地消失了。第二卷提及越南战争以美国失败而结束，1975 年 4 月美国放弃驻西贡大使馆，电视里播放最后撤离的美军蜂拥挤上最后一批直升机的镜头。莫拉莱斯以越南战争的失败为背景，讲述桑德拉感染艾滋病的故事，隐含了社会批评的用意。第三卷则直接点明瘟疫爆发的原因是环境污染。苏珊·桑塔格指出：瘟疫的大规模发生，“不只被看作是遭难，还被看成是惩罚……瘟疫总被看作是对社会的审判”[②]。《布娃娃瘟疫》向读者揭示：瘟疫的流行是一个表象，它说明人们所生存的社会出了毛病。

《布娃娃瘟疫》展现了人类因瘟疫而受苦受难的图景，但莫拉莱斯表现出乐观主义态度，并有一种深沉的历史感。小说原名为“古老的眼泪”，而每一卷结尾时叙述者都提到“古老的眼泪”：在第一卷，格雷高利奥亲吻了莫尼卡之后，“古老的眼泪流经我先辈”，“在我的脸颊上流淌”；（第 6 页）在第二卷，桑德拉染上了艾滋病不治身亡，“她唤起了我灵魂深处古老的眼泪，那眼泪的滋味尝起来将永远像我们的爱情”（第 129 页）；在第三卷，格雷戈里觉得自己能够保护特德·陈和阿玛丽亚的孩子，他将自己融入“充满希望、永远生存的种族”，从身心最深处涌出“古老的眼泪”。（第 200 页）人们因为悲伤而流泪，也因为欢乐而落泪。古老的眼泪流淌至今，它象征着历史的延续，同时是爱、同情心和希望的结晶。

---

① Mclellan, Dennis. In “Rag Doll” the Plague's the Thing, in: *Los Angeles Times*, 14 February 1992.

② 苏珊·桑塔格：《疾病的隐喻》，程巍译，上海译文出版社 2003 年版，第 119 页，第 127 页。

以哥伦比亚作家加西亚·马尔克斯为杰出代表的魔幻现实主义在当今世界文坛产生了深远影响。对拉美裔美国作家而言,魔幻现实主义并不陌生,而是一种与生俱来的传统。在莫拉莱斯的作品中,对现实的描绘往往交织着幻想。

记载早期墨西哥移民在美国生存历史的《制砖的人们》是一部现实主义作品,同时也有奇幻成分。小说一开始在砖厂当工头的墨西哥人罗森多就给约瑟夫讲了一个传说:帕萨迪那砖厂附近的土地主人原来是堂娜埃乌拉里亚,她活了 170 岁,预言自己死后将"变成土地的昆虫"(第 11 页),永远不离开她深深热爱的这片土地。堂娜埃乌拉里亚死后,人们发现她的衣服上爬满了成千上万的褐色昆虫。褐色昆虫随后在关键时刻作为死亡的象征屡屡出现:1913 年,西蒙斯家族的小儿子被昆虫包围窒息而死;1931 年约瑟夫死后,数不清的昆虫从他尸体下面爬出来;1946 年,瓦尔特前往欧洲旅行,在巴黎一家旅店睡觉时,无数的昆虫从他嘴里爬出来,将他呛死。堂娜埃乌拉里亚的预言以奇特的方式得到了应验,"人们传说她还在乡间漫游徘徊"(第 11 页)。

莫拉莱斯在《布娃娃瘟疫》的扉页称该作品为"历史与想象之作",书中奇幻的成分并不突兀,显得十分自然。第一卷里格雷高利奥抵达墨西哥城当晚做了一个梦,梦境中见到一个名叫达米安爸爸的老人和一个名字也叫格雷高利奥的年轻人,他们后来在不同场合现身,常常只有格雷高利奥能看到,但也有例外。如格雷高利奥给劳林达施行截肢手术时,发现达米安爸爸和年轻人站在玛丽塞拉身后。手术结束后,他们留下来看护病孩。劳林达告诉母亲和格雷高利奥有两个陌生人和她说话,并坚持说就站在他们身旁,从而确认了格雷高利奥所看到的并非幻象。劳林达死后安葬在墨西哥城外特波索特兰神学院的花园里,下葬时达米安爸爸和年轻人也在场。按照莫拉莱斯的说法,他们俩"逃脱了时间的参数",是来自未来的"计算机幽灵"。(第 136 页)那位年轻人是《布娃娃瘟疫》第二卷的主人公,而达米安爸爸则是他爷爷。桑德拉因感染艾滋病去墨西哥求医时达米安爸爸给他们做向导,并为她祈祷。在第三卷里,年轻人转变为格雷戈里爷爷,与达米安爸爸一起陪伴着主人公。当他在墨西哥城偶然发现墨西哥人血液的神奇疗效但未能确认时,达米安爸爸对他耳语,建议他回美国找墨西哥裔美国人做试验:"回到你的人民中去。"(第 171 页)洛杉矶发生大规模瘟疫后,三国联盟军团派来士兵实施隔离检疫,达米安爸爸和格雷戈里爷爷指点主人公:墨西哥军人可以提供治病的血源。从时间上看,《布娃娃瘟疫》的故事发生在过去、现在、未来三个不同时期,"计算机幽灵"达米安爸爸和格雷戈雷奥和格雷戈里的频频现身,模糊了时间的界限,使小说具备一种魔幻现实主义所特有的现实感。

莫拉莱斯在《制砖的人们》中揭示了一个事实：约瑟夫和瓦尔特兄弟离不开墨西哥工人，他们靠剥削这些诚实、勤奋的墨西哥人获得巨额利润，而西蒙斯砖厂对美国特别是加州地区经济建设和繁荣功不可没。[①]《布娃娃瘟疫》则以科幻小说形式表现墨西哥裔美国人对美国的帮助。在小说第三卷，三国联盟军团派来实施隔离检疫的墨西哥军人为洛杉矶人提供血液，成了他们的救星。值得一提的是，给病人输的血液必须是来自墨西哥城的墨西哥军人才有疗效。墨西哥城的前身是1325年建立的特诺奇拉兰城，其创建者阿兹特克人在这里创造了辉煌的文明。阿兹特克人被称为太阳与血的民族，他们崇拜太阳，用人的鲜血来祭神。在瘟疫降临美国的时候，阿兹特克人的后代墨西哥城人"送给世界一份难以置信的礼物"（第181页），以自己的鲜血挽救了美国人的生命。当然，小说的情节是虚构的，莫拉莱斯所要强调的是以阿兹特克文化为象征的墨西哥的重要性。墨西哥民族对美国发展做出了历史性巨大贡献，而莫拉莱斯自己富有鲜明特色的文学创作实践，也体现了墨西哥裔美国作家为当代美国文学的添砖加瓦做出新的贡献。

（原文发表于《当代外国文学》2006年第2期）

① 西蒙斯砖厂曾为1906年旧金山大地震后的重建提供建筑材料，迪斯尼制片厂加州大学洛杉矶分校的标志性建筑 Royce Hall 等均用西蒙斯砖建造。

论《奥斯卡·瓦奥短暂而奇妙的一生》中的历史再现*

李保杰**
（山东大学外国语学院）

摘　要：多米尼加裔美国作家朱诺·迪亚斯的《奥斯卡·瓦奥短暂而奇妙的一生》以多米尼加共和国特鲁希略独裁为主要背景，书写了多米尼加裔群体在美国的流散经历。小说中虚构人物和历史人物交替出现，正式叙述文本和脚注文本共同使用，实现了文学叙事和历史叙事的混杂以及个人历史和族群移民历史的交织。本文从文本重构历史的作用入手，着重分析小说如何通过"虚实结合"的手法来构建"正史"之外的历史，从而使文学想象成为再现历史的重要手段。

关键词：多米尼加裔美国文学；朱诺·迪亚斯；特鲁希略独裁；书写历史；流散

引　言

多米尼加裔美国作家朱诺·迪亚斯（Junot Díaz，1968—）的小说《奥斯卡·瓦奥短暂而奇妙的一生》（*The Brief Wondrous Life of Oscar Wao*，本文以下简写为《奥斯卡》）以 20 世纪 40 年代至 90 年代多米尼加共和国动荡不安的历史为主要背景，在文学虚构之中穿插历史叙事和历史人物，采用"虚实结合"的方式讲述多米尼加裔美国人的流散经历，通过文学想象重构历史。鉴于小说明确的历史指向，国内外现有的批评大多涉及历史视角。莫妮卡·汉娜

---

* 本文为国家社会科学规划项目"当代西语裔美国文学研究"（12BWW048）和中国博士后基金项目"当代美国拉美裔女性文学研究"（20110490321）的阶段性成果。

** 作者简介：李保杰，教授，主要从事当代美国文学和美国族裔文学研究。

(Monica Hanna)从重新书写历史和加勒比海话语等角度对文本的混杂风格进行了解读,研究文本如何通过"混杂"来重构历史,提出"多重叙事框架的综合运用使叙述者得以构建他认为更加真实的历史,这完全不同于权威话语对历史的掌控"。(第 501 页)黄淑芳从后殖民主义视角对文本的"杂和特征"进行解读,分析了文本中多元文化的生存环境、多角度的历史观以及多重的叙述手段。本文从文学叙述在重构历史中的作用入手,着重分析小说叙事和虚构性的历史叙事之间的关系,考察这种叙事手法对书写多米尼加裔群体的流散经历以及构建族裔身份所发挥的作用。

一、虚构的文本与"虚构"的历史

海登・怀特(Hayden White)将历史解构为"历史叙事",其本质与文学叙事并无根本差别。历史叙事在很大程度上取决于历史学家对叙事视角的选择和对叙事材料的编码方式,是一个"解码和重新编码的过程",因而"叙事的阐释力量依赖原初编码与重新编码的对立"。(第 176 页)重新编码过程是历史学家主观性的体现与实践,与权力话语及意识形态密切相关。所以,历史叙事与小说叙事没有本质区别,都是一种话语形式,因而带有一定片面性和虚构性。小说叙事以"虚构性"为重要特征,同样是"解码"和"重新编码"的话语形式,正如历史学家通过叙事策略将历史"事件"变成历史"实事"一样,小说家通过叙事将文学和历史融合在一起,将历史"事实"书写成为历史"事件"。

《奥斯卡》将虚构的人物、情节与历史背景相结合,通过文学想象来"虚构"历史,实际发挥了还原历史"实事"的作用。小说把焦点对准了历史中心之外的群体:边缘身份、族裔传统和女性经历,由此来构建历史权威之外的另一种话语。

小说的叙述者尤尼尔充当了"历史学家"的角色来讲述这个家族的历史。尤尼尔虽然只是个次要角色,但他在叙事中的连接作用至关重要。小说开始,奥斯卡已经离世,他的故事完全通过尤尼尔的叙述建构起来。小说以第三人称叙述为主,且题目具有明显的"传记"性质,由此看来,叙述者是根据他本人的回忆以及奥斯卡家人的讲述将整个故事串联起来。所以奥斯卡的故事都构建在语言叙述之上,其中包括左右着人物命运的多米尼加共和国的历史。鉴于小人物在历史叙事中的"无声状态",历史碎片连接之中的空白则完全通过文学想象来弥补,正如伊芙琳・钱(Evelyn Nien-Ming Ch'ien)所说,"要追溯

奥斯卡的故事,就是去发现错综复杂的关系,其中交织着历史、罪恶和暴力。”(par. 13)

尤尼尔是位有资格的叙述者,也是最有能力再现历史的人。他曾经是奥斯卡大学时的室友,他相处多年的前女友是奥斯卡的姐姐洛拉。迪亚斯评价尤尼尔说:“他对许多方面都了如指掌,真让我惊奇不已。”(qtd. in Okie: par. 19)更重要的是,尤尼尔的身份是“学者”,当前任职于新泽西的米德尔赛克斯社区大学,教授写作与文学创作,因而完全有能力担当叙述者。不过,他的“文学专业”也暗示了他提供的这个历史叙事可能是“文学性的”,具有一定的虚构性。事实也正是如此,尤尼尔的叙述具有多样性:他说话有时会前后矛盾,在叙述中留下了许多空白,例如“接下来的究竟出于贝莉西亚支离破碎的想象还是其他什么,我一概无法说清”(第 111 页)。小说以第三人称叙事为主,但是洛拉部分却采用了第一人称。叙述中的空白以及叙事人称的切换一方面表示“编码者”是以“客观”的形式“真实地”再现当事人的经历,避免他本人主体意识对叙事客观性的干扰;另一方面,叙述者避免以高高在上的姿态出现,旨在从不同的角度呈现历史,从而颠覆单一历史叙事的权威。可见,叙述的张力几乎主要通过尤尼尔体现出来,如节奏的控制、叙述的可信程度等。

小说的主要人物都属虚构,但是他们的经历又契合了多米尼加的基本历史“事实”,所以文本对多米尼加历史的书写也不是完全的虚构,而是小说叙事和带有“虚构性”的历史叙事的典型结合,是历史主体之外的“他者”的历史。怀特认为,历史事件本身的价值观是中立的,其中的悲喜成分取决于历史学家对事件的排列组合方式:“同样的历史系列可以是悲剧性或喜剧性故事的成分,这取决于历史学家如何排列时间顺序从而编织出易于理解的故事。”(第 164 页)自 1930 年起,特鲁希略(Rafael Leónidas Trujillo,1891—1961)在多米尼加共和国建立起独裁统治,控制了整个国家社会生活的各个方面。从特鲁希略一系列的称号中可以看出统治阶级的意识形态如何左右历史书写:“他(特鲁希略)本人的称号,有什么‘大元帅’、‘祖国的恩人’、‘新祖国的父亲’以及‘一切东西的保护者、创造者和指导者’,‘第一号民族建筑师’,‘创造了和平、文明、永恒美之复兴纪念物的人’等,简直把自己打扮成一个神话式的人物。”(李春辉:568)相比之下,多米尼加普通民众是被排除在外的“他者”,没有书写历史的权力。小说中,奥斯卡的外祖父阿贝莱德医生出身名门、医术高明,但他为人正直,与权力中心保持着一定的距离,所以他仍是权力话语之外的“他者”。因此,在他拒绝将女儿献给特鲁希略之后,家人陆续惨遭迫害,他的藏书和手稿都不知去向,他个人的历史被湮灭。可见,对于特鲁希略等处于权力中心的人物而言,这个故事是展示权力的喜剧;而对于阿贝莱德一家而言,却是家破人亡的悲剧。历史书写为主流意识形态所控制,普通人的历史已经被消解在一元化权威历史叙事之中。阿贝莱德一家尚且如此,更不用说那些卑微的"小人物"了。

虚构的小说人物虽然作为历史叙事中的"他者"游离于社会权力体系之外,却同多米尼加的权力集团存在诸多交集,虚构的人物和真实的历史人物存在诸多牵连,史书的"实事"以另外一种姿态呈现出来。阿贝莱德医生的小女儿贝莉西亚幸存下来,几经辗转被阿贝莱德的表妹拉英卡找到并抚养成人。这个家族与特鲁希略统治集团的瓜葛并没有中断:贝莉西亚性格叛逆,结识了绰号"匪徒"的男友,而他实际上是特鲁希略的妹夫。贝莉西亚遭到残酷的报复,九死一生之后流亡美国。特鲁希略及其帮凶"匪徒"都是历史人物,小说取材于这些真实历史人物或历史事件,辅以虚构的情节,从而达到"亦实亦虚"的叙事效果,模糊了小说叙事和历史叙事之间的界限,多米尼加的历史由此得到再现。

文本对历史叙事的重构还借助于脚注文本的使用。叙述者以学者的严谨姿态在脚注中提供了大量历史信息,特别是多米尼加历史人物和历史事件的相关信息。而脚注多用在学术文献中,因此使得该叙述从内容和形式上都符合传统历史考证的规范。小说第一次提到特鲁希略的时候,后面缀上了长达一页的脚注,下面是其中的一小部分:

> 特鲁希略,这个 20 世纪最臭名昭著的独裁者之一,在 1930 年至 1961 年间残暴无情地统治着多米尼加共和国。这个大腹便便、变态好色的杂种,长了对猪眼,漂白了肤色,穿一双高屐,对拿破仑时代的男装情有独钟,这个特鲁希略(又叫"领袖""失败的偷牛贼""王八蛋")上台后,用暴力、威胁、谋杀、强奸、拉拢、恐吓等等(司空见惯的)强力手段,控制了共和国从政治、文化到社会、经济的方方面面;似乎整个国家是种植园,而他自己就是奴隶主。(第 2 页)

这段文字的措辞带有明显的主观色彩,显然不同于常规历史叙事中的普通脚注,契合了文本通过想象来重构"他者"历史的主旨。对于小说再现历史的作用,迪亚斯是这样解释的:"从整个社会范围来看,我们已经放弃了对真实的追求,转而把这种需求映射到了其他领域。我想,对于一个不愿面对自己的社会来说,小说和许多的其他领域一样,承载了这个社会责任。"(qtd. in

Okie:par.31)事实上,他已经通过文学叙事成功地承担起了这个社会责任。

二、族群的流散与多重“边缘”身份

小说构建了历史主体之外的“他者”历史,同时还书写了多米尼加裔族群在美国主流文化之外的边缘化身份。流散意味着原有历史序列的断裂和新序列的重建,而近代多米尼加移民在诸多方面受到多米尼加国内政治形势的影响,因而特鲁希略时期的历史往往成为多米尼加裔美国文学难以回避的话题,历史叙事中被压抑的叙事声音只能通过文学想象得到释放。

小说有显性和隐性两条线索,前者以奥斯卡的生活为中心展开,而后者以贝莉西亚为中心。如前所述,奥斯卡的美国经历源于贝莉西亚的被迫迁移,而后者的流散是由多米尼加的历史直接导致的。作者迪亚斯将小说定位为“美国故事”,它“讲述了一个多米尼加家庭几代人的故事,使读者了解到多米尼加的历史和现实以及人们的流散”。(qtd. in Moreno:532)作者还明确承认小说中的“移民”主题:“我想,我的作品理应属于这样一个写作传统,即关于压迫、社会公平、独裁和移民等主题。”(第 533 页)汉娜同样指出:小说叙事“同传统的魔幻现实主义概念存在重要差别,主要因为这是从流散的角度展开的”(第 500 页)。

流散经历最直接的影响就是故事中主要人物的身份错置(displacement)。奥斯卡和姐姐虽然出生在美国,但他们都仍旧生活在艰难的文化适应之中。奥斯卡身体肥胖、性格内向、不善言辞,终日沉溺于网络和电子游戏的虚拟空间。他不敢对心仪的女孩表白,只能幻想在世界末日来临之时以英雄救美的方式赢得她的芳心。“这家伙从来就没有多少女人缘(他真是太不像多米尼加人了!)。”(第 3 页)为了使自己活得“像个多米尼加人”,他努力设法摆脱自己的处子之身,这种被称为“亲密感”的性经历实际代表了文化上的归属和认同。事实上,对于所有的流散者而言,他们都将与自我和解的希望寄托在了“他处”。贝莉西亚当年登上飞机,对“你去哪里”的问题做出的回答是:“世外桃源”,(第 123 页)而对洛拉姐弟来说,外婆所在的那个遥远岛国才是“人间天堂”:“我来到了天堂,他在日记中写道。天堂? 佩德罗·巴勃罗表哥龇了龇牙,露出一脸夸张的表情。这里是他妈的地狱。”(第 208 页)事实证明,美国没有给贝莉西亚带来自由和幸福,而多米尼加也没有给奥斯卡任何归属感和安全感,他们都是将希望寄托在了对现实的主观想象之上。可见,民族身份不过是一种构建身份，人物的无所适从证明了流散经历和杂糅文化对身份认同的影响。不仅如此，现实和虚拟世界之间边界的模糊都与移民经历或族裔身份相关。

对于这个家庭的家长(matriarch)贝莉西亚来说，个人流散经历则直接源于民族的历史。她寻找幸福的努力触动了权力集团的利益，所以才导致个人的流散。但是历史的这种偶然性之中实际还包含了必然性，即《奥斯卡》的故事由此也牵引出了历史之外的“弱势个体”和历史主体的关系。山姆·斯威特(Sam Sweet)认为，小说围绕几代人的苦难展开：“苦难都有其渊源，对于多米尼加人来说，直接的根源就是拉斐尔·特鲁希略家族31年的统治，也就是小说极其明确地描写的那种独裁专政。”(第1页)但是流散经历本身就已经暗示着个人历史的断裂，尤尼尔在重构这个家族的历史时，他所能够收集到的材料是残缺不全的，因而他说，“我只能给你一个答案，你绝对不会满意的答案，你自己看呢？只有一点可以肯定，那就是什么都不能肯定”(第184页)。阿尔瓦雷斯(Julia Alvarez)在《蝴蝶时代》的后记中同样提及文学叙事对再现历史和弥补历史空白的意义：“(这段历史)只能通过虚构来理解，只能通过想象来弥补。”(第324页)虚构的文本从“小人物”的角度再现流散的历史，就是要打破沉默，将统治集团的权力狂欢改写为“他者”的悲剧。

小说的形式沿袭了移民家族小说的传统，通过贝莉西亚等人物的描写反映出多米尼加裔群体的“美国经历”，从而书写了少数族裔女性等边缘群体的历史。作为小说中的灵魂人物，贝莉西亚坚韧的形象是对传统弱势女性形象的改写。虽然她屡遭不幸，但一生都在努力地逃离种种羁绊：为了抚养孩子，她独自做三份工作，身患癌症之后仍努力坚持。洛拉则集中了美国女性的独立与多米尼加女性的坚韧，她虽深爱着尤尼尔，但拒绝像多米尼加传统女性那样忍受男性的不忠与背叛。贝莉西亚对女儿的叛逆采取了“多米尼加式”的粗暴管教，使得从小接受美国式教育的洛拉难以接受，母女之间的尖锐矛盾在很大程度上造成了洛拉自我认同的困境，而移民家庭中两代人之间的此类文化冲突是母国文化和移入国文化冲突的缩影。母女身上都带有诸多缺点，但都是她们作为“幸存者”而不得不做出的改变，作者迪亚斯因而使用了“强悍”(ferocity)一词来形容这些多米尼加女性人物。他说，贝莉西亚使人们看到他们所不了解的自我，看到他们自身的怯懦和恐惧：“我希望人们看到的是她的渴望，尽管她有着一身的毛病。”(Meathrell:par.36)少数族裔女性经历交织在流散经历和文化冲突之间，构建了“边缘”之中的“边缘”。

可以说，小说超越了一般家族历史小说的叙事模式，通过奥斯卡等虚构的人物实现了对流散历史的再现，将具有自我指涉性的小说置于历史题材之中，把个人历史与民族记忆结合起来，实现两者的相辅相成。

三、独裁的根源与悲剧的终结

文本虽然对历史进行了重构，但是并没有局限于特鲁希略时期的历史，而是从更广阔的拉丁美洲历史背景下探讨独裁专制的形成，这也使小说有别于其他类似题材的文学叙述。

小说中民族历史、家族流散和文化冲突的交织借助于贯穿始终的线索——“诅咒”(fukú)。小说开篇将这个故事定义为关于“诅咒”的故事，“诅咒”来自文明的冲突以及由此引发的独裁、暴力和流散：“他们说它最初来自非洲，夹杂于黑奴的惨叫声中；说它是泰诺人的死亡之咒，产生于一个世界灭亡、另一个世界诞生之际。”(第1页)这种“美洲的诅咒”又称为“新大陆的祸祟和厄运”，奥斯卡一家的命运一直被笼罩在这祸祟的阴影之中。虽然贝莉西亚逃离了那个岛国，特鲁希略不久之后也被暗杀，但“诅咒”的阴霾并没有就此散去。在“后特鲁希略”时代的多米尼加，暴力依然在延续：奥斯卡被女友的情人“上尉”所枪杀，那是个“连后现代主义都难以为其罪行开脱的大恶棍”。(第223页)他在小说中没有名字，也无须有名字，因为从本质上来说，他和特鲁希略并无差别，代表了千千万万个“借尸还魂”的特鲁希略。悲剧的延续说明特鲁希略独裁是导致暴力的主导原因，但却不是唯一的原因。

董乐山先生指出，美国的暴力传统根源于欧洲人对土著人的征服：“美国社会的暴力，不论是个人暴力还是集体暴力，都是从白人杀戮印第安人开始的。”(第38页)迪亚斯在谈及这个家族的悲剧时，对“腐败专制”的根本原因和苦难的根源同样进行了深刻剖析，他认为悲剧最终来自历史上欧洲对美洲的殖民征服：“就是欧洲对美洲的入侵所带来的可怕的暴力，以及那种暴力、恐惧、迷失、错位和创伤，还有对现实的影响。”(qtd. in Sweet：3)小说中使用了“哥伦布的诅咒”来指代欧洲殖民文化和美洲被殖民文化之间的冲突。这“诅咒”力量强大，无所不在：“在圣多明各，每一个人都遇到过一段关于诅咒的故事，在他的家族里横冲直撞。”(第4页)另外，“诅咒”也不限于多米尼加人，波多黎各人、海地人和其他拉美人都有类似的祸祟。奥斯卡、尤尼尔、贝莉西亚、洛拉以及从未在小说中直接出现的特鲁希略都是这个过程的产物和受害者。独裁专制及其对人们身心的伤害等主题在小说中都得到体现。这个“诅咒”被冠以"新大陆的祸祟",始于欧洲对美洲的殖民征服:"自从欧洲人踏上伊斯帕尼奥拉岛,诅咒就被释放到这世上,于是我们所有人便在劫难逃。圣多明各也许是这诅咒的零起点,是它的入境港,而我们所有的人都是它的孩子,无论是否意识到。"(第 1 页)特鲁希略所代表的腐败专制的确是个"诅咒",然而,"诅咒"又不仅局限于特鲁希略,因为他既是"诅咒"的制造者,也是其造就的畸形怪胎。《东方早报》对迪亚斯采访后评论道:"这个小胖子只是小说的一部分,通过奥斯卡的视角读者看到的是拉美文学的一个主题,腐败专制对拉美大陆的残酷掠夺。"(石剑锋:5)文本由此反映了拉丁美洲历史文化的宏观背景之下,殖民征服对整个美洲心智的影响。

拉美及拉美裔文化中的男权主义思想(machonism)就是这种暴力关系的集中体现。典型的"多米尼加崽"应该是情场高手、小波尔菲利奥·鲁比罗萨那样的花花公子,而这种男权意识以对女性的征服和消费为特征,与当年殖民征服带来的暴力及"白人优越论"不无关联。小说中特鲁希略是一切悲剧的始作俑者,但他在政治、种族和性别问题上的暴力情结深深扎根于白人至上主义:"(他)漂白了肤色,穿一双高屐,对拿破仑时期的男装情有独钟……一看见有点姿色的女人就要搞到手。"(第 2 页)这种高高在上的特权意识建立在他对"欧洲"的自我认同之上,也是他享受男性特权的反映:

> 特鲁希略的权力通过性征服建立在对女性的消费上,另一方面也建立在对国家经济命脉的控制之上;他的魅力体现在他所占有的女性数量和阶级地位上,同样也体现在他摧毁其他男性时所使用的暴力以及由此激发的带有神话色彩的恐惧之中。(Derby:1113)

例如,为了所谓的"挽救天主教价值"和维护白人血统的纯正,多米尼加政府严令禁止半海地半多米尼加血统的出现,还在 1937 年策划了针对海地族群的"荷兰芹大屠杀"。而事实上,特鲁希略的祖母就具有海地血统,所以这些谎言不过是场闹剧,但是却可以证明作为社会"规范"的白人价值观在拉丁美洲是多么根深蒂固。

除了没有直接在小说中出现的特鲁希略,其他男性人物都在不同程度上反映了这种暴力情结,如奥斯卡、尤尼尔和"匪徒"。在尤尼尔和洛拉的关系中,尤尼尔的屡次背叛根植于无意识的男性优越感,虽然他本人将自己用情不专辩解为生物本能。奥斯卡最终获得的性体验体现了他对归属感的渴求:"真正让他兴奋的并不是性交的快感——而是他一生中第一次获得的亲密感。"

(第 252 页)这种对男性文化身份的认同在他看来弥足珍贵,他最终为此付出了生命的代价。小说中形形色色的人物大都可以从不同侧面揭示殖民征服带来的暴力和创伤。"诅咒"所引发的灾难根植于欧洲人对"新大陆"的征服,而特鲁希略独裁只是其中的一种表现形式而已。小说就是通过暴力和爱情两大主题来探讨男性气概表现出来的权力关系,那就是:"从不同的角度复杂而细致地审视'新大陆'的男性气概是如何在多米尼加共和国这样一个特定地区得到表现的。"(Meathrell:par. 32)

叙述者尤尼尔利用其对语言的掌控重构奥斯卡的"一生",这对于已经永远失声的奥斯卡来说同样是一种"暴力"。伊芙琳·钱认为奥斯卡这个人物具有明显的象征性,因为他是"其他人物试图拼凑起来的对象"(Ch'ien:par. 12)。不过反过来看,奥斯卡对尤尼尔的"纠缠"也体现了对后者的控制。小说以奥斯卡命名,显然意在颠覆拉美裔男性的传统形象,但这是通过奥斯卡和尤尼尔两个人物共同实现的。与奥斯卡"男性气概"的缺失相比,尤尼尔以传统拉美裔男子的形象出现,而奥斯卡身上占据主导的理性恰恰是尤尼尔所缺失的东西。这两个人物典型的互补性格、难以解释的缘分是他们俩无法摆脱的"诅咒":他们分别代表了各自性格中所缺失的部分——他们的另外一个自我。他们是小说的两个主人公,或者说是多米尼加裔男性的两个侧面:"他们作为个体(人物)是没有意义的,你必须将他们放在一起来理解。"(Moreno:540)尤尼尔从贝莉西亚的不幸中汲取了教训,决定正视过去、战胜苦难。所以,叙述既是奥斯卡悲剧的再现,也是尤尼尔对自我过去的反思,是获得新生的希望。正视历史才能打破"诅咒",结束悲剧。小说结尾处洛拉和尤尼尔各自开始新生活,洛拉的女儿伊西丝成为这个家庭(甚至整个族群)的新希望。尤尼尔希望她能够抛弃奥斯卡等人所经历的恐惧、寻找到答案:"也许,仅仅是也许,假如她像我所希望的那样聪明、勇敢的话,她会理解我们所做的以及我们所学到的一切,会提高自己的洞察力,然后她让它彻底结束。"(第 250-251 页)

结　语

鉴于迪亚斯的移民身份以及文本所涉及的多米尼加主题,评论界大都将《奥斯卡》归类为"移民文学"的范畴,作者迪亚斯对此并不认可:因为奥斯卡是土生土长的美国人,小说所书写的是"美国身份"。这种接受上的差别恰好反映了小说所探讨的问题,即虚构历史和书写族裔身份的根本目的就是正视"新旧大陆"间文明的冲突,因为这种冲突至今仍旧影响着人们的心智和认同。

小说混杂了虚构人物与历史人物、正式文本和脚注文本,构建了"他者"的历史,虚构的人物和离奇的故事实际都是多米尼加移民流散经历的真实写照。几代人难以释怀的过去、悲恨交加的当下和扑朔迷离的未来都以看似超然的笔调讲述出来,诙谐幽默的语言和冷静的笔调传达出犀利的判断,这种"大杂烩"式的叙述风格清晰准确地包含了"新大陆"被湮没的历史和曾经的苦难。

参考文献

[1]Alvarez, Julia. *In the Time of the Butterflies*. New York: Penguin Books, 1995.

[2]Ch'ien, Evelyn Nien-Ming. The Exploding Planet of Junot Díaz. *Granta*. 27 April 2008. 26 June 2011. <http: //www.ranta.com/Online-Only/The-Exploding-Planet-of-Junot-Diaz >.

[3] Derby, Lauren. The Dictator's Seduction: Gender and State Spectacle during the Trujillo Regime. *Callaloo*, 2000, Vol. 23, No. 3: 1112-1146.

[4]Hanna, Monica."Reassembling the Fragments": Battling Historiographies, Caribbean Discourse, and Nerd Genres in Junot Díaz's *The Brief Wondrous Life of Oscar Wao*. *Callaloo*, 2010, Vol. 33, No. 2: 498-520.

[5]Meathrell, Carrie. LAist Interview: Junot Díaz, Author and Pulitzer Prize Winner. 10 April 2008. 26 June 2011. <http://laist. com/2008/04/10/laist_interview_134.php>.

[6]Moreno, Marisel. "The Important Things Hide in Plain Sight": A Conversation with Junot Díaz. *Latino Studies*, 2010, Vol. 8, No. 4: 532-542.

[7] Okie, Matt. Mil Máscaras: An Interview with Pulitzer-Winner Junot Díaz. *Identity Theory*. 2 September 2008. 26 June 2011. < http://www. identitytheory. com/ interviews /okie_diaz.php>.

[8]Sweet, Sam. Islands Apart: Junot Díaz. *Stop Smiling*. 3 March 2009. 26 June 2011. <http: //www.stopsmilingonline.com/story_detail.php>.

[9]董乐山:《美国社会的暴力传统》,《美国研究》1987 年第 2 期,第 36-50 页。

[10]黄淑芳:《杂交的文本,杂和的人生——〈奥斯卡·沃短暂而奇妙的一生〉的后殖民视角解读》,《英美文学研究论丛》2009 年第 2 期,第 286-96 页。

[11]李春辉:《拉丁美洲史稿》(上卷),商务印书馆 1983 年版。

[12]朱诺·迪亚斯:《奥斯卡·瓦奥短暂而奇妙的一生》,吴其尧译,译林出版社 2010 年版。

[13]石剑锋:《朱诺·迪亚斯——美国心,多米尼加血》,《东方早报》2010 年 2 月 26 日第

B10 版，http://epaper.df daily.com/dfzb/html/2010-02/26/node_1.htm#，访问日期：2011 年 6 月 26 日。

[14]海登·怀特:《作为文学虚构的历史文本》，载张京媛编:《新历史主义与文学批评》，北京大学出版社 1993 年版，第 160-179 页。

（原文发表于《当代外国文学》2012 年第 3 期）

论《西班牙征服者的血脉》中的记忆政治

石平萍*

（解放军外国语学院英语系）

摘　要：暴力与创伤、历史与记忆、个人记忆与集体记忆是美国西语裔作家朱莉娅·阿尔瓦雷斯关注的焦点之一。在《西班牙征服者的血脉》这篇自传色彩浓厚的短篇小说里，阿尔瓦雷斯诉诸创伤叙事重构个人记忆，在寻求自我疗伤和集体疗伤的同时，表达出挑战特鲁希略时代公共集体记忆的个人历史意志。

关键词：《西班牙征服者的血脉》；个人记忆；集体记忆；创伤叙事；疗伤；个人历史意志

朱莉娅·阿尔瓦雷斯（Julia Alvarez，1950—）是美国第一位知名的多米尼加裔作家，也是美国西语裔作家的代表人物之一。从1970年发表诗歌《我的人民》（"My People"）至今，她已创作出版了五部长篇小说、五部诗集、一部中篇小说、两部非虚构文集和六部青少年文学作品。她的作品或描写多米尼加移民及其后代在美国的生活遭遇，或挖掘1492年被哥伦布发现的多米尼加的前尘往事；主人公大多是女性，具有鲜明的女性文学特征。但她往往把主人公的命运置于殖民主义、帝国主义和地缘政治的风云变幻当中，至少涉及美国和多米尼加两个文化场地，有时包括古巴、海地等其他加勒比海国家乃至西班牙，借此检视多米尼加人民乃至拉丁美洲人民的历史命运，在性别视角之外，探讨种族、阶级、性向、独裁、人权、文化差异和文化身份等议题。

阿尔瓦雷斯创作的各种文学体裁均取得了不俗的成绩，奖项众多，但真正令她名声大震的是长篇小说。她的长篇小说大致分为两类：一类是以自身经历为素材的自传体小说，如《加西亚家的姑娘们如何失去口音》（*How the García Girls Lost Their Accents*，1991，以下简称《加西亚》）和《我！》（*Yo!*，

* 作者简介：石平萍，教授，主要研究方向为英美文学、文学翻译和比较文学研究。

1997);另一类是以真实的历史人物为素材的历史小说,包括《蝴蝶时代》(*In the Time of the Butterflies*, 1994)《以萨乐美的名义》(*In the Name of Salomé*, 2000)和《拯救世界》(*Saving the World* ,2006)。《加西亚》以倒叙的方式讲述1956至1989年间,加西亚家四姐妹因政治原因,随父母从多米尼加共和国移居美国的前后经历,此书甫一出版便荣获奥克兰国际笔会约瑟芬·迈尔斯奖,被《纽约时报书评》和美国图书馆协会选为“值得注意的书”,并与墨西哥裔作家桑德拉·西斯内罗斯(Sandra Cisneros)的《芒果街的房子》(*The House on Mango Street*)、古巴裔作家克里斯蒂娜·加西亚(Cristina García)的《古巴一梦》(*Dreaming in Cuban*)一道,“正式宣告了西语裔女作家在美国文坛的崛起”,开创了美国西语裔文学的新纪元。(Martinez:8)

《我!》的人物和故事情节与《加西亚》一脉相承:加西亚四姐妹中的老三约兰达因出版自传体长篇小说处女作一举成名,但招致被写亲朋好友的反感和厌恶,这些“受害者”反戈一击,轮番上阵从各自的角度讲述约兰达小说里的故事。按阿尔瓦雷斯的说法,小说描述的是“一个作家生活中出现的人对作家的复仇,这些人往往讲不了故事,因为作家总是把他们的经历占为己有”(Lyons & Oliver :133)。有评论认为,《我!》有着艺术家成长小说的特点。(Sirias:14)《蝴蝶时代》的主人公是多米尼加共和国的民族英雄米拉贝尔三姐妹,她们是一个地下组织的核心成员,代号“蝴蝶”,致力于推翻特鲁希略的独裁统治。[①]小说分别以牺牲的三姐妹和幸存的二姐为叙述者,讲述她们的少女时代、爱情、婚姻生活、成为革命者的过程和身份暴露之后的恐惧等,着力挖掘她们作为普通人的情感和矛盾,很容易引起普通读者的共鸣。这部小说带给阿尔瓦雷斯更多的荣誉:出版当年被美国图书馆协会评为“值得注意的书”之一,入选“每月好书俱乐部”,入围全国书评家协会小说奖的终审名单,2000年被好莱坞拍成同名电影,如今已经进入美国的大学课堂。《以萨乐美的名义》的历史触角则伸向了多米尼加人民争取独立斗争的殖民地时期,讲述被誉为多米尼加“缪斯女神”的女诗人、政治活动家和教育家萨乐美·乌雷尼亚及其女儿卡米拉的人生经历。小说的叙事平分为以第一人称口吻顺叙的母亲叙事和

① 阿尔瓦雷斯的父亲曾是这个地下组织的成员。1960年11月25日,就在阿尔瓦雷斯一家逃往美国后不久,米拉贝尔三姐妹去监狱探望丈夫,归来的途中被秘密警察活活打死。为了纪念她们1981年拉丁美洲及加勒比海地区第一届妇女大会宣布11月25日是国际消除针对妇女暴力日。1999年,联合国正式确定这个日子为国际消除针对妇女暴力日。

以第三人称口吻倒叙的女儿叙事，两者互为镜像，展示出这对母女在人生境遇上的惊人契合。《拯救世界》也采用复线叙事，从第三人称有限视角讲述美国多米尼加裔女作家阿尔玛·许布纳(有阿尔瓦雷斯本人的影子)的现代故事，中间嵌以第一人称讲述的19世纪初西班牙一家孤儿院院长伊·森·戈梅斯的历史故事。小说通过描绘两位女性为消除各自时代的世纪绝症天花和艾滋病而做出的努力，在歌颂女性情谊、女性传统的同时，提出了一个耐人寻味的问题：如何对待社会不公平？如何拯救这个越来越不可救药的世界？

《西班牙征服者的血脉》(以下简称《血脉》)是《加西亚》的第十一章，曾收录于《黑夜中吹口哨的人》(*A Whistler In the Night World*，2002)和《幻景与价值》(*Visions and Values*，2002)等短篇小说集。就形式而言，《加西亚》属于典型的合成型长篇小说(the composite novel)：每一章都是一篇独立的短篇小说，合在一起又能构成一个有机的整体。事实上，《加西亚》的十五章中，有十章曾于1982至1991年间作为短篇小说公开发表过，另有三章则在该书出版后入选各类短篇小说集。《血脉》属于后者。

这篇短篇小说以阿尔瓦雷斯及其父母姊妹的亲身经历为蓝本，讲述多米尼加医生卡洛斯·加西亚参与密谋推翻特鲁希略的独裁统治，败露后携妻子劳拉和四个女儿卡拉、桑蒂、约约、菲菲逃亡美国之前一天的故事。阿尔瓦雷斯曾在访谈中说："《血脉》是我必须要写的一个故事，因为我对我家在多米尼加最后一天的记忆完全是一片空白。我认为这是我人生至关重要的一天，而我却什么都不记得。"(Wiley：9-10)阿尔瓦雷斯的创作起因令人想起美国评论家哈伊森(Andreas Huyssen)的观点："过去不会自动保存于记忆，它要被表达出来才能成为记忆。"(Huyssen：2-3)从20世纪80年代以来，记忆、失忆与记忆重构的问题一直受到全球范围内知识界和公众的极大关注，施瓦布(Gabriele Schwab)所说的"暴力的历史"，尤其是重大的创伤性历史事件，比如犹太大屠杀、南非种族隔离、南京大屠杀等，对个人记忆和集体记忆的冲击和形塑更是成为记忆研究的热点。(施瓦布：13-17)很难说是被动的影响还是主动的选择，阿尔瓦雷斯对故国多米尼加的暴力史[①]表现出了异乎寻常的兴

① 多米尼加是一片多灾多难的土地，殖民主义、帝国主义、种族主义、专制主义的暴力循环上演，对历史事件的简单罗列便足以显示出这一点：1492年，哥伦布发现伊斯帕尼奥拉岛，多米尼加沦为西班牙殖民地；1795年，划归法国；1809年，复归西班牙；1821年11月，脱离西班牙独立；1822年2月，被邻国海地占领；1844年2月27日再次宣告独立，成立多米尼加共和国；1861—1865年，再度被西班牙占领；1916—1924年，美国对其实行军事统；1930—1961年，特鲁希略独裁统治。

趣,她的三部历史小说即是明证。她的两部自传体小说和早期的文学创作看似琐碎的个人历史小叙事,但在这样的表层文本之下往往隐藏着一个多国历史记忆的潜文本,通过两者的对话,阿尔瓦雷斯表达出对暴力与创伤、历史与记忆、个人记忆与集体记忆的深入思索。

“她们将为记住和没有记住的一切所困扰”,这是《血脉》中先知先觉的黑人女佣丘查对加西亚四姐妹移居美国后的生活预言,可说是这篇作品的题眼,也是阿尔瓦雷斯心境的写照。小说中的菲菲有着与阿尔瓦雷斯相似的失忆和由此引发的焦虑:由于菲菲对在多米尼加的最后一天没有任何记忆,这一天成了“最不能释怀的过去”,拼命回忆的结果只能是复述她从家人那里听来的一切和她所能记起的一个“小时刻”,即丘查为四姐妹所做的伏都教告别巫术。为何会失忆?菲菲的解释是“因为我是最小的女儿”,这种解释得到了小说第一部分第三人称全知叙述者的肯定。在描绘卡洛斯对壁橱外世界的感受时叙述者提到,卡洛斯作为家中幼子无从获得“属于自己的过去”,因为在尚未形成完备的语言能力将幼时的“印象、腔调和人物的在场”表达出来形成叙事之前,它们已经“被记忆覆盖——大多是别人讲述的关于他过去的故事”。尽管叙述者突出的是失忆的生理原因,但其中隐含了两个更为重要的观点:一、人类的记忆依赖语言和叙事,失语或语言能力不足往往会导致失忆,这与上述所引的哈伊森的观点不谋而合;二、记忆资源的分配是权力关系(此处表现为长幼之别)运作的结果,强势一方(长子)的记忆往往构成对弱势一方(幼子)记忆的侵犯、覆盖、涂抹或清除,成为唯一的历史“真实”,结果必然会造成弱势一方的“失忆”。

现实生活中的阿尔瓦雷斯与菲菲不同,尽管她十岁时离开多米尼加,尚属年幼,但她在四姐妹中排行第二,用上述“幼女/子论”的生理层面恐怕不能完全解释她的失忆。阿尔瓦雷斯从未做过明确的解释,但我们从她的回忆文章《正义的基因》中能够找到蛛丝马迹:

> 父母几乎不讲离开多米尼加的原委。他们给我们、他们的女儿提供了一个官方故事:父亲想学习心脏外科手术。他们没有告诉我们:每天夜里,我们的房子会被黑色大众车包围;秘密警察差点抓走父亲;我们其实是逃来美国的。然而,恰恰是这个给父母提供庇护的伟大国家,一手造就了迫使他们逃亡的客观因素。就是这个美国,在1916—1924年占领多米尼加期间,把我们的独裁者扶持上台。国务卿科德尔·赫尔说,特鲁希略是个畜生,但他至少是我们的畜生。所有这些父母都一字不提,害怕因为

> 忘恩负义被遣返……在美国，我十多岁的这段时间里，我对多米尼加正在发生的一切几乎一无所知。岛上一有情况，父母就压低声音说话。1960年12月，我们来美国后的第四个月，《时代》杂志刊登了米拉贝尔三姐妹被谋杀的新闻，她们和丈夫一道，在多米尼加发起了全国性的地下抵抗运动。父母没收了这本杂志。不管我们怎么打听，母亲总是回答："苍蝇飞不进闭紧的嘴巴。"(Alvarez, *Something to Declare*:108)

上述"幼女/子论"中隐含的权力关系从同辈的长幼有序变成了父/母女之别，父母的"官方故事"不仅清除了女儿的个人记忆，还借助沉默和新闻审查的手段覆盖了历史的真实，并取而代之成为唯一的历史"真实"。等到阿尔瓦雷斯有能力甄别此"真实"非彼真实时，却发现由于个人记忆的缺失，离岛前最后一天已然成为不可获知的过去。在阿尔瓦雷斯看来，父母刻意操纵记忆资源、导致女儿失忆的作为的背后隐藏着更深的政治和文化根源：

> 多米尼加全体国民一样，父母这辈子已经养成了压制、审查和恐惧的习惯。……离开这么久了，独裁统治仍然控制着父母的头脑。即便身处美国，他们仍然担心因大胆直言或与当局存在异议而招致可怕的后果。……对任何"政治"话题保持沉默是我们家的规矩。(Alvarez, *Something to Declare*:108)

在散文《我的创作十诫》中，阿尔瓦雷斯更是直言不讳：

> 滥用语言是独裁政府和极权政府最清楚不过的事情。这种政权首先要做的事情之一便是控制传媒，审查人民的故事，压制异议。在我长大的那个国家，那里只有一个故事——官方故事。在特鲁希略对多米尼加共和国实行独裁统治的1930—1961年间，书籍都被重写，讲述他的真实，而他的真实只与死亡的痛苦有关(Alvarez, "Ten of My Writing Commandments":39)

对于阿尔瓦雷斯所说的特鲁希略时代的"官方故事"，评论家凯利·约翰逊给出了具体的例子：1949年，一部针对北美读者的大型历史著作《哥伦布最热爱的土地：多米尼加共和国》(*The Land Columbus Loved Best*: *The Dominican Republic*)出版，作者哈丁(Bertita Harding)声称特鲁希略给多米尼加带来了和平与安全，使得这个国家的“街道在夜里比美国小镇还要安全，犯罪率急剧降低”。在他看来，“特鲁希略已经永垂青史”。1957 年，由多米尼加政府发起，总统前秘书、内阁前成员、时任参议员的纳尼塔(Abelardo R. Nanita)撰写的《特鲁希略：一个伟大领袖的传记》(*Trujillo：A Biography of a Great Leader*)出版。该书塑造了“特鲁希略将军刚正不阿的英雄形象”，宣称“特鲁希略执政以来，这个国家的和平从未受到干扰”。(Johnson：96)这两部著作所代表的官方历史，不仅在特鲁希略执政期间、甚至在其倒台后的二十多年里始终控制着多米尼加人的公共集体记忆。

直到 20 世纪 90 年代，多米尼加国内才掀起大规模的“记忆重构”运动，揭穿上述官方历史中的谎言，还原历史的真实，“为民族品格在特鲁希略时代遭受的沧桑变化和堕落蜕变——各个方面——保存一种长久的、不可更改的记忆”。(Johnson：81)譬如弗图纳托(René Fortunato)执导的三集纪录片《元首的权力》(*El poder del jefe I*)和针对北美读者的《拉丁美洲历史和文化百科全书》(*Encyclopedia of Latin American History and Culture*)历数特鲁希略的暴力罪行，指出所谓的“和平”，实乃暴力镇压造成的假象，“所有立场与他不一致的政党、报纸、电台、工会和私人组织都消失了。顽固不化的反对者或被贿赂，或被关进监狱，或被谋杀，或被迫亡命他乡。”他的手下甚至把人杀害之后，再把毁损的尸体扔在公共场所，警示有异心的国民。(Tenenbaum：273；Surez：132-33)最值得注意的是 1937 年 10 月多米尼加军队屠杀境内海地人的历史事件。为了掩盖这一滔天罪行，撇清责任，特鲁希略下令军队使用大砍刀，以此为证推出他的“官方故事”：这是多米尼加当地农民的自发行为，对偷盗牲畜、威胁其生计的海地人进行报复。这起大屠杀当时只引起了少数外国记者、海地作者和多米尼加流亡者的关注，多米尼加国民则保持沉默。直到 1973 年，律师卡斯蒂略(Freddy Prestol Castillo)出版见证文学作品《徒步屠杀》(*El Masacre se pasa a pie*)，特鲁希略的“官方故事”才受到实质性的挑战。但如历史学家维加(Bernardo Vega)在《特鲁希略与海地》(*Trujilloy Haiti*)中所言，关于这起大屠杀的叙事极少，且支离破碎，合在一起也无法建构一个关于那场悲剧的完整故事。(Surez：131)尽管近年来的关注有增无减，[①]特

① 1937 年的海地人大屠杀事件已经引起国际范围内的关注。美国海地裔作家丹迪卡特(Edwidge Danticat)的长篇小说《尸骨的耕作》(*The Farming of Bones*，1999)和美国历史学家图里茨(Richard Lee Turits)的著作《专制的根基》(*Foundations of Despotism*，2003)便是两个典型的例子。

鲁希略作为罪魁祸首的历史事实也已确立无疑，但由于当时官方的消息封锁和多方当事人的沉默，历史的真实无法完全恢复，比如对于具体的死亡人数说法始终不一：少则 1.2 万人，多则 3.5 万人。

波兰特-麦考密克（Helena Pohlandt-McCormick）以前南非 1976 年的索韦托起义为例，指出极权统治或独裁统治的政权往往实施两种暴力：身体暴力和“话语暴力”（discursive violence）。前者指的是对个人身体造成实质性伤害的暴力，后者则指记忆建构过程中的暴力，即通过“缄默、保密和操纵已知因素”等手段，“减损或忽视参与、见证历史事件的个人的声音和行动”，建构“充满谎言和欺骗的官方叙事”，并与身体暴力串通勾结，“制造某种或某几种公共的历史记忆或判断”。比如关于索韦托起义的官方调查报告在抹去受害者历史的同时，建构了否认加害者自身过失的历史记忆。波兰特-麦考密克认为，“话语暴力”是统治者“试图借助意识形态使被统治者内化压迫”的手段，能够持续不断地损害个人的历史思考能力。当个人无法把个人记忆置于官方历史叙事的大语境中时，其结果很可能是个人记忆被有意识地抑制、隐藏、扭曲，甚至干脆被遗忘。波兰特-麦考密克的分析完全适用于同样是独裁统治的特鲁希略政权，也给阿尔瓦雷斯的上述观点做了理论上的详细注解：正是借助身体暴力和话语暴力的分工合作，特鲁希略政权才得以建构起代表其立场、美化其统治的“官方故事”，培养起自我压制、自我审查的沉默文化，在牢固控制多米尼加国民的身体、语言和记忆的基础上达到巩固其独裁统治的目的。特鲁希略长达三十一年的统治期间，“官方故事”和官方历史与公共的集体记忆几乎完全合二为一，几乎完全遮盖了历史的真实和个人的记忆，造成了多米尼加人的集体失语和集体失忆。这种情况直到到他死后的二十多年才有初步改观，足见身体暴力与话语暴力共谋及其危害的普遍深入。不过波兰特-麦考密克着意强调，两种暴力的合谋尽管会损害个人的历史思考能力，但不会完全成功；看似连续、理性、自我圆谎的官方集体记忆也不是铜墙铁壁，被官方宏大叙事深埋的个人记忆终会浮出历史地表，对其构成挑战：

> 人性的细节往往看似无足轻重，恰如那些无关紧要的、甚至毫不相干的个人行为。然而我认为，正是这种微弱的旁白，正是个人的讲述、写作或行动，不论多么微不足道，却能创造记忆的里程碑，即讲述（过去或现在）中的某些瞬间，个人积极主动地与集体的或公共的约定俗成的记忆和历史交战，作用于它们的空间，挑战它们的支配地位。个人并非只是被动接受周遭世界的作用，而是与这个世界相互作用，正是这些行为表达了

"修改、变换、甚至重构公共记忆"的个人历史意志。(Pohlandt-McCormick)

波兰特-麦考密克没有涉及独裁统治语境中个人记忆与家族记忆、家族记忆与公共集体记忆的关系，在这一点上，阿尔瓦雷斯对自家情形的描述起到了一定的补充作用：父母对家族记忆(私人领域的集体记忆)的建构和掌控实乃上述话语暴力的复制，但对父母而言这是不得已的自保措施，出发点有着本质的不同，也许我们可以称之为一种异质同构的话语暴力。

如果我们把《血脉》置于以上的历史和理论语境中便不难发现，这篇自传色彩浓厚的短篇小说构成了个人记忆对特鲁希略时代及其后续时期公共集体记忆的挑战。在最直观的层面上，小说展示了阿尔瓦雷斯父母的"官方故事"所掩盖的个人历史和家族历史的真实，其深层目的则是揭露特鲁希略"官方故事"和官方历史的虚假和欺骗，达到修正公共集体记忆的目的。官方历史中和平与安全的多米尼加，实则是一个"地狱般疯狂可怕的地方"，其血腥的"暴力氛围"逼得年幼的加西亚四姐妹"正在快速学会这个极权国家的通用语言：每一个单词，每一个姿势，都可能是一个雷区，说话要小心，出门要留心"。官方历史中"刚正不阿的英雄"特鲁希略其实是一个豢养秘密警察、靠"狗腿子的酷刑"镇压人民的独裁者，内心缺乏安全感，到了"进餐前强迫厨师品尝食物"的地步。这个国家的人民慑于特鲁希略的淫威，口是心非地念着官方的祷告词"上帝和特鲁希略给多米尼加带来了富足"，私底下却与外部势力联手，试图推翻他的独裁统治。陷入内忧外患的特鲁希略自然会变本加厉地实施暴力镇压。反讽的是，面对日益猖獗的身体暴力威胁，加西亚家族被迫挪用加害者的话语暴力策略，试图达到以"暴"制"暴"、保全性命的目的。

长期以来，加西亚家族与特鲁希略政权维持表面合作、实则反抗的关系：外公代表政府在联合国任职，几个儿子和女婿卡洛斯却参与了美国中情局支持的政变密谋。为了掩盖这一真相，缄默、保密、谎言、操纵已知因素等成了加西亚家族一致对外的惯用对策：中情局特工维克托与家族的关系成了连小孩都要保守的秘密；被捕的费尔南多怕自己供出同谋，以死求得永远的缄默；卡洛斯明明在家，却被说成是与维克托打网球未归；卡洛斯一家被迫逃亡，却被说成是因为他去美国学医；约约五岁时骗邻居说父亲有枪而被父母痛打，自此记住了祸从口出的戒律；劳拉警告四姐妹的话"苍蝇飞不进闭紧的嘴巴"，与现实生活中阿尔瓦雷斯的母亲如出一辙。小说中对这些细节的铺陈，与最终东窗事发、卡洛斯一家亡命天涯的结局之间产生了巨大的张力，反衬出特鲁希略暴力统治的穷凶极恶与无孔不入。在小说第二部分，阿尔瓦雷斯直接把海地人大屠杀这一历史事件纳入个人的记忆叙事，着意彰显其表达“个人历史意志”的意图。菲菲的叙述看似不动声色，实则构成了对历史前文本的挑战和修正，寥寥数语却锋芒毕露，矛头直指特鲁希略的“官方故事”：

> 原来那天夜里发生了大屠杀，特鲁希略下令在天亮前处死多米尼加境内的全部海地黑人。尸体都被扔进了一条河，据说五十年后的今天，那条河的水仍是红色的。丘查从某个甘蔗收割营地逃出来，寻求庇护。

如上所述，关于这起大屠杀的诸多历史细节已经湮没于特鲁希略政权的话语暴力，也许永远难以考证复原。阿尔瓦雷斯尊重这一事实，没有假托历史学家的客观口吻，也没有堆砌无数想象的细节。她所希望的，也是切实能够做到的，便是描摹个人的历史记忆，提出一个与官方历史不同的版本，唤起读者对“集体的或公共的约定俗成的记忆和历史”等同于历史真相这一公式的怀疑，使得他们在探究历史真实的同时，充分认识到特鲁希略政权实施身体暴力与话语暴力的无所不用其极。

心理学家早已证明，建立在暴力经历基础上的个人记忆必定是创伤记忆。由于记忆由“对事件的初始感知和事后获得的信息”构成，(Pohlandt-McCormick)对于几十年后重拾离岛前一天记忆的阿尔瓦雷斯和卡洛斯一家（小说中菲菲叙述的时间是 1987 年）来说，这种创伤是双重的，甚至多重的：既有当天的创伤，也有从当天到回忆或写作这段时间内的创伤体验。因此，在《血脉》的字里行间不仅弥漫着暴力的阴影和死亡的威胁，还有痛彻心扉、永难释怀的失落感。前文已经探讨过菲菲（及阿尔瓦雷斯）的失忆和由此产生的焦虑，此外还有一种因背井离乡、异地求生引起的失根的创痛。譬如，得知要逃亡美国的消息时，劳拉环视美丽的家园，“视线中的一切仿佛透过了一面象征缺失的棱镜，变得格外清晰”；桑蒂“内心越来越强烈的空虚感”竟然无法填补，即便移居美国后获得的成功和爱情也不是她“魂牵梦绕的东西”；菲菲也是此时才深深懂得丘查“小时候离开了我的祖国，再也没有回去。再也没有见过父亲、母亲和兄弟姐妹”的痛楚，很难想象当时懵懂无知的菲菲会有如此深切的情感体验，与其说这反映了个人历史的真实，不妨说这是成年菲菲回忆时或阿尔瓦雷斯写作时的情感体验。“背井离乡后的重生必然与死亡相连，‘死去的是在特定环境中已经形成的那个人’。”(Mujcinovic)移民经历与暴力经历一起，施加于菲菲和阿尔瓦雷斯双重死亡（实质的死亡和比喻意义上的死亡）一般的创伤。卡鲁思(Cathy Caruth)指出，对创伤性经历的受害者来说，最困扰他们的不是创伤性事件本身，而是他们对该事件无法理解，因而无法接受。回忆尽管充满痛苦，但讲述或写作可以帮助受害者理解和接受该事件，因而是有效的疗伤方式。(Caruth:7)从这个意义上讲，菲菲借助口述来叙事、阿尔瓦雷斯诉诸书面叙事以重构失去的记忆，两者都可看成是自我疗伤的努力。

对阿尔瓦雷斯而言，自我疗伤与挑战特鲁希略时代公共集体记忆的努力并行不悖。当创伤变成叙事，对创伤性事件的再现将失落其“准确性”和“力量”，但创伤叙事依旧能够揭示一定的真相。(Caruth:192)就内容来看，阿尔瓦雷斯创伤叙事中包含的真相足以构成对公共集体记忆的挑战，这一点笔者已经做了详细的讨论。这里要强调的是，《血脉》的形式同样有效地传达出了作家的意图。小说重构的是阿尔瓦雷斯缺失的个人记忆，采用的却是多个叙述者和多个叙述视角：第一部分的第三人称全知叙述中，先后出现卡洛斯、约约、劳拉、老鸨塔蒂卡夫人、维克托、卡拉、劳拉、秘密警察普波、桑蒂和卡洛斯的叙述视角；第二部分则换成菲菲和丘查的第一人称叙述，其中菲菲叙述的时间与事发当日相隔二十多年。如此一来，小说呈现出螺旋形前进的叙事结构，而非一般线性叙事从A到B的直线定向运动；个人记忆也呈现为一个集体的共同记忆。阿尔瓦雷斯曾在访谈中指出，螺旋前进的叙事结构体现的是她的真实观：“构成真实的是环绕它的许多点，是以它为中心的圆，每一个小视角都以某种方式构成真实。”(Wiley:9)这段话与法属马提尼克岛理论家格利桑的历史观有异曲同工之妙：“加勒比海国家历史的内爆，(我们人民汇聚在一起的各种历史的内爆)使我们得以摆脱进程独特的单一大写历史线性的、等级制的幻象。”(Glissant:66)从这个角度来看，阿尔瓦雷斯笔下非线性、非连续、非独白的记忆叙事体现的是一种兼容并包的历史观，与特鲁希略的官方历史乃至西方的大写历史形成了巨大的反差。后者以历史真实自诩，实则压制不同记忆，挤占公共的记忆空间，营造单一的记忆神话：如阿尔瓦雷斯所言，特鲁希略时代的多米尼加“只有一个故事——官方故事……讲述他的真实”。

历史学家阿姆斯特朗(Karen Armstrong)认为，个人通过叙述，能够把个人经历与“想象的共同体”联系起来，个人记忆的叙事由此进入集体记忆，甚至成为集体记忆的言说。(郑广怀)这个观点为阿尔瓦雷斯将个人记忆呈现为集体共同记忆的做法提供了解释，但更值得关注的是阿尔瓦雷斯想象的记忆共同体。或者说，她的记忆共同体何以能超越阶级、种族、性别、敌我的界限，同时容纳卡洛斯一家和塔蒂卡夫人、维克托、普波、丘查？他们之间的共同点似乎只有共同的过去、一部充满暴力与冲突的美洲史。事实上，小说的标题《西班牙征服者的血脉》与上述人物个人记忆中包含的历史记忆完全可以组合成一个历史潜文本:从多米尼加遭受西班牙殖民入侵、沦为美国傀儡、与邻国海地恩怨纠结,一直到 20 世纪 80 年代美国对多国进行政治、经济和文化的渗透。这样一部暴力的历史,对他们来说唯一的遗产便是创伤和创伤的记忆;如施瓦布所言,统治关系中无论是主人还是仆人、殖民者还是被殖民者、作恶者还是受害者,都会经历异化和心理的伤害;如果双方不愿意为暴力历史造成的损失和伤害承担责任并加以补偿,那么这种心理的畸形便会实现跨代传递,导致暴力的循环往复;通过讲故事为历史暴力和伤害做见证,能起到宣泄并协调情感差异的作用,是走向和解政治的第一步。(施瓦布:15-16)从这个意义上讲,阿尔瓦雷斯的记忆共同体是一个创伤性历史记忆的共同体,《血脉》作为创伤叙事,既是她的自我疗伤,也是一种集体疗伤。

参考文献

[1]Alvarez, Julia. A Note on the Loosely Autobiographical. *New England Review*, 2000, Vol. 21, No. 4: 165-166.

[2]Alvarez, Julia. Black behind the Ears. *Essence*, 1993, Vol. 23, No. 10.

[3]Alvarez, Julia. Doing the Write Thing. *Sojourners Magazine*, 2006, Vol. 35, No. 10: 18-23.

[4]Alvarez, Julia. Ten of My Writing Commandments. *English Journal*, 1998, Vol. 88, No. 2: 36-41.

[5]Alvarez, Julia. The Author of "In the Time of the Butterflies" Considers the Challenge of Fiction in a Post-9/11 World. *The Washington Post*. 11 September 2005: T10.

[6]Alvarez, Julia. The Blood of the Conquis tadores. *How the Garca Girls Lost Their Accents*. Harmondsworth & New York: Plume, 1992.

[7]Alvarez, Julia. *Something to Declare*. Chapel Hill, NC: Algonquin Books, 1998.

[8] Caruth, Cathy. *Unclaimed Experience: Trauma, Narrative, and History*. Baltimore: Johns Hopkins UP, 1996.

[9] Glissant, Edouard. *Caribbean Discourse: Selected Essays*. Trans. J. Michael Dash. Charlottesville : UP of Virginia, 1989.

[10] Huyssen, Andreas. *Twilight Memories: Marking Time in a Culture of Amnesia*. New York: Routledge, 1995.

[11]Johnson, Kelli Lyon. Julia Alvarez: *Writing a New Place on the Map*. *Albuquerque*: U of New Mexico P, 2005.

[12]Lyons, Bonnie, & Bill Oliver. Julia Alvarez: A Clean Windshield. *Passion and Craft: Conversations with No Table Writers*. Chicago: U of Illinois P, 1998.

[13] Martnez, Elizabeth Coonrod. Julia Alvarez: Progenitor of a Movement. *Americas*,

2007, Vol. 59, No. 2: 6-13.

[14] Mujcinovic, Fatima. Multiple Articulations of Exile in US Latina Literature: Confronting Exilic Absence and Trauma. *MELUS*, 2003, Vol. 28, No. 4: 167-186. 5 April2008. <http: // www.thefreelibrary.com/Multiple articulations of exile in US Latina literature %3a+confron ting...-a0113523870>.

[15] Pohlandt-McCormick, Helena. "*I Saw a Nightmare...*"—*Doing Violence to Memory: The Soweto Uprising*. June 16, 1976. New York: Columbia UP, 2008. 23 August 2008. <http://www.gutenberg-e.org/p ohlandt-mccormick/index.html>.

[16] Sirias, Silvio. *Julia Alvarez: A Critical Companion*. Westport, CT: Greenwood Press, 2001.

[17] Surez, Luca M. Julia Alvarez and the Anxiety of Latina Representation. *Meridians: Feminism, Race, Transnationalism*, 2004, *Vol*. 5, No. 1: 117-145.

[18] Tenenbaum, Barbara A., ed. Trujillo Molina, Rafael Leonidas. *Encyclopedia of Latin American History and Culture*. 5 vols. New York: Macmillan, 1996.

[19] Wiley, Catherine. An Interview with Julia Alvarez. *The Bloomsbury Review*, 1992, Vol. 12, No. 2: 9-10.

[20]嘉布瑞丽·施瓦布:《身份焦虑:暴力的历史以及政治无意识》,周敏译,《河南大学学报(社会科学版)》2005年第5期。

[21]郑广怀:《社会记忆理论和研究述评——自哈布瓦奇以来》,《社会学视野》,http://www.xici.net/b379782/ d28878217.htm,2007年8月23日。

(原文发表于《外国文学》2009年第1期)

第三部分　女性的觉醒和抗争

从墨西哥女性原型看桑德拉·西斯奈罗斯小说中女性形象的嬗变[*]

李保杰[**]

(山东大学外国语学院)

摘　要:在美国女作家桑德拉·西斯奈罗斯的小说中,墨西哥文化中的三个女性原型形象发挥着重要的作用,她们是"哭泣的女人"、玛琳琦和瓜达卢佩圣母。《芒果街上的房子》等三部小说中的女性人物反映出墨西哥裔美国女性的成长,她们起初被动地接受圣母代表的隐忍和慈爱,排斥"哭泣的女人"原型中所隐含的反抗。后来她们逐渐认识到圣母原型被男权社会利用来束缚女性的自我意识,最终摒弃其中的消极因素,通过语言、艺术等途径将"哭泣的女人"诠释为玛琳琦所代表的"呐喊的女人"。

关键词:桑德拉·西斯奈罗斯;"哭泣的女人";玛琳琦;瓜达卢佩圣母;女性形象

引　言

桑德拉·西斯奈罗斯(Sandra Cisneros,1944—)是著名的墨西哥裔美国作家[①],1984年她发表了第一部小说《芒果街的房子》(*The House on Mango Street*),并获得翌年的美国图书奖(American Book Award)。之后于1991年出版了第二部小说《哭女溪》(*Woman Hollering Creek and Other Stories*),

* 本文为"山东大学自主创新项目"(IFW09055)的阶段性成果。

** 作者简介:李保杰,教授,主要从事当代美国文学和美国族裔文学研究。

① 一般认为,墨西哥裔美国文学始于19世纪中叶,20世纪40年代以来的阶段属于"奇卡诺文学"(Chicano)时期,墨西哥裔美国女性文学则采用阴性形式的"奇卡娜文学"(Chicana)来表示。文中可能会交叉使用这些术语。

2002 年出版了第三部家族史小说《卡拉米洛披肩》(*Caramelo*)。这几部小说都获得了多项文学奖项,随着 1988 年《芒果街的房子》入选《诺顿美国文学选集》,西斯奈罗斯逐渐确立了在美国文坛的地位。在这几部作品中,作者塑造了形形色色的女性形象,本文就是以墨西哥裔美国文化中的三个女性原型为基础,即"哭泣的女人"(la Llorona),玛琳琦(la Malinche)和瓜达卢佩圣母(the Virgin of Guadalupe),研究西斯奈罗斯小说中女性形象的嬗变。

一、原型解读

"哭泣的女人"在墨西哥以及墨西哥裔美国人的民间传说中有很多不同的版本,具体的起源已经难以追寻,罗伯特·贝拉卡特(Robert Barakat)仅在墨西哥北部和美国得克萨斯州的艾尔帕索地区就收集到 21 种不同的版本。一般说来,就是失去孩子的母亲的灵魂在水边徘徊,寻找孩子,她的哭泣具有魔力般的诱惑力,会将流浪的孩子或者成年男子捕捉为猎物。有的学者认为,它属于欧洲希腊神话中美狄亚弑子的故事以及塞壬(Siren)神话的结合与变体,代表死亡的呼唤和诱惑;有的学者认为,这是对性禁忌的一种隐晦的捍卫方式;但是更多的学者从墨西哥的殖民历史中来研究它。如在艾尔帕索有这么一种说法:一位土著印第安少女与出身西班牙贵族的情人生下私生子,但情人为了和门当户对的女子结婚而将其抛弃,这位年轻的母亲为了报复情人而亲手将孩子溺死。她也因此受到神灵的诅咒而不得安宁,死后化身为美丽的女子,夜夜哭泣着寻找孩子,并且引诱迷失的男性走向死亡。迈克尔·科尔尼因此认为:"显然它(传说)有两种形式:哭泣的女人寻找孩子以及哭泣的女人诱惑男性。现在最流行的说法就是将这些原型结合起来。"(Kearney,1969:199)

玛琳琦的故事则见证了西班牙殖民者对墨西哥的征服。玛琳琦出身于土著纳华特部落的一个贵族之家,但是后来被卖作奴隶,几经辗转后来到塔巴斯克玛雅人地区。1519 年西班牙殖民者赫南·科尔特斯(Hernan Cortes)来到这里,玛琳琦和其他 19 名土著少女一起被献给科尔特斯。玛琳琦天性聪慧,具有非凡的语言天赋。她通晓多种土著语言,后来又学会了西班牙语。因而对于急需与土著人沟通的科尔特斯来说,她简直是天降之才。玛琳琦很快就得到了科尔特斯的赏识,并且成为他的翻译和情人。西班牙人把玛琳琦尊称为"玛丽娜",即她皈依天主教、受洗后的名字,认为她在西班牙征服阿兹特克帝国的过程中功不可没;相反,土著人则视其为叛国者,甚至将阿兹特克帝国的覆灭归罪于她。尽管其历史功过难以评判,但有两点可以确定:玛琳琦和科尔特斯的儿子马丁·科尔特斯成为最早的为西班牙贵族所接受的混血儿(Mestizo),因此,她也象征性地成为现代墨西哥人"受蹂躏的母亲"的原型(la Chingada)。另外,她用语言改变命运的努力成为当代墨西哥裔美国作家用语言构建自我的象征。墨西哥裔美国作家格洛丽亚·安扎尔多瓦(1942—2004)认为,阿兹特克帝国的灭亡是其穷兵黩武的结果,把历史的罪责归结到一个弱女子身上是不公平的:"因此,阿兹特克帝国的覆灭既不是因为玛琳琦做了科尔特斯的翻译,也不是因为她做了西班牙人的情妇,而是因为统治阶级破坏了男女之间以及贵族和平民之间的凝聚力。"(Anzaldua,1999:56)

在某些民间传说中,"哭泣的女人"和玛琳琦被结合在一起。科尔特斯后来为了与西班牙贵族小姐结婚将玛琳琦抛弃,将其嫁给一个下级军官,马丁也被父亲送往西班牙接受教育。玛琳琦因此也代表了被剥夺了孩子的母亲,在很多地区的民间传说中与"哭泣的女人"合而为一。在当代墨西哥裔美国文学中,玛琳琦的故事得到了重新解读。她不再是男性权威的牺牲品,而是土著女性反叛男性殖民者的权威,用生命捍卫女性尊严的象征。同时这个综合性的原型形象也成为墨西哥裔美国女作家通过语言/文本构建自我身份、寻找自我认同并反抗男性权威的一个典型象征。

瓜达卢佩圣母是墨西哥的保护神,是天主教圣母和美洲土著女神相结合的产物。根据史料记载,1531 年冬季的一个清晨,圣母在泰佩雅克山上现身于皈依基督教的土著居民胡安·迪亚哥面前,要求人们在山上为她建造庙宇加以供奉。瓜达卢佩圣母和基督教中的圣母玛利亚不同:她有着棕色的皮肤和美洲土著人的其他特征。但是墨西哥城的大主教并不相信迪亚哥的话,要求他拿出证据。于是圣母再次现身的时候召唤迪亚哥来到山顶。尽管当时是隆冬季节,山上却开满了争奇斗艳的玫瑰花。当迪亚哥把鲜花呈现在主教面前时,斗篷上出现了圣母的圣像。大主教因此深信不疑,下令在泰佩雅克建起教堂供奉圣母。因为泰佩雅克山曾是朝拜土著圣母陶南特辛的地方,所以怀疑人士认为,这不过是土著人为了继续供奉土著神祇而想出的伎俩。尽管如此,瓜达卢佩圣母逐渐成为墨西哥的保护神,成为土著文化和西班牙殖民文化相结合的象征,因而现在已经难以分辨出到底是基督教征服了土著信仰,还是土著女神将基督教圣母同化。安扎尔多瓦因此认为:

> 瓜达卢佩圣母将奇卡诺新教徒、美洲印第安人和白人等不同种族以及有着不同信仰和语言的人们联系在一起……她象征着种族身份和对奇

> 卡诺—墨西哥人差异性的包容，这些人具有印第安血统，跨越不同的文化，因而其多重的种族身份造就了这种差异性。（Anzaldua，1999：52）

圣母虽然具有文化杂交的象征意义，但是也强调女性的忍让、付出、宽容和服从。在家庭关系中，这种单一性的原型形象体现了男性对女性的控制：女性婚前必须守节操，婚后隐忍持家、相夫教子。因此，圣母原型实际是“哭泣的女人”和玛琳琦等失去节操的女性的对立面，是对“坏女人”的否定和警示。另一方面，“哭泣的女人”也是女性对男权社会中男女不平等的反抗。路易·里尔认为，“纵观墨西哥文学，女性人物的塑造一直深受墨西哥精神中两个原型形象的影响：保持贞洁的女性形象和失去贞洁的女性形象。”（Leal，1983：227）毫不夸张地说，瓜德卢佩圣母和玛琳琦所体现的不同价值观同样贯穿于当代墨西哥裔美国女性文学作品中。安扎尔多瓦将这三个原型称为“我们的母亲们”，强调在男权控制下，女性群体被分割成二元对立的两部分：遵从圣母准则的是“好女人”，否则便是“哭泣的女人”（或者玛琳琦）等“坏女人”。（Anzaldua，1999：52）圣母原型的价值被片面化了，成为男权社会束缚女性的工具，而“哭泣的女人”和玛琳琦原型中女性价值的积极意义被否定或者淡化。对男性而言，女性的价值在于她的纯洁和贞操，其性别身份成为男权控制的客体和目标；同时，女性的自我评价也依据自身对男性的有用性，只有循规蹈矩的“好女人”才能够获得认同。

西斯奈罗斯的女性形象大都是这些原型的具体表现，从不同时期的几部作品可以窥见作者对圣母所代表的传统女性形象从认同到质疑再到颠覆的轨迹。

三、对传统女性形象的认同

《芒果街的房子》由44篇短篇小说组成，每一篇相对独立，主人公雅斯贝兰莎（Esperanza）作为叙述者将这些故事串联在一起，使其构成有机的整体。因此，虽然最初评论界曾就文本的题材展开过争论，但是现在大多数学者都将其划分为小说。这种后现代的“碎片式”分割叙事结构（fragmented narratives）本身便是对中心的解构和对权威的挑战。另外，不断变化的叙事角度赋予人物叙述声音，打破单一性宏观叙事的叙述权威。小说讲述主人公在墨西哥裔社区中成长的故事，大致说来属于成长小说（Bildungsroman）的体裁,记录主人公身心成长的过程。但是墨西哥裔美国女性成长小说以女性的性别和种族身份为基点,不仅和欧洲传统的成长小说不同,而且也有别于当代墨西哥裔美国文学先驱创作的成长小说。[①] 虽然女性成长小说和其他墨西哥裔美国文学中的成长小说存在相似之处,都反映了主人公处于土著文化、西班牙文化和美国主流文化之间的文化杂交身份,以及主人公或者叙述者采用语言为媒介构建自我的成长过程。然而,在这两个过程中,女性成长小说具有鲜明特点,即女性的性别身份对自我成长的影响举足轻重,女性对男性权威的挑战和颠覆成为重要主题。

《芒果街的房子》采用"房子"作为中心意象,表现双层含义:一方面,"芒果街的房子"象征着贫穷及其对主人公心智发展的束缚和伤害;另一方面,房子也是墨西哥裔美国传统家庭观念对女性的羁绊。雅斯贝兰莎最初认同于主流社会的评价标准,破旧的"房子"成为她的自卑心结,是女性自我发展的障碍:

> 你住哪里?她问道。
>
> 那里,我说,指着三楼的房子。
>
> 就那里呀?
>
> 就那里。我不得不顺着她指的地方看过去——三楼,斑驳的油漆,钉在窗户上的木条,爸爸是害怕我们掉出去。你就住那里呀?她说话的口气令我无地自容。就那里。我就住那里。我点点头。
>
> 那一刻我就知道我必须要有栋房子,真正的房子,我能指给别人看的房子。可这不是,芒果街的房子不是。(Cisneros,1991:4-5)

随着雅斯贝兰莎自我意识的逐渐觉醒,"房子"的含义也在逐渐发生转变。她的独立意识最早体现在"我的名字"中:"在英语中我的名字是'希望',西班牙语中意思就太多了,可以指悲伤,也指等待。"(Cisneros,1991:10)她的名字取自曾祖母,一位原本自由如"野马"般的女子。然而婚后,曾祖母不得不接受丈夫的呵护,在窗前守望失去的自由,她在窗前的守望体现了瓜达卢佩圣母所代表的传统女性的被动与服从。雅斯贝兰莎接受这个名字,但是也决心发掘

---

① 何塞·维拉里尔(Jose Antonio Villarreal,1927—)的《美国化的墨西哥人》(*Pocho*,1959),托马斯·里维拉(Tomas Rivera,1935—1984)的《大地不曾吞噬他》(*...ynosetragó latierra/...And the Earth Did Not Devour Him*,1971)和鲁道夫·阿纳亚(Rudolfo Anaya,1937—)的《保佑我吧,乌勒蒂玛》(*Bless Me, Ultima*,1972)都属于成长小说。

里面蕴含的希望，冲破传统家庭中对女性的局限："我继承了她的名字，但是我不想继承她在窗前的位置。"(Cisneros，1991：11)

雅斯贝兰莎对圣母的这种矛盾感情构成了小说的重要主题。圣母是纯洁慈爱的化身，也是奉献服从的象征，这种双重形象贯穿小说的始终。不仅男性以圣母原型要求女性，女性也自觉地以此作为准则，因此在很大程度上成为男性权威的受害者。例如，萨莉美貌出众，父亲因此满怀忧虑——因为和萨莉一样漂亮的姑妈年轻时与人私奔，整个家族由此受辱："她父亲说长得这么漂亮简直是祸害。"(Cisneros，1991：81)父亲只要发现萨莉和男孩说话就要毒打她，她经常伤痕累累地去上学。这种为了控制女儿的性行为而使用暴力的做法也使父亲生活在自我的分裂之中，徘徊于愧疚和恐惧之间，最终，萨莉早早地嫁人，丈夫接替了父亲继续控制着她的身体：她不得出门，不得与朋友联系，"她喜欢看着墙壁，还有整齐笔直的墙角、油地毡上的玫瑰花以及光滑如结婚蛋糕的天花板"(Cisneros，1991：102)。"玫瑰花"是圣母的隐喻，是萨莉接受圣母原型中被动与从属地位的暗示。

在见证了萨莉等人的遭遇以及单身母亲米诺瓦和艾丽西亚等人的抗争之后，雅斯贝兰莎逐渐认识到她所希冀的房子不仅属于她自己，她所追求的书写的自由也是无数沉默的姐妹的心声。她辩证地吸收了圣母原型中的积极意义，抛弃了传统女性的服从和隐忍，开始有意识地寻找自己的位置。在"阁楼里的流浪者"，"我自己的房子"以及结尾"跟芒果街说再见"中，"房子"已经成为女性主人公独立意识的萌芽，成为自我身份与墨西哥裔美国公众的连接点，她不仅要努力获得自我的空间，而且还希望能用自己的房子庇护无家可归的流浪者。雷蒙·萨尔迪瓦尔认为，小说体现了"艺术创作和象征性自我创造之间的联系，它不是独立的个人行为，而是由个人与群体的必然联系所决定的"(Saldivar，1990：184)。

然而，埃尔维娜·昆塔那则认为"房子"也是物质主义的象征，主人公对独立自主的追求之中同样体现了主流文化价值观的浸润，文本体现了主人公处于两种文化夹缝之中的矛盾处境："从思想层面上说，雅斯贝兰莎做着'美国梦'，而在物质层面上，她和群体中的其他成员一样全部被排除在外。"(Quintana，1996：57)因而文本的叙述还不能算作女性的独立宣言，至多只是"雅斯贝兰莎"这个名字所体现隐喻的冲破圣母原型羁绊的希望。

四、抗争与颠覆

与《芒果街上的房子》相比,《哭女溪》具有更加鲜明的颠覆性。虽然作者本人把这部作品称为短篇小说集,但是由于其叙事结构和叙述人物的内在统一性以及情节发展的连贯性,笔者将其划分为后现代主义小说。全书分为三部分,共22篇故事,分别讲述女性不同时期的经历。第一部分"带着玉米味儿的朋友露西"显然是《芒果街上的房子》的继续,主要采用第一人称叙事,无名的叙述者讲述自己儿时的伙伴以及悲伤与希望交织的少年时光。第二部分"圣夜"则象征着女孩的成人仪式,"圣夜"的叙述者回忆自己13岁时被一个谎称为玛雅王室后裔的黑人诱奸的经历,暗示了女性艰难痛苦的成人历程。"圣夜"没有给主人公带来她梦想的拯救土著文明的救世主,她的"玛雅王子"不过是一个连环杀人犯,而她自己也被遣送回了墨西哥。第三部分中的叙事主体都是成年女性,且叙事地点跨越墨西哥与美国的边境,讲述女性在边境两侧的生活与奋斗。由此可见,虽然叙事主体和叙事声音在不断切换,但是故事情节仍然具有延续性,描写女性心智成长、逐渐获得独立的过程。

与小说同名的故事"哭女溪"比较集中地体现了墨西哥裔美国女性对女性原型形象批判吸收的动态过程。海莉亚特·木伦认为,《芒果街上的房子》书写的是对女性身份和活动空间的限制,而《哭女溪》则描写了"形形色色的女性采用不同方式逃避羁绊的故事,有的通过对传统的女性社会化的反抗,有的通过性自主权、经济独立、自我塑造和女权主义行动,还有的通过想象、祈祷、魔法和艺术"(Mullen,1996:8)。主人公是个墨西哥女孩克里奥菲拉斯,她因为母亲早逝而过早地担当起家庭的重担。如同所有的妙龄少女一样,她向往着美好甜蜜的爱情,希望摆脱家庭的重负和贫穷的羁绊。在她对未来的美好设想中,为爱情而牺牲的电视剧女主角成为她的生活典范,为了爱情忍受痛苦的生活也充满了甜蜜。所以,她冲破现实束缚的欲望带有一定的反抗意义,但是总的来说,她还是接受了圣母原型中慈爱、隐忍和奉献的女性角色。

克里奥菲拉斯从墨西哥到美国、又回到墨西哥的螺旋式轨迹是她的自我认识的发展与成熟。婚后她随丈夫移居美国,语言文化上的障碍和经济的拮据使她失去了行动的自由:"这里城镇的布局就决定了你不得不依靠男人。"(Cisneros,1992:50-51)她感到自己与美国文化格格不入,难以与特瑞妮所代表的第一世界的女性进行沟通。她的两个邻居分别是索戴德和多洛丽丝(意为“孤独”和“悲伤”),是对传统女性悲剧命运的隐喻。克里奥菲拉斯虽然具备朦胧的反抗意识,但是在圣母原型的深重影响下,这种萌芽并没有上升到有意识的反抗。第一次遭受丈夫的家庭暴力时她选择了沉默:

> 第一次她还没回过神来,她既没有大哭大叫也没有反抗。她原来一直说,如果有男人打她,就一定要还击,不管这个男人是谁……完全不像她原来在电视剧里看到类似情节时所设想的那样,她并没有转身离开。(Cisneros,1992:47)

克里奥菲拉斯对圣母原型的颠覆平行于她对“哭泣的女人”原型的新诠释。最初从墨西哥来到美国、对新生活充满幻想之际,她对“哭女溪”这个名字感到十分费解:远离了墨西哥的贫穷、远离了家庭责任的重压,怎么还会有哭泣的怨妇呢?“美丽的小溪,从此将充满幸福快乐。可是这名字,多荒唐呀。”她心头一直萦绕着一个问题:“哭泣的女人”为何而哭呢?是痛苦还是愤怒呢?在经历了文化的碰撞和家庭暴力之后,克里奥菲拉斯认同于“哭泣的女人”,意识到自己的命运与传统女性的命运联系在一起,屋子外面的“哭女溪”仿佛就是她生活的写照,潺潺的流水如同她悲戚的控诉:“‘哭泣的女人’,她想,是不是这样的寂静把女人驱赶到了大树下的黑暗之中呢。”(Cisneros,1992:51)虽然移居美国的女性大都不愿意再回到墨西哥,以免背上被丈夫抛弃的名声,但克里奥菲拉斯最终抛开了心头的顾虑,要打破这种沉寂。她在菲丽丝和格拉谢拉的帮助下驶过哭女溪,回到墨西哥。菲丽丝每次经过哭女溪都发出情不自禁的呼喊,在她的感染下,克里奥菲拉斯也发出了欣喜的欢呼,拥抱自己绽放的自由意识和逃离家庭的勇气:“菲丽丝又朗声笑起来,但是那不是菲丽丝的笑声,是从她自己嗓子里发出来的‘咯咯’的笑声,如长长的飘带,如潺潺流水。”(Cisneros,1992:56)正如杰奎琳·道尔所说的那样,“‘哭泣的女人’的哀怨哭诉变成了呐喊,饱含着力量和喜悦,是象征着独立自由的欢呼。”(Doyle,1996:65)安扎尔多瓦则将这种哭喊诠释为土著女性独特的反抗方式。

“哭泣的女人”变成了“愤怒呼喊的女人”,颠覆了民间传说中“哭泣的女人”所象征的女性的被动与服从。虽然克里奥菲拉斯回到墨西哥要重新面对贫穷和家庭的重负,但是经历过了痛苦的洗礼之后,她具有了去面对生活的勇气,不再将生活的希望全部寄托在男性身上,这种开放式的结局具有更加鲜明的女性自我意识。简·怀亚特因而认为,女主人公“必须重新定义墨西哥民间故事中那个四处游荡、呼喊孩子的‘哭泣的女人’形象，以便重新定位她本人作为女人和母亲的双重价值”(Wyatt，1995：243)。对圣母原型的颠覆集中体现在了女画家卢佩(与瓜达卢佩圣母同名)对墨西哥波波卡特佩特火山(Popocatepetl)神话的诠释中“波波王子和伊科斯塔公主交换了位置。毕竟，谁能说那沉睡的大山不是王子而那窥视者不是公主呢？所以，我用自己的方式来表现，躺在那里的是波波卡特佩特王子，而不是公主。”(Cisneros，1992：163)

西斯奈罗斯对女性自我的诠释同样表现在《卡拉米洛披肩》中，玛琳琦原型中女性运用语言能力改变命运的隐喻集中体现在主人公兼叙述者的赛伊拉·雷耶斯身上。彩色披肩是墨西哥女性的传统服饰，每个女性制作披肩的方式各不相同，“披肩”意象显然在突出小说的女性主义主题。赛伊拉以祖母的披肩为线索，讲述雷耶斯家族的移民历史。她不仅是“讲故事的人”，并且在讲故事的过程中使得家庭成员彼此和解、沟通情感。小说前的引语暗示了故事的可靠性完全取决于叙述：“给我讲个故事吧，即便这是个谎言”，暗示了赛伊拉不仅在记录历史，更重要的是在“书写”历史：“如果换个人来讲，这个故事会变得完全不同。”(Cisneros，2002：159)文本对“恶奶奶”形象的诠释一方面颠覆了祖母所代表的宗教传统对女性的束缚，另一方面也证明了现代女性书写历史的自主性。祖母和赛伊拉都曾经担当“讲故事的人”，祖母委托孙女记录自己的故事，但祖孙两人意见相左：“赛伊拉，你为什么对我那么残忍？你总喜欢让我受苦，让我丢脸，难道不是吗？是不是就因为这个你才非要把这……脏事抖搂给别人，不肯给我一丁点儿的关心?”(Cisneros，1992：172)赛伊拉同样质疑祖母叙述的真实性，她要用想象填补叙述中的空白，明确她本人作为讲故事者的主体性特征：

> 你说得越少，我需要想象的越多，我也越容易理解你。你在编造自己的幸福往事，可没人想听。你的痛苦才能成为好故事。谁想听一个幸福女人的故事呢？你越是凶巴巴的，故事越精彩。(Cisneros，1992：205)

可见，文本中的叙述实际上是赛伊拉的个人叙述，她完全掌握了叙述的节奏，成为女性历史的“创造者”。

结 语

作者西斯奈罗斯和赛伊拉一样，也在用语言构建墨西哥裔美国女性的历史。她塑造的墨西哥裔美国女性冲破瓜达卢佩圣母原型对女性的种种束缚，剔除其中的被动性因素；对"哭泣的女人"进行改造，将幽怨的女人变成愤怒呐喊的女人；并且吸收玛琳琦原型中女性的创造性和主体性，塑造全新的女性形象。西斯奈罗斯本人曾说："我认为传统的墨西哥女性是坚强的。尽管受到很多不公正的待遇，我们依然十分坚强……我的确这样认为。"(Jussawalla & Dasenbrock，1992：300)安扎尔多瓦对墨西哥裔美国新女性的论述可以概括西斯奈罗斯作品中女性形象的新取向。她认为，新一代墨西哥裔美国女性打破了传统文化的暴政，创造自我的生存空间：

> 对我们文化中的女性而言，从前只有三个去路：到教堂做修女，到大街上做妓女，或者在家里做母亲。现在我们中的一些人有了另外一种选择，就是通过教育和职业成为自立的女性，在世上占据一席之地。(Anzaldua，1999：39)

事实上，西斯奈罗斯的小说仅仅是众多奇卡娜文学文本中的一个代表，安扎尔多瓦，安娜·卡斯蒂略(Ana Castillo，1953—)、切丽·莫拉加(Cherri-eMoraga，1952—)和德尼斯·查韦斯(Denise Chavez，1948—)等作家都在积极地进行这种探索，从女性视角对古老的墨西哥及墨美文化传统进行新的书写。

参考文献

[1]Anzaldua，G. *Borderlands/La Frontera：The New Mestiza*. San Francisco：Aunt Lute Books，1999.

[2]Barakat，R. A. Wailing Women of Folklore. *The Journal of American Folklore*，1969，Vol. 82，No. 325：270-272.

[3]Cisneros，S. *Caramelo*. New York：Vintage Books，2002.

[4]Cisneros，S. *Woman Hollering Creek and Other Stories*. New York：Vintage Books，1992.

[5]Cisneros，S. *The House on Mango Street*. New York：Vintage Books，1991.

[6]Doyle, J. Haunting the Borderlands: LaLlorona in Sandra Cisneros's *Woman Hollering Creek*. *Frontiers: A Journal of Women Studies*, 1996, Vol. 16, No. 1: 53-70.

[7]Jussawalla, F.&R. W. Dasenbrock, Eds. Interviews with Writers of The Post-colonial World. Jackson: University Press of Mississippi, 1992.

[8]Kearney, M. LaLlorona as a Social Symbol. *Western Folklore*, 1969, Vol. 28, No. 3: 199-206.

[9]Leal, L. Female Archetypes in Mexican Literature. In: *Women in Hispanic Literature: Icons and Fallen Idols*. Ed. B. Miller. Berkeley: University of California Press, 1983. 227-242.

[10]Mullen, H. A Silence Between Us Like a Language: The Untranslability of Experience in Sandra Cisneros's *Woman Hollering Creek*. *MELUS*, 1996, Vol. 21, No. 2: 3-20.

[11]Quintana, A. *Home Girls: Chicana Literary Voices*. Philadelphia: Temple University Press, 1996.

[12]Saldivar, R. *Chicano Narrative: The Dialectics of Difference*. Madison: The University of Wisconsin Press, 1990.

[13]Waytt, J. On Not Being La Malinche: Border Negotiations of Gender in Sandra Cisneros's Never Marry a Mexican and *Woman Hollering Creek*. *Tulsa Studies in Women's Literature*, 1995, Vol. 14, No. 2: 243-271.

（原文发表于《天津外国语学报》2010 年第 4 期）

女性与自然的呐喊
——论希斯内罗斯的小说《女喊溪》中的生态女性主义思想

喻利娟　谷红丽*

（华南师范大学外国语言文化学院）

摘　要：生态女性主义批评认为，妇女与自然之间有着密切的联系，二者分别遭受着父权制文化和人类中心主义的压迫。当代美国墨裔女作家桑德拉·希斯内罗斯的小说《女喊溪》，从少数族裔女性主义文学的创作视角出发，表现了墨西哥女性走出男权思想的禁锢，获得女性独立意识的过程。同时，小说也表达了对于自然环境的关注。小说对于女性体验和自然意象的结合体现了其生态女性主义批评思想。

关键词：《女喊溪》；生态女性主义；女性独立意识

生态女性主义文学批评把文学批评放在性别歧视和生态危机的语境下，从"性别"和"环境"的双重视角进行文学批评，研究文学、女性、自然和文化的关系。生态女性主义认为自然与女性都是人类生存和发展的本源，人类对于自然界和对待女性的态度是紧密相连的。但在男权社会中，自然和女性都成为被压迫的对象。自然和女性在父权制中心文化剥削、统治下，被置于"边缘""他者""附属""陪衬""失语""消极""被动"的地位，从而沦为父权制文化的牺牲品。[①] 生态女性主义者致力于质疑、解构和颠覆人类中心主义和父权制文化观念，倡导人与自然的统一，即人与人平等共处，人与自然浑融圆通的和谐境界。

当代美国墨裔女作家桑德拉·希斯内罗斯（Sandra Cisneros）的作品侧重于记录在双重文化背景下女性的成长轨迹。她的短篇小说《女喊溪》（*Woman*

* 作者简介：喻利娟，在读硕士研究生，研究方向为英美文学。谷红丽，教授，研究方向为英美小说。

① 陈茂林：《双重解构：论生态女性主义在文学实践中的策略》，《江汉论坛》2007 年第 5 期，第 121 页。

Hollering Creek)讲述了一位叛逆的女性克莉奥菲拉斯,她从墨西哥嫁到美国边境小镇,之后因为不堪忍受丈夫的毒打和极有可能的不忠,带着孩子返回墨西哥的经历。桑德拉·希斯内罗斯在这篇小说中,从少数族裔女权主义文学的创作视角出发,淋漓尽致地展现了墨西哥女性走出男权思想的禁锢,获得独立自我意识的过程。小说以主人公由麻木到觉醒,由顺从到反抗,最后独立、自由的奋斗经历为主要线索,突出体现了墨裔女性对男权社会压迫的反抗和对自由完美生活的渴望与追求。在小说中作者通过对女喊溪,这条充满了女性痛苦和愤怒喊叫声的溪流的描写,把女性和自然这两个弱者联合起来,充分展现了她的生态女性主义意识。本文拟通过分析小说中的女性人物和自然意象来探析小说中的生态女性主义思想。

一、女性——父权制文化的他者

父权制文化是一种以男性为中心和主流的文化,在父权制文化看来属于自然和物质领域的存在物劣于属于人类和心灵领域的存在物,而女性被认为是物质的、身体的领域,男性被认为是精神的领域,因此,女性就应该受男性统治。建立在父权制基础上的这种文化把女性排斥到了边缘和他者的位置,对女性实行控制和压迫。

克莉奥菲拉斯因母亲早逝而过早地担当起家庭的重担,照顾着六个一无是处的兄弟和一个总是抱怨的老父亲。她渴望着摆脱家庭的重负和贫穷的羁绊,向往着甜美的爱情。仓促完婚后,她随着丈夫来到了墨西哥边境以北的美国小镇。然而,现实并没有想象中的好。她每天如奴隶般地做繁琐的家务,如给孩子换尿片,擦卫生间的地板,在没有门的入户通道挂上厅帘,为家里的亚麻布漂白等等。[①] 然而,对于她的无私付出,丈夫却没有丝毫的感激。他在家里肆无忌惮地骂人,并霸道地要求每一盘菜必须为他放在单独的盘子中。他经常光顾有妓女的冰屋,然后醉醺醺回到家里被老婆服侍。她渐渐沦为丈夫发泄的工具。越来越严重的家庭暴力使她浑身伤痕累累。对于这一切,深受旧思想、旧习俗束缚的她都默默忍受着,她不敢说,不敢反抗,生怕招来更多的打骂。

在父权制和二元对立思维的双重压迫下,女性忍受着巨大的压力。在西

① 桑德拉·希斯内罗斯:《女喊溪》,吕娜译,《译林》,2008 年第 6 期,第 164 页。

方认识论中男性总是被归于主体、心智、理性，而女性则被归于客体、肉体、情感。这种主体和客体、心智与肉体、理智与情感的二元对立，产生了男人与女人的二元对立，导致了等级制的男性价值体系和控制欲望的起源。在克莉奥菲拉斯的丈夫看来，克莉奥菲拉斯就是他的附属品，是他可以任意支配和操纵的物品。他有权将自己的权力凌驾于克莉奥菲拉斯之上，并控制她的生活。比如，他不允许克莉奥菲拉斯打电话回家、写信或做任何事情；他不允许她看爱情小说；他不允许她出去工作并把她囚居于家里。克莉奥菲拉斯完全没有自己的独立生活空间，也不允许有自己独立的思想意识。

父权制文化观对女性的摧残，在小说中不仅体现在克莉奥菲拉斯一个女性人物身上，许多生活在美墨边境的墨裔女性遭受着同样的命运。“这样的女人在美墨边境有很多。有的女人从飞驰的车中被推出，时而会发现女人的尸体，有的女人已经不省人事，有的女人被打得浑身淤青。”[①]由此可见父权制文化对于女性迫害的普遍性。

桑德拉·希斯内罗斯在描写女性生活状态之外还关注女性的精神生态，她将笔触深入到墨裔女性的灵魂深处，构建了许多在精神生态系统中挣扎着的女性形象。她们在男权社会对女性思想的压制中，不知不觉地接受并内化了男权思想意识，甘愿生活在男权社会的阴霾中，逐渐迷失了自我。克莉奥菲拉斯的两位邻居，一位是丈夫失踪了的索莱达，另一位是失去丈夫和儿子的多洛雷斯。她们或许在失去丈夫或儿子之前还拥有一点自己的主体意识，但如今这些意识已经完全丧失，“因为她们整日记挂着由于这样或那样的原因离去的男人们”[②]。对她们来说失去了男人，就等于生活失去了中心。在男人/女人这个二元对立关系中，失去了男人这个主体，作为他者的女人就成了无所依附的飘萍。正如易卜生所说：“在我们今天的社会里——这个社会完全是一个男人的社会，法律是男人写的，起诉人和法官都是男人，他们从男人立场出发判断女人的行为方式，在这样的社会里，一个女人不可能忠实于自己。”[③]

当然，作为小说的女主人公，克莉奥菲拉斯也是一个缺乏独立意识的人。克莉奥菲拉斯从小生活在父权制所确立的男性霸权环境中。而男性霸权的施加主要体现在文化霸权的侵蚀，男性的价值观及标准通过各种方式渗透到女性的意识中，如教育、大众媒体、宗教等，从而实现对意识形态的控制霸权。克

---

① 桑德拉·希斯内罗斯：《女喊溪》，吕娜译，《译林》，2008 年第 6 期，第 166 页。

② 桑德拉·希斯内罗斯：《女喊溪》，吕娜译，《译林》，2008 年第 6 期，第 164 页。

③ 高中甫：《易卜生评论集》.外语教学与研究出版社年 1982 版，第 42 页。

莉奥菲拉斯在言情剧的熏陶下长大，这些言情剧向她灌输的是对物质生活追求和爱情童话的渴望。少女时代的她终日无事可做，只是有时看看电影，玩玩牌，或者模仿电视剧里边的女孩子打扮自己。“她经常倚在窗边，一直在等待，一直默默低语、叹气、傻笑，一直期待爱情和激情的出现。”[①]言情剧掌控了女性的自我意识并且规约了她们的世界观，使女性沉醉于虚假的爱情中，而不敢面对当下的婚姻。言情剧让她相信“为爱而忍受痛苦是值得的。痛苦也是甜蜜的”[②]。因此当她的丈夫“一次又一次地打她，直到她的嘴角流血，她都没有任何反抗，她甚至没有流一滴眼泪”[③]。由此可见，父权制文化透过文化符码深深地影响甚至控制了女性思想意识，她们内化并接受了父权制思想，成为被男性奴役的他者。

二、自然——人类中心主义的受害者

在《女喊溪》这篇小说中，作者不仅表现了父权文化对于女性的迫害，同时也揭露了人类中心主义所操纵的工业文明对于大自然的破坏和掠夺。工业文明占用了大自然的土地，使得小镇变成了钢筋混凝土的世界，镇上除了维修店、药店、五金店、干洗店、按摩院、小酒馆、律师行、空空的店面外就没有可去的地方。在小镇中心没有绿树成荫的广场，小镇到处都充满了灰尘。由此可见，人类侵略式的土地开发对于生态系统造成了严重的破坏。生态女性主义强调一切存在物之间存在相互依存关系，而任何依存关系中都存在相互作用性。[④] 因此，当人类在破坏环境时，人类也在破坏着自身。小镇最终成了“充满灰尘和绝望的地方”[⑤]。

而小说中的主要自然意象——女喊溪——也难以幸免工业文明的迫害。早年的女喊溪是一条非常美丽、充满快乐的小溪，“虽然在是春天，但因为下雨这条小溪生机盎然，发出自己的声响，日日夜夜，以其银铃般的声音高声呼

---

① 桑德拉·希斯内罗斯：《女喊溪》，吕娜译，《译林》，2008年第6期，第162页。

② 桑德拉·希斯内罗斯：《女喊溪》，吕娜译，《译林》，2008年第6期，第163页。

③ 桑德拉·希斯内罗斯：《女喊溪》，吕娜译，《译林》，2008年第6期，第165页。

④ 罗蔚：《另一种伦理观：生态女性主义的批判与建构》，《华南师范大学学报》，2010年第2期，第100页。

⑤ 桑德拉·希斯内罗斯：《女喊溪》，吕娜译，《译林》，2008年第6期，第165页。

喊"[1]。后来"在夏天的有些时候,这条小溪只流淌浑浊的溪水"[2]。显然,小溪是人类文明发展的牺牲品,是人类文明发展中没有发言权的他者。小溪日夜的呼喊声既是对他者地位的反抗,也是对人类中心主义的控诉。本文认为也正是在女喊溪这个主要自然意象上,希斯内罗斯集中表现了她的生态女性主义思想。

小说告诉读者,女喊溪这个名字出自墨西哥的一个民间传说。一个名叫劳安的女子为了报复丈夫的不忠,亲手在这条小溪里溺死了自己的孩子。饱受痛苦折磨的劳安最终疯癫自杀,化身幽灵回到河边,日夜哭喊着她的孩子。溪水的声音就像是劳安的哭泣声。福柯(Foucault)曾指出,"癫狂本身不是一种自然现象,而是一种社会现象,或者说,癫狂来自于文明,是文明本身的产物。"[3]按照福柯关于疯癫的解读,劳安的悲剧也是人类文明发展的产物。而劳安的悲剧命运与女喊溪的结合就使女喊溪这个自然意象具备了相当重要的象征意味。自然和女性的命运在女喊溪这个意象上紧密地交织在了一起。它不仅集中体现了人类中心主义对于自然的破坏,也体现了男性中心主义对于女性的迫害。人类中心主义把女喊溪变成文明的他者,男性中心主义把女性变成男性的他者。而自然和女性都是人类文明发展的牺牲品。正如舍勒(Scheler)在《女权运动的意义》中所说的那样:"女人是更契合大地、更为植物性的生物,一切体验都更为统一……"[4]女性的独特性,以及女性和自然在创造和孕育生命方面的联系,使得女性具备了不同于男性的特有的关怀和体验意识。正是这些女性的特殊气质成就了女性和自然的本原联系。这种亲密关系使得自然和女性同为男性的他者,并因此遭到了长久的迫害。在男性中心主义时代,男性把自然当作狩猎场,不仅要征服女性,还要征明自然。[5]

---

① 桑德拉·希斯内罗斯:《女喊溪》,吕娜译,《译林》,2008 年第 6 期,第 166 页。

② 桑德拉·希斯内罗斯:《女喊溪》,吕娜译,《译林》,2008 年第 6 期,第 166 页。

③ 福柯:《疯癫与文明——理性时代的疯癫史》.刘北成,杨远婴译.三联出版社 1999 版,第 115 页。

④ 舍勒:《舍勒选集》,倪为同译.三联出版社 1999 版,第 1311 页。

⑤ 谢奥,张铮,张蜜:《〈紫色〉在生态女性主义中的解读》,《南阳师范学院学报》,2012 年第 4 期,第 78 页。

三、女性的解放/自然的回归

沃伦(Warren)指出,“女性亲近自然是克服并幸存于男权社会的一个重要策略。”[①]桑德拉·希斯内罗斯对沃伦的观点给予了充分的再现。在其小说中,女性本身就与自然有天生的亲近感,女性和自然一样渴望得到自由。希斯内罗斯在她的第一部小说《芒果街上的小屋》中就曾明确写道:“我想成为/海里的浪,风中的云/但我还只是小小的我。/有一天我要/跳出自己的身躯/我要摇晃天空/像一百把小提琴。”[②]在《女喊溪》这篇小说中希斯内罗斯再次表达了她对于女性与自然亲密关系的思考。饱受失去丈夫和儿子之痛的多洛雷斯对她的花园情有独钟,她每天都悉心打理它。她的花园里盛开着芳香宜人的玫瑰花和红红的镶嵌着鲜艳流苏的鸡冠花,以及美丽日葵,高得只有用扫帚和旧木板支撑才能立得起来。多洛雷斯在花草中寻找到了心灵的慰藉,从大自然中获得了生存的力量和勇气。

《女喊溪》中克莉奥菲拉斯的命运则与女喊溪紧密相连。当新婚的克莉奥菲拉斯与丈夫第一次经过这条小溪时,小溪是美丽和充满快乐的。溪水是浅浅的,活泼跳动的,它象征着克莉奥菲拉斯的单纯,对社会和自己的生存状态懵懵懂懂的思想意识,以及对新生活美好的向往之情。克莉奥菲拉斯婚后的命运也与小溪相似。繁琐的家务和一次次的家暴把她陷入迷茫和绝望之中,这时小溪成了她最亲密的伙伴,她会来到小溪边寻求慰藉。当她听见小溪日日夜夜永不停息的流动声,她仿佛听见了:“劳安正在向她呼唤,她确定。克莉奥菲拉斯把孩子放在草地上,侧耳倾听。从白天一直到夜晚。”[③]此时的她像劳安一样无助,也像劳安一样产生了求死的愿望。而女喊溪则是她埋葬希望和自我的理想之地。

然而,在格雷西拉和费利西这两位具有独立身份意识的女性的鼓励下,克莉奥菲拉斯决定奋起反抗丈夫的虐待,勇敢地追求自我的解放。在丈夫又一次殴打克莉奥菲拉斯,将她钟爱的爱情小说从房间的这头扔到那头,在她脸上

---

① Warren, Karen J. *Ecofeminist Philosophy: A Western Perspective on What it is and Why it Matters*. Maryland: Rowman & Littlefield Publishers, Inc., 2000: 195.

② 桑德拉·希斯内罗斯:《芒果街上的小屋》.潘帕译.译林出版社 2006 版,第 80 页。

③ 桑德拉·希斯内罗斯:《女喊溪》,吕娜译,《译林》,2008 年第 6 期,第 166 页。

留下一道重重伤痕的时候，她意识到自己的生活已经像她的邻居一样陷入一种无法自拔的悲哀中，“看不到任何幸福的结局”①。

当她再次和自己的孩子坐在屋后的小溪边时，她想到的是“自己一无所有，只有脸上的那道伤痕”②。因为房子、家具、甚至孩子都是丈夫的。这一切使克莉奥菲拉斯清楚地看到她在家中的玩偶地位。她意识到，必须奋起反抗才能把自己从悲哀之中解救出来。而女性获得独立自由和实现自我身份的第一步则必须是离开父权的牢笼，去拥有一个弗吉尼亚·伍尔夫所说的“自己的房间”。于是克莉奥菲拉斯选择了离家出走，她搭上了格雷西拉和费利西的便车，决定去往圣·安东尼奥。

在小说的结尾处，当她们的车经过小溪时，费利西大声地呼喊，并说道：“每次我跨越这座桥时，我都呼喊，因为它的名字，‘女性呼喊’。因此我也呼喊……你注意到了吗？……这周围没有什么是以女性命名的？真的。除非她是一个贞洁女子。我猜，只有是贞洁女子，你才会被人认可。”③

费利西的这段话，实际上是对男权社会中“崇尚纯女性”的强烈反讽。“崇尚纯女性”的中心信条是崇尚深居简出，以及崇尚女性贞洁。崇尚深居简出，就是把女性局限在家庭生活的狭小空间内，表面上冠以贤惠仁德的美名，实际上女性已沦为管理家务的奴仆。崇尚女性贞洁，迫使女性在婚姻生活中态度谦虚、举止端庄、动作优雅、保持贞洁。然而谦恭顺从就意味着脆弱，意味着依赖，意味着女人失去自己的话语权。因此“崇尚纯女性”实则是对女性思想的幽禁，从而使女性成为牺牲品的合法化。④ 而费利西的话体现了她对于“纯女性”角色的反叛，对于男性施加的巨大压力的反抗。

在费利西的影响下，克莉奥菲拉斯也发出了自己的声音。“那是从她喉咙发出的笑声，长长的笑声，像潺潺的流水。”⑤克莉奥菲拉斯的笑声代表着她女性意识的觉醒，也是对劳安等“哭泣的女人”所代表的传统女性形象的颠覆，是对女性他者身份的摈弃，也是对自由的颂扬。在这里，小溪从容的潺潺流水声和女人们自由的笑声形成了一个自然和女性相互理解、和谐相处的美好旋律，它不仅标志着女性思想意识的解放，也标志着纯净自然的回归。

---

① 桑德拉·希斯内罗斯：《女喊溪》，吕娜译，《译林》，2008年第6期，第166页。

② 桑德拉·希斯内罗斯：《女喊溪》，吕娜译，《译林》，2008年第6期，第166页。

③ 桑德拉·希斯内罗斯：《女喊溪》，吕娜译，《译林》，2008年第6期，第167页。

④ 王军：《英美女性作家与作品赏析》，新华出版社2007年版，第112页。

⑤ 桑德拉·希斯内罗斯：《女喊溪》，吕娜译，《译林》，2008年第6期，第167页。

生态女性主义倡导建立平等和谐的生态系统。在这个系统里没有等级划分,没有压迫,人类和自然作为整个系统的两大部分,共荣共生,彼此关联。可以说,小说的结尾很好地体现了生态女性主义的这个思想。

(原文发表于《海南师范大学学报(社会科学版)》2013 年第 5 期)

浅析瑞拉蒙狄丝笔下的奇卡诺女性生活

唐　燕　胡选恩*
（陕西省宝鸡市宝鸡农业学校）

摘　要：海琳娜·玛利亚·瑞拉蒙狄丝是墨西哥裔美国作家。她的作品大多以奇卡诺女人的生活为素材，真实再现了少数族裔在美国这个所谓的民主国家里的痛苦挣扎和受到的不公。作品充满了女权主义和后现代主义色彩。

关键词：奇卡诺；女权主义

墨西哥裔女作家海琳娜·玛利亚·瑞拉蒙狄丝（Helena Maria Viramontes 1954—）近年来在美国文坛渐露锋芒，越来越受到文学批评家和读者的关注和喜爱。1995 年，她获得约翰·多斯·帕多斯文学奖。她是第一位获得这一奖项的美籍拉丁美洲人作家。

一、瑞拉蒙狄丝的基本情况及经历

海琳娜·玛利亚·瑞拉蒙狄丝以短篇小说见长。她的作品主要描述的是墨西哥和美国边境地区奇卡诺人的真实生活，其故事情节鲜为人知。作为奇卡诺女作家，她无情地揭露了美国主流社会的不公和对奇卡诺人的歧视。她的小说艺术以政治意识为基础，表达了一个女权主义女作家反对父权统治社会和家庭的强烈呼声。

海琳娜·玛利亚·瑞拉蒙狄丝出生在加利福尼亚一个工人家庭。父亲是一个建筑工人；母亲是一位传统的奇卡诺妇女，养育了六个女儿和三个儿子。其母心地善良，常为那些从墨西哥越境进入美国的亲戚和朋友四处奔波，寻找

* 作者简介：唐燕，副教授，研究方向为美国文学；胡选恩，教授，研究方向为当代美国文学。

房子和工作。儿时的记忆为她后来的写作提供了素材,其意义要比她后来参加正规写作学习训练重要得多。

1975 年,她毕业于无玷圣心学院(Immaculate Heart College),获得文学学士学位。她在大学就开始创作,首先是诗歌,后来写小说。其作品很快出版,并被读者所接受。1977 年,她的小说《穷人的悲歌》获得加利福尼亚州立大学主办的文学竞赛一等奖;第二年,她的小说《被折断的网罗》再次获得此奖项。1979 年,在加利福尼亚州立大学举办的奇卡诺文学大赛上,她的短篇小说《生日》荣获小说奖。1981 年,瑞拉蒙狄丝在加利福尼亚州立大学攻读硕士学位,毕业后,就职于康奈尔大学。

二、瑞拉蒙狄丝作品的特点

瑞拉蒙狄丝当过杂志的文学编辑,写过电影剧本。她的长篇小说《在耶稣脚下》和短篇故事集《蛾虫故事集》在美国深受读者欢迎。其他作品诸如《狗与他们同来》以及与别人合著的文学理论作品:《奇卡诺作家论词语和电影》《美国文学的创作前沿》等等都颇有影响。她的有些作品已经被翻译成西班牙语、印地语等语言。1985 年,她曾经来过中国,在兰州和中国女作家们进行交流。

《在耶稣脚下》讲述了一个奇卡诺移民家庭的生活故事。人物塑造形象逼真,描写细腻入微。作者投入笔墨最多的莫过于珀菲可托。他 73 岁,娶了一个比自己年轻 40 岁的妻子——毕特拉;并接纳了他的妻子与其前夫所生的几个孩子。艾丝特利拉就是其中一个;母亲改嫁时,她只有 13 岁。故事就是以这个 13 岁的女孩子展开。

艾丝特利拉的父亲抛弃了妻子和几个孩子。年幼的艾丝特利拉跟随家人在加利福尼亚的田地里辛勤劳作。她的继父不遗余力地苦苦支撑着这个家庭;但是,他却时刻思念着自己的家乡,渴望早日回到墨西哥,落叶归根。尽管他们一家不辞辛苦,四处奔波,寻找活计,但是,生活依然贫困,住着简陋的房子;劳动报酬微不足道,身体健康常常受到因劳累而致的疾病的威胁。另一方面,他们还要面临着边境警察的抓捕和白人的冷眼。

后来,阿勒秋闯入了艾丝特利拉的生活。他们在一起劳动,彼此相爱。不料,阿勒秋在喷洒农药时染病。尽管艾丝特利拉和家人悉心照料,但是,病情还是一天天恶化。后来,他被送到当地的一家小医院治疗。结果是奄奄一息,面临死亡。

该小说从艾丝特利拉的视觉展开，描写了艾丝特利拉从少年到成年的人生经历、与阿勒秋相爱以及阿勒秋染病其间她周到的看护；是一部很优秀的描写青少年成长的故事。故事的背景是游荡生活中的恶劣环境。阿勒秋的故事是对美国农业政策的控告，强烈地谴责了这种把利益置于人的生命之上的做法。通过描写阿勒秋的病情，揭露了这种环境和职业对人们身体的损害及其社会不公的根源。在当地医院，艾丝特利拉一家人和冷漠的医护人员的相遇，展示了美国所谓的上流社会和下层人的巨大鸿沟。

瑞拉蒙狄丝的作品涉及诸多社会问题，比如社会弊病和政治弊病。她努力寻求改变和重构奇卡诺人的家庭观念和社会意识。

瑞拉蒙狄丝在她 1985 年出版的《蛾虫故事集》中，清楚地表明了她写作的目的。《蛾虫故事集》中的每一个故事都展示了她对政治和社会意识的敏锐感觉。《成长》故事的女主人公叫诺米。她是一个刚刚进入青春期的少女，她渴望参加儿童足球运动；但是由于人们对青春期少女的责难她被拒绝了。诺米不仅要在从儿童到青春期的转变过程中挣扎，而且要在她的家庭所面临的文化转变过程中磨合。她感到墨西哥人父母对孩子过分严格，他们不知道美国并不像墨西哥那样，美国的父母亲相信自己的女儿。更使诺米苦恼的是她的父亲竟然用父权来控制她，对她大叫："你是个女孩子。"故事中，作者把父权、神性和所有男性联系在一起，使得作者反对父权的声音超越了地域和文化。

《快照》的主人公奥尔加与《成长》中的诺米相反，她进入老龄化。她一生都在尽力做好一个妻子、母亲和家庭主妇。但是她后来离婚了。她为家庭付出的太多，而得不到长大的女儿和前夫的理解。她为自己的离婚而沮丧，更为操持家务而浪费的岁月而懊悔。她觉得在现代社会里自己毫无价值。奥尔加在控诉家务消耗妇女人生的同时，成为一名被疏远的、没什么价值的劳动者。随着自己的觉醒，她反问自己："多年来，我拼命地扫灰尘，擦地板，洗床单，而几小时之后，灰尘，污垢和脏痕又不宣而至，我怎么就没有想到这一切都是白干？"

在《邻居》中，瑞拉蒙狄丝更深入地揭示了老龄妇女的困境。一位 73 岁老太太的处境让人心碎。一方面，老弱的身体不听使唤；另一方面，城市化的发展大大地缩小了她的生活空间。四邻的年轻人找不到工作，城市规划中的摩天大楼和高速公路吞没了他们的生活空间，取而代之的是空闲的圈地："四邻八舍慢慢地变成了一片墓地，孩子们三三两两聚在一起酗酒，一步步落入毁灭的深渊，只有彼此之间寻找暂时的安慰。"

在《被折断的网罗》中，瑞拉蒙狄丝表达了她对深受夫权压迫的妇女们的同情。玛塔长大后知道是母亲杀死了父亲一汤姆。那颗杀死父亲的子弹也同时击碎了耶稣的塑像。瑞拉蒙狄丝巧妙地运用了二者死亡的巧合打破了奇卡诺女人随从父亲、丈夫和儿子的原型。

《永远的顺从》和《生日》的主题都涉及流产。《生日》的时代背景是当代，流产已成为合法;然而,不是每一个妇女都有这一权利,而且能得到周围人的支持。故事主人公艾丽丝怀孕要进行流产,却遭到他男朋友的反对。《永远的顺从》向读者展示的是奇卡诺女人独特的历史背景。故事发生在墨西哥革命时期,但是革命没有使妇女获得真正的解放。故事主人公艾曼达自愿流产,受到众人非议:"看到一个孩子夭折,简直是忍无可忍。"

在《蛾虫》中,瑞拉蒙狄丝直接向奇卡诺父权制发出挑战。奇卡诺女人抗争的一个策略就是妇女们联系起来,互相帮助。《蛾虫》向读者展示了一个十四岁女孩和她奶奶之间的这种纽带关系。她尽力逃避父亲的残暴统治,奶奶的屋子就成了这位女孩的避难所。《蛾虫》的主人公反对社会意义上的"妇女"定义。故事是以反对一系列诸如"女性""传统""尊重"的文化认同而展开的。父亲要求女儿去教堂礼拜,但是教堂对于她们只不过是一座空空的建筑。上帝在瑞拉蒙狄丝故事的主人公眼里已经死了。上帝至多是一个不来光顾教堂的房东,让那些牧师们来愚弄人们,使他们更加温顺,奴性十足。在故事的最后,奶奶死去。主人公在葬礼室里抱着死去的奶奶,失声痛哭,泪如雨下。按照奇卡诺的传统说法,蛾虫会在奶奶的灵魂中产生,并在灵魂中产卵孵化,然后满满地吞噬掉灵魂。

如果说在《蛾虫》中,瑞拉蒙狄丝采用了女性主义来反对父权统治,那么,在《加利布餐馆》中作者的反对矛头直指美国政府极其南部边境地方政府的政治权力。这也使得这篇小说成为该短篇小说集中最复杂和最成功的一篇。瑞拉蒙狄丝认为是美国政府的政策产生了这样一批劳动大军,又把他们划为"异类""非法移民"。故事中把女性主义与种族和阶级意识巧妙地结合起来。在这个故事中,瑞拉蒙狄丝承担起团结所有外来美国移民义务。离开描写单一的奇卡诺人的反抗斗争,而走上团结各外来移民种族进行抗争的道路。

瑞拉蒙狄丝通过对边境地区社会生活的描写,给故事中一位不知名女工的谋杀故事赋予了政治意义。加利布餐馆是一个非常廉价的饭馆,吸引了资本主义社会中形形色色的流氓。吸毒者、妓女和一些无名无姓的女工经常光顾这里。加利布餐馆由一个小资产阶级老板所经营。具有讽刺意义的是,这个小资产阶级人物成了主流社会的代言人。他操一口浓浓的方言,与工人阶级相差无几,但是他大肆鼓吹主流社会意识。这个油污满身、愤世嫉俗的快餐师傅，在瑞拉蒙狄丝笔下变成了一个奇异的山姆大叔。他鼓吹主流阶级意识并不是因为他属于特权阶级，而是因为他是个白人。在这个故事中，瑞拉蒙狄丝向读者展示了支配种族、阶级和性别的各种力量的交错和抵触。

瑞拉蒙狄丝的作品主要展示了奇卡诺农业工人的生活画面。约翰·多斯·帕多斯文学奖评选委员会主席马塔·E.库克这样评价她："她小说的背景和人物都是典型的美国风格。但是在美国小说中既不平淡，也不落俗套。她在作品中巧妙地把女权主义、后现代主义、政治意识以及奇卡诺传说等融为一体。""像约翰·多斯·帕多斯一样，她为读者了解美国文化和社会带来了一个新的视觉。使读者听到了一个从未听过的声音。"

在她的自述中，她这样说道："我的两个孩子激励着我去迎接未来。我相信语言是社会变革的有力工具……写作是我所知道的唯一的祈祷方法。"她相信写作能带来社会变革，能唤醒人们的意识。作为奇卡诺人，她非常同情少数族裔在美国社会上的遭遇，了解在美国这个以白人为主的社会里，少数族裔所遭受的不公和迫害，而为他们呐喊；作为女人，也可以称之为女权主义者，她理解女人在社会和家庭中的艰辛和受到的不公深知父权和夫权对妇女的歧视和压迫。在谈到自己的家庭时，她是这样说的："如果我的母亲身上展示了所有女性的优良品质；那么，我的父亲身上就集中了所有男人的缺点。"作为作家，她用笔杆唤醒了人们的意识，谴责了美国这个所谓的民主国家的不民主。她的作品里充满了富有深刻意义的女性主义描写，从多个视觉向读者展示了少数族裔的思想和感情。她在美国文坛上影响颇大，包括艾丽丝·沃克、托妮·莫里森等许多作家都深受她的影响。

[原文发表于《读与写》(教育教学刊)2007 年第 8 期]

西斯内罗斯《卡拉米洛披肩》中的"新混血女性意识"*

李毅峰**
（天津商业大学外国语学院）

摘　要：美墨边界的两端形成了边土地带，多种文化在这里交汇并激烈交锋。美国奇卡纳女性主义理论家格洛丽亚·安扎尔杜瓦为生活在边土地带的奇卡纳女性找到了一种生存策略，即"新混血女性意识"，这是一种包容、非二元对立的思维模式。奇卡纳作家桑德拉·西斯内罗斯的小说《卡拉米洛披肩》很好地诠释了安扎尔杜瓦的"新混血女性意识"。小说的女主人公拉拉深刻地感受着"身如飘萍，无着无落"的痛苦，通过讲述已逝祖母的故事，她帮助祖母跨越了生死边界，自己也因此终于跨越了种族、文化、阶级的"边界"。披上祖母的卡拉米洛披肩，拉拉接受了自己像披肩一样杂糅了多种文化的身份，她破碎的自我终于得以弥合。

关键词：新混血女性意识；桑德拉·西斯内罗斯；《卡拉米洛披肩》

一、新混血女性意识

19世纪40年代美墨战争后，美国与墨西哥签订了《瓜达卢佩-伊达尔戈条约》(*The Treaty of Guadalupe Hidalgo*)，确立了两国之间的国界线。美国奇卡纳①女性主义理论家格洛丽亚·安扎尔社瓦(Gloria Anzaldua)在其奇

* 本文为天津市高等学校人文社会科学研究项目"当代美国奇卡纳文学研究"(20142226)的阶段性成果。

** 作者简介：李毅峰，副教授，研究方向为美国文学。

① 指墨西哥裔美国女性，大多数时候，奇卡纳指代有政治意识的墨西哥裔美国女性，有时奇卡纳一词也与墨西哥裔美国女性通用。

卡纳女性主义理论开山之作《边土:新混血女性》(*Borderlands/La Frontena: The Mew Mestiza*)中说过:“美墨边界是一条 1950 英里长的裸露的伤口,……在这里第三世界与第一世界发生摩擦,鲜血淋漓。伤口还未结痂,又会重新流血。”(第 2-3 页)边界线的两端形成了边土(borderlands),这里拥有一种特殊的文化,如安扎尔杜瓦所说,“两个世界的生命之血融合,形成了第三个国家——一种边界文化”(第 2-3 页)。安扎尔社瓦认为:“只要两种或多种文化并存,不同种族的人共同生活在同一地域,上、中、下不同的阶层相互接触,或者两个人之间距离缩小、关系日趋亲密,边土就会出现。”(preface)这是一片多种文化的杂探、交汇之地,在这片特殊的土地上,有白色和棕色两个种族,有英语、西班牙语两种语言,融合了墨西哥、印第安及盎格鲁白人三种文化(甚至有说为印第安、西班牙、墨西哥及盎格鲁四种文化)。不同的种族、语言、文化在这片土地上激烈地冲突、交锋,就像安扎尔杜瓦所说,这条边界线就像一条永远无法弥合的伤疤,不断流血。当然,边界带给人的不仅有痛苦,还有无穷无尽的可能性。安扎尔杜瓦阐述了她生活在边土的感受:

> 我是一个边界女性。我一生都身处德克萨斯一墨西哥边界及其他边界之中。这里不是一个让人舒适的居处,这是个充满矛盾的地方。仇恨、愤怒和剥削是这片土地的显要特征。但是,还有一些快乐。生活在边界和边缘地带,保持不断变换的、多重的身份的完整性,就像深浮在“相异”的成分中。我感觉到我的某些能力和意·识中休眠的区域被激活,复苏了。(preface)

生活在这里,地的身份是多重的、不断变换的,这种不固定的身份给她带来痛苦,让地不知道自己到底应该归属于哪一个群体,让她不停地寻求身份认同。她自己曾经说过,因为她的名字太多:少数族裔女性、拉美裔女性、奇卡纳女性、梅斯蒂扎……,因此她不知道自己确切的名字。同时,边界也给她带来了快乐,因为边界两端的边土地带形成了一个第三空间,能够激发人的潜在意识的觉醒,让人充满对无穷无尽的可能性的探求欲望,这里正是“新混血女”(new mestiza)[①]所居之处。

---

① Mestiza 一词意为西班牙与印第安的女性混血后代。安扎尔杜瓦在《边土:新混血女性》一书中将墨西哥裔美国女性称为 new mestiza。国内有学者将 new mestiza 一词音译为“新梅斯蒂扎”,笔者则在这里根据其意义翻译为“新混血女性”。

霍米·巴巴创造了“混杂性”这一概念,他拒绝稳固的民族/文化身份认同,而选择了一种充满矛盾、协商的双重身份。他觉察并深刻认识到殖民话语中的二元对立,因此找到了“混杂性”这样一种策略来消解二元对立,从而开辟出一片协商的空间。安扎尔杜瓦的奇卡纳女性生存策略与巴巴所提倡的“混杂性”是暗合的。她提倡边界女性以开放的心态来面对或拥抱自己身上背负的多重文化,让不同的文化在自己的血脉中交融,边界因而成为一片中介之地、罅隙空间,消弭了第一世界/第三世界、盎格鲁文化/墨西哥文化、男性/女性、英语/西班牙语等等二元对立。安扎尔杜瓦认为混血女性不仅要反抗她们自己文化中的父权制和盎格鲁白人的文化霸权,还应该培养一种灵活的方式、包容的态度,她们“应该走出习惯性的模式,从趋同性思维转向发散性思维,走向一种全局性的视角,一种包容而不是排斥的视角”(Anzaldua:79)。她将这种包容的心态称为“新混血女性意识”。她认为:“新混血女性应该培养一种对含混(ambiguity)的包容心态。她学会在墨西哥文化里做印第安人,从盎格鲁视角做墨西哥人。她学着在各种不同文化之间游走。她有多样化的个性,她以多样化的行为行事。”(Anzaldua:79)安扎尔杜瓦将进入“蛇裙女神状态”(the Coatlicue State)作为发展新混血女性意识的重要前提。她认为新混血女性需要从土著文化遗产中寻找自己的文化之根,而土著神话传说中的蛇裙女神(the Coatlicue,the Serpent Skirt)①体现了新混血女性身上所应具备的特质。安扎尔杜瓦深深赞美了这位前阿兹特克时期的女性神祇融合了生命及死亡和重生的特质,认为她消解了二元对立,超越了二元对立思想,她将此称为“蛇裙女神状态”。在安扎尔杜瓦看来,蛇裙女神是“二元对立面的结合体,第三种视角”(Anzaldua:46),而这种二元对立面的结合和对二元对立的超越,正是她倡导的“新混血女性意识”的精神内核所在。

同为奇卡纳女性主义者,桑德拉·西斯内罗斯(Sandra Cisneros)在她的长篇巨作《卡拉米洛披肩》中很好地诠释了安扎尔杜瓦的“新混血女性意识”。西斯内罗斯是当代最成功的拉美裔作家之一,她的第一部小说《芒果街上的小屋》(*The House on Mango Street*)为她赢得1985年美国图书奖(American Book Award),该书被翻译成多国文字,全世界销量超过二百万册,成为美国

---

① 蛇裙女神是前阿兹特克文化中人们崇拜的具有强大力量的女性神祇,她被尊崇为大地之母、众神之母。传说中她生育了月神、太阳神及其他400个儿子,她拥有巨大的力量,象征着生命、死亡与重生,但在阿兹特克父权话语的阐释下,她身上象征生命及重生的一面被父权话语湮没,而死亡的一面越来越被突出出来,成为黑暗与死亡的象征。

大学少数族裔文学与女性文学课程的必读书目，被兰登书屋再版。她的第二部作品一短篇小说集《喊女溪故事集》(*Woman Hollering Creek and Other Stories*)，于1991年再次由兰登书屋出版，赢得了评论家的关注和读者的喜爱，其同名短篇小说《喊女溪》入选《诺顿美国文学选集》。她发表于2002年的长篇巨著《卡拉米洛披肩》更是充分展现了西斯内罗斯优秀的写作才能。遗憾的是，国内外学界目前对西斯内罗斯的研究主要集中于《芒果街上的小屋》，对她的《喊女溪故事集》也有一些研究，而对《卡拉米洛披肩》这样一部气势恢宏、匠心独运的巨著，却鲜有涉及。

二、在边界挣扎的女性

《卡拉米洛披肩》共四百多页，包含86个章节，它既是一部家族历史小说，也是一部成长小说。小说以叙述者塞拉亚(Celaya)，在小说中她的昵称是拉拉，因此下文中将其称为拉拉)成长的心路历程为经线，以拉拉的祖辈雷耶斯家族四代人一百多年的经历为纬线，经纬交错，游走在历史与当下、家族与个人之间，编织了一条精美的“卡拉米洛披肩”。故事分为三个部分，第一部分名为“阿卡普尔科[①]的回忆”，讲述故事叙述者拉拉的大家庭及其两个叔叔三家人每年夏天的跨越美墨边境之旅。三家人每年夏天都会开车从美国芝加哥回到墨西哥城的祖母家度假，这些旅程并没有为拉拉带来心理上的归属感，反而给她带来了无数痛苦的记忆。她的这些痛苦记忆都与“可怕的祖母”相关。在这部分，可怕的祖母非常冷漠、自私、挑剔，伤害了很多人的感情；第二部分名为“当我还是尘埃之时”，回顾了祖母一生的经历，追溯了祖母悲惨的身世和她成为“可怕的祖母”的缘由；故事的第三部分题为“身如飘萍，无着无落”，主要讲述了拉拉痛苦的成长经历，因为第二代墨西哥裔美国人的身份，她经历了比其他孩子更多的成长之痛。在她悲痛万分之时，遇到了祖母的鬼魂，原来祖母已死，她让拉拉把她的故事讲出来以求得别人的原谅，这样她(祖母)才可以进入另一个世界。通过讲述祖母的故事，拉拉理解了祖母，产生了与祖母的认同感同时也找，到了自己一直在苦苦寻求的身份归属。

对于这三个家庭，跨越美墨边境之旅已经变成了一种惯例、一种仪式。跨越美墨边境的同时，他们也跨越了第一世界及第三世界两个截然不同的世界，

① 阿卡普尔科，即Acapulco，是墨西哥南部一个港口城市。

跨越了白色及棕色两个种族，跨越了盎格鲁及墨西哥两种文化。跨越边界，带来了他们对自己身份的困惑。每年一次的跨越边界之旅带给拉拉很多痛苦的记忆，这种痛苦首先就体现在身体上的痛苦："跨越边界之时，没有人再想唱歌。每个人都浑身燥热，身上黏黏糊糊，大家情绪都不好。整个旅程窗户开着，风把头发吹得硬邦邦，背上和膝上全都是汗。"(Cisneros：16-17)[①]而这种对跨越边界之时身体痛苦的描写，实际上也呈现了拉拉及其家人和所有移民在跨越边界时感受到的心灵上的不适。跨越边界线，将要面对的是两种截然不同的文化、语言，第一世界和第三世界两个截然不同的世界，这种处境和身份的突然转变必然会给跨越边界者带来心理及生理上的不适。

边界，让生活在这里的人们有种身份危机，他们时时承受着身份含混的痛苦。墨西哥诗人、散文家，1990 年诺贝尔文学奖获得者帕斯(Octavio Paz)在他的文集《孤独的迷宫》中从历史、宗教、文化、心理等角度深刻地分析和阐释了墨西哥民族的性格特征。他认为墨西哥显著的民族性格之一是"孤独"。墨西哥人的孤独源于他们无法找到自己的生命之根。帕斯认为："我们的孤独感是一种寻不到根的表现。"(第 19 页)他们这种寻不到根的孤独感源于墨西哥民族特殊的历史。帕斯说："墨西哥的历史就是一部一个人寻找他的出身和起源的历史。他曾受到法国、西班牙、美国和他自己国家好战的土著人的影响。"(第 20 页)在众多曾经对墨西哥产生过影响的文明或国家中，西班牙对它的影响尤其之大。1521 年，当西班牙侵略者攻陷特诺奇蒂特兰(Tenochtitlan)之后，一个新的混血民族痛苦地诞生了，这个痛苦的民族就是墨西哥。他们不愿意承认和面对自己的这段历史，他们既鄙视自己的印第安"母亲"，也仇视自己的西班牙"父亲"。"墨西哥人什么也不是，只是一个抽象的'人'，一个孤儿。孤独感油然而生"，因此，"墨西哥人有漂泊不定，无根无基，'仿佛悬挂在天地之间，在不同的势力和力量之间摇摆'的孤独感"。(王军：85)可以看出，因为被侵略的印第安文化与侵略的西班牙文化的融合，墨西哥人有一种身份危机，在他们出生的时候，这种身份危机就伴随着他们，并且会影响他们一生。墨西哥人在自己的文化中都很难厘清自己的身份归属，遑论移民到美国的墨西哥人。他们本就很复杂的身份中又夹杂了美国盎格鲁文化的影响，这使他们更加体会到"漂泊不定，无根无基"之苦。他们在美国主流文化中无法找到自己的位置，当他们转身望向自己的祖国，想要让祖国"母亲"接受自己时，同样遭到拒绝与排斥，在"母亲"的眼里，他已经不再是自己的孩子。很多美国墨西哥

① 后文出自同一著作的引文只标注页码。

裔作家都描述过他们的这种感受，他们感到自己在各种不同的意识形态和身份认同之间“被推来拉去，滑去滑来，无法完全归属于一个群体”。(Rebolledo:102)奇卡纳作家卡斯蒂略(Ana Castillo)在她的论文集《屠杀梦想者》(*Massacre of the Dreamers*)中描述了这种无法找到自己身份的痛苦：“我既不是白人也不是黑人。根据美国和北美印第安人的标准，我也不能称自己为印第安人。”(第21页)因此，她称她们是“无国度的女人”(countryless woman)。西斯内罗斯也有过类似表述，她甚至将徘徊在两种文化之间的状态称为“精神分裂”(schizophrenia)。她说：“我们总是跨越两个国家，我们总是生活在精神分裂状态中，作为一个生活在美国社会的墨西哥女性，两种文化都不属于。在某种程度上我们不是墨西哥人，在某种程度上，我们也不是美国人。”(Madsen:108)安扎尔杜瓦则认为奇卡纳身上背负了墨西哥文化、印第安文化及盎格鲁白人文化，认为她们“生长于一种文化的摇篮中，生活在两种文化的夹层中，跨越三种文化和它们的价值体系”，(第78页)“她们有种恐惧：她们没有名字，她们有很多名字，地不知道她的名字”。(第43页)

小说中最强烈地感受到身份危机的是拉拉。她的父亲是墨西哥人，母亲是墨西哥育美国人，父亲来自中产阶级家庭，而母亲来自工人阶级家庭，祖母看不起母亲贫穷的出身，而母亲看不起父亲墨西哥人的身份，拉拉从小就必须选择是站在父亲一边还是母亲一边。在美国，她明显地感受到棕色皮肤为她带来的贫穷和歧视，但在学校里，她却又因为白皙的皮肤而受到棕色皮肤的同学的歧视。她虽然生在美国，长在美国，可是作为一个来自贫穷的工人阶级家庭的女孩(拉拉的父亲伊诺森西奥虽然来自墨西哥的中产阶级家庭，但移民美国后，他以开家具店做家具为生)，她经历了太多漂泊不定的生活。就像《芒果街上的小屋》里的埃斯佩浪莎(Esperanza)一样，她也渴望拥有一所自己的房子，可是十多年来，她连一间自己的屋子都没有。作为七个孩子中唯一的女孩，她永远都是被孤立的一个。她的父母一直许诺给她一间自己的屋子，但直到她进入青春期，需要自己的隐私、需要一个自己的空间读书思考问题的时候，她依然还是睡在客厅的沙发上。从记事起，她的家庭就像候鸟一样，每年夏天都要穿越边界回到墨西哥城，返回美国后，一切又要重新开始。在美国，他们的家换来换去，但无论如何换，都是贫民窟里破败不堪的房子。祖父死后，祖母卖掉了墨西哥城的房子，出资为他们在德克萨斯的圣安东尼奥买了一栋房子，当拉拉的父亲打电话将这个消息告诉家人的时候，全家皆大欢喜，对新房子充满无限的憧憬，拉拉以为自己终于可以得到一间属于自己的房间了，但是当他们举家从芝加哥南迁德克萨斯之后，才发现这所房子实在是太过破败，根本无法如她所憧憬的一样在里面安逸地生活，而且她想要的房间也被祖母占据了，拉拉“一个自己的房间”的美梦又一次破灭。

拉拉的自我被两种阶级、多种文化、两个种族、两种语言撕扯着，她有种强烈的无着无落”之感，加之自己的家一直处于漂泊不定、居无定所的境遇之中，拉拉一直在找不到身份、找不到归属的痛苦中挣扎。当她的父亲在登安东尼奥的生意无以为继之时，他向家人宣布要回家。可是家在哪里？拉拉绝望地喊出她的这些问题来质问父亲：“家？家在哪里？北边？南边？墨西哥？圣安东尼奥？芝加哥？在哪里，爸爸？”（第 379 页）西斯内罗斯将这一章命名为“身如飘萍，无着无落”，这是拉拉和她的家庭、甚至是所有墨西哥移民家庭境况的真实写照。

三、“蛇头”的经历

小说第一部分向读者展现了一个女家长式的强势女性——“可怕的祖母”的形象，她与拉拉很多可怕的童年回忆有关。凡是跟祖母有关的回忆都是痛苦的：她强迫拉拉剪掉长发，变成了假小子，被哥哥们嘲笑，让她永远记得剪刀贴在脖子上那种冰凉的感觉；她强迫拉拉吃掉不喜欢吃的食物，否则不能离开餐桌一步；她好像长着石头心肠，冷漠、无动于衷，拉拉哭泣的时候，她总是会说：“我在你这个年纪的时候就失去了父母，但你看到我哭过吗？”她看不起拉拉的母亲，总认为她出身于下层的美国墨西哥裔家庭，却能够嫁入有着贵族血统的雷耶斯家，是一种高拳，她总是说：“你嫁给我的儿子——雷耶斯家族的一分子，是高攀。我的儿子本来可以找比你强好多的女人，你连西班牙语都说不准。……你像奴隶一样黝黑。”（第 85 页）

在小说的第三部分，读者从拉拉口中得知，在拉拉讲述故事的时候，祖母已死，但是她的灵魂飘荡在两个世界之间，“身如飘萍，无着无落”，就像她活着的时候所处的境遇一样。她告诉拉拉，因为她伤害了很多人，必须求得她们的原谅才能进入另一个世界，“你得替我跟他们说对不起，拉拉。你很擅长说话。告诉他们，求你了，拉拉。让他们理解我。我不坏。我害怕。我从来不愿意孤单，看看我现在在哪儿”（第 407 页）。她告诉拉拉：“拉拉，既非生也非死，不生不死这样的状态让我觉得非常孤单，就像电梯悬在中间一样。我现在没有归属。直到别人原谅了我，我才能跨越到另一个世界。谁会原谅我呢？我的生活就像一团乱麻似的打了那么多结。帮帮我，拉拉，帮我跨越，好吗？”（第 408

页)拉拉虽然痛恨"可怕的祖母",但是毕竟血浓于水,她决定将祖母的故事讲出来,帮助祖母跨越生死界限。

小说的第二部分实际上是拉拉在帮祖母讲她的故事,以使祖母能够进入另一个世界。拉拉回顾了她的祖先雷耶斯家族百年的历史,回溯了祖母变成"可怕的祖母"的历程。祖母的名字是素莱达(Soledad),意为孤独,这正是祖母一生的写照。她出身于一个编织卡拉米洛披肩的能工巧匠之家。很小的时候,她的母亲在编织一条精美的披肩时突然暴病而死,父亲把地送给远在墨西哥城的远方亲戚抚养。在亲戚家里地被当成仆人一样,得不到任何人间的温暖,在一个个流泪的夜晚,只有那条没有完成的披肩陪伴着她,抚慰她孤寂而凄苦的心灵。长大一些之后,她决定通过婚姻拯救自己。她遇上了后来的丈夫纳西索,去纳西索家当了仆人,她受他的诱惑怀孕,但纳西索根本没想娶她,后来在纳西索父亲的干涉下,他才勉为其难地娶了她。但婚后他又对她不忠。安扎尔杜瓦在《边土》中愤怒地控诉了墨西哥及奇卡纳女性的境遇,"三百年来,她一直是奴隶,廉价劳动力,被西班牙人甚至是她自己的人民殖民。三百年来,她是隐形的,她是沉默的"(Anzaldua:22-23)。纳西索的父亲因为中风而说话含混不清,没有人理解他说什么,只有索莱达能明白,"因为她跟他一样的喑哑"(第151页)。因为低微的出身,因为皮肤不白,因为是女人,索莱达生活在社会的最底层,被夺去了所有的话语权;即使她想诉说,也没有人会倾听。她在家庭中得不到丝毫的温暖,不仅承受着婆婆的虐待,而且她和丈夫的婚姻也是无爱的,墨西哥男性中心的文化传统和森严的等级制度决定他根本不可能把地位低微的索莱达当成灵魂伴侣。后来,他背叛了她,陷入婚外恋情不能自拔。小说中,拉拉一直在强调祖母特别疼爱长子(即拉拉的父亲),即使他已经长大成人、娶妻生子,她也像他小时候那样宠爱他,而她对其他两个儿子和一个女儿的爱却逊色很多。祖母生活经历中爱的缺乏使她迫切地想得到爱,因此当拉拉的父亲出生后,她将全部的爱都倾注在他身上,他是她的唯一、她所有的爱、她的精神寄托。通过叙述祖母的故事,拉拉懂得了:是残酷的生活,确切地说,是墨西哥根深蒂固的父权制将祖母从一个柔弱、爱哭泣的无助女孩磨砺成了一个从不流泪、掌管一切家庭大权的"女家长"。

当祖母恳求拉拉通过将她的故事叙述出来,从而使地能够跨越生死界限的时候,拉拉问她:"像蛇头(coyote)①一样将你偷渡过边界吗?"可以说,在叙

① 西班牙语,本意为郊狼,俚语意为帮偷渡客从墨西哥偷渡到美国的人,中文一般将帮人偷渡的人称为"蛇头",在文中笔者也将此词译为蛇头。

述祖母故事的过程中，拉拉充当了一个“蛇头”的角色，帮助祖母这样一个像她自己一样“身如飘萍，无着无落”的人跨越了边界，成功地找到她的归属一另一个世界。实际上，拉拉与祖母的处境有太多相似之处：她也像祖母一样不知身在何处，像电梯悬在中间，她的生活也如祖母一样是一团乱麻。在帮助祖母跨越生死边界的同时，她也获得了心理的成长，找到了自己一直苦苦追寻的身份归属。

四、“经纬交织的披肩”与“新混血女性意识”

由于她特殊的身份，拉拉承受了比同龄女孩更多的成长之痛。她在两个世界、两种文化、两种语言、两种肤色间游走，她的自我被劈裂开来。身份的困惑让她的内心痛苦、煎熬，再加上文化和宗教强加在女性身上的种种束缚，为了寻找自由呼吸的空间，为自己寻找“一间自己的屋子”，她做出了“越界”的行为。十七岁时，为了逃离令人窒息的家庭，她交了男朋友，希望能通过婚姻寻找救赎。她决定跟男友私奔，以期男友的父母接受她，同意他们尽快结婚。但是当她和男友逃到墨西哥城，把自己的身体交给了男友后，却遭到懦弱的男友无情的抛弃。他是一个虔诚的天主教徒，懊悔自己做出了有悖宗教精神的越轨行为，于是离开了拉拉。拉拉遭受了生命中不能承受之痛。就在她心痛欲裂时，祖母的鬼魂出现。拉拉质问祖母：“为什么你总是纠缠着我?”祖母回答：

> 我？纠缠着你？是你，拉拉，是你纠缠着我。我实在无法忍受了。为什么你非要重复我的生活？这是你想要的吗？像我一样地生活？爱上你的心、爱上你的身体本没有错，但是你首先要等到你长大到懂得爱你自己。你怎么知道什么是爱？你还是个孩子。(第 406 页)

从这里，我们可以看出祖母对拉拉的爱，即使她飘荡在两个世界之间，自己在遭受着死后还找不到归属的痛苦，她却依然关心着拉拉，她用自己的人生经历告诫拉拉不能再重复她的生活，不能再承受她一生中所承受的种种苦痛。通过帮祖母讲故事，她理解了祖母，通过自己心痛的经历，她知道了祖母对她的爱和关怀。

小说的最后，父母结婚三十年的庆祝仪式上，拉拉披上了祖母的披肩。这个由祖母的母亲亲手编织，在祖母的身边陪伴了她一辈子，陪着她度过无数寂寞、孤苦的夜晚的披肩，从祖母手上传到了她的手上。她披上祖母的披肩，表明她接受了自己曾经憎恨的祖母，她意识到她和祖母的命运是交织在一起的：

> 我就是“可怕的祖母”。我看到了她的内心，祖母，遭受了那么多次背叛后，她只爱她的儿子。他也爱她。我爱他。因此我必须在我的心里为地保留一席之地，因为她把他放在心里，就如同她曾经在她的子宫里孕育他，他们就像钟和钟里的钟锤，紧紧相连、息患相关。他在她的身体里，我在他的身体里，像中国盒子，像俄罗斯套娃，像充清波花的大海，像经纬交织的技肩。无论喜欢与否，我们是相同的。（第 424-425 页）

拉拉认识到她和父亲、祖母之间一脉相承的血缘关系，明白了爱父亲，就必须爱祖母。她将祖母的披肩披在身上，不仅表示了对祖母的认同，还具有更深刻的含义。小说以注释的方式解释了墨西哥女性都喜欢的披肩的来历：

> 披肩诞生于墨西哥，但是就像所有的梅斯蒂扎一样，它来自世界各地。它的维形是印第安女人包表孩子的布料，它的流苏来自西班牙披肩，受到中国出口到马尼拉的宫廷丝绣的影响，最后通过西班牙大帆船经由阿卡普尔科带到了墨西哥。（第 96 页）

披肩，作为一种融合了多种文化的墨西哥民族性的服饰，标志着各种文化、各种传统、不同世界的融合，“它标志着小说中组成主人公身份的四种（印第安、西班牙、墨西哥和美国）文化”（Muhs：28）。安扎尔杜瓦为处于身份焦虑之中的混血女性找到了一条道路，她坚定地认为她们可以生活在一个拥抱她们所有自我的地方。拉拉就找到了这个地方。披上融合了多种文化的披肩，表明了拉拉接受了自己身上多重身份的现实，她成为新混血女性，接受了自己将多种文化杂糅于一身的身份。披上技肩，她在自我分裂中挣扎的痛苦内心终于得到了平复，从此可以平静地面对自己将两个种族、多种文化、两种语言、两个世界集于一身的复杂身份。可以说，披上卡拉米洛披肩之后，她为自己创造了一个新的空间，“她能够将她的墨西哥传统与她的北美未来桥接在一起，创造一个‘第三空间’，一种变化不定的、矛盾的身份。她意识到自己是交换与综合的制造者，不断超越盎格鲁与拉美两种文化的疆域”（Salvucci：195）。此时，拉拉的身上不仅综合了墨西哥与盎格鲁两种文化，作为奇卡纳女性的一员，她“不仅是双重文化的，而且是跨文化的（intercultural）”（Bruce-Novoa：98）。

西斯内罗斯认为，语言不仅可以是枪，还可以是鲜花和桥梁，语言可以像子弹一样射出去杀人，但是也可以播种下和平的种子。她认为她之前的作品太过强调反抗，“如果让我重新来写《喊女溪》或者《芒果街上的房子》，我会好好地深入男性人物的内心，探索他们对女性施加暴力的原因。我会更进一步去探讨他们如何变成现在的他们，不是去为他们找借口，而是理解他们”(Elliot：107)。从西斯内罗斯的这些话里，我们可以看到她写作思想的重大转变。在她看来，她前期的作品太过片面地强调反抗，强调奇卡纳女性对种族歧视、阶级压迫、性别压迫的抗争，但是从《卡拉米洛披肩》我们可以看到她在作品里表达的更多的是包容，是“鲜花和桥梁”。拉拉披上披肩的一瞬间，她接受了自己作为新混血女性的现实，跨越了种族、阶级、文化的界限，心中产生了一种对于文化杂糅的包容和接受心态，她认识到了杂糅是奇卡诺文化的特色，对自己的文化之根，地应该好好地爱惜、珍藏。拉拉在神圣庄严的瓜达卢佩圣母大教堂顿悟，当她抬头看到瓜达卢佩圣母之时，她意识到：

> 我仰望着圣母，她低头看着我。……宇宙就像一块布，所有的人全都是交织在一起的。每一个人都与我相连，我也与他们相连，就像织成披肩的线一样。找出一条线，整个披肩就会被拆掉。每个走入我生命中的人都会影响我的生活模式，而我的也会影响他们的。(第 389 页)

她领悟到所有人的生命总是交织相连的，就像织成披肩的线交织相连一样，而这，正是西斯内罗斯将小说命名为《卡拉米洛披肩》所表达的真实思想。

参考文献

[1]Anzaldua, Gloria. *Borderlands/La Frontera: The New Mestiza*. San Francisco: Aunt Lute, 1987.

[2]Bruce-Novoa, Juan. *Retrospace: Collected Essays on Chicano Literature, Theory and History*. Houston: Arte Publico, 1990.

[3]Castillo, Ana. *Massacre of the Dreamers*. New York: A Plume Book, 1995.

[4]Cisneros, Sandra. *Caramelo*. New York: Knopf, 2002.

[5]Elliot, Gayle. An Interview with Sandra Castillo. *The Missouri Review*, 2002, Vol. 25, No.1: 97-109.

[6]Madsen, Deborah L. *Understanding Contemporary Chicana Literature*. Columbia: U of South Carolina P, 2000.

[7]Muhs, Gabriella Gutierrez. Sandra Cisneros and Her Trade of the Free Word. *Rocky*

Mountain Review of Language and Literature, 2002, *Vol*. 60, No. 2: 23-36.

[8]Paz, Octavio. *The Labyrinth of Solitude: Life and Thought in Mexico*. Trans. Lysander Kemp. New York: Grove, 2005.

[9] Rebolledo, Tey Diana. *Women Singing in the Snow*. Tuscon: the U of Arizona P, 1995.

[10]Salvucci, Mara. "*Like the Strands of a Rebozo*": Sandra Cisneros, *Caramelo* and Chicano Identity. *RSA Journal*, Vol. 17/18: 163-199.

[11]王军:《帕斯与〈孤独的迷宫〉》,《外国文学》1992 年第 5 期。

(原文发表于《外国文学》2015 年第 3 期)

族裔女性的困惑与成长

——析《芒果街上的小屋》

杨　铭*

（广西大学外国语学院）

摘　要：《芒果街上的小屋》是当代美国女作家桑德拉·希斯内罗斯的著作，该小说反映了墨西哥裔美国女性的成长。女主人公经历了青春期的困惑与迷惘，在成长中得到了正、反面引路人的影响与启示，在日常生活中得到感悟而最终走向成熟。在成长中，主人公不仅受到白人主流社会文化的排斥，也受到同族裔男性的压迫。少数族裔女性要想获得独立与自由，不能依附于男性，而必须通过知识来改变命运。

关键词：《芒果街上的小屋》；成长中的引路人；父权制

引　言

《芒果街上的小屋》是由墨西哥裔美国女作家桑德拉·希斯内罗斯所著。作为墨西哥移民的女儿，她很关注当今美国主流社会边缘的墨西哥裔移民的生存和价值观问题，并有很强的社会责任感，希望改变墨西哥裔长期被扭曲的形象，以及使族裔女性不再饱受轻视。《芒果街上的小屋》于1984年出版，翌年便获得了前哥伦布基金会颁发的美国图书奖。1988年该小说入选《诺顿美国文学选集》，进一步奠定了希斯内罗斯在美国文坛的地位，也推动了美国文学和女性主义“去中心、多元化”的发展。

这是一部带有自传色彩的小说，全书由44个独立又短小精悍的独白组成。小说生动地描述了一个墨西哥裔女孩埃斯佩朗莎在芒果街的生活经历以及获得成长的故事。芒果街可以说是美国的一个有色人种聚居区，里面的破败和贫穷让正值青春期的小女孩深感窘迫与自卑，而社区群体的保守、落后，

* 作者简介：杨铭，副教授，研究方向为美国文学。

与白人主流社会的格格不入，特别是对本群体女性的束缚、压迫更是让小女孩感到困惑，最终决定挣脱由种族差异、性别歧视给墨西哥裔美国女性套上的双重枷锁，离开芒果街，通过写作等获取知识、接受教育的方式来达到真正的成长，以期帮助整个群体改善生存状态。

一、成长的困惑

在成长中青少年必然会有一个困惑的过程，正是由困惑感到童真的幻灭，才能使自己重新认识自我、认识所处的社会环境，从而获得人生新的发展。小说中，主人公也经历了人生转折前的困惑。尽管美国号称是一个“大熔炉”，各种文化都能共生共存，但在白人主流社会的排斥下，少数族裔在现实中还是被边缘化了，这让处于敏感期的青少年处于困惑、尴尬的境地。小说中的主人公住在芒果街，这是一个典型的族裔聚居区，住的几乎都是有色人种。猫皇后凯西答应做主人公的朋友，但只能做到星期二，因为她家不得不搬走了。由于相对贫困的族裔移民不断涌入某社区，他们的高出生率、低受教育率，甚至是高犯罪率会导致这一社区房产值下降，因此白人就会选择搬离这里。主人公幼小的心灵已开始对种族差异有所觉醒。

在种族歧视和父权社会传统的双重压迫下，族裔女性在夹缝中辛苦又顽强地生存着。萨莉因为长得美，父亲担心她会和人私奔，于是把她锁在家里。在这个社会群体中，父权制占绝对优势，父亲把女儿当私有财产，不能拥有自由，唯一担心的就是女儿做出伤风败俗的举动，伤及家长颜面。萨莉为了摆脱父亲的束缚，匆匆结了婚，可是婚后的她仍旧生活在牢笼里。丈夫代替了父亲将她禁锢在家里，甚至不让她朝窗外看。萨莉依然生活在男性的压迫之下。

拉菲娜的命运和萨莉一样悲惨。她希望走出去，可以随意在舞厅跳舞、抛媚眼，可以自己拿钥匙开门，却也希望“会有人过来献上更甜美的饮料，承诺把它们用银绳子系起来”(希斯内罗斯，2006)。其实她所希望的只是依附于更好的男人、住进更精美的牢笼。而这种甘愿被男性统治与玩弄的思想，根本不能使女性获得真正的幸福。周围女性的种种生存悲剧已经刺激了女主人公，而她自己的亲身经历则更加让她体会到了女性地位的低下。

埃斯佩朗莎和朋友们穿上高跟鞋，觉得非常漂亮。然而依赖外表美，女性将自己的身体商品包装化，取悦男性，却不能带来真正的幸福。主人公和朋友们渴望进入成人世界，却带来了未知的危险，差点被流浪汉吻。女性想靠外表来改变命运，获得男性的尊重是不可能的。最后，她们跑回芒果街，也不再扮靓了，连鞋子被扔了也都没有抗议。在主人公的心里，不再注重对外表的打扮，女性要获得真正自主和强大的思想开始生根发芽。

二、成长中的引路人

在成长小说中，引路人是重要的构件。从社会学的角度看，每个人的成长都会受到一些人的影响，这些人从正、反两方面丰富着主人公的生活经历和对社会的认知。在观察这些人扮演的社会角色过程中，青少年逐渐确定起自己的角色和生活方向。（芮渝萍，2004）

1.反面人物

在埃斯佩朗莎的成长过程中，玛琳等人就是成长的反面参照。玛琳从波多黎各到叔叔家帮助照看妹妹们，她已经在老家有了男朋友，却拒绝公开承认。她想要到市中心找份工作，不是为了自力更生，而是为了能在地铁里遇到个会与她结婚的男人。玛琳打扮着自己，在街灯下跳舞，苦苦等待某个能改变她生活的男人，然而这个人却始终没有出现。女性想通过婚姻来获得男性给予的依靠，幻想着靠丈夫改变生活，这种可能性是微乎其微的，一旦被这种思想限制，最终只能沦为被动的受害者。

女主人公的婶婶叫瓜达卢佩，这个名字对于墨西哥人而言是神圣的，它代表着瓜达卢佩圣母。瓜达卢佩圣母是父权制社会推崇的女性典范形象，象征着女性的纯洁、温顺和慈爱。她所体现的文化和宗教特质使她成为"穷人的安慰，弱者的保护，被压迫者的救助"，并且是"孤儿的母亲"。（Octavio，1967）婶婶的奉献与牺牲却打破了想走这一路线的女性的幻想。重病的她如"一瓣小牡蛎，一团小肉，躺在打开的壳上"（希斯内罗斯，2006），由于不能尽到妻子和母亲的职责而愧疚不已，只盼望死亡赶快到来。而丈夫却想着再要一个妻子，孩子们也想重新做回孩子而不是成天做家务。"'圣母'光环背后的父权文化是如此残酷与无情。"（邱清，2009）女性为男性及家庭奉献了一切，但在家中地位非常低下，仅仅是被当作有妻子、母亲功能的人来对待，一旦没有了利用价值，就可以轻易被别人取代，在强大的父权统治下，女性绝对地顺从，只能成为牺牲品。主人公清楚地认识到不能再走这条老路。

2.正面人物

小说中,有几位女性可以说是女主人公的榜样。她们为主人公的成长指点迷津,起到了启示作用。阿莉西亚家中没有母亲,因而必须一大早起床做玉米饼、装午餐盒,但她不想“在一根擀面杖后过她的一生”(希斯内罗斯,2006)。为了摆脱为全家操劳却处处受男性管制的命运,她拼命学习,选择去上大学。埃斯佩朗莎也称赞她是个好姑娘。女主人公羡慕阿莉西亚有一个家,可以去一个记得的城市,而自己却从来没有一所房子,阿莉西亚则告诉她不管是否喜欢,她都属于芒果街,终究要回来。埃斯佩朗莎表示除非有人让它变好才会回来,却被阿莉西亚一语点醒:不会是市长那样的人来改变芒果街。埃斯佩朗莎决意要像阿莉西亚一样,努力学习,通过知识改变自己的命运,打破束缚,求得自己的生存空间,进而带动整个社区更好地发展。

主人公偶然遇到了神话人物似的三姐妹,她们预言她会走出去,走得很远,但是再三提醒她要记得回来,记得自己永远是芒果街的人。这样的提醒让她强化了种族根源意识,她会走出去,然而也肩负着重要的使命,不仅对个体,更要对整个族裔群体充满责任与义务。她要拿起笔,用文字为芒果街的人、为那些不容易走出去的人争取希望,为能在白人主流社会和父权制重压下赢得平等生存的权利而努力奋斗。

三、认识自我和社会

主人公的名字在英语里意味着希望,在西班牙语里则是哀伤和等待。她的名字和她曾祖母的一样。曾祖母虽然年轻时反抗过,但还是被曾祖父用麻袋套住头,像扛吊灯那样扛走,然后只能“用一生向窗外凝望”(希斯内罗斯,2006)。祖辈的女性逃脱不了被男性束缚的命运,可埃斯佩朗莎不想这样过一生,于是她希望取个新名字,如利桑德拉或玛芮查或泽泽 X。重新换个名字意味着埃斯佩朗莎想要重构身份,改变女性传统的命运。她决定不做男性或家庭的奴隶,钦佩有能力的女性,不再依附男性,要做“那个像男人一样离开餐桌的人,不把椅子摆正来,也不拾起碗筷来”(希斯内罗斯,2006),彻底摆脱女性的从属地位。

房子在埃斯佩朗莎的成长中至关重要,对房子的态度表明她一步步走向独立。从不得不指给嬷嬷看她住的房子起,她就明白得有一所房子,但那时她想要的只是一所可以指给别人看的房子。这表明她已初步有了独立精神,但青少年心智的局限使她还没有更高的认识。后来,主人公想有座山上的房子,敏感的她意识到那些住在山上,所谓上流社会的人不会理会贫穷百姓的疾苦,而如果她有了自己的房子,则会允许流浪汉借宿,"因为我知道没有房子的滋味"(希斯内罗斯,2006)。她的心理慢慢走向了成熟,不仅有自己的理想,也愿意帮助更多的人。最后,她想要的房子是完全属于自己,不属于任何男人,她不会再像曾祖母、萨莉或拉菲娜那样被男性的房子禁锢,她要的是经济上的独立,更重要的是完全属于自己的心灵家园。

成长的道路不会是一帆风顺的,拥有双重边缘身份的埃斯佩朗莎,在寻求自我独立、认识社会的过程中一定会遇到许多阻挠与挫折。和那几棵细瘦的树要对抗阻碍生长的砖块、水泥一样,她是如此瘦弱、渺小,但也要坚持自己的信念。面对各种压迫,她也要顽强地成长,总有一天会离开芒果街。主人公说:"有一天会把一袋袋的书和纸打进包里,对芒果说再见",但是"我离开是为了回来,为了那些留在我身后的人,为了那些无法出去的人"。(希斯内罗斯,2006)她要离开芒果街,通过知识改变命运。然而她丢在身后的仅仅是族裔社区的贫穷落后,强烈的身份归属感和对整个社区的责任心会让她最终选择回归,帮助墨西哥裔美国人,特别是其中的妇女改善他们的生存状态,获得自由与强大。

结　语

《芒果街上的小屋》作为一部成长小说,主人公的成长故事是少数族裔所经历的典型;她成长中的困惑是墨西哥裔美国人的悲哀。如何摆脱种族差异带来的歧视,挣脱传统父权制造成的束缚,对族裔女性而言是一大挑战,也是一条充满艰难险阻的路。然而,主人公没有畏惧,她有理想、有追求独立自主的意识。在身边人物的影响下、在日常生活的点滴中,主人公对自己和社会有了更全面的认识,她不愿再被束缚,渴望改变命运,并且有高度的使命感,愿意为整个族裔能更好地发展做贡献。芒果街的故事势必将激励各少数族裔群体努力奋斗,获得知识,改变命运。

参考文献

[1]Paz, Octavio. *The Labyrinth of Solitude*. Trans. Lysander Kemp. London: Penguin, 1967.
[2]邱清:《芒果街上的女人与高跟鞋——析〈芒果街上的小屋〉中女性寻求自我解放之

路》,《辽宁行政学院学报》2009 年第 3 期。
[3]芮渝萍:《美国成长小说研究》,中国社会科学出版社 2004 年版。
[4]桑德拉·希斯内罗斯:《芒果街上的小屋》,潘帕译,译林出版社 2006 年版。

(原文发表于《文学界(理论版)》2011 年第 8 期)

第四部分　身份寻求与建构

从"沉默论"的角度解读《芒果街上的小屋》的族裔女性身份

张　青*

（中南民族大学外国语学院）

摘　要：《芒果街上的小屋》是墨西哥裔女性作家桑德拉·希斯内罗丝的代表作。这部女性发展小说描写了墨西哥裔美国女性生活在社会底层的境况。作者以一种儿童的"沉默"来反映自己生活周遭的性别歧视现象，并表达了摆脱传统西裔女性悲剧命运的决心。

关键词："沉默论"；女性身份；挣脱传统西裔女性悲剧

一、《芒果街上的小屋》小说简介

《芒果街上的小屋》(*The House on Mango Street*，1984)是桑德拉·希斯内罗丝(Sandra Cisneros，1954—)的成名作。《芒果街上的小屋》在美国文学界引起了轩然大波，并推动了美国后现代主义文学的发展。

这部小说描述了墨西哥裔小女孩埃斯佩朗莎·柯罗德(Esperanz，英语"希望"，西班牙语"等待"之意)从墨西哥迁往美国芝加哥拉丁市区的芒果街，在这里她有了新的寓所，却失去了任何描绘美好未来的希望。小说中的小女主人公跟作者有着十分相似的经历，因此，小说可以被间接地看作是作者的自传。为了改变既定的人生轨迹，她不断鞭策自己，挣脱束缚，成长为新一代女性的发言人。全书采用了零碎片段式的描写，反映了墨西哥裔妇女琐碎、四分五裂、乱七八糟、暗无天日的生活，也展现了妇女在家庭和社会中的弱势地位。在男性为主导的社会，女性被剥去了思想，剥夺了发言权，仅为男性的附庸。

---

* 作者简介：张青，副教授，研究方向为美国文学和对外汉语教学。

二、马舍雷的“沉默论”

“沉默”是马舍雷对文学本质认识的核心观点。(朱立元,1997:186)他指出:“作品的真正意义就在于它极力隐藏的内容,也就是所谓的文字的‘沉默’”,“读者应该不断探索作品未能完全展现的内容,才能真正感悟文学的精髓。”(马舍雷,1990:363)在他看来,能够用文字描写出来的可能只是作品的冰山一角,文字留下的空白才是与作品的内涵息息相关的。作品中展现出来的只能作为我们进一步发现其内涵的导引,需要读者耐心琢磨的或许在作品中只是有所涉及,也可能寻觅不到任何提示,换言之,也就是“沉默”。这种对中心内容闭口不谈,只是用一些浅显的故事或者片段堆积起来的作品,就应该仔细发现其“沉默”背后的“隐情”。

作者为何不直接说出他所要表达的中心思想,为何要让读者在文字游戏中琢磨不透。事实上,文学创作并不像我们想象的那样简单,它牵涉太多,作者不能道破天机最根本的原因是意识形态的制约。因此,在作品中留下空缺,保持沉默是必然选择。然而作品的这种空白和沉默是意味深长的,尽管它们没有明确地去说明意识形态,但实际上它们却简洁地表现了意识形态,反映了作品所具有的意识形态性。(朱立元,1997:186-187)

正如小说《芒果街上的小屋》,作者采用儿童视角来描写芒果街上墨西哥裔女性遭受性别、阶级和种族多重挤压的生活现实。作者通过孩子的眼睛看这个光怪陆离的世界,整个社会充斥着各种不公、不和谐、混乱,但是作者却是轻描淡写,如果没有置身于那种文化氛围中,也许读者会认为只是单纯的孩子的世界。其实不然,每一个场景,每一个画面无不透着世界的丑陋,社会的黑暗,女性的卑微,除了周而复始的辛苦劳作,以丈夫为生活的中心,她们弱小到看不见未来,疲惫地重复着没有希望令人心碎的毫无生机的生活。

三、族裔女性身份的缺失

作者在“男孩和女孩”这一章里面,写道“男孩和女孩生活在不同的世界。男孩在他们的天地里,我们在我们的天地里。比如我的弟弟们。在家里,他们会跟我和蕾妮说很多话。可是到了外面,相反却不能和女孩子讲话。”(希斯内罗丝,2006:8)表面上看只是小孩子的玩伴问题,但实际上从某种程度上也可以看到男尊女卑,男性至上,歧视女性的影子。

芒果街所发生的一切统统被小主人公纳入眼中,而社区女性的悲惨命运最让她感到揪心,却又无可奈何:期望通过婚姻改变命运却被婶婶送回从而幻想夭折的来自波多黎各的女孩玛琳 ;拉菲娜天生丽质却被丈夫囚禁在阁楼;始终无法融入新环境新社区的玛玛索塔;在父亲的暴力下艰难生活的萨莉;被丈夫蹂躏的密涅瓦;在周而复始的家庭琐事中不断变得平庸的埃斯佩朗莎的母亲。(希斯内罗丝,2006:29-124)这些边缘社区的女性,承受着双重苦痛:一是族裔群体的集体苦难,二是性别弱势引发的族群内部的折磨与痛苦。

属于女性自己的独立身份自古以来就被忽视甚至是刻意掩盖。柏拉图坚信妇女“样样都不如男子”。亚里士多德也认为妇女是发育不全的人,“丈夫像一个国军一样统治着妻子,像一个皇帝一样统治着孩子。”诗人希摩尼德斯也把女性看作是愚蠢的动物。就连后来的思想家卢梭也认为妇女应该温驯,是从属于男子的私有财产并且要无条件地听从男子的指挥,到近代的哲学家叔本华、尼采等人,对妇女的态度甚至可以说是发展到一种丧心病狂的仇视状态。(孙绍先,1987:15-16)

在中国,女性的命运同样悲惨。中国儒学的创始人孔子,在《论语·阳货篇》里也毫不掩饰地说:“唯女子与小人难养也,近之则不逊,远之则怨。”(孙绍先,1987:17)中国自古以来都在不断强化“男尊女卑”的观念。(孙绍先,1987:19)无论中外,对女性的歧视是普遍存在的现象,中西方女性都受到了肉体和精神上的双重迫害。

在“美丽的和残酷的”(希斯内罗丝,2006:119)这个故事中,桑德拉·希斯内罗丝写道:“我已经开始了我自己的沉默的战争。简单。坚定。我是那个像男人一样离开餐桌的人,不把椅子摆正来,也不拾起碗筷来。”(希斯内罗丝,2006:120)表面上好像是说一个女孩不愿意承担家务,但从另一个角度看,我们不难发现,传统的价值观要求女性基本特征就是保持沉默,自我否定,徘徊在社会文化的边缘,每天都被围困在琐碎、卑微且周而复始的生活里。这个故事中所未道明的空白,是需要读者自己置身其中去体会才可能发现的。马舍雷认为作品并不是一个严密的有机整体,作品中的秩序仅仅是一种想象的秩序。通过秩序我们可以找到“缺无”,通过“缺无”又可以揭示作品的结构,从而最终把握作品所转换的意识形态。(朱立元,1997:188)这个小故事所留下的空白正好揭示了生活在西语裔族群中的女性是多么的卑微,她们丢掉了自我,失去了身份,被湮没了意识,却换来了女儿、妻子或母亲这一系列冠冕堂皇的称号和一辈子永远也摆脱不掉的枷锁,她们的人生其实从一开始就注定是悲剧收场。

结　语

既看到文学的现实根源,又看到文学的特殊性质,这正是马舍雷的深刻之处。他对沉默的阐述表明,他所认识的文学作品并不是封闭的,因为在作品中所未涉及的内容总会有人去挖掘。(朱立元,1997:185)再回到《芒果街上的小屋》,小说看似是主人公埃斯佩朗莎回忆童年的时光时所想到的42个零散的、没有逻辑的小故事,但这些小故事却真实地展现了芒果街上的西裔女性的生活现状:没有独立的话语权,是男性的附属品,没有自己的身份,只是女儿—妻子—母亲。要成为真正意义上的女人,女人就必须丢弃被赋予的子虚乌有的身份——父权制为她们建构的女性气质。(陶倩,2009:184)

参考文献

[1]马舍雷:《文学分析:结构的坟墓》,载董学文、荣伟编:《现代美学新维度》,北京大学出版社1990年版。

[2]桑德拉·希斯内罗斯:《芒果街上的小屋》,潘帕译,译林出版社2006年版。[3]孙绍先:《女性主义文学》,辽宁大学出版社1987年版。

[4]陶倩:《芒果街的女人与房子》,《西南民族大学学报(人文社科版)》2009年第5期,第183-185页。

[5]朱立元:《当代西方文艺理论》华东师范大学出版社1997年版。

(原文发表于《英语广场(学术研究)》2014年9期)

儿童视角 · 自传 · 隐喻

——《芒果街上的小屋》的民族身份建构策略

陈振娇*

(苏州科技学院外国语学院)

摘　要:美国的非裔、华裔、犹太裔和印第安文学都已成功地从边缘走向中心,西语裔文学也不甘示弱,他们积极探索独特的文本策略以寻求建构自己的民族身份。墨西哥裔小说家桑德拉·希斯内罗丝就是西语裔文学的领军人物,她平实而简练的语言背后,迸发着她的雄浑有力的西语裔声音。该文通过解读她的小说《芒果街上的小屋》,挖掘作家进行民族身份建构的三种积极策略:儿童视角、自传和隐喻。希斯内罗丝把这三种策略巧妙地编织在文本中,三者交相辉映,相映成趣,使得她的作品成为美国少数族裔文学中的一朵奇葩,从而在当前美国少数族裔百家争鸣的时代发出了墨西哥裔的强烈的声音,从而建构了墨西哥裔独特的民族身份。

关键词:《芒果街上的小屋》;儿童视角;自传;隐喻

引　言

近年来,美国非裔、华裔、犹太裔、印第安文学都取得了重要突破,一批少数族裔文学成功地从边缘走向中心,被白人主流社会所认可和接受。如今,美国的拉美裔移民的数量已经超过了非裔,成为最大的少数民族。20 世纪 80 年代末、90 年代初以来以墨西哥裔为代表的西语裔作家在美国文坛异军突起。首先脱颖而出的就是桑德拉·希斯内罗丝(Sandra Cisneros)。她于 1954 年出生于芝加哥,母亲是墨西哥裔美国人,父亲是墨西哥人。她有六个兄弟,她是家中唯一的女孩。从幼年开始,她就随父母在墨西哥和美国之间频

---

* 作者简介:陈振娇,讲师,主要研究方向为澳大利亚文学。

繁迁徙，这种游离状态让她感到她不属于任何一种文化。1980 年希斯内罗丝发表处女作——诗集《坏男孩》(*Bad Boys*)，但她的成功真正始于 1984 年出版的长篇小说《芒果街上的小屋》(*The House on Mango Street*)(以下简称《小屋》)，这部作品荣获 1985 年的美国图书奖，是第一部深受学术界好评且创造了商业神话的西语裔小说。自此，希斯内罗丝屡有佳作问世，影响力与日俱增。1991 年出版了短篇小说集《女喊溪的故事及其他》(*Woman Hollering Creek and Other Stories*)，赢得国际笔会中西部年度最佳小说奖等多个奖项，还被《纽约时报书评》等评为当年最值得注意的图书之一。2002 年出版了长篇小说《拉拉的褐色披肩》(*Caramelo*)，这部小说不仅被美国多种主流报刊选为当年最值得注意的图书之一，还获得了 2005 年意大利那玻里奖(The Award of Napoli)。如今的桑德拉·希斯内罗丝已经成为美国西语裔文学的代表人物之一。不难看出，她的作品成为西语裔文学自觉的发声演练。

《小屋》是作为成长小说出版的，小说没有中心情节，没有中心人物，由 44 个简洁、清新隽永、如诗般的短文连缀而成，其中自传夹杂着虚构，读者很难辨明虚实，这些散文独自成篇，看似并无关联。贯穿在 44 个呈碎片状的散文之后的是墨西哥移民个体在后殖民文化背景中的身份困境。希斯内罗丝在表面碎片化的叙述与内在主题一气呵成的张力场中，勾勒了女主人公童年埃斯佩朗莎的成长以及后来走上写作道路的过程。国外对《小屋》的研究深入而全面，如马里奥·加西亚(Mario T. Garcia)认为主人公为了获得女性的自主权利而与家庭和社区疏远进而走上写作道路，杰奎琳·多尔(Jacqueline Doyle)认为《小屋》中体现了弗吉尼亚·伍尔夫的女权主义思想，莱斯丽·贝蒂(Leslie Petty)重点分析了《小屋》中的两类对立的女性形象——瓜达卢佩和玛琳齐，凯瑟琳·克劳福德-加瑞特(Katherine Crawford-Garrett)分析了《小屋》中的观察者，玛里亚·加拉菲莉斯(Maria Karafilis)认为《小屋》是一部经过改写的流浪汉小说，罗宾·甘兹(Robin Ganz)认为希斯内罗丝是一位超越国界与种族的作家。国内有学者研究了《小屋》的文化翻译、反讽和叙事，也有一些评论探讨了《小屋》中的女性空间和女性形象。这说明，国内对希斯内罗丝的研究还有待深入。笔者认为，以上这些研究都没有注意到《小屋》中独特的民族身份建构策略。《小屋》是在后殖民困境中爆发的优秀的墨裔小说，这一背景天然地决定了民族身份建构的必然性。《小屋》运用了三种独特的身份建构策略，本文就从儿童视角、自传和隐喻三个方面分述之。

一、儿童视角

儿童视角，顾名思义，就是用儿童的眼光或儿童的口吻来叙述故事，故事具有鲜明的儿童思维的特征，叙述的基调、结构、心理和意识都受制于儿童的一种叙事方式。儿童视角作为一种限知视角颠覆了传统的全知全能视角。世界对于处于成长阶段、有着强烈的好奇心和求知欲、懵懵懂懂的孩子来说太高深莫测了，他们只能以自己稚嫩的方式去理解和把握。儿童心灵的稚嫩与视角的晶莹纯净，使本来纷繁复杂的世界呈现出一派活泼清新的气象。

《小屋》就是从儿童视角来讲述故事，具有明显的儿童文学的特征。希斯内罗丝从儿童视角讲述了芒果街的移民受到白人殖民的悲惨经历，小说中有这样一段描写：

> 那些不了解我们的人会害怕我们的社区。他们以为我们很凶险。他们以为我们会用光亮光亮的刀子攻击他们。……到处都是棕色皮肤的人，我们是安全的。可是当我们开进另一个肤色的街区时，我们的膝盖就抖呀抖，我们紧紧地贴着车窗，眼睛直直地看着前面。是的，情形一直一直是这样。（希斯内罗丝，2006:34）

这段话是儿童埃斯佩朗莎（Esperanza）所观察到的景象。儿童对颜色非常敏感，叙述者童年的埃斯佩朗莎用“棕色的”指代“我们”这些墨西哥移民，用“光亮光亮的刀子”来形容“我们”与“他们”白人种族之间剧烈的冲突，儿童埃斯佩朗莎的感觉体验就是“膝盖抖呀抖，我们紧紧地贴着车窗，眼睛直直地看着前面”，种族冲突令孩子们战战兢兢，毛骨悚然，不知所措。希丝内罗丝借助几乎未被社会文化所浸染的儿童的质朴单纯的原初生命体验，从对事件的似懂非懂的观察中，更为真实地折射出墨西哥移民的生存现状。儿童作为个体的人的初长阶段，还保有不受任何文化与意识形态污染的生命原初体验，认知的有限和天真的目光使他们更愿意观察而非评判他们所不理解的成人社会的人与事。这里，道德化的议论和理性的说教退出了叙事的范畴，“讲述”变成了“显示”，呈现出冷静客观的叙事态度特征。但正是这种表面的冷静客观与作者内心对种族歧视以及与之息息相关的种族冲突之愤恨形成鲜明对比，对种族主义的控诉一针见血、入木三分。不难看出，“我们棕色的”人都住在芒果街，这条街俨然是一个殖民地的缩影,他们就像是被“种族隔离”政策所规定的聚居区。孩子眼里的“我们”和白人是无法融合、互相敌视的,住在芒果街的居民处于二等公民的地位,根本无法与白人平起平坐,作者痛斥了主流社会的这种“内部殖民”的政策。

不仅如此,这段描写还点明了芒果街是西语裔移民自发聚集的地方,这里是独立于主流社会中心的边缘地带,是个“他者”。加拿大华裔学者梁丽芳在《打破百年沉默——加拿大华人英文小说初探》一文中提到,“唐人街是外在与内在因素作用下的结果。外在的因素是白人的歧视、孤立、隔离,把华人推向社会边缘;内在的因素,是华人同种同文,聚在一起,以保安全。”(张德明,2002:58)芒果街之于墨西哥裔就像唐人街之于华裔。来自墨西哥以及加勒比区域的移民自发地聚居在这里,以自己独特的方式在异质文化中顽强地生存着。芒果街就是飞散者若即若离的根系所在和模糊的集体记忆的载体。但是儿童视角的运用使得《小屋》更突出了种族冲突和暴力给飞散者带来的心理影响,也契合了作者重写飞散社区心灵史的意图。

除了种族隔离和直接的武力冲突,希斯内罗丝还揭露了内部殖民的间接的身体暴力政治。作者同样是让儿童埃斯佩朗莎见证了悲惨的杰拉尔多的死亡。“玛琳是最后一个见到杰拉尔多活着的人,他没有地址,没有姓名,口袋里什么都没有。在医院的急救室里,除了一个实习生,没有人来。原因是他只是一个不会讲英语的墨西哥苦力,一个偷渡客,看上去总是自惭形秽的人。”(希斯内罗丝,2006:88-89)很明显,在这段描述中采用了第一人称叙述。第一人称有两种不同视角:一为叙述者“我”目前追忆往事的眼光,二为被追忆的“我”过去正在经历事件时的眼光。(申丹,2010:92)过去的“我”是感知者,而现在的“我”是叙述者。在回忆式的文本中,现在的“我”不可能对儿童视角建构的叙事文本漠然置之,不作任何的干预和介入,只要是童年回忆,则它必然是过去的童年世界与现在的成年世界之间的“出”与“入”。“入”就是把现在的“我”重新置入童年,激活童年的思维、心理、情感,以至语言;“出”即是在童年生活的表述中影射现在的“我”,从而对童年视角的叙述形成一种干预。儿童叙述者的声音作为显在的主体的形式浮现在文本的表层,而叙述的过程中夹杂着成年人历经沧桑后的批判眼光。于是儿童简单审美的声音与成人复杂评判的声音在文本中同时并存、轮流切换,形成了两套不同的话语系统。而且其中成人叙述者的话语和批判总是带有分析、评论甚至反讽的意味,她的声音与儿童叙述两种话语系统交织缠绕,使叙事文本在充满内在叙事张力的机理中生成了超越现有文本的他种意义,拓宽了叙事的空间。儿童埃斯佩朗莎观察到一些表面现象:杰拉尔多(Geraldo)不会讲英语,墨西哥苦力,一个偷渡客,看上去自惭形秽;其中缠绕着成人埃斯佩朗莎的价值判断,里身为墨西哥人,杰拉尔多受尽压迫与歧视,就连生命垂危之际,也只能无奈地躺在急救室等待生活的完结。民族身份使生命遭到贬值、践踏和毁灭。希斯内罗丝用一个孩子的眼睛来观察这一切,她用简洁、冷峻、低调、客观的笔触勾勒了杰拉尔多的一生,让人感到生命的极其短暂与卑微,体会到"生命中不可承受之轻",但在文本表面之下读者似乎可以听到成人埃斯佩朗莎的振聋发聩的呐喊和控诉。作者虽然没有站出来大声疾呼,但其声音已经半遮半掩、呼之欲出。显然,此时作者已经超越了儿童限知视角的范围,在儿童视角下隐藏着成人视角,表层的冰山一角似的观察已经无法隐藏作者对殖民者的谴责和痛恨,揭露出美国白人的"内部殖民"则是直接杀害杰拉尔多的凶手,从而拓宽了叙事空间。这让人不禁感到生命的悲凉,墨西哥人在自己祖先生存过的土地上不断受到冷遇和诽谤。最脏、最累和白人不屑于做的事情都由墨西哥人来承担,但是他们仍然社会地位低下,遭到排斥,连最起码的生命权都无法保证。

应该指出的是,儿童视角对西方权威的男性家长视角是一个挑战。

> 有时后殖民作家采用儿童经验作为呈现后殖民文化的手段,这个相对纯洁的世界先于外国教育体制的影响,有时能传达出儿童受到殖民势力的伤害,同时这种视角也挑战了成人读者已经接受的霸权文化的前提。(Innes,2007:56)

希斯内罗丝意欲用清莹的儿童视角呈现出一个真实的芒果街,其间儿童视角与成人视角的切换赋予了作者一面透镜,可以清晰地从两种焦距看到芒果街的本来面目,又可以看到表面所掩盖的深层动机,作者可以穿梭其中,游刃有余,不仅如此,两种视角的转换与穿插表明了叙述者的成长,也隐喻了墨裔的民族觉醒和独立意识的成长,从而为有效地建构民族身份走出了第一步。

二、自　传

《小屋》开篇就介绍了儿童埃斯佩朗莎一家当前漂泊的生活状态:我们先前不住芒果街。先前我们住鲁米斯的三楼。再先前我们住吉勒。吉勒往前是波琳娜,再前面,我就不记得了。我记得最清楚的是,搬了好多次家。(希斯内罗丝,2006:3)他们一家从德克萨斯来,不停地迁徙,最后来到了芒果街。无"根"的一家在异乡的土地上游荡,漂浮在一个流动的世界里,面临不可避免的迁徙。"我是谁? 我的家在哪?"希斯内罗丝在一开篇就提出了这个不可回避的问题。

弗兰茨·法农认为,殖民活动否认被殖民者的人的属性,迫使他们不得不去反复追问"我是谁?"而自传体恰恰能满足后殖民主体身份建构的要求。女性通过自传写作来反映变化的、成长的自我。(Watson,1988:202)不仅如此,自传体中所运用的第一人称视角也是后殖民作家所欣然接受的。有评论家强调第一人称叙述的重要性,认为,殖民文学总是把被殖民者称为"他者",也就是第三人称复数,第一人称叙述就是对此的回应。C. L. 伊恩斯认为,第一人称单数成为一个代表,其中第一人称单数和民族铸成一个整体。后殖民自传的一个功能是重置观察者或我的中心视角,并且把本土作者身份的重建戏剧化。(Innes,2007:60)一个清晰的"我"跃然纸上,这就是后殖民作家如此青睐自传体的原因之一。许多后殖民作家都用自传体或半自传体成功地进行了创作。2001年诺贝尔文学奖获得者 V. S. 奈保尔的《米格尔大街》就是一个成功的典范。[①]

和《米格尔大街》一样,《小屋》也采用了这种"伪"自传体。因为叙述者埃斯佩朗莎用了作家本人的生活经验,所以读者容易误以为小说中的第一人称"我"就是作者本人,但其实不然。这种技巧被利奇坦斯丹(David P. Lichtenstein)称为陪衬法(foil)。这种技巧把叙述者和作家之间的区别前景化:小说中的童年埃斯佩朗莎具有一种纯洁的、未污染过的纯粹经验,而作家本人则是以回忆者的身份出现,运用语言来回忆并重构这种经验。希斯内罗丝的陪衬法体现了两个年龄个体之间的斗争,即"将真人和作家融为一体,既能获得未经过滤的经验,又能获得创造性的解释现成意义的力量"(张德明,2002:59)。"这种斗争是一种后殖民的迂回曲折策略,因为要获得自己的未经过滤的经验也就意味着得再把自己重新放回被殖民者的位置。"(张德明,2002:59)叙事者埃斯佩朗莎首先以一个被双重边缘化的墨西哥裔儿童的身份出现,然后再作为一个成年的有独立清醒民族主体意识的奇卡纳作家的身份来处理这些经验。这样一来,小说中的叙述者就处在一个非常复杂的地位,形成特有的双重化(doubling)技巧。《小屋》是希斯内罗丝对童年时代的回忆,但写小说时作

① V. S. 奈保尔用自传体写了一条城市大街的故事,地处英属殖民地西印度群岛的特立尼达的首府西班牙港;刻画了一群生活在底层世界的小人物,生动地展现了一幅英属殖民地特立尼达的市井社会。弗兰茨·法农的《黑皮肤,白面具》往往被作为自传体的代表,其间清晰地揭露了黑人身份与自我主体性的矛盾。华裔作家汤亭亭《女勇士》也采用了自传体作为身份建构的策略。

家已经在美国主流社会学习和生活数年，所以她是从一个徘徊于美国主流社会边缘的墨西哥裔作家的角度来回写她的童年生活的。

小说的自传性突出地体现在“我”所受的教育上，接受或追求西方教育可以说是殖民地本土人模仿西方及其文化的一个带普遍性的公式。《小屋》作为一部自传体小说，是回忆录与小说的混合体，是对作者经验的重新书写，记录了主人公埃斯佩朗莎成为一名作家的过程。虽然“我”接受的是英语教育，但教育的目的是“为了那些我留在身后的人。为了那些无法出去的人。”和 V. S. 奈保尔一样，她的心中也有一种大爱，一种普遍的责任感。这种强烈的民族归属感、认同感和责任感是对殖民文化最强烈的反抗。

霍米·巴巴认为，自 18 世纪以来，被殖民国家不得不通过混杂当地文化和殖民文化以建立起他们的文化形式。模仿具有威胁性与颠覆性。希斯内罗丝没有一味地全盘吸收西方文化和传统，而是以英语为工具，书写墨西哥裔美国人的生存现状，寻找反内部殖民的对策，试图颠覆殖民话语。希斯内罗丝作为墨西哥裔女作家，她的写作本身就打破了白人主流话语的权威性。她没有为白人文化歌功颂德，摇旗呐喊，而是像奈保尔一样“总是潜在地、策略地反叛着”。希斯内罗丝在表现墨西哥人的边缘生活状态，表达自己独特的心灵感受的同时，进行着文学的革新与实践，把这个过程视为超越模仿的过程。特殊的出身和经历使她成为一名被殖民者，当被殖民的经历对别人而言是一种痛苦和束缚时，她却能够利用这种劣势，把它们变成创作的素材和通往成功之路。这种模仿写作本身就是对主流文化的超越和颠覆。《小屋》是一部成长小说，主人公第一次穿高跟鞋的经历使她意识到美丽的外表可以帮助她逃离肮脏的芒果街，但在目睹了大批生活在父权制牢笼中的女性的经历后，她领悟到再美丽的外表也摆脱不了被囚禁的命运，于是她把希望寄托在语言上。埃斯佩朗莎首先从人名意识到语言的巨大力量。瓜达卢佩姨妈告诉埃斯佩朗莎要坚持写作，因为文字能给予她力量，写作能赋予她极大的精神自由。而且，通过写作，她能获得一个渴望已久的全新的身份——作家，写作让她能够逃离芒果街，去追寻自我。

“后殖民自传体的写作目的往往是把作者作为一个文化群体的代表。”(Innes，2007：56)《小屋》的叙述显然已经超越了简单的自传的范畴，变成了一部“群体性自传”(collective autobiography)。个人生活写作是历史书写的重要组成部分。个人的生活写作与民族历史联系在一起，将个人的生命历程作为民族历史的代表来加以表现，从而突破了传统自传体的个体性和主体性，使个人的历史成为民族历史的一部分。(任一鸣，2008：249)

这部小说由 44 个平行展开的诗性短文连接而成，每篇短文相对独立，但又相互关联。几乎每篇涉及一个或几个崭新的人物,这些都是芒果街上的小人物,不分主次,不分高低贵贱,相同的人物在不同的小说中重复出现,互相指涉,从而形成片断与整体,串联与复现相结合的互文结构。这种后现代的碎片化、非整体化的结构隐喻了芒果街上人物身份的卑微,但这些卑微的小人物构成了一个个的点,通过文本这密密编织的线连成一个整体,就构成了一个群体性自传,这种零散个体的连缀似乎暗示着墨裔移民只有连成一体才能在主流社会获得一席之地。

希斯内罗丝摒弃了殖民文学所青睐的线性叙事,使这些市井人物在文中自由穿梭,他们掌握了对语言(其中有英语和西班牙语)的控制,用自己的语言独立地随心所欲地讲述自己的故事,书写自己的人生,对其他小说人物没有形成任何的束缚与控制。这种独特的非线性叙事颠覆了殖民者的统治秩序,有力地回击了殖民话语。不仅如此,希斯内罗丝摒弃了第三人称叙述者,让芒果街上的小人物自由地发出自己的声音,独语、私语、自白等单旋律声音反复运用,让他们以"我"为观照世界出发点的单一视点,表现自我,让他们从最熟悉的自我经验出发,讲述"自己"的故事。读者可以在小说中听到各种各样的人的心声,他们的语言自然、清新、流畅,毫无矫揉造作之感,作者使用的自由独白起到了尤其重要的作用。自传是最能张扬自我的文体,这毫无疑问是作者建构自我的民族身份的有效手段。在《小屋》中,叙述者"我"已经湮没在"我们"中,民族的价值已经远远超越了个体,显然,希斯内罗丝没有突出单纯的自我,而是重在建构一个民族的自传。

三、隐　喻

二千年前,亚里士多德就在《修辞学与诗歌》中给隐喻下了定义:"隐喻就是借用一个事物的名称来表征另一个事物。"(Aristotle,1954:11)后殖民作家巧妙地使用隐喻可以增强表达形式的形象性,引起读者丰富的联想,将作者的主观经验和情感栩栩如生、不动声色地表现出来。恰如艾什克洛特等三位批评家所说,"在西方传统中,隐喻总是有优先权揭发难以预料的事实。"(Ashcroft,1989:51)在《小屋》中,希斯内罗丝选取了独特的隐喻意象,将墨西哥民族的历史、文化、生活习俗巧妙地附着到文本上,这些意象绝不是作者随意"拈来"的,而是匠心独运。隐喻植根于经历,隐喻的能指突显所指。

希斯内罗丝在《小屋》中精心设计了一连串墨西哥文化符号,这些符号隐喻着深厚的历史、宗教和民俗等文化含义。小说这样描写瓜达卢佩姨妈,“她像我妈妈一样漂亮。暗色皮肤。十分耐看。”(希斯内罗丝,2006:77)其外貌和瓜达卢佩圣母像有些许相似之处,都是暗色而不是白色的皮肤。小说中有这样一段细节:儿童埃斯佩朗莎的姨妈瓜达卢佩不断地激励她要坚持写作,“记住你要写下去,埃斯佩朗莎。你一定要写下去。那会让你自由,我说好的,只是那时我还不懂她的意思”(希斯内罗丝,2006:80)。瓜达卢佩姨妈是“我”人生中最重要的引路人,给我带来了自由,构建了“我”个人的身份。而瓜达卢佩圣母在建构墨西哥民族的身份上有着重要作用。

瓜达卢佩是墨西哥最重要的宗教和文化形象,与墨西哥土著印第安人有着天然的亲缘关系,具有与印第安人和梅斯蒂扎人相似的褐色皮肤。传说在1531年12月,天主教圣母玛利亚曾在一个名叫胡安·迪亚戈的印第安青年身上显灵。圣母出现的奇迹,在印第安人中引起很大风波。西班牙神甫为诱惑更多的印第安人改变宗教信仰,特地把“显灵”的玛利亚圣母改为印第安人习惯的名字——瓜达卢佩圣母,被称作“墨西哥女王”,“墨西哥人民的守护神”,并把圣母的肤色改成褐色,还专为这位圣母修建了教堂,规定每年12月12日为瓜达卢佩圣母节。不难看出,瓜达卢佩圣母和墨西哥的土著人印第安人的阿兹特克文明有密切的联系,她具有深厚的墨西哥本土气息,她是印第安人的象征,她是把墨西哥印第安人与外族人区分开来的独特的民族符号,她是土著人的保护神。诺贝尔文学奖得主奥克塔维奥·帕斯(Octavio Paz)认为瓜达卢佩圣母无一例外地为人们提供安慰、抚平创伤、擦干眼泪和镇静情绪,她保护神的形象对于墨西哥文化身份的构建有重要意义。(转引自 Leslie Petty)

不仅如此,瓜达卢佩圣母在墨西哥争取民族独立的一系列斗争中也起了激发士气、发挥民族凝聚力的作用。[1] 据此,作家朱迪·金(Judy King)认为

---

① 天主教中流传着许多关于这位圣母的令人惊叹的、超自然的故事。1629年她把墨西哥城从一场洪水中挽救出来,1737年,一场瘟疫夺去了70万人的生命,也是她拯救了人们。人们对瓜达卢佩的崇拜没有停在传说上,她在历史上也起了重要作用,瓜达卢佩圣母形象广泛出现于墨西哥独立革命中的旗帜上。米格尔·伊达尔戈(Miguel Hidalgo)在墨西哥独立战争中使用的旗帜上就有圣母瓜达卢佩的形象,萨帕塔(Emiliano Zapata)在墨西哥革命中也是如此。墨西哥第一任总统也把名字改成瓜达卢佩来纪念这位圣母。1810年伊达尔哥发动墨西哥独立战争,高举“打倒西班牙人,瓜达卢佩圣母万岁!”的旗帜。当伊达尔戈的混血—土著军攻打瓜纳华托和巴利阿多里德两处时,把圣母瓜达卢佩像放在漆成各种不同颜色的棍子或蒲草上,而且帽子上也印有瓜达卢佩的圣像。伊达尔戈死后,莫雷洛斯(Morelos)率领军队,采用圣母作为奇尔潘辛戈国会的印章,把纪念圣母的节日写进奇尔潘辛戈宪法,声称瓜达卢佩助他成功。

瓜达卢佩是把墨西哥凝聚起来的"公分母",当写到墨西哥是由不同语言、种族和阶级拼凑起来的时候,金说,"瓜达卢佩圣母是能把千差万别的民族捆成一团的橡皮带。"墨西哥小说家卡洛斯·富恩特斯(Carlos Fuentes)曾说,"如果你不信仰瓜达卢佩圣母,你就不是一个墨西哥人。"帕斯于1974年写到,"墨西哥人历经二个世纪的实验,只信仰瓜达卢佩圣母和彩票。"顺便提及,她还被称作"龙舌兰的母亲",神圣的龙舌兰酒(被称为圣母奶)的起源,环绕着她的光束就是龙舌兰的根茎。由此可见,瓜达卢佩圣母是墨西哥独特的文化符号,她是墨西哥人精神力量取之不尽、用之不竭的源泉,象征着墨西哥人对自由的渴望和追寻。

不难看出,瓜达卢佩圣母和瓜达卢佩姨妈二者具有极大的相似性,圣母是整个墨西哥民族的救世主,姨妈是"我"的"救世主",但这二者绝不是一种巧合,而是作者为了传达民族精神、建构民族独特性而使用的隐喻策略。隐喻是一种超级链接,它把两个在理性或逻辑的眼光下看来毫无关联的事物链接起来,超越了线性关系和思维的线性过程,把握了两个事物"本质上"的同一性。瓜达卢佩圣母就是《小屋》中瓜达卢佩姨妈的隐喻能指。隐喻是建立在事物相似性的基础上的,事物之间的相似性是隐喻存在的必要条件。隐喻意义的产生是两个概念之间互相作用的结果,这一互相作用通过映射的方式进行。在映射过程中,属于某一领域的相关概念和结构被转移到另一领域,最终形成一种经过合成的新的概念结构,即隐喻意义。从认知语言学角度来看,隐喻具有三个明显的特征:隐喻概念系统的运行是自动的、无知无觉的、经常的,不易被人们察觉;表现出更多的文化特征;隐喻具有鲜明的目的语文化特点。希斯内罗丝利用隐喻隐秘地嵌入墨西哥民族对自由的向往和对民族独特性的追求。

除此之外,《小屋》中许多未翻译单词也构成了一个隐喻群。艾什克洛特等三位后殖民批评家认为,未翻译单词、语音以及语言的肌理就能传达出所指文化的力量和在场——暗示了它们的主体性和整体性。使用未翻译单词在书写差异时有重要功能。它们的所指是特定的文化经历,而这种经历是不能复制的,只能在一种新的情景下得到确认。(Ashcroft,1989:65)小说中还张扬着一些文化隐喻,玉米粽子(Tamale)由玉米、碎肉和辣椒裹在一起蒸制而成,它是墨西哥人最喜爱的传统食品,专家估计每年墨西哥人都要消费数以亿计的玉米粽子。在一些重要的节日如圣诞节、纪念死去亲人的鬼节(The Day of the Dead)、象征圣母玛利亚和约瑟在耶稣降生前经历考验的拉斯波萨达斯节(Las Posadas)和墨西哥独立日时,人们都要吃玉米粽子。这个文化符号隐喻着墨西哥深厚的文化传统。小说中还出现了以其优雅民风、深厚文化传统和龙舌兰酒闻名于世的墨西哥第二大城市瓜达拉哈拉(Guadalajara),以及朴素自然的墨西哥的乡村歌曲兰切拉(rancheras)。

这些隐喻能指背后都隐藏着墨西哥民族独特的民俗、文化和意识形态,通过这些符号,希斯内罗丝把整个墨西哥的宗教、传说和历史文本嵌入了小说中,有力地张扬了墨西哥的独特性,从而有效地建构了民族身份。

结　语

希斯内罗丝用儿童视角、自传和隐喻三重策略把墨裔美国人的"过去"和"现在"连接起来,但其身份的建构是个动态的过程,恰如吉尔罗伊所描述的"动态的流散认同"特征:主体不再持守给定的文化身份,而是在动态移位的过程中解/重构身份;不再执着于寻根,而是认识到比"寻根"更重要的是身份建构的"过程";流动在种族文化和移居地文化之间,并未显出对后者的敌意,而是在这两个文化的旅行互动中建立起一种流散的视野,从而克服离乡失根的忧愁。(Paul Gilroy,1993:27)从这个意义上讲,《小屋》就是以主人公埃斯佩朗莎为代表的整个民族的成长并寻求重建民族文化身份的旅程。主人公的命运与芒果街的命运交织在一起,而芒果街是整个民族的缩影,芒果街的命运就是整个民族的命运,其寻求自我身份的过程也就是寻求民族身份的过程。她出去是"为了那些没有出去的人"。尽管身处边缘,被殖民者视为"他者",但没有自暴自弃,没有放弃对自我身份的追寻。这个追寻的过程包括两个方面:对殖民者文化的抵制和颠覆以及对理想"家园"的追求。希斯内罗丝以强调民族文化的差异性来固守自身的墨西哥文化,关注墨西哥文化与白人文化的部分,强调民族文化与殖民文化的分离与区别,偏重于关注殖民主义制度带来的民族危机。后殖民作家大多游离于对民族文化与殖民文化的两难境地,希斯内罗丝在创作中强调民族差异,凸显"根"文化传统。最重要也最独特的是,这部小说是墨裔移民自己的故事,用自己的声音写出自己的作为"他者"的经历,从这个层面上说,这部小说也是对殖民文本的反写。

参考文献

[1]Aristotle. *Rhetoric and Poetics*. New York: The Modern Library, 1954.

[2]Bill Ashcroft, Gareth Griffiths, Helen Tiffin. *The Empire Writes Back: Theory and practice in post-colonial Literatures*. New York: Routledge, 1989

[3]Crawford-Garrett, Katherine. Leaving Mango Street: Speech, Action and the Construction of Narrative in Britton's Spectator Stance. 25 June 2008, Springer Science Business Media, LLC 2008.

[4]Doyle, Jacqueline. More Room of Her Own: Sandra Cisneros's *The House on Mango Street*. California State University, Fresno, *MELUS*, Ethnic Women Writers VI, 1994, Vol. 19, No. 4: 5-35.

[5]Ganz, Robin. Sandra Cisneros: Border Crossings and beyond. *MELUS*, Varieties of Ethnic Criticism, 1994, Vol. 19, No. 1: 19-29.

[6]Garcia, Mario T. The Chicana in American History: The Mexican Women of El Paso, 1880—1920: A Case Study. *Pacific Historical Review*, 1980, No. 49: 315.

[7]Gilroy, Paul. The Black Atlantic: *Modernity and Double Consciousness*. London and New York: Verso, 1993.

[8]Innes, C. L. *The Cambridge Introduction to Postcolonial Literatures in English*. Cambridge University Press, 2007.

[9]Karafilis, Maria. Crossing the Borders of Genre: Revisions of the "Bildungsroman" in Sandra Cisneros's "*The House on Mango Street*" and Jamaica Kincaid's "*Annie John*". *The Journal of the Midwest Modern Language Association*, 1998, Vol. 31, No. 2: 63-78.

[10]Lichtenstein, David P. The Double and the Center: V. S. Naipaul and Caryl Phillips' Use of Doubling to Eradicate Traditional Notions of Center and Periphery. http.// 65.107.211.208/Caribbean /themes /double7.html.

[11]Olney, James. *Studies in Autobiography*. New York: Oxford University Press, 1988.

[12]Petty, Leslie, The "Dual"-ing Images of la Malinche and la Virgen de Guadalupe in Cisneros's *The House on Mango Street*. *MELUS*, 2000, Vol. 25, No. 2.

[13]Watson, Julia. Shadowed Presence: Modern Women Writers' Autobiographies and the Other, in: *Studies in Autobiography*. Ed. James Olney. Oxford: Oxford University Press, 1988.

[14]Wissman, Kelly. Writing Will Keep You Free: Allusions to and Recreations of the Fairy Tale Heroine in *The House on Mango Street*. *Children's Literature in Education*, 2007, Vol. 38, No. 1: 17-34.

[15]任一鸣:《后殖民:批评理论与文学》,外语教学与研究出版社 2008 年版。

[16]申丹,王丽亚:《西方叙事学:经典与后经典》,北京大学出版社 2010 年版。

[17]张德明:《流浪的缪斯——20 世纪流亡文学初探》,《外国文学评论》2002 年第 2 期。

[18]桑德拉・希斯内罗斯:《芒果街上的小屋》,潘帕译,译林出版社 2006 年版。

(原文发表于《绍兴文理学院学报(哲学社会科学)》2012 年第 6 期)

奇卡诺自我身份探究肇始

——以文本为例

张 莉*

(山东大学外国语学院)

摘 要:二十世纪六七十年代的奇卡诺民权运动,波及了美国社会的各个领域。在当时的文学界,奇卡诺作家开始觉醒,主动对抗白人文学中对墨西哥裔移民的定型描写。本文试图分析在此运动期间,奇卡诺作家如何尝试使用自己特有的语言书写形式——西班牙语和英语的混合体——来进行自身身份的初步探索,从而证实此时期的奇卡诺作品在整个以自我身份探究为主题的奇卡诺文学发展进程中的不可忽视的地位和作用。

关键词:奇卡诺;自我身份;探究;肇始;文本

引 言

奇卡诺指的是美籍墨西哥人。关于这一词语的来源,目前尚无定论。有人认为它源于纳瓦特语,起初被一些美籍墨西哥人指代阶级地位较为低下的另一部分美籍墨西哥人,带有贬损的意味。但在二十世纪六十年代末奇卡诺运动兴起以后,它的意义发生了转变,成了整个美籍墨西哥族群的代名词,饱含强烈的骄傲与自尊感,代表着他们的意识觉醒。奇卡诺人不是墨西哥人,而是与墨西哥文化甚至西班牙文化相连的美国公民。由于他们与多种语言(印第安语言如纳瓦特语、西班牙语及英语)和文化(印第安文化、西班牙文化、美国文化)有着不可分割的联系,他们逐渐形成了一种既非西班牙又非墨西哥或美国式的杂糅文化。

---

* 作者简介:张莉,副教授,研究方向为英美文学

一

奇卡诺人是能说双语(英语、西班牙语)的。他们遍布社会各个阶层,从事的职业也是多种多样。但在大众传媒中,奇卡诺人却没有一个真正的代表形象。他们的种族和文化特点已经被夸张、定型和僵化。在奇卡诺运动以前,人们所关注的大多是主流作家即盎格鲁白人作家对美籍墨西哥人的描述。他们的作品突出强调这一美国第二大少数族群对主流文化——盎格鲁文化的忽视。美籍墨西哥人在经济上受压迫的地位和种族的劣根性也是盎格鲁作家所津津乐道的话题。

奇卡诺群体和美国社会的其他成员一样,十分易受主流作家描述的影响。奇卡诺运动以前及运动早期,盎格鲁文学作品中的奇卡诺人物形象涉及了在主流社会下奇卡诺群体的经济、教育、暴力犯罪等社会问题。大量的作品把他们描述为社会的败类:暴力的拳击手、辍学的学生、团伙头目或是持刀行凶的人。盎格鲁白人文学中,约翰·斯坦培克的《逃亡》(1938)以及斯科特·欧戴尔的《火的孩子》(1974)就是这样的例子。这两部作品都描述了在面对强大的白人社会秩序时奇卡诺青少年的处境。

《逃亡》是一部不足万字的短篇小说,讲述了一个墨西哥家庭的不幸遭遇:一个母亲带着三个孩子在加利福尼亚海岸的一个农场上生活。最大的男孩裴佩受母亲的吩咐,到蒙特里去买一些必需品。在蒙特里,裴佩用刀杀死了一个人,被一些不知名的人追捕而逃进大山,最后遭到毒害。

裴佩被描述成一个懒散的孩子,整天无精打采,唯一的爱好是玩弄自己的刀。在母亲的一再催促下他才来到蒙特里。而对裴佩杀人之后的描写涉及了奇卡诺的道德观:杀人后的裴佩对母亲说自己算是真正的男人了;杀人的动机是不能容忍别人对自己的侮辱。杀人的经历把她从青春期带到了成年期。在这里,男子汉气概与成年混为一谈。另外,《逃亡》中充满隐喻和象征的写作手法,阻碍了人物的心理发展,掩饰了裴佩在逃亡过程中所经历的真正痛苦。

《火孩子》是假释官德拉尼以第一人称叙述的。与其他警官不同,在他身上有着难得一见的宝贵品质。通过他,读者关注了一个生活在墨西哥附近、为生活而奔波,并不得不屈从于警察管束的那些奇卡诺人。受奇卡诺民权运动的影响,小说特别关注主人公曼纽尔以及他为维护自己的种族意识而做的挣扎。

在一开始，当曼纽尔跳进斗牛场面对公牛时，他的行为好像被他的男子汉气概以及他对艾维尼的爱所驱使。他最终死在了令无数奇卡诺人都失业了的现代化工具葡萄收割机面前。一种强烈的理想主义贯穿小说的始终。与《逃亡》不同，在《火孩子》中，男子汉气概没有与成熟一词混淆，这也是奇卡诺运动影响的体现。尽管如此，两部小说都渗透着盎格鲁社会秩序下的暴力。这在曼纽尔试图阻止葡萄收割机时体现得尤为明显：

> 红色的收割机已经到了最后一排葡萄架前。曼纽尔仍然跪着，两手僵直地垂在身体两侧，头反抗式地抬着。我不知道坐在黄色顶篷下的司机是否看见了他。当然，看不看得见也不会有什么区别。机器笨拙地前行，那个男孩跪在那里，表示着自己的公然反抗。他没有动。接着，那些钢爪探出来，像收割葡萄一样，将他骨肉剥离，收入囊中。[①]

依靠这种陈旧的种族观念和扭曲的讽刺画式的描写，斯坦培克和欧戴尔呈现出了一个极富感伤情绪又被贬损了的奇卡诺青年形象。

二

奇卡诺小说由来已久。例如早在1928，丹尼尔·比奈加斯就出版了小说《唐·齐宝奈历险记》。然而，早期的奇卡诺小说主要侧重表现美籍墨西哥人能够返回故土——墨西哥的热望，以及对墨西哥身份的眷恋之情。

荷西·安东尼奥·比利亚雷亚尔1959年出版的《理查德·鲁维奥的世界》就是这类小说之一。理查德·鲁维奥是一个年仅十三岁的男孩，被迫与朋友打架，在拳击场上显示了非凡的勇气，从而促使了一个拳击经理主动给他提供了一份职业拳击手的工作。但是理查德没有听从拳击经理的话，因为他不想任何人告诉他该怎样做。这部篇小说真实反映了盎格鲁白人对奇卡诺人学业成就的态度：他们认为奇卡诺人不如盎格鲁白人聪明，不能在学业方面取得成功从而获得与白人同样的职业。面对种种来自白人主流社会的压力和剥削，作者没有提及具体该如何反抗，而是凸显了理查德身为一个墨西哥人的骄傲：

---

① O'Dell, Scott. *Child of Fire*. New York: Dell Publishing, 1974: 172.

“是什么使他们总是担心自己的墨西哥身份，却又只在某些时候才考虑这个问题？有趣的是，当他一人独处时，却为此感到几分骄傲。”

他觉得存在很重要，他自己就是一个存在个体——所以他知道，他将永远不会再屈服于社会压力了。[①]

在此可以看出，回归母亲国是当时大部分墨西哥后裔的理想。在美国的霸权文化、霸权统治以及当时主流作品诱导下，处于蒙昧状态的奇卡诺作家们认为只有远离美国公民身份，情感上紧系故土，才能够得到心灵的救赎。

三

然而到了 20 世纪 60 年代，随着奇卡诺文学的觉醒，奇卡诺作家试图开始有意识地对抗这种盎格鲁文学中所表现的陈腐种族观，力图表现墨西哥后裔身在异乡、处于双文化背景下的身份识别问题。此外，这类文学不同于盎格鲁文学，因为它总是把墨西哥看作母亲国，是自己的文化的发源地。而且这类作品都是西班牙语和英语相混杂的语言写作模式。

奇卡诺作家也塑造了一些美籍墨西哥人的形象，从不同的角度，与盎格鲁文学中的形象形成了强烈的对比。一个颇具讽刺性的尝试是路易·巴尔德斯的《被出卖的人》(1967)。剧中的人物关系十分简单：欧内斯特贩卖奇卡诺人，希门尼斯小姐是州办公大楼的秘书，正在寻找一个墨西哥人来从事管理工作。欧内斯特介绍了四个被卖者的特征，并说除了美籍墨西哥人，其他的三个人都很便宜。秘书以一万五千美元的高价买下了墨裔美国人。最后，四个被卖者一起反抗秘书和欧内斯特，并拿走了钱。

在舞台指导方面，其余三个非美籍的被卖者形象通过他们的穿着显示出来：带阔边帽穿平底鞋的农场工，持刀抢掠的不良少年和激进的革命者。而对于美籍墨西哥人的描述却被省略，因为他的穿着与盎格鲁白人无异。

这部短剧于 1967 年在美国加州第一次上演，虽然情节略显粗糙，但是夸张的笔触和意外的结局已经体现出反抗这一主题。剧中的被卖者意识到了自己在美国社会中受剥削的地位。通过墨西哥裔美国人用西班牙语讲出的话表

---

① De Dwyer, Carlota Cárdenas. *Chicano Voices*. Boston: The New American Mifflin, 1975: 141.

现出来:“亲爱的民族,为了解放,举起武器……”[1]但在反抗压迫的同时,作者也强调了美国社会好的一面:即对人的思想、文化塑造。这从对美籍墨西哥人的描述就体现出来。他“代表了美国工程学的顶峰,能说双语,受过高等教育,充满雄心壮志。”他还能“适应文化,不断进步。他充满智慧、举止文雅,还能发表演讲。”[2]

这段话是人贩推销“商品”的“广告语”,提及了美国的教育和文化,含意十分深刻。它即对美国文化对人的塑造表示赞同,同时又通过陈述者的身份暗示了这种塑造的强迫性与“收益对象”的无奈。这部短剧也刻画了诸如欧内斯特和希门尼斯等为了让美国社会接受自己而否认母亲国文化遗产的人。他们二人代表着那些消失在美国中产阶级主流文化中的墨西哥后裔。

另一部具有典型性的作品当属《在西语区的边缘》(1971)。这个短篇故事以美国城市西语区为背景。以自传的形式记叙了西语区居民的艰辛,暗示了语言产生的巨大种族凝聚力:

> 埃内斯托·葛拉萨是这部短篇小说的作者和主人公,讲述了他的母亲是如何去世,之后他又是如何从墨西哥只身来到美国萨克拉门托的西语区与叔叔一起生活的。作者在这一行政区的经历充满了艰辛。上中学的时候,他就身兼数职,比如药店店员、投递员。由于生活条件的窘迫和水源的污染,当地出现了瘟疫,致使很多大人和孩子死亡。埃内斯托去城里找卫生人员,结果遭到了枪击。奇卡诺人生存的困境以及盎格鲁社会对他们的压榨及人权的漠视是小说的一大主题。奇卡诺人在家庭和社区中使用西语,在奇卡诺文学中也延续了这一传统。西语的使用能够使他们之间保持一种亲近的人际关系,而这种亲近关系“能够使多数的美籍墨西哥人保持情绪上的稳定”。[3]

在思想性及文化意识形态方面都较为成熟的作品当属鲁道夫·阿纳亚的《保佑我,邬蒂玛》。这部小说笔法细腻,充满了意象。将古老的印第安文化与

---

① De Dwyer, Carlota Cárdenas. *Chicano Voices*. Boston: The New American Mifflin, 1975: 40.

② De Dwyer, Carlota Cárdenas. *Chicano Voices*. Boston: The New American Mifflin, 1975: 36-37.

③ Aguirre, Lydia R. The Meaning of the Chicano Movement. *La Causa Chicana: The Movement for Justice*. New York: Family Association of America, 1972: 1-5.

民间传说纳入其中，充满了哲理。土地意象贯穿始终，作为墨西哥故土的美国南部新州是奇卡诺人矛盾处境的铁证。月神崇拜、民间药师的传说时刻提醒着生活在这块美国新土地上的人们的印第安渊源。与同时期的其他奇卡诺小说不同的是，人与人之间的感情脉络及墨西哥人固有的强烈的家庭观是小说的主要构架。邬蒂玛的身后是古老的印第安文化，而安东尼则是与美国主流社会相接触的新生代移民。一老一少和谐共处，意味深长。体现了作者对墨西哥裔移民在美国社会中理想的生活构思。

结　语

盎格鲁作者作为美国社会的主流作家，对美籍墨西哥人的定型描写在奇卡诺运动之前相当长的一段时间里主导着外界对这个族裔群体的认识以及族群成员自身的身份感知。这些主流作家在白人为主导的社会中拒绝给予奇卡诺人以“身份”，使他们长期处于一种异化与无身份的自我感知状态之中。但由于六七十年代蓬勃发展的奇卡诺运动的影响，奇卡诺一词开始以墨西哥少数族裔群体内部自我认知的姿态出现。这时期的奇卡诺作家从墨西哥文学背景、边境民俗或社会学等角度进行了自我书写。尽管主流文学形态——盎格鲁文学对其进行抑制和有意忽视，这个新兴的文学团体还是初具形态。这些奇卡诺作家使读者有幸触及了西班牙和墨西哥文学遗产、古老的墨西哥文化及民间传说，感受到了美国的文化与政治霸权，领悟到了文学创新的重要性。他们用西英混杂的语言形式对盎格鲁社会及白人小说中所描述的道德缺失、智力低下、暴力犯罪等一系列的受贬损的墨西哥后裔的定型形象进行了反抗，并对自身身份问题进行了初步的探索。这些文本及批评是重要的尝试，为八十年代边境研究的兴起乃至后来大批奇卡诺作家、批评家及文学、批评著述的出现奠定了基础。

参考文献

[1]Anaya, Rudolfo. *Bless Me, Ultima*. New York: Warner Books, 1994.

[2]Carey, G. K. *The Red Pony, Chrysanthemums and Flight*. New York: Cliff Notes, 1978.

[3]Galarza, Ernesto. *Barrio Boy*. Indiana: University of Notre Dame Press, 1991.

[4]Mishra, Sudesh. Diaspora Criticism. *Introducing the Criticism at the 21st Century*. Qingdao: China Ocean University Press, 2006: 13-36.

[5]陈小雀:《奇卡诺文学经典〈祝福我,邬蒂玛〉》. http://mag.nownews.com/article.php?mag=7-81-3649,访问日期 2011 年 2 月。
[6]申富英:《英美现代主义文学新视野》,山东大学出版社 2007 年版。

(原文发表于《山东商业职业技术学院学报》2011 年第 5 期)

一所自己的房子:阶级、族裔和女性身份的追寻

——评希斯内罗丝的《芒果街上的小屋》

王海燕*

(武汉理工大学外国语大学)

摘　要:美国当代墨西哥裔女作家桑德拉·希斯内罗丝的代表作《芒果街上的小屋》描述了墨西哥移民在美国辛酸的奋斗史。小说以一家移民后代的女儿埃斯佩朗莎·科德罗为主人公,讲述了她的成长经历,反映女主人公埃斯佩朗莎以及其她少数族裔女性在美国社会的弱势地位以及在家庭受男性压迫的现实,折射出以埃斯佩朗莎为代表的墨西哥裔女性对象征阶级、种族和性别平等的一所完全属于自己的房子不懈追寻的心声。

关键词:房子;身份;族裔;女性身份

引　言

英美女权主义文学的先驱弗吉尼亚·伍尔芙说过:“一个女人如果要写小说的话,她就必须有钱和自己的一间屋。”①可见,在男性占统治地位的社会中,只有拥有独立自主的空间和经济地位,女性才有可能施展自己的创作才华,发挥自己潜在的天赋,才能获得独立和平等的身份。但后来的女权主义者发现,她们在追寻独立和平等身份的道路上碰到的障碍远不止这些。为生活所累的美国犹太女作家蒂莉·奥尔森在写作中深刻地揭示了阶级和性别对女性写作和身份追寻造成的巨大障碍;同样,黑人女作家艾丽斯·沃克痛陈种族和性别歧视是构建黑人女性主体性和寻找自我道路上的拦路石。美国当代墨西哥裔女作家桑德拉·希斯内罗丝在其代表作《芒果街上的小屋》中,将种族、

---

* 作者简介:王海燕,教授,研究方向为美国文学。

① 弗吉尼亚·伍尔芙:《伍尔芙随笔全集》,王义国译,中国社会科学出版社 2001 年版,第 488 页。

阶级和性别三者集为一体，探索了一个墨西哥裔工人阶层的女性埃斯佩朗莎身处美国社会弱势阶层、少数族裔和属下女性三重的边缘地位，揭示她对象征阶级、种族和性别平等的一所完全属于自己的房子的不懈追寻。

《芒果街上的小屋》1984 年出版，翌年获得前哥伦比亚基金国家图书奖。小说由 44 个相对独立而又互相关联的小片段组成，描述了一个住在美国芝加哥贫民区墨西哥移民的后代埃斯佩朗莎·科德罗的成长。评论家马切将它与马克·吐温的《哈克贝里·费恩历险记》和塞林格的《麦田里的守望者》两部成长小说相提并论，因为这三部小说的主人公哈克贝里·费恩、霍尔顿和埃斯佩朗莎的成长都是在"文化压制的世界中"[①]。然而，相较之下，埃斯佩朗莎的成长环境最为恶劣。芒果街简直就是一个等级制度森严的少数族裔的监狱：充斥着贫困、对少数族裔的歧视、父权制文化对女性的压制等等。在这样恶劣的环境中，埃斯佩朗莎的成长既是她身体的成长，更是她女性意识、阶级意识和种族意识的苏醒和成长。埃斯佩朗莎目睹了芒果街上那些身体和精神都被禁锢在男性的房子里，饱受凌辱虐待而又无声的少数族裔女性的生活，决意要摆脱这样的宿命，她要走出去，去追寻平等和自由。在小说中，这种对平等和自由的追寻物化为对一所自己的房子的追求，一所完完全全属于自己的房子："不是小公寓。也不是阴面的大公寓。也不是哪一个男人的房子。也不是爸爸的。是完完全全我自己的"[②]。可见房子这个意象承载了埃斯佩朗莎的三个愿望：离开贫民窟，摆脱贫困；在种族歧视的氛围中，找到平等独立的身份；在女性受压制的父权文化中，实现自己作为女性的价值。这三个愿望体现埃斯佩朗莎对完完全全属于自己的房子——阶级平等、种族自由、和平等性别身份的追寻。

一、房子：阶级身份的追寻

正如小说的题目《芒果街上的小屋》所示，房子是小说的中心意象，贯穿全文，意蕴丰富。麦克莱肯指出："房子是埃斯佩朗莎自我的物化"。[③] 从小说的

① Matchie, Thomas. Literary Continuity in Sandra Cisneros's *The House on Mango Street*. *The Midwest Quarterly*, 1995, Vol. 1: 67.

② 桑德拉·希斯内罗斯：《芒果街上的小屋》，潘帕译，译林出版社 2006 年版，第 145 页。

③ McCracken, Ellen. Sandra Cisneros' *The House on Mango Street*: Community-Oriented Introspection and the Demystification of Patriarchal Violence, in: *Breaking Boundaries*. Amherst: University of Massachusetts Press, 1989: 65.

一开始,房子就和人物的阶级身份属性建立了一种对应关系。那时埃斯佩朗莎一家还租住在鲁米斯。一天,学校的嬷嬷经过她的家,问起她住在哪里。"那里。我说,指了指三楼。""你住在哪里?她说话的样子让我觉得自己什么都不是"。[①] 可见在嬷嬷心中,甚至在埃斯佩朗莎自己的心中,房子成为房子主人的不同阶级身份的表征。那个墙皮斑驳、破败不堪、窗子上横着几根木条的房子彰显埃斯佩朗莎这个有色移民的后代卑微低下的身份。因此嬷嬷鄙视她,埃斯佩朗莎自己也觉得失去了自尊。身份的丧失让小小的埃斯佩朗莎强烈地意识到要追寻平等的身份,她就得有一所房子,一所真正意义上的房子,"一所可以指给别人看的房子"[②],一所可以让她觉得骄傲自豪,而不是羞愧卑微的房子。对具有真正物质价值的房子的追寻唤醒了埃斯佩朗莎的自我身份意识,她开始为重建自我和追寻平等的阶级身份作出积极的努力。

但是,埃斯佩朗莎的追寻之路布满荆棘和痛楚。在居住区,单纯的埃斯佩朗莎曾短暂地体味到平等阶级身份的快乐。她在芒果街的第一个朋友是猫皇后凯茜,一个来自上层社会的白人女孩。她可以享受她们之间友谊的纯洁与美好,能无忧无虑感受平等自我的存在。然而,阶级的差别注定了埃斯佩朗莎的美梦不能持久。凯茜马上就要搬离芒果街,而且不得不搬走,因为"这个社区的人越来越杂了"[③]。由于像埃斯佩朗莎这样贫困的墨西哥移民不断地搬进来,白人社区的纯洁被前者"杂"化,于是白人选择了规避和对移民的抛弃。阶级差别和贫富的差距不仅有形地划分了人们居住的物理空间,而且还鲜明地规定了居民迥异的社会身份。横亘在不同族裔之间巨大的种族和阶级"裂缝"无声地拆解了她们共享的脆弱的身份平台。凯西可以搬到更好的社区,但埃斯佩朗莎不能,只能留在芒果街。她的朋友只能是和她一样来自下层社会的有色的移民露西和拉切尔。

在学校,埃斯佩朗莎不满足自己被房子类型化和符号化的现状。她试图冲破阶级的界限,体验平等的待遇,但结果仍是失败。在"米饭三明治"一节中,她也想和那些特殊的孩子一样坐在餐厅里吃饭,"餐厅!名字听起来就不一样"[④]。她哀求妈妈写了一封信给学校的大嬷嬷。当她带着妈妈的信找到大嬷嬷,却遭到大嬷嬷狠狠地羞辱。大嬷嬷指着那栋丑陋的三户式公寓楼,那

---

① 桑德拉·希斯内罗斯:《芒果街上的小屋》,潘帕译,译林出版社 2006 年版,第 5 页。

② 桑德拉·希斯内罗斯:《芒果街上的小屋》,潘帕译,译林出版社 2006 年版,第 5 页。

③ 桑德拉·希斯内罗斯:《芒果街上的小屋》,潘帕译,译林出版社 2006 年版,第 16 页。

④ 桑德拉·希斯内罗斯:《芒果街上的小屋》,潘帕译,译林出版社 2006 年版,第 56 页。

里是衣衫褴褛的人都羞于走进的地方，问：哪栋是你家？尽管那不是她的家，埃斯佩朗莎还是哭着点头承认。因为，埃斯佩朗莎明白这个残酷的事实：房子的状况表征人的处境。破败不堪的房子昭示人的卑微低下身份。埃斯佩朗莎所带的米饭三明治也同样暗示了贫富差别和阶级等级差别。她的三明治是剩饭做的，没有肉，更没有常见的大红肠和花生酱。所以，作为另类的她无法分享学校里属于别人的餐厅空间。

努力和失败使埃斯佩朗莎深刻地意识到，房子差别表象的背后的根本原因是居住在不同房子里居民的社会身份及其地位的巨大差别。住在高处房子里的居民独享纯净的空气和天空，从不关注位处低势的房子、那些恶劣的环境以及居住里面的贫困的人，因为他们不属同类，因而不能越界。

> 那些住在山上、睡得靠星星如此近的人，他们忘记了我们这些住在地面上的人。他们根本不朝下看，除非为了体会住在山上的心满意足。上星期的垃圾，对老鼠的恐惧，这些与他们无关。[①]

这样的认知让埃斯佩朗莎对平等的阶级身份的追寻突破了单纯的物质层面，走向更深刻的精神实质。起初，埃斯佩朗莎希望通过拥有一个大房子来实现对平等阶级身份的追寻。她以经典电视剧中的白人的房子为模式来勾画她梦想的房子：不是破旧衰败的小房子，也不是阴面的大公寓，而是充满了阳光的大房子。房子四周栽满了漂亮的紫色矮牵牛。没有人对着她吆喝，没有别人扔下的垃圾，是一所寂静如雪的房子，是一个自己归去的自由自在的空间。只有拥有了这样的房子，她才能摆脱贫困和贫困带来的羞辱，挺直腰板骄傲地做人，确立平等的身份感。但是，白人的冷漠和歧视让她明白：这样的房子还不能塑造她阶级平等的理想。于是她穿透物质世界，用思想勾画出一幅阶级平等的温馨画面：她说即使拥有了这样的房子，她也不会忘记她的真正身份：来自芒果街，来自墨西哥社区。而且，她会从物质和精神两方面帮助那些有类似经历的人，使他们找到物质和精神的自我：她将路过的流浪者领上阁楼，请他们住下来，听着他们在楼上发出咕咕哝哝的声音，她会很开心。因为她知道没有房子的滋味，知道贫困的滋味。

埃斯佩朗莎对体面房子的追寻正是小说作者希斯内罗丝的创作动因和思想写照。希斯内罗丝曾坦言贫穷一直纠缠着她，是她试图逃避的“鬼”。她于

---

① 桑德拉·希斯内罗斯：《芒果街上的小屋》，潘帕译，译林出版社 2006 年版，第 117-118 页。

1954 年出生在美国芝加哥一个墨西哥移民家庭。父母的低收入加上家庭的庞大迫使她们一家一直在城市的各个贫民区搬来搬去。直到 1966 年她的父母才借钱在城市北边的波多黎各社区买下了一栋狭小的两层楼,来容纳全家九口人。这个房子就像小说中芒果街上的那栋丑陋、狭窄的红色小楼。1977 年她在爱荷华大学作家坊学习时,全班同学讨论加斯东·巴什拉的《空间诗学》中"房子"这个意象时,她突然意识到自己与其他同学之间横亘着巨大的差别。来自好学校和中产阶级富裕家庭的同学们所谈论的房子是诗意的空间,是安全、稳定和温馨的家园。而她所了解的却是完全不同的事实:"三层楼的房子,对耗子的恐惧,喝醉酒的丈夫往窗子里扔石头,所有这一切都是那么地远离诗意"。她深深地意识到"她们是温室里培养出来的花朵。而我是城市缝隙中的黄色的野草"[①]。正是这种差别刺激了希斯内罗丝对自己的身份的重新审视,从而产生了《芒果街上的小屋》这部小说。

伍尔芙在《自己的一间屋》中虚构了莎士比亚具有惊人天赋的妹妹朱迪思,哀叹她在父权制社会中不可避免的悲剧命运。希斯内罗丝也虚构了美国女诗人艾米莉·迪金森的爱尔兰女仆。作者认为迪金森之所以成为诗人,得益于她富裕的父亲让她接受的教育、父亲留给她的房子让她拥有衣食无忧的自由创作空间以及女仆的伺候。而她那身处下层社会、为生计奔波的爱尔兰女仆在整日的忙碌之后,还有精力和欲望写诗吗?[②] 无独有偶,墨西哥裔女作家海伦娜·伏蒙特也指出:"能掌控我们的经济状况那将是一种极大的幸福,这样就能解放我们的思想,我们的双手来写作。但无可否认的是这只是某些性别、种族和阶级才能享受的特权。"[③]可见,性别、种族和阶级的差别决定了一个人的物质生活和精神生活,决定了一个人的身份和地位。埃斯佩朗莎对房子的追寻折射出她对平等阶级身份地位的向往,代表了众多有相同命运的人们的精神追求。

---

① Cisneros, Sandra. Ghosts and Voices: Writing From Obsession. *The Americas Review*, 1987, Vol. 15: 73.

② Cisneros, Sandra. Notes to a Young(er) Writer. *The Americas Review*, 1987, Vol. 15: 75.

③ Viramontes, Helena Maria. "Nopalitos": *The Making of Fiction. in Breaking Boundaries: Latina Writing and Critical Readings*. Amherst: U of Massachusetts P, 1989: 34.

二、房子:少数族裔的身份追寻

在众多的非裔、亚裔和拉丁裔移民文学中,房子都是一个非常重要的意象。收入低下的移民常常由于工作需要而不停搬家,居无定所。因此拥有完全属于自己的固定的房子是他们长期为之奋斗的目标。只有真正拥有了属于自己的房子,游离在社会边缘的移民才能在白人的国度里站稳脚跟,才能在美国主流文化中获得身份的认同。没有房子,他们像无根的浮萍,在城市里飘荡,没有归属感和身份感。所以,在美国的少数族裔要想真正融入美国社会,获得平等的身份,首先追寻的便是一所自己的房子。

主人公埃斯佩兰莎一家不断迁徙的历史就是墨西哥移民在美国奋斗、搬迁并努力拥有自己的房子的历史缩影。年轻的女主人公就是这一段历史的见证人。"我们先前不住芒果街。先前我们住鲁米斯的三楼。再先前我们住吉勒。吉勒往前是波琳娜,再往前,我就不记得了。我记得最清楚的是,搬了好多次家。"[①]经过长期艰苦的打拼,埃斯佩朗莎一家终于在芒果街上拥有了完全属于他们自己的房子。尽管它"很小,是红色的……窗户小得让你觉得它们像是在屏着呼吸。几处墙砖蚀成了粉……这里没有前院……每个人都要和别人合用一间卧室"[②],但是"芒果街上的小屋是我们的,我们不用交房租给任何人,或者和楼下的人合用一个院子,或者小心翼翼别弄出太多的声响,这里也没有拿扫帚猛敲天花板的房东"[③]。他们终于可以不用看房东的脸色小心翼翼、战战兢兢地过日子,为他们自己和孩子们赢得一个平等、不受侮辱和歧视的生活环境,可以停歇片刻,享受独立而自由的存在。然而,他们很快便发现,这样的房子根本无法让他们获得心理的归属感和真正的身份感。相反,破败的房子凸显他们身份的卑微和边缘化的社会地位。富裕的白人根本不认同他们的身份,也不愿意和他们分享自己的生活空间。一旦有色移民涌进他们的社区,白人就会纷纷地搬离,因为白人认为那些少数族裔的人"闻起来像扫把"[④],他们将对方比作肮脏、丑恶、廉价的物品(扫把)。不仅如此,白人还主

① 桑德拉·希斯内罗斯:《芒果街上的小屋》,潘帕译,译林出版社2006年版,第3页。
② 桑德拉·希斯内罗斯:《芒果街上的小屋》,潘帕译,译林出版社2006年版,第4-5页。
③ 桑德拉·希斯内罗斯:《芒果街上的小屋》,潘帕译,译林出版社2006年版,第3页。
④ 桑德拉·希斯内罗斯:《芒果街上的小屋》,潘帕译,译林出版社2006年版,第18页。

观地将他们视为危险的符号。那一张张棕色的面孔，令白人感到担心、害怕和恐惧。他们深刻地感受到白人对自己身份的严重误读。“那些不明白我们的人进到我们的社区会害怕。他们以为我们很危险。他们以为我们会用亮闪闪的刀子袭击他们。”[①]可见，对于处于社会底层的有色移民来说，无论他们如何努力奋斗，也只能在白人社会的边缘占到一个狭小的空间，狭小得让人不得不屏住呼吸。不仅如此，他们的生活边界也在无形中被圈定在芒果街这个少数族裔的社区。他们不敢轻易接近白人社区，白人也不会轻易踏上芒果街。

房子的状况将移民和白人定格在各自的身份区间。在一次访谈中，希斯内罗丝提到“我过去很羞于把任何人带到那个房子，因为他们看到那样的房子就会把它和我以及我的价值画等号。但我知道那样的房子并不能就代表我。他们看到的只是外表，他们看不到里面”[②]。芒果街上那些衰败、破落的红色房子就和街上的有色移民画上了等号，白人根本就不会走进这样的红色砖房，正如他们也不会真正走进墨西哥裔的移民的生活。

然而，少数族裔群体并未就此接受现实命运。他们一直没有放弃追寻平等种族身份的努力。芒果街上处处可以感受到移民身上涌动的自强不息精神。埃斯佩朗莎父母奋斗，努力去拥有自己的房子，构筑一个稳定的家园；阿莉西娅每天早起，乘两趟火车和一趟巴士，一路奔波上大学，因为她不想一辈子待在工厂里，希望用知识改变自己的命运；杰拉尔多，一个不会讲英语的墨西哥苦力辛苦打工，每周给家里寄回薪水，为家庭生命的延续贡献自己的力量；独自照顾孩子的密涅瓦每晚都坚持写诗，渴望用诗歌文字展示自己的内心思想世界。这些移民就像埃斯佩朗莎家旁的四棵细瘦的树一样，细细的脖颈和尖尖的肘骨，无人关注它们，无人懂得它们，把它们当作残次品。但这些树从不放弃，用顽强的生命意志去迎接一个又一个黎明。作者用深沉的情感为像树一样的他们唱响赞歌：“它们的力量是个秘密。它们在地下展开凶猛的根系。它们向上生长也向下生长，用它们须发样的脚趾攥紧泥土，用它们猛烈的牙齿噬咬天空，怒气从不懈怠。这就是它们坚持的方式。”[③]芒果街上的人都在默默地坚持着，在坚守中追寻平等的身份，在追寻中迸发出坚强不屈的毅力。

---

① 桑德拉·希斯内罗斯：《芒果街上的小屋》，潘帕译，译林出版社2006年版，第34页。

② Jussawalia, Feroza, Reed Way Dasenbrock. *Sandra Cisneros*. Mississippi: University Press of Mississippi, 1992: 286.

③ 桑德拉·希斯内罗斯：《芒果街上的小屋》，潘帕译，译林出版社2006年版，第105页。

埃斯佩朗莎追寻种族平等的方式就是找到一所自己的房子。她过去一直以白人的房子为理想,而且认为这样的房子只是存在于芒果街外。因此,她只有从芒果街走出去,走进白人的社会中,才能找到自己真正的房子。但在小说的结尾,象征着预言的三姐妹的话让她明白:“你永远是埃斯佩朗莎,永远是芒果街的人。你不能忘记你知道的事情。你不能忘记你是谁。”[①]三姐妹的预言揭示了她的文化和种族的根源。它是埃斯佩朗莎永远无法摆脱的、在美国社会中立身和成功之本。也许有一天她会离开芒果街,找到更好的、完全属于自己的房子。她之所以能这样,是写作赋予了她能力。但是,芒果街就是她创作生命的源泉。她又会回到芒果街这个熟悉的地方。而这时候的芒果街,对她来说不再是拘禁的牢笼,而是写作的自由空间和作品的精神之源。芒果街是她永远无法离开和割舍的创造力的一部分。三姐妹提醒她肩上背负的对她的种族和社区的责任和义务。换言之,对自我的追寻不仅仅是个人的事情,也是整个芒果街的使命。因此,她们从更高的层面对年轻的埃斯佩朗莎提出要求:用坚强的文字为芒果街的同胞,尤其是为那些永远无法走出去的、失去声音的女同胞呐喊,在白人社会里赢得一席之地而奋斗不止。

三、房子:女性身份的追寻

在阶级差别明显和种族身份认同被搁置的时代,女性注定要比男人承载更多的不幸。她们不仅受到社会的压迫,还受到男性家庭成员的压制。房子就是集中体现这些压制和迫害的地方。尤其是在父权制的墨西哥文化传统占领的芒果街,家对于芒果街上的女性来说不再是温馨的空间,而是自由和梦想的牢笼。

几代墨西哥裔女性的历史都是一部囚笼生活史,她们年幼时的自由、聪慧与美丽都无一例外地在婚后被专横的丈夫扼杀在狭小的家里。埃斯佩朗莎的曾祖母,曾经是一个自由得像一匹野马一样的女人,结婚后也只能呆在家里,只能“用一生向窗外凝望,像许多女人那样凝望,胳膊肘支起忧伤”[②]。家成了她们理想的坟墓和悲伤的滋生地。埃斯佩朗莎的母亲,天资聪颖,会说两种语言,会唱歌剧,会修电视机,会画画。但嫁人后放弃了这一切,做了一辈子“屋

① 桑德拉·希斯内罗斯:《芒果街上的小屋》,潘帕译,译林出版社2006年版,第142页。

② 桑德拉·希斯内罗斯:《芒果街上的小屋》,潘帕译,译林出版社2006年版,第11页。

里的天使”。她甚至不知道坐哪条地铁去市中心。婚后的生活将她的母亲从天堂扔到地狱。漂亮的拉菲娜每个星期二都被丈夫锁在家里，担心她逃跑，担心她的美丽被别人看到，丈夫却外出玩多米诺骨牌。她丧失了做人的最基本权利，成为丈夫恣意处置的物品。阿莉西娅的父亲认为女人的本分就是睡觉，才能和玉米饼星星一道醒来，为全家人做早餐。女人天经地义地被看成男人的仆人。罗丝·法加斯被一大群孩子困在家里，因为她那毫无责任感的丈夫经常没留一文钱，没丢一个字条就走掉。还有眼圈涂得像埃及艳后的萨莉，每天放学后必须马上回家。萨莉的脸上经常满是青紫伤痕，因为她的父亲像揍一条狗一样用手揍她，他认为漂亮的萨莉会像他的妹妹们一样私奔，使家庭蒙羞。于是萨莉年纪轻轻地便匆匆地结婚了，嫁给了一个她在学校义卖场碰到的推销员。但萨莉很快便发现自己只不过是从专制父亲那里转到了独断丈夫的牢笼中。她的丈夫会发脾气，会用脚踢门。他不让她在电话上聊天，不让她朝窗外看，不喜欢她的朋友。她只能留在家里，呆望着家里的墙壁。表面上，丈夫或父亲视妻子或女儿为天使，但天使的翅膀早已被折断，她们只能在男性圈定的空间里无助地挣扎。

祖母和母亲的命运如斯，同胞的命运如此，埃斯佩朗莎的命运亦是如此。埃斯佩朗莎·科德罗的名字不仅具有浓厚的种族特征，同样也是性别特征极浓的名字。她的姓科德罗的意思是“绵羊”。在传统的墨西哥文化中，女性在社会中毫无地位可言。她们的位置只在家庭中而不是在社会里，相夫教子和操持家务是她们一生的全部生活内容。她们没有话语权和决定权，只是作为男人的附属生存着，只能做温顺而驯服的绵羊。

芒果街上女性的命运让埃斯佩朗莎充分意识到，在男性统治的房子里要拥有自己的一间屋是根本不可能的梦想。她深知，要想冲破父权的钳制，获得身心自由就必须冲出房子的牢笼。正如卡伦·凯普兰指出：

> 我们必须离开家，因为家常常是种族歧视、性别歧视和其他有害的社会行为实施的地方。我们要找到能够安置我们的地方，这个地方能容纳我们的历史、我们的不同，这个地方能将我们从过去中拯救出来，焕发新生。[①]

① Kaplan, Caren. Deterritorializations: The Rewriting of Home and Exile in Western Feminist Discourse. *Cultural Critique*, 1987, Vol. 6, No. 1: 194.

在“我的名字”一节中,埃斯佩朗莎说自己继承了祖母的名字,但不想继承她在窗边的位置。因此,她的理想绝不是在男性主宰的房子里拥有自己的一间屋子。她要从男人的房子中走出去,去追求属于自己的房子:

> 不是哪一个男人的房子。也不是爸爸的。是完完全全的我自己的。那里有我的前廊我的枕头,我的漂亮的紫色矮牵牛。我的书和我的故事。我的两只等在床边的鞋……一个自己归去的空间。[①]

她最终意识到,冲破父权和夫权的房子是女性获得独立自由和真正身份的第一步。因此她们必须重新站起来,勇敢地走出去。

芒果街上少数几个自由抗争的女性为埃斯佩朗莎树立了行动的典范,为她追寻自由平等的性别身份提供了前行的动力。密涅瓦虽然嫁给了一个粗暴不负责任的丈夫,但还坚持写诗和读诗,因为诗歌可以让她在生活的重压下获得短暂的自由,能够让她在自己的精神世界里自由地飞翔。埃斯佩朗莎的婶婶瓜达卢佩虽然病重卧床,但依然鼓励埃斯佩朗莎写诗,因为她知道诗歌可以让埃斯佩朗莎避免重复自己悲惨的命运,可以重塑自己美好的思想世界。阿莉西娅虽然被父亲关在家里,为他准备每天的早餐,但她还是坚持每天乘两趟火车和一趟巴士去上学,因为那是她获得知识力量和自我解放的唯一途径。这些身处逆境中的女性为寻找自我身份所做出的努力谱写了一曲智慧和勇敢的壮歌。

希斯内罗丝在小说的扉页上用两种文字表达了她写作的目的:“A las Mujeres/To the Women”(献给女性)。她就是要为那些永远无法走出芒果街,永远无法发出呐喊的沉默的少数族裔的女性代言。她曾说:

> 读到对我们族群一无所知的人写的作品,或者了解我们族群却不了解女性半边天的男人写的作品,常常令我忍无可忍。我觉得拉丁裔男作家歪曲了拉丁裔女性形象。历史中女性的缺失让我沮丧。一般情况下,尤其是你寻找拉丁裔妇女的信息时,结果无非是说她们是某人的母亲或妻子。[②]

---

① 桑德拉·希斯内罗斯:《芒果街上的小屋》,潘帕译,译林出版社 2006 年版,第 145 页。

② 石平萍:《“奇卡纳女性主义者”、作家桑德拉·西斯内罗斯》,《外国文学》2005 年第 3 期,第 16 页。

作者就是要借助小说中几个坚强不屈的女性命运和言行向男权社会和白人主流社会呐喊，喊出她们女性同胞平等、独立和自由的心声和新声。

小说中的房子既是一个物理空间，将人群进行客观地分类。同时，它更是一个从有形到无形的心理空间，确定人们的思想界限和社会地位界限，将它自身和主人的命运紧密相连。房子——这个对处于美国社会下层的少数族裔的女性有着特别意义的意象，成就了希斯内罗丝独特的创作题材，也让她发出自己种族、阶级和性别的独特声音。她说："这样我就能作为一个他者——一个女性，一个工人阶层的人，一个墨西哥移民的后代发出我的声音，宣告我的身份。"[①]作者的一席话精确地表达了小说的三重主题思想。希斯内罗丝继承并突破和发展了伍尔芙的"屋子"的意象，集中体现她对平等自由的阶级、种族和性别身份三个现实问题的深度思考。她的思考精神和价值取向在多元文化共存、各族裔间平等对话的今天，尤其具有积极意义和现实意义。

（原文发表于《西安电子科技大学学报（社会科学版）》2010 年第 4 期）

① Thomas, Carol. *Contemporary Women Poets*. Detroit: St. James Press, 1998. 63.

族裔女性的身份追求

——析《芒果街上的小屋》

陈　蕾*

（河南工业大学外语学院）

摘　要:《芒果街上的小屋》是美国墨西哥裔女作家桑德拉·希斯内罗丝的代表作,这部著名的女性成长小说描写了西裔移民在美国社会的边缘状态,反映了西裔女性探索自己的文化身份,找寻自我定义,言说自己的权利和地位,对性别、阶级和种族平等的不懈追求。

关键词:西裔文学;《芒果街上的小屋》;族裔;身份

《芒果街上的小屋》(*The House on the Mango Street*,1984)是美国墨西哥裔女作家桑德拉·希斯内罗丝(Sandra Cisneros,1954—)的成名作,她另著有短篇故事集《喊女溪及其他》和诗集若干。在20世纪后期美国重新开始审视族裔、性别等问题的社会、文化氛围里,《芒果街上的小屋》的问世引起了巨大的反响和争论,次年即获得了“前哥伦布基金会”颁发的美国图书奖,进一步推动了美国文学“去中心、多元化”的发展方向。

这部带有自传色彩的小说生动地描述了墨西哥裔小女孩埃斯佩朗莎·柯德罗(Esperanza,英语“希望”之意,西班牙语“等待”之意)决心摆脱传统西裔女性的命运,冲破性别、阶级和种族的樊篱,成为作家的故事。全书作者采用了零散片段式的描写,英语中夹杂着西班牙语,恰如其分地反映了墨西哥裔妇女生活的杂乱无章,支离破碎……这种语言的“杂交”性和叙述的随意性既是墨西哥裔女性文学的一大特点,也恰恰是她们的巨大成功所在。(任文:136)

* 作者简介:陈蕾,讲师,研究方向为英语语言文学。

一、女性形象

著名女权主义者西蒙·波伏娃在《第二性》中指出："在人类的经验中，男性有意对一个领域视而不见，从而失去了对这个领域的思考能力。这个领域就是女性的生活经验。"（波伏娃，1998：171）女性有着男性无法亲历的人生体验，一旦性别意识觉醒后，颠覆男性中心话语，建构女性自己的文学体系成为众多女作家的追求。在《芒果街上的小屋》中，希斯内罗丝深切关注夹缝中的西裔女性生存状况，表达了她对传统价值观的反思和颠覆，奋起反抗根深蒂固的传统文化中那些根深蒂固的轻视女性、以男性为中心的父权制社会的陈腐观念。

美国主流文化中"幸福主妇"的概念和本族瓜达卢尔佩圣母的道德典范使西裔女性受到双重道德观和价值观的束缚。正如希斯内罗丝在一次访谈中提道：

> 我们是在墨西哥文化的熏陶中被抚养长大的，这种文化为我们准备了两个行为榜样：玛琳齐（La Malinche）和瓜达卢佩圣母（La Virgen de Guadalupe）。……这是一条艰难的道路，要么学这个，要么学那个，没有中间的可能性。（Myrna-Yamil Gonzalez：101）

瓜达卢佩圣母象征颠覆男性中心话语、建构属于纯洁、温顺、慈爱、自我牺牲，代表着墨美母系文化的原型，文化和宗教特质使得她成为"穷人的安慰，弱者的保护，被压迫者的救助"，是父权制社会所推崇的女性典范。玛琳齐在墨西哥传统文化中代表背叛、玷污、淫荡，是"坏女人"的标签。作品中作者巧妙运用了儿童视角，塑造了与墨西哥传统文化相抗争的形象各异的女性角色，这些角色无疑都是这两个原型形象的延伸和杂糅：因长得太美而被丈夫囚禁的拉菲娜，星期二总是喝可可汁或木瓜汁的她希望生活里有更甜的饮料；密涅瓦有着两个孩子和一个不停出走的丈夫，屡遭虐待却仍坚持写诗；成天为那个没有留一文钱买大红肠，没丢一个字条解释就走掉的丈夫而哭泣的单身母亲罗莎·法加斯，她带着一大帮孩子艰难谋生……

来自波多黎各的玛琳，一个独自在街灯下跳舞等待中的女人，在等一辆汽车停下来，等一个可以带她到远方大屋的男人。她不让告诉任何人说她要回波多黎各和男朋友结婚，因为他还没找到工作，她还期盼着去市中心找一份真正的工作。虽然因为照看表妹们没法出门，但她总是穿暗色的尼龙丝袜，化很多妆，等婶婶房间的灯熄灭后，就会点上一支烟，玛琳说要紧的是“要让男孩子看到我们，我们看到男孩子”。父权制社会中女性经济上只能处于附属地位，玛琳不得不靠照看表妹们攒钱，但美梦未遂她就被婶婶送回，因为她“太麻烦了”。萨莉想像玛琳一样，让身体成为反抗男性的武器，但最终也没有使她获得自由。描着埃及眼圈的萨莉，“像揍一条狗一样用手揍她”的爸爸说“长得这么美是麻烦事”，因为他认为萨莉会像妹妹一样私奔，使家庭蒙羞。父亲的毒打只能让她选择人生中另外一个陷阱，年纪轻轻还没点准备就和学校义卖场上的推销员到另外一个州结婚了，因为那里在八年级前结婚是合法的，“她说她在恋爱，可我想她这么做是为了逃避”。萨莉说她喜欢结了婚的生活，她的丈夫会给她钱，她可以给自己买东西；除了有时会对她发脾气，可大多数日子还过得去。丈夫不喜欢她的朋友，不让她打电话聊天，甚至不让她向窗外看，萨莉不敢没有丈夫的允许就出门。在男权制的统治下，女性没有自我价值，仅仅为男性而存在；而房子始终是男性的领地，是女性永远无法挣脱的枷锁和羁绊。萨莉不再试图去改变自己的生活，她早已接受了男权制社会对女性的定义。婚前是父亲，婚后是丈夫，他们是家庭生活中女性最直接的压迫者，希斯内罗丝深刻剖析了她们面对族群内部强大的以男性为中心的传统无力反抗的无奈处境，反抗族裔内部的性别压迫成为广大西裔作家的伟大责任。

同名的曾祖母曾是个强大的女人，“野到了不想结婚的地步”，却被曾祖父用麻袋套住头把她扛回了家，如同扛着“一盏新奇别致的枝形吊灯”，从此家埋葬了她所有的梦想和抱负，“用一生向窗外凝望，像许多女人那样凝望，胳膊肘支起忧伤”。埃斯佩朗莎的母亲本可以出人头地，会说两种语言，会唱歌剧，会修电视机，可她不知道坐哪条地铁去市中心，“她过去有时间就常画画。现在她用针和线画画，编织玫瑰花苞”，做了一辈子“屋子里的天使”。目睹了芒果街上女性无法摆脱对男性的依附，没有自我的乏味生活，埃斯佩朗莎拒绝成为玛琳齐和瓜达卢佩圣母，决定做一个新女性：“我是那个像男人一样离开餐桌的人，不把椅子摆正来，也不拾起碗筷来。”

埃斯佩朗莎的婶婶身患不治之症，像“一瓣小牡蛎，一团小肉，躺在打开的壳上，供我们观看”，她等待死亡很长时间了，却因无法照顾孩子和履行妻子的责任而愧疚，而孩子们却想要当回孩子，不想洗碗涮碟，不想给爸爸熨衬衫，丈夫还想再娶一个妻子。“记住你要写下去，埃斯佩朗莎。你一定要写下去。那会让你自由……”这位和瓜达卢佩圣母有着同样名字的婶婶用自己的亲身经历印证了只有教育才能使小主人公找到真正的自由之路。

年轻聪明的阿莉西娅，不想在工厂里，不愿在一根擀面杖后过她的一生，整夜苦学，头一次去大学上学，要坐两趟火车和一趟巴士。一次埃斯佩朗莎对阿莉西娅说，她要飞出芒果街，“除非有人让它变好”才肯回来。“谁来做这事？市长吗？”听到阿莉西娅的反问，埃斯佩朗莎笑了。她决心通过知识来改变自己的命运，要“取一个新名字，它更像真的我，那个没人看到过的我”，拥有一所我自己的房子，“是完完全全我自己的”。芒果街上的女性展现了西裔女性崭新的自我意识，但性别的弱势决定了她们女儿——妻子——母亲的生命历程。埃斯佩朗莎却拒绝接受这样的宿命，虽然她“继承了(曾祖母的)名字”，却坚决不要“继承她在窗边的位置”。在全书四十四节看似互不关联的短小片段的描述中，我们见证了埃斯佩朗莎对芒果街女性被荒废才华的惋惜和对玛琳和萨莉的人生轨迹的审视和扬弃。在白人为主的美国社会里，西裔女性受到白人男性、白人女性和本族男性的三重压迫，她们希望通过自身的努力来打破束缚，不依附任何外界力量而求得女性的身份认同和生存空间。

二、梦想和逃离

埃斯佩朗莎是个喜欢做梦的小姑娘，在追逐梦想的过程中，她开始一点点长大。她渴望成长，渴望去改变芒果街。通过她我们认识了众多芒果街的拉美移民：有“要去继承家宅的法兰西皇后的远远远房表亲”猫皇后凯西走后搬进她家房子的么么·奥提兹一家；有住在么么家地下室来自波多黎各的一家人——路易的表兄偷来一辆黄色卡迪拉克载上小伙伴们兜风最后却以被拘捕收场；还有新来的胖女人玛玛西塔，她不肯下楼也不愿说英语……“玛玛西塔，不属于这里的人，时不时地发出一声哭喊，歇斯底里的，高声的，似乎他扯断了她最后一丝维系生命的线，一条通向那个国家唯一的出路”。她整天坐在窗边收听西班牙语广播节目，唱各种关于她的国家的思乡曲，不停地追问丈夫“Cuándo，cuándo，cuándo?”(西班牙语，是“什么时候”的意思)盼望早日能回到自己墨西哥的家。当听到小男孩开始说话了，开始唱他在电视上听到的百事可乐的广告歌，她对那个操着那种听起来像马口铁的语言在唱歌的孩子说别讲英语，别讲英语，然后泪如泉涌……小主人公的名字“在英语里，我名字的意思是希望。在西班牙语里，它意味着太多的字母……在学校里，他们说我的名字很滑稽，音节好像是铁皮做的，会碰痛嘴巴里的上颚。可是在西班牙语里，我的名字是更柔和的东西做的，像银子……”小主人公希望她的名字是桑德拉或者玛芮查或者是泽泽 X,只要不是埃斯佩朗莎。“希望和等待”“铁皮和银子”,这两组鲜明的对比对应着主流文化和本族文化,“别说英语”和“我的名字”这两则故事诉说了西裔移民对外来文化的排斥和抗拒,言说“族裔”这一复杂的文化和政治问题。围绕着少数族裔的自我认同,女孩爆发了最极端、最彻底的“反话语”的对抗策略——“可我决定不要长大变成像别人那么温顺的样子,把脖子搁在门槛上等待甜蜜的枷链”。“我已经开始了我自己的沉默的战争。简单。坚定。”希斯内罗丝深刻感受到处于美国文化边缘的西裔女性的挣扎与无奈,她们徘徊在本族文化和主流文化之间,渴望对本国文化的建构和自我身份的认同,追寻政治、文化上的平等和自由。在美国主流文化中,少数族裔女性的双重“异己”身份决定了她们“他者”中“他者”的身份和“边缘”中“边缘”的声音。

然而,不论有多少压力,有多少挫折和伤害,埃斯佩朗莎会像她家房子近旁那四棵细弱的小树一样突破砖石的阻挠顽强成长。她每天都和它们对话:“它们的力量是个秘密。它们在地下展开凶猛的根系。它们向上生长也向下生长,用它们须发样的脚趾攥紧泥土,用它们猛烈的牙齿噬咬天空。”小埃斯佩朗莎要长大,有一天要离开芒果街。“有一天我会和芒果说再见。我强大得她没法永远留住我。有一天我会离开。”“有一天我会把一袋袋的书和纸打进包里”,只有知识才能彻底改变自己的命运,“你不能忘记你是谁”,三姐妹的话提醒她所肩负的责任和义务。“我离开是为了回来。为了那些我留在身后的人。为了那些无法出去的人。”离开意味着更有意义的归来,“可我不会忘记我是谁我从哪里来”。埃斯佩朗莎谋求的并不仅仅是个人的发展,作者成功地改写了传统女性的定义,成为具有独立意识的新女性,走出了移民社区的压抑空间。作为具有社会责任感的作家,“写芒果街女人与男人的故事,让白人主流社会听到他们的声音,为改变西语裔的生存状态击鼓呐喊”(石平萍:29)。

《芒果街上的小屋》作为一部少数族裔女性成长小说,读者在这部作品中深切感知到了西裔女性在身处崇尚“高贵血统”和“纯净文化”的白人为主的主流文化中那种被拒绝、被排斥的尴尬而痛苦的境地。埃斯佩朗莎的成长历程蕴含丰富的社会学内容,贯穿着她作为一个被排斥在美国主流社会之外的族裔女性对平等、自由的不懈追求。作家的族裔身份是重要的文化资源,为她书写族裔社区的生活经历提供了独特的视角。

参考文献

[1]桑德拉·希斯内罗斯:《芒果街上的小屋》,潘帕译,译林出版社 2006 年版。

[2]西蒙·波伏娃:《第二性》,中国书籍出版社 1998 年版。

[3]任文:《美国墨西哥裔女性文学——不应被忽视的声音》,《西南民族大学学报(人文社科版)》,2005 年第 6 期,第 134-137 页。
[4]石平萍:《开辟女性生存的新空间——析桑德拉·希斯内罗丝的〈芒果街上的房子〉》,《外国文学》2005 年第 3 期,第 25-29 页。

(原文发表于《名作欣赏》2011 年第 21 期)

第五部分　文化认同与和解

美国墨西哥裔文化中的民间药师及其文学再现*

李保杰**

（北京外国语大学）

摘　要：民间医术和民间药师是美国墨西哥裔社区中的独特文化现象，体现了美洲印第安自然哲学观和天主教信仰的结合。民间药师不仅行医治病，而且在美国墨西哥裔人的文化身份认同中充当着媒介作用，成为连接不同生存空间、不同文化的桥梁。民间药师的形象也是文学再现的重要主题，在美国多元文化背景下，象征着文化杂糅和对差异性的认同，成为美国墨西哥裔人生存智慧的体现。

关键词：美国墨西哥裔文化；民间医术；民间药师；文化杂糅；《保佑我吧，乌勒蒂玛》

引　言

在传统的拉美裔美国人社会，特别是西南部的美国墨西哥裔社区中，民间医术（curanderismo）和民间药师（curandero，女性药师写作 curandera）在社区的医疗保健、传统信仰的维系、传统价值观的传承等方面发挥过相当重要的作用。随着现代医疗手段越来越广泛的采用，民间医术和民间药师在卫生保健方面的作用较以前明显减退，逐渐成为文化表征和文学再现中的一个特定符号，代表多元文化背景下文化的杂糅和墨美人认识自我的途径。民间医术难以得到主流文化群体的认同，因此大多数民间药师的身份往往只对族群内部成员公开，文学叙述成为研究这种文化现象的一个重要途径。拉美裔文学中

* 本文为国家社科项目“当代西语裔美国文学研究”（12BWW048）的阶段性成果及山东大学自主创新项目“中西临终关怀对比研究”（IFW09060）的阶段性成果。

** 作者简介：李保杰，教授，主要从事当代美国文学和美国族裔文学研究。

有大量的文本涉及“民间药师”形象，墨西哥裔作家鲁道夫·阿纳亚(Rudolfo A. Anaya，1937—)、格洛丽亚·安扎尔多瓦(Gloria Anzaldúa)和安娜·卡斯蒂略(Ana Castillo)，古巴裔作家克里斯蒂娜·加西亚(Cristina Garcia)和波多黎各裔作家朱迪斯·卡福(Judith Ortiz Cofer)等都在文学创作中运用了这种文化要素，塑造了形象各异的民间药师，例如阿纳亚的《保佑我吧，乌勒蒂玛》(*Bless Me，Ultima*)、卡斯蒂略的《如此远离上帝》(*So Far From God*)、加西亚的《梦系古巴》(*Dreaming in Cuban*)以及卡福的《太阳界线》(*The Line of the Sun*)。

20世纪90年代，罗伯特·托洛特(Robert Trotter)带领研究团队在德克萨斯州格兰德河谷进行了实地考察，对民间医术和民间药师行医的情况加以总结分析，出版了《民间医术——美国墨西哥裔人的民间医疗》，成为民间医术研究最权威的著作之一。大陆尚没有著作专门论及，零星文献见于文化研究或者美国文学研究之中。(李保杰，2011：169-171)从现实角度来看，鉴于“本族语文化与外语文化的差异对外语的理解和使用有深远的影响，”(程晓堂，2001：68)文化要素的解读对于文学研究具有基础性的指导意义。本文因此从文化研究角度追溯民间医术的来源，诠释民间药师的文化身份和在社区中的文化角色，并结合典型的文本探讨此种现象在拉美裔文学书写中的具体表达，以此加深对此族裔文学的理解。

一、民间医术的界定和来源

民间医术和民间药师是美洲印第安自然哲学与西班牙殖民者的天主教信仰相互杂糅、整合的产物。民间医术本身不是独立的信仰体系，而是宗教信仰和传统医术的混合体，融合了印第安医药知识、印第安人对灵性的信仰、西方医学以及基督教思想这两类迥然不同的文化要素。民间医术的精神慰藉和心理抚慰作用与拉丁美洲其他的文化杂糅现象存在某些相似之处，例如古巴和加勒比海群岛的萨泰里阿教以及海地的伏都教。[①] 相比于其他拉美裔文化分

---

① 萨泰里阿教(Santeria)起源于古巴和巴西等地，后传入美国，由来自西非的黑人结合非洲信仰和西班牙殖民者的天主教而创立，结合了对非洲约鲁巴神的膜拜以及对罗马天主教圣徒的膜拜。流行于海地的伏都教(voodoo，另译为“巫毒教”)起源于西非，在中美洲表现出文化融合的特征，例如其一神教信仰就明显有别于非洲信仰。

支，墨西哥裔人口最多，历史最为悠久，所以民间医术的影响范围更大，民间药师也更具代表性。

“民间医术”和“民间药师”两个词都来自西班牙语中的“curar”，基本意思是“治疗”、“康复”。罗伯特·托洛特对“民间医术”的界定是：“（它是）多种治疗手段的统称，简单的有家用小偏方，复杂的有治疗血栓的精神疗法，无所不包。”（Trotter & Chavira，1997：xv）在美国墨西哥裔文化中，民间药师有男有女，在社区中受到人们的尊敬，但是并不享有任何特权，除了治疗技术之外与其他人没有区别。他们的治疗地点一般设在自己家中，如有需要也会为患者上门服务。他们提供服务时不收取治疗费用，患者大都根据各自的情况以实物相赠，表示谢意。在某些社区中，民间药师的职业呈现出家族化或者世袭化，但是总体来看并不典型。民间药师大都声称自己的力量为上帝所恩赐，非凡的能力与生俱来或者在得到其他民间药师的提点后获得了顿悟；不过运用草药或者按摩正骨等具体技艺往往通过拜师学艺来传承。经过400多年的发展以后，“民间药师”逐渐职业化，并已经演变为特定的文化概念，成为墨西哥裔文化研究的重要方面。

汉语文献中“curandero”翻译成“康复教士”、“民间医师”、“民间游医”或者“巫医”等。这些译法各有侧重，但都未能涵盖该词的准确意义。民间医术与宗教密不可分，民间药师在治疗中大都借助于宗教仪式，但民间医术并不是独立的信仰体系，并且往往被基督教会视为“巫术”或者“异端邪说”，所谓“教士”不够准确。不过，“康复”却是十分贴切，强调了“身体和心智的健全，与自然生态相融相契”（黄心雅，2003：151），因为这些医师即便使用某些超自然的手法，往往是为了解除邪恶咒语、治病救人，这一点与“萨满”相类似，和一般意义上的巫师（brujo/a）有着本质的差别。“民间药师”这种说法同样有其不足之处：并非所有的民间医生都使用草药，根据各自所长具有不同的称呼，最常见的几类为：接生员（partera）、草药师（yerbero/a）、按摩正骨师（sobadores）和能够使用超自然手段的灵媒（medium）。当然，有名望的民间药师往往兼具这几个方面的技艺。

大部分学者认为民间医术具有几个较明确的文化渊源：基督教信仰和仪式、古代阿拉伯人的医学知识以及美洲印第安人的草药知识等。托洛特根据格兰德河谷地区的民间医术，归结出6个来源：基督教信仰、古代阿拉伯人的医药知识、欧洲中世纪以来的巫术、印第安人的草药知识、现代人对灵性和精神现象的信仰以及现代医学。他还提出，善恶对立的思想明显带有基督教文化的色彩，法事中使用的橄榄油和十字架等都是具有典型基督教色彩的物品，因此推断是受西方文化影响的结果，并将基督教视为民间医术的首要来源。(Trotter & Chavira，1997：25)

本文作者对此有不同的观点，因为善恶对立的思想不仅存在于基督教文化中，美洲印第安神话中也有相同的反映。另外，基督教对民间医术妖魔化并加以排斥，这在一定程度上可以确定基督教信仰并非民间医术的首要来源。其次，除了草药和按摩正骨等具体的治疗手段之外，法事和通灵仪式与美洲印第安人中的"典仪"有着一脉相承的联系，例如纳瓦霍人的"吟诵式"就是为了救治生病的部落成员。(邹惠玲，2004：54)民间药师的治病方式与美洲印第安人古老的萨满教和灵性信仰密切相关，如主持跳神活动的萨满是人与神之间的中介者，他们还能够与灵性世界沟通，驱赶邪恶的灵魂、保护部族成员的平安，这些也都是民间药师的特征，故此不能简单地将民间医术归结于欧洲中世纪以来的巫术。(秋浦，1985：5；富育光、孟慧英，1991：109-110)再者，西班牙殖民者来到"新大陆"后，将印第安信仰宣布为"异端"，大肆焚烧印第安医学典籍，并将印第安人种植的数千种药草毁坏殆尽。为了生存发展，部分皈依基督教的民间药师将印第安医术和基督教仪式结合起来，使这种医术在民间保存下来。托洛特也承认，西班牙殖民者征服新大陆后对土著居民实行文化孤立，使得印第安渊源难以追寻。

因而，现在已经很难断定民间医术中有多少成分来自印第安传统或者西班牙殖民者带来的天主教和西方医学知识。由于美洲印第安人相信"万物有灵"，且信仰多神教，所以民间医术中所谓"上帝意志的体现"和十字架等基督教成分无疑是天主教影响的结果。对基督教上帝的信仰是墨西哥裔民间药师与印第安药师的根本差别，从而也证明了民间医术的文化杂糅本质。

二、杂糅身份和媒介作用

民间医术是文化冲突与和解的产物，无论是在行医治病之中，还是在作为一种文化符号的象征意义上，民间药师都代表了多元身份的杂糅，并充当着桥梁与媒介的作用。

民间医术根植于美洲印第安人对灵性世界的信仰，又融合了基督教中上帝至高无上的思想。民间医术一般分为三个层面：物质层面、精神层面和心理层面。第一类药师最为常见，往往使用十字架、草药、橄榄油、鸡蛋等物品，辅以特定的仪式。第二种需借助于灵媒师，治疗时灵媒师进入类似于催眠的状态，与灵性世界沟通，帮助驱赶或安抚致人病患的灵魂，从而重新恢复病人与宇宙的和谐，契合印第安文化中朴素的生态思想。最后一种相对少见，通过类似于心理分析的方法进行心理治疗，主要治疗病人的心理或精神创伤。这几种方法具有共同之处，即身心兼治。路易·利昂(Luis León)在毗邻墨西哥的西南部边境地区对最著名的几位民间药师进行了采访和研究，也认为民间医术强调个人身体健康与自然的和谐，通过"仪式、互惠和交流重建世界的秩序"(León，2004：130)。民间药师在治疗中所强调的自然与人的和谐关系显然是非墨西哥裔主流文化所缺失的。

民间药师对于疾病的认识反映了美洲印第安人的生态思想和自然哲学。根据印第安宗教信仰中"万物有灵"的宇宙观，世间万物的灵性和人类的灵魂相通，自然和人类融汇成不可分割的整体，一旦这种和谐被破坏，人们的身体或者精神就会失去平衡，疾病乘虚而入。人与自然的这种关系从根本上不同于欧洲白人的自然观："墨西哥裔美国人不像白人那样将自然和超自然截然分开，他们认为，自然和超自然的和谐关系是保证人类健康安宁的根本，而不和谐就会导致疾病和灾祸。"(Madsen，1964：68)另一方面，善良与邪恶、阴与阳、物质与精神等矛盾共同构建宇宙这个整体，人是这个整体中的一部分，矛盾双方的和谐共存是宇宙得以正常运转的保证，而这些都是上帝意志的体现。所以，民间药师在使用草药、按摩等手段治疗身体上的病痛时，还需要借助于"法事"等宗教仪式重建人与自然之间的平衡。他们能够通达灵性世界，发挥媒介的作用，为病人解决心理、精神及人际关系等方面的问题，从而达到身心兼治的目的。

民间医术和民间药师曾经在墨美人社区发挥过相当重要的作用，民间药师得到人们的尊敬，接生员往往被视为种族延续的重要守护者。但是，随着墨美文化和主流文化越来越多的接触，民间医术难以得到白人主流社会的认同，往往被视为迷信或巫术，民间药师的身份逐渐被边缘化了。黄心雅认为，这是欧洲人文化殖民的一个方面，即"把印第安文化精髓之心灵信仰神秘化、妖魅化、边缘化"(黄心雅，2003：151)。民间医术和民间药师因此蒙上了一层神秘的色彩，成为"边缘"文化现象。1989 年国家遗产奖得主伊娃·卡斯特亚诺斯(Eva Castellanoz)是当今最负盛名的民间药师，她不仅高调公开自己的身份，为人们治病消灾，而且致力于传统文化的保持和传承。作为民间药师，她的有些做法和教会存在冲突："她已经形成了自己独特的信仰，有些方面和教会有重合，但也存在矛盾。"(Mulcahy，2005：46)尽管她认为天主教已经不适合自己，但是对上帝的信仰、天主教中的象征意象以及基本教义仍旧对她的生活有着重要的影响。卡斯特亚诺斯所体现出的这两种文化要素的融合是民间药师文化杂糅身份的例证。

1991 年,托洛特等研究者在南德克萨斯进行了一项关于“邪眼”(Mal de ojo)①的调查。结果显示:不同族裔的 254 人参加了调查,161 人有过求助于民间药师的经历。(Trotter,1991:121)虽然现在情况有了明显的改变,但是在经济落后、医疗保险覆盖较低的墨美人社区,民间医术仍继续发挥着作用。兰斯福特(Edward Ransford)在 2010 年对拉美裔美国人的就医状况进行了调查,当问及“假如你知道某位知名的民间药师,患病时是否会求助于他”时,近 1/3 的人做出了肯定回答,与持观望和完全否定态度的人数相当。之后调查者调换了概念,不再使用“民间药师”,而是采用“自然理疗师”(sanador 或者 naturalista),调查结果出现了明显的差异:超过半数的受访者给出了肯定了回答,对草药或者按摩等替代疗法持肯定态度,其中 1/4 的人将其列为首选。兰斯福特因而认为,“人们显然不愿意使用‘民间药师’一词……其中涉及的巫术是导致部分受访者态度犹疑的重要原因。”(Ransford et al.,2010:871)可见,白人文化霸权对印第安文化的妖魔化解读明显影响到人们对民间医术的认识,同时也证明了民间药师的尴尬地位:“人们认为‘民间药师’有别于普通人,因而对他们既敬又畏,有人甚至指责他们为巫师,用巫术破坏社会秩序,因此并非所有的人都相信他们的能力。”(Trotter & Chavira,1997:110)这种矛盾的态度反映了民间药师处于文化边界之上的地位,正好契合其作为文化杂糅的象征。

三、文学书写中的民间药师

在现代社会,民间药师的实际作用被弱化了,但是在多元文化语境下,使其文化象征得到了加强,成为墨西哥裔文化研究的一个重要方面。利昂从文化研究角度解读墨西哥裔美国人对瓜达卢佩圣母(Virgen de Guadalupe)、民间医术以及灵性信仰(espiritualismo),认为这些文化要素为生活在文化冲突与整合中的人们提供了一种“应对生活危机的有效而富有创造性的方式”,使他们可以在“歧视、贫穷和没有任何权利保障的情况下存活下去并找到生活的

① 美洲民间文化中,“邪眼”(evil eye)是由于他人的嫉妒而导致的一种疾病。在中东吉普赛人中也有类似的说法。

意义”。(León,2004:5)所以,民间药师除了发挥在社区医疗保健中的作用之外,更多地作为了一种文化符号,其意义彰显于对文化差异性的整合和对边缘文化身份的理解。众多关于民间医术和民间药师的文学书写可以证明这一点。

奇卡诺文学中最典型的民间药师当属阿纳亚笔下的乌勒蒂玛。阿纳亚是新墨西哥作家,善于运用印第安神话和各种民间传说,挖掘其中的原型化形象和象征意义,探讨多元文化语境下墨美人的生存。《保佑我吧,乌勒蒂玛》(*Bless Me, Ultima*, 1972)是他的代表作,乌勒蒂玛已经成为拉美裔文学中的经典“民间药师”形象。特尔·雷沃列多(Tey Diana Rebolledo)从女性主义批评出发研究文学作品中的民间药师,将其视为当代奇卡诺文学中最重要的女性原型形象:

> 和大多数复杂的象征一样,‘民间药师/女巫’兼具积极与消极两种特征……她具有直觉和认知的不同技能,她与自然界的联系和交流尤其重要,因而成为整个奇卡诺文学中的鲜明形象。(Rebolledo,1995:83)

下面以《保佑我吧,乌勒蒂玛》为例,解读“民间药师”的文化内涵。

在小说中,乌勒蒂玛是连接现实世界和灵性世界、基督教和印第安信仰、人类和自然的桥梁,在主人公安东尼奥·马雷斯的成长中发挥了媒介和引导作用。安东尼奥生活在父母所代表的不同亚文化冲突之中:母亲是虔诚的天主教徒,希望安东尼奥长大后献身宗教,守护这片土地;而牛仔出身的父亲则希望他充分享受自由,不要被宗教所束缚。在家庭之外,他还见证了天主教徒和崇拜自然的“异教徒”之间的冲突。在学校里,他受到白人同学的嘲笑,因此困惑于主流文化和墨美文化的矛盾。在安东尼奥迷茫之际,乌勒蒂玛走出大山,来到马雷斯家。之后,在这个有着浓厚西班牙文化传统的小镇上,乌勒蒂玛同马雷斯一家经历了社会转型时期的种种变革。她不仅医治人们身体上的疾患,而且还驱巫除鬼、同邪恶的化身泰诺里奥做斗争,最终通过自我牺牲使得大平原恢复平静。安东尼奥最终具有了包容差异性的智慧,他知道,父亲代表的大海和太阳与母亲代表的大地和月亮实际是不可分割的整体,生存就意味着打破二元对立的矛盾、寻找和解与和谐。雷蒙·萨勒迪瓦尔(Ramon Saldívar)用下面的图表来表示人物之间的关系,突出了乌勒蒂玛作为民间药师的媒介作用:

露纳家族		马雷斯家族
农民	乌勒蒂玛	牛仔
河流	圣母	平原
月亮	母亲	大海
波尔图		帕斯图拉斯

图 1　萨勒迪瓦尔所绘《保佑我吧，乌勒蒂玛》角色关系(Saldívar,1990:111)

乌勒蒂玛是典型的民间药师，兼为接生员、草药师和通灵的萨满巫师。她行医救人，为产妇接生，将一个个小生命迎接到这个世界，安东尼奥就是其中之一。安东尼奥的舅舅卢卡斯得了重病，医生和教士都束手无策，乌勒蒂玛娴熟地运用草药、借助于传统仪式为他治病。这其中既有草药所发挥的实际效用(如卢卡斯喝下汤药、呕吐出了蠕虫)，同时仪式和具有象征意义的人偶发挥了心理暗示和精神慰藉的作用，使病人的身心都重获健康。泰诺斯家里闹鬼，室内的物品被无端摔碎，房顶的瓦片莫名掉落，乌勒蒂玛作为灵媒与灵性世界交流，得知这是枉死的印第安人的亡灵在作祟，她使用法事来安抚亡灵，帮助人们达成与历史的和解。

乌勒蒂玛是自然的化身，代表了美洲印第安文化中的自然生态意识。在她看来，万物都是有灵性的，草木、河流和岩石都包含着人与自然的联系。人们必须接受自然、尊重自然，才能和自然和谐相处，否则便会遭到惩罚。在日常的生活中，她处处表现出对自然和生命的尊重。例如，她上山挖药草时会和大自然交流，解释为了治病救人才将药草挖出来，以此感谢自然的恩赐，请求自然的理解。这些朴素的生态思想包含了印第安人的生存理念，是主流文化所缺失的。乌勒蒂玛的到来使安东尼奥认识到了平原的美，聆听到了淙淙河水与生生不息的大地之间蕴藏的优美旋律，他开始在自然中追寻祖先的足迹，寻找自己的身份与历史认同感：

> 从她的眼里我第一次看到了群山的美丽和绿色河流的魔力……四面八方的平原都汇集在我心中，炫目的白日照耀着我的灵魂。脚下细腻的沙粒和头顶的太阳、天空好像都融为一体，化成了一个奇特的、完整的生命。(Anaya,1994:12)

这种包容差异性的智慧正是力量的来源：“因为乌勒蒂玛能够同时吸收西班牙和印第安传统，她才具有非凡的力量。”(Paredes,1978:102)

另一方面，乌勒蒂玛的这些观念和做法只能得到社区中少部分人的认同，她在社区中的位置契合了民间药师的边缘身份，体现了之前所说的人们对民间药师的矛盾态度。来到马雷斯家以前，年事已高的乌勒蒂玛离群索居，生活在深山中。马雷斯夫妇知恩图报，才将她接来安度晚年。乌勒蒂玛在多年的行医过程中挽救过镇上很多人的生命，只要人们需要，她都会不辞辛苦地跋山涉水前去相助。即便如此，人们对她的态度依旧十分矛盾，大多数人对她敬而远之，有些孩子还偷偷地叫她"巫婆"。

阿纳亚的这部小说成为奇卡诺文学中研究和译介最多的文学作品之一，这在很大程度上得益于乌勒蒂玛这种独特的文化身份，作者因此也获得了"奇卡诺文学教父"的称号。同样，在运用民间医术等文化要素的过程中，墨西哥裔文学也获得了发展的空间。作家和艺术家也充当起"民间药师"的角色，连接起现实和想象、作家个人认知和族裔集体意识、族裔文化和主流文化等不同的方面。劳拉・佩雷兹(Laura E Pérez)从文化和文学的互文性角度，将桑德拉・西斯奈罗斯(Sandra Cisneros)、卡斯蒂略和安扎尔多瓦等作家比作"民间药师"，因为她们的文学书写"在墨西哥裔美国人构建新的美国身份中发挥了精神媒介的作用"。(Pérez，1998：40)可见，"民间药师"已经超越了其本身的职业身份，成为墨西哥裔美国人探寻文化认同感的一个象征，是他们生存智慧的体现。

结　语

纵览民间医术的发展历史和其文本化过程，可以看出：这一文化要素在美国墨西哥裔文化中所发挥的重要作用，既是族裔文化特征的重要体现，也是文学书写的素材，还是文学再现的构建媒介。"民间药师"的概念化和文本化证明了它从职业名称到文化符号的转化，其中所包含的"包容差异性"对于多元文化语境下墨西哥裔美国人的自我认同和身份构建具有建设性意义；其倡导的"自然与人类存在的和谐关系"根植于印第安文化中朴素的生态观，在一定程度上契合了具有现实意义的自然文学思想。

参考文献

[1]Anaya, R. A. *Bless Me, Ultima*. New York: Warner Books, 1994.

[2]León, L. D. *La Llorona's Children: Religion, Life, and Death in the U.S.-Mexican*

Borderlands. Berkeley：University of California Press，2004.

[3]Madsen，W.*The Mexican Americans of South Texas*. New York：Holt，Rinehart，and Winston，1964.

[4]Mulcahy，J. B. The Root and the Flower. *Journal of American Folklore*，2005，Vol. 467，No. 118：45-53.

[5]Paredes，R. A. Special Feature：The Evolution of Chicano Literature.*MELUS*，1978，Vol. 5，No. 2：71-110.

[6]Pérez，L. Spirit Glyphs：Reimagining Art and Artistin the Work of Chicana Tlamatinime. *Modern Fiction Studies*，1998，Vol. 44，No. 1：36-76.

[7]Ransford，H. E. et al. Health Care-seeking Among Latino Immigrants：Blocked Access，Use of Traditional Medicine，and the Role of Religion. *Journal of Health Care for the Poor and Underserved*，2010，Vol. 21，No. 3：862-878.

[8]Rebolledo，T. D. *Women Singing in the Snow*：*A Cultural Analysis of Chicana Literature*. Tucson：University of Arizona Press，1995.

[9]Saldívar，R. *Chicano Narrative*：*The Dialectics of Difference*. Madison：The University of Wisconsin Press，1990.

[10]Trotter II，R.T. A Survey of Four Illnesses and Their Relationship toIntracultural Variation in a Mexican-American Community. *American Anthropologis*，1991，Vol. 93，No. 1：115-125.

[11]Trotter II，R. T. & J. A.Chavira. *Curanderismo*：*Mexican American Folk Healing*. Athen：University of Georgia Press，1997.

[12]程晓堂:《外语教学中的文化主义思潮》,《山东外语教学》2001 年第 4 期,第 68-70 页。

[13]富育光,孟慧英:《满族萨满教研究》北京大学出版社 1991 年版。

[14]黄心雅:《美洲原住民女性书写中的族群医疗:鄂翠曲、席尔柯与安莎杜娃作品里的女性医学》,《中外文学》2003 年第 10 期,第 149-152 页。

[15]李保杰:《当代奇卡诺文学中的边疆叙事》,中国社会科学出版社 2011 年版。

[16]秋浦:《萨满教研究》,上海人民出版社 1985 年版。

[17]邹惠玲:《典仪——印第安宇宙观的重要载体》,《徐州师范大学学报》2004 年第 30 卷第 4 期,第 54-57 页。

（原文发表于《山东外语教学》2013 年第 5 期）

美国奇卡诺族裔身份与文化保留战的象征*

——贡萨雷斯的史诗《我是华金》评析

胡兴艳　袁雪芬**

（中南民族大学外语学院）

摘　要：《我是华金》系美国奇卡诺族裔诗人鲁道尔夫·贡萨雷斯创作的经典史诗。诗歌叙述了各少数族裔在奇卡诺族形成中经历的血腥斗争及其在白人主流社会里的尴尬处境，以及奇卡诺人为保存自己独特的文化、争取与白人同等的权利所进行的长期不懈的抗争。诗歌的主人公"华金"是不断激励自我、寻求自我，进行不屈不挠的奇卡诺人的代表，是奇卡诺人民族身份的象征。

关键词：《我是华金》；奇卡诺；身份；文化保留；象征

在对美国多元文化文学的研究中，中国学者更倾向于关注饱受身心凌辱的黑人的文学与亚裔的文学。但包括小说、诗歌、戏剧、民间口头文学等的奇卡诺文学从20世纪60年代以来就是美国文学中不可缺少的部分。国内只有极少数学者触及了奇卡诺文学。张子清对奇卡诺文学进行了较为概括性的探讨；任文对奇卡诺女性文学进行了研究；王守仁对莫拉莱斯德的英语小说创作进行了全面与深刻的探讨。但他们都没有探讨奇卡诺人的诗歌创作。鲁道尔夫·贡萨雷斯创作于1967年的《我是华金》是第一首由奇卡诺人为本民族写就的史诗。通过宇宙时间观，诗人以第一人称视角，以主人公"华金"之名，叙述了美国少数族裔奇卡诺人光荣和屈辱的历史，以及在白人主流社会中他们窘迫的生存状态，同时也反映了他们不断激励自我，寻找自我的斗争精神。1969年路易斯·瓦尔德兹将其拍成电影，现在该诗歌已成为美国各个高校和中小学研究与学习奇卡诺文学与文化的蓝本。

* 本文为湖北省教育厅人文社科研究项目（QSY09062）的阶段性成果。

** 作者简介：胡兴艳，副教授，研究方向为美国族裔文学；袁雪芬，教授，研究方向为美国族裔文学。

一、奇卡诺民族身份的多重性的象征

"华金"(Joaquin)一词来自英语发音/wä-ˊken/的音译,西班牙语为"上帝制造"之意。在奇卡诺族历史上,有几位杰出的民族英雄,他们都叫华金。华金·米勒(Joaquin Miller,1837—1913)是19世纪美国西部著名的诗人与冒险家;华金·穆里埃塔(Joaquin Murrieta,1829—1853)是一位具有传奇色彩的加州淘金者,据传,因其妻子被白人强奸、兄弟被白人杀害和自己被白人驱赶而组织了自己的匪帮,专门抢劫白人,最后被白人逮捕并处以极刑。诗歌里,"华金"一词蕴含多重意义:(一)上帝之子,和所有人都是平等的;(二)在现代社会里迷失了方向的、自己文化被阉割了、边沿化了的民族;(三)失去了经济战,但赢得了文化生存战的骄傲与自豪的民族;(四)向往自由、为了自由不惜牺牲一切战斗不止的民族;(五)曾经拥有灿烂文明的民族;(六)为美国的荣誉在国内外战争里洒尽鲜血的民族;(七)丧失了土地、文化而充满了忧伤的民族;(八)一个忍受了一切社会不公的民族;(九)一个睡醒了的巨人;(十)一个满眼期待更美好的生活的民族;(十一)一个由多种族裔混合而成、拒绝被英语文化同化、坚守自己文化的新民族。"华金"就是这个由多种族裔混合而成的、拒绝被同化的奇卡诺民族的代名词。

不难看出,诗人眼中的奇卡诺民族(Chicano/a),即广泛意义上的讲西班牙语的墨西哥裔美国人,是由包括印第安人、波多黎各人、墨西哥人、西班牙裔等不同的少数族裔组成的新民族。"奇卡诺"一词源于20世纪三四十年代大批进入美国的墨西哥农民的"墨西哥"(Mesheecan)一词的发音(即墨西哥南部和中美洲印第安各族的纳瓦特尔语的发音)和西班牙语的语法(-cano)的组合。该词最初是对墨西哥移民的蔑称。1846—1848年的墨西哥战争失败后,55%的墨西哥人(即现在美国的西南部各州的人)在不平等条约《瓜达卢佩-伊达尔戈条约》下一夜之间变成了美国人。在白人统治下的一百多年以来,他们一步一步地丧失了一切权力,沦为社会地位低人一等的民族。随着20世纪60年代黑人民权运动的风起云涌,美国西部和西南部的奇卡诺人人权运动也如火如荼。"奇卡诺"的意义也发生了变化,被用来称呼所有讲西班牙语的墨西哥裔美国人以显示其民族特征。以贡萨雷斯为首的民权领袖提出并回答了奇卡诺人的民族身份问题。谈到民族历史时,诗人不无自豪地写道:"我是库敖特莫克/ 自豪高尚/人们的领袖/……我是玛雅王子/我是纳查化勒可哟特勒/伟大的奇奇梅卡斯人领袖/我是科特人的剑与火/暴君/我是阿兹特克文明中的雄鹰与蛇。"[①]现代生活中,诗人描述奇卡诺人的身份时,这样写道:"种族意识/梅吉卡诺/西班牙人/拉丁人/拉丁裔白人/奇卡诺人/无论我怎么称呼自己/我的相貌一样/我的感觉一样/我吼叫一样/且/歌唱也一样。"[②]华金是一个和谐的多民族的混合体的象征。

二、历史长河中奇卡诺族进退维谷处境的体现

诗歌《我是华金》以英语和西班牙语两种文字并排出现在同一文本里,它与传统的英文诗的印刷方式也不一样,"或者"(or)与"和"(and)等词在诗中独立成行,用以引起读者的注意:奇卡诺人与白人处于完全不同的两个世界,但又显而易见,他们不可能完全被局限在两个世界的任何一个世界里。张子清认为:"他们用双语言、双文化视角看待世界,常常具有讽刺意味,使得所表现的情绪复杂化。"[③]"华金"在诗歌的开头就告诉人们:"我是华金/迷失在一个混乱的世界里/被卷入到一个充斥着外国佬的社会的/旋涡/被各种规则弄糊涂,被不同的态度所憎恨/被各种手段所操纵/被现代社会所摧毁。"[④]主人公"华金"对当时的社会感到困惑,也被英语主流文化所憎恨。他把美国主流社会讲英语的人咒为"外国佬",毫不掩饰自己对白人社会的憎恨。

历史上,奇卡诺族的先祖们尽一切可能保住了自己的身份,而他们在经济上彻底被毁灭,正如诗人所述:"我的父辈们/失去了经济战/赢得了/文化生存战。"[⑤]关于自己的民族,诗人以种族遭遇灭绝的后殖民主义视角阐述了"奇卡诺人"一词的含义:它不指印第安人,也不指欧洲人;不指墨西哥人,也不指美国人。它是所有相互冲突的身份的混合体。它曾经受尽了外国侵略者的凌辱:西班牙人以上帝的名义来了,利用了他们的善良,毁灭了他们的一切,但诗歌作者仍然坚称"大地是我的"[⑥]。在殖民者的统治下,那些勇敢的墨西哥人

① Gonzales, Rudolfo. *I Am Joaquin/Yo Soy Joaquin*. New York: Bantam Books, 1972.

② Gonzales, Rudolfo. *I Am Joaquin/Yo Soy Joaquin*. New York: Bantam Books, 1972.

③ 张子清:《多元文化视野下的美国少数民族诗歌及其研究》,《当代外国文学》2005年第6期。

④ Gonzales, Rudolfo. *I Am Joaquin/Yo Soy Joaquin*. New York: Bantam Books, 1972.

⑤ Gonzales, Rudolfo. *I Am Joaquin/Yo Soy Joaquin*. New York: Bantam Books, 1972.

⑥ Gonzales, Rudolfo. *I Am Joaquin/Yo Soy Joaquin*. New York: Bantam Books, 1972.

为了“黄金般的自由时刻”[1]顽强地生活着，抗争着，高喊着：让噶曲宾人（西班牙殖民者）去死，让圣人瓜达卢佩（墨西哥人的保护神）生！[2] 最后他们赢得了独立。但把欧洲文化强加于他们的欧洲牧师们让他们明白了一个永恒的真理：“西班牙人、印第安人、梅斯蒂索混血儿都是上帝之子。”[3]他们最终很大度地接纳了征服他们的西班牙人。可好景不长，美国侵略者来了，雅奎人、他拉胡玛拉人、查木拉人、扎泊特可人、梅斯蒂佐人、西班牙人成了鲜血淋漓的革命“胜利者，失败者，[他们]杀了人也被杀了”[4]。奇卡诺人为了保卫自己的家园奋起反抗，他们的民族英雄华金·牟里艾塔“策马奔驰在圣·华金山上/……所有的人都怕来自华金·牟里艾塔的枪声/[他]杀死了那些胆敢偷[他]矿产的人/……[他]为了生存而杀人”[5]。在墨西哥战争失败后，墨西哥的西北部和北部各州成了美国领土。一个被征服了的民族的自豪感被扼杀，低等民族成为奇卡诺人新的负担。他们再次被征服后忍受了一切，仍然以胜利者姿态出现。但令人尴尬的是，奇卡诺人里出现了叛徒。作者毫不吝啬地批评本民族的软弱：“我看着我自己……/融化在大熔炉里/消失在耻辱里/我有时/出卖我的兄弟。”[6]在 20 世纪 60 年代，奇卡诺民族中有无数的英雄和农场主进行了斗争，遭受过酷刑，流尽了鲜血。为了这个由白人主宰的但并不属于他们的国家，他们的“血流淌在冰块上/在阿拉斯加岛山头/诺曼底弯曲的沙滩的尸体里/外国朝鲜的土地上/现在/流淌在越南”[7]。可是，站在正义的法庭面前时，他们往往被判处有罪，他们拥有的“平等”只是一句空话。

在现代美国社会里，陌生人对他们的生活方式皱眉，他们的艺术、文学与音乐被忽略，他们面对的是死亡的忧伤。他们必须做出选择：要么得到精神胜利，忍受身体的饥饿；要么在美国充满恐怖的社会里苟且偷生，精神荒芜，填饱肚子。与白人世界的同化意味着他们将彻底失去文化身份。

> 我奋斗了很久却一无所有/极不情愿地被拽着/被那可怕的，技术的工业巨人/进步/和盎格鲁式的成功拽着……/我流下悲伤的泪水/我播下

---

① Gonzales, Rudolfo. *I Am Joaquin/Yo Soy Joaquin*. New York: Bantam Books, 1972.

② Gonzales, Rudolfo. *I Am Joaquin/Yo Soy Joaquin*. New York: Bantam Books, 1972.

③ Gonzales, Rudolfo. *I Am Joaquin/Yo Soy Joaquin*. New York: Bantam Books, 1972.

④ Gonzales, Rudolfo. *I Am Joaquin/Yo Soy Joaquin*. New York: Bantam Books, 1972.

⑤ Gonzales, Rudolfo. *I Am Joaquin/Yo Soy Joaquin*. New York: Bantam Books, 1972.

⑥ Gonzales, Rudolfo. *I Am Joaquin/Yo Soy Joaquin*. New York: Bantam Books, 1972.

⑦ Gonzales, Rudolfo. *I Am Joaquin/Yo Soy Joaquin*. New York: Bantam Books, 1972.

仇恨的种子/我退缩到安全地带/……我的自家人的圈子里。①

奇卡诺人处于进退维谷的境地。但他们为了保存自己的文化，宁愿失去经济的繁荣。

三、奇卡诺灿烂古文化复兴的希望

尽管奇卡诺民族经济上落后，但其文化曾经灿烂无比。在西班牙人 15 世纪到达墨西哥前的 12、13 世纪，阿兹特克等民族在墨西哥平原建立起了自己的王国，拥有了自己的城市、文化、文学、艺术、音乐和宗教等。但西班牙殖民者利用土著人的宗教信仰征服了墨西哥，并强迫墨西哥人使用西班牙语，但墨西哥各民族并未屈服于殖民统治者的统治，1810 年打响的独立战争以他们的胜利结束。但几百年的西班牙殖民统治使得土著墨西哥人失去了自己的语言与宗教，他们讲西班牙语，被迫信奉天主教。美国-墨西哥战争的不平等条约最终使墨西哥人失去了土地、金矿、做人的尊严，西班牙语也换成了英语，土著人的文化成了白人取笑的对象，"我的土地失去了/被人偷走/我的文化被强奸/加长了/福利门前的队伍/因犯罪监狱被塞满"②。剩下的只有古老的忧伤曲，诉说着自己的传统文化、新的和旧的传奇故事、令人高兴与悲伤的民族身份。诗人对本民族前途的无限悲伤跃然纸上，"我流下痛苦的眼泪当我看到我的孩子们消失在碌碌无为中/永远不会回头再想起我/我是华金"③。在无限的悲伤绝望中，诗人反复强调"我是华金"，一个受尽凌辱仍然不屈的民族，并号召少数族裔"拒绝同化"。诗人最后发出了愤怒的吼声："为了我的孩子们，我必须战斗，赢得这场斗争，他们必须从我这儿知道我是谁。"④ 20 世纪 60 年代的美国黑人民权运动推动了奇卡诺的民权运动，直到 20 世纪 80 年代，甚至今天，奇卡诺人为争取本民族的一切权力仍在继续抗争。

---

① Gonzales, Rudolfo. *I Am Joaquin/Yo Soy Joaquin*. New York: Bantam Books, 1972.

② Gonzales, Rudolfo. *I Am Joaquin/Yo Soy Joaquin*. New York: Bantam Books, 1972.

③ Gonzales, Rudolfo. *I Am Joaquin/Yo Soy Joaquin*. New York: Bantam Books, 1972.

④ Gonzales, Rudolfo. *I Am Joaquin/Yo Soy Joaquin*. New York: Bantam Books, 1972.

结 语

在诗歌中，作者不断地重复着“我是华金”这句话。作为一个民族的代名词，“华金”象征着奇卡诺人的民族身份，体现了奇卡诺人不屈不挠的斗争精神。我是“华金”——喊出了一个长期受压迫与剥削的民族的心声。如今，40多年过去了，作品仍然深受奇卡诺青年的青睐。它帮助奇卡诺青年清晰地了解自己的民族历史，确认自己的民族身份，保存自己的民族文化。在各民族文化不断受到全球化浪潮席卷和冲击的今天，这一声音仍将不断地激励人们为建设更加民主、平等和正义的社会而努力奋斗。

（原文发表于《吉首大学学报（社会科学版）》2010 年第 4 期）

《梦系古巴》中的文化创伤与文化和解

陈广满　申富英*
（山东大学外国语学院）

摘　要：古巴裔美国作家克里斯蒂娜·加西娅的小说《梦系古巴》是当代拉美裔美国文学中的经典作品。小说通过讲述一个普通古巴家庭离散的家族悲剧透视了古巴革命之后古巴人民经历的文化创伤之痛。《梦系古巴》中，加西娅不仅试图重写被忽略的群体历史，而且极富感染力地描绘了古巴家庭面临的家庭分离、民族对立分裂、身份危机的文化创伤表征，表达了通过文化和解来消除家庭及民族隔阂、愈合民族文化创伤和重建群体身份的诉求。

关键词：《梦系古巴》；文化创伤；创伤根源；创伤表征；文化和解

文学评论家安德里亚·赫雷拉（Andrea O'Reilly Herrera）认为：加勒比海后现代文艺的中心是揭开西方主导的历史文本中的虚假面具并"揭露其阴谋"[借用海登·怀特（Hayden White）的术语]，同时企图重申被西方殖民势力在官方记录中所刻意否定的"'集体记忆'和文化历史"。（Herrera，1997：69）古巴裔美国女作家克里斯蒂娜·加西娅（Cristina Garcia，1958—）的成名作《梦系古巴》（*Dreaming in Cuban*，1992）挑战了西方中心论和文化霸权主义，从古巴普通民众的角度出发重写了古巴历史。小说一经发表就受到了广泛的关注，获得了1992年美国国家图书奖的提名奖，且很快被列入西语裔及拉美裔美国文学经典。

小说以皮诺一家三代的女性为主要的创伤叙述者，讲述了一个普通古巴家庭在古巴革命后的流散经历，并着力描写了因政治和文化信仰分歧而四分五裂的古巴家庭和民族所经历的文化创伤之痛。小说虽以古巴革命为背景，却非按时间顺序叙事记录客观事件的历史小说，它突显了宏观历史之于普通个体和家庭的效应，强调叙事者们经历文化创伤的内心感受。在《梦系古巴》

---

* 作者简介：陈广满，职称不详；申富英，教授，研究方向为英美文学。

中，加西娅指出文化和解和包容是愈合文化创伤、摆脱身份困境的必由之路。

一、文化创伤

文化创伤（cultural trauma）研究起源于因战争、政治和其他灾难而面临身份危机问题的群体特征研究，耶鲁大学教授埃尔曼（Ron Eyerman）将文化创伤总结为“某一事件或灾难对群体未来身份产生的根本且不可逆转的影响，它标志着某一群体身份和意义的骤然消失，它造成社会结构裂痕且对群体凝聚力造成不良影响”（Eyerman，2004：161）。文化创伤是几乎所有移民群体都必须面临的问题，出生在古巴、幼年移民美国的加西娅在接受采访时表示，“作为生活在美国的古巴流亡者群体中的一员，那种既不适应哈瓦那生活又不属于迈阿密的感觉迫使我开始思考自己的身份问题”（Garcia，1992：249）。在《梦系古巴》中，加西娅描绘了生活在古巴革命后文化创伤阴影下流亡美国古巴人的双重边缘化身份困境，以及古巴人家庭分离、民族对立分裂的群体状况，并对造成古巴人民文化创伤的政治根源进行了剖析。

威廉姆·刘易斯（William Luis）在对《梦系古巴》中的古巴历史事件研究后发现，小说的确是以菲德尔·卡斯特罗领导的古巴革命为社会历史背景，而这场革命从根本上改变了古巴的社会历史进程。（Luis，1996：223）1959年古巴革命军推翻了亲美殖民政府的统治，结束了美国对古巴长期的半殖民统治，随后革命的社会主义转向使得古巴成为苏联领导的社会主义国家阵营中的一员，同时成为苏联在美洲对抗美国的前沿阵地。古巴在政治和意识形态陷入了苏美对峙的冷战模式之中，非此即彼（either/or）的冷战思维开始瓦解原本受多元文化影响的古巴社会，因而原有身份丧失、民族对立分裂、家庭分离的文化创伤在所难免。加西娅深刻地体会古巴革命作为政治事件对于古巴社会和普通家庭的巨大影响，她注意到冷战思维衍生出的极左和极右势力正在不断地分裂着古巴民族，意识到古巴人民经历的文化创伤在代际间延续的危险。因而，加西娅在《梦系古巴》中通过皮诺家族在古巴革命前后的经历，指出极左和极右观点的对立是造成古巴人民文化创伤之痛的政治根源，并表达了对这种非此即彼政治模式的质疑和厌恶。

古巴人民间的政治对立得以长期存在实则是对立的美国主流文化通过多种媒体对人们意识形态操控的结果。在小说中加西娅借由第二代古巴移民皮拉尔之口表述了对文化专制和思想控制的反抗。皮拉尔在逃离美国的途中意识到她从未在历史课本上读到过父亲讲述的古巴历史，在历史课上她学到的更多的是查理大帝及拿破仑的一场场战役，她对自己民族的了解无法从被美国主流资本主义思想控制的课本中获取。她意识到无形中早已有人控制了他们应当知道什么、什么才是重要的，“我痛恨那些政客和将军们，他们将一桩桩事强加给我们来构成我们的人生，规定我们的记忆”。(Garcia，1992：138)正是在这样专制的思想文化控制下，无论是流亡美国的古巴人还是坚守在故土的古巴民众在封闭的文化环境下都只能看到部分的事实，他们习惯了主流媒体宣传的对抗和分裂，这也正是文化创伤延续的原因之所在。

二、《梦系古巴》中文化创伤的表征

(一)家庭分离

群体凝聚力的破坏是文化创伤的一个重要表征，而在《梦系古巴》中可以更明显具体地表现在家庭关系的恶化上。苏美尖锐对抗的冷战思维正在意识形态上分裂着古巴民族，也使持有不同政治理想的古巴家庭彼此隔阂甚至永远分离；皮诺一家的经历不是独立存在特殊现象，而是整个古巴民族在这一时期创伤经历的缩影。

皮诺一家因政治信仰分歧而四分五裂的家庭状况首先表现在作为家庭基石的夫妻关系的破裂上。西丽娅与乔治的婚姻并没能给彼此带来家庭归属感和认同感，相反政治信仰和文化信仰的分歧使彼此在精神上深受折磨。西丽娅受幼年成长经历和西班牙情人盖斯塔沃影响，极度渴望一个独立自主的古巴，她认为亲美的古巴殖民政府如同“吸血鬼”一般将人民的财富集中到了美国人和为美国服务的腐败政府手中；然而丈夫乔治则是美国公司在古巴的雇员，他推崇美国主流文化价值观，是亲美政府的支持者。在乔治专制的男权家长统治下，西丽娅不得不压抑对古巴革命的支持和热情，这更促使她对有着共同政治理想的西班牙情人盖斯塔沃的思念。在这样的婚姻状况中，西丽娅想要逃离囚禁她自由意志的婚姻牢笼，乔治则因为付出爱得不到回报而痛苦。

受家庭政治信仰分歧的影响，父母与子女关系的恶化使得皮诺家庭分离的状况更加彻底。乔治对于大女儿鲁迪斯的爱具有明显的政治结盟倾向，他刻意造成鲁迪斯与西丽娅间的误解从而达到对鲁迪斯思想的完全控制；他对与西丽娅关系较亲近的二女儿菲莉西娅和儿子哈维尔则刻意冷漠疏远并拒绝给予父爱。正如加西娅在采访中所说的那样，“政治真实地存在于每一个普通家庭中”(López,1995:108)，由尖锐的政治分歧到政治和情感的结盟和对抗直接导致了皮诺一家四分五裂的家庭悲剧。乔治因为无法面对妻子西丽娅对革命的忠诚，追随大女儿鲁迪斯移居美国并在美国孤独终老；哈维尔因父亲乔治对于社会主义革命的反对，不得不远赴东欧实现自己的政治抱负，并与支持资本主义统治的父亲乔治至死不相往来。二女儿菲莉西娅对政治毫不关心，她试图从萨泰里阿教[①]中寻求精神支持，因而也难免被家庭排斥在外并在极度的孤独无依中死去。西丽娅是皮诺家族中唯一在精神和行动上支持古巴革命的人，她在为社会主义理想奉献热忱时也痛苦地意识到，由于政治信仰的分歧，“她的丈夫将被埋葬在坚硬的异国土地上”，“他们的后代沦为了流亡者”。(Garcia,1992:7)

皮诺家族中母亲西丽娅和大女儿鲁迪斯是政治上极左派和极右派的典型代表，她们分别忠诚于社会主义和资本主义政治理想，同时这种忠诚具有极端的排他性，即完全否认其他政治理想或模式的合理性。在加西娅看来这种家庭和民族层面上政治对立的“本质是非黑即白的，是极端分化而又格格不入的，双方都自诩公平正义，彼此又毫不妥协”(Garcia,1992:250)。幼年时母爱之痛的阴影笼罩了鲁迪斯的一生，而政治分歧造成了她与母亲的最终分离。革命带来的文化冲突加深了西丽娅和女儿鲁迪斯的隔阂，在西丽娅眼中鲁迪斯移民美国是对祖国的背叛，而鲁迪斯每每提及古巴社会主义则愤恨不已，同时她对母亲的革命精神保持尖刻的嘲讽态度。因受各自信仰的支配，西丽娅和鲁迪斯在大海两端的古巴和美国各自守卫着代表自己政治理想的土地，时刻准备着抵御对方支持的敌对势力的入侵，她们母女也永远的被政治和大海分隔疏远。

(二)民族对立分裂

群体凝聚力下降是文化创伤的一种表现，由政治分歧造成的文化创伤在小的群体范围表现为普通古巴家庭的四分五裂，在民族层面上则表现成为极

① 萨泰里阿教，Santeria，一种新兴宗教，起源于古巴和巴西，由来自西非的黑人结合西班牙殖民者的天主教而创立，它结合了对传统约鲁巴神的膜拜以及对罗马天主教圣徒的膜拜。(李保杰，2008:110)《梦系古巴》中二女儿菲莉西娅因极度不幸的婚姻而信奉萨泰里阿教，又因宗教信仰的不同被父亲和姐姐代表的基督徒和母亲代表的无神论者所排斥，最后在孤独中死去。这也体现了古巴在宗教和文化差异上极低的容忍度。

左派和极右派的针锋相对。每每论及政治,西丽娅则一改往日随和包容的形象,她对于亲美派的态度是极端强硬的,她曾认为依附于美国政府而暴富且凌驾于人民之上的亲家在革命胜利后首先应当被绞死。乔治离开古巴后,西丽娅每月都会志愿守卫古巴北部海岸,防止来自美国"叛国者们"的入侵企图。而在大海另一端的纽约,鲁迪斯的面包店是古巴流亡者极右派的聚集点,他们高谈阔论着如何推翻革命政府,他们甚至在面包店大肆庆祝一个主张重建美国—古巴关系记者的惨死。这让受双重文化影响的皮拉尔惊异于政治分歧是如何把母亲和外祖母变得如此不同和极端。

除极左派和极右派互不相容的政治斗争外,民族对立分裂还表现为持有不同信仰(政治、文化、宗教信仰等)和有着不同立场的群体对异己者的排斥和极低的容忍度。对立和彼此不满的情绪存在于古巴家庭甚至整个民族氛围之中,《梦系古巴》中对于古巴公共生活场景的描写较为直接地反映了这一点。在西丽娅居住的圣特雷莎小镇,本应私下处理的家庭情感纠纷发展成了当地300多人集体参与的闹剧,两个女人间的纠纷成了小镇每个观众都下了赌注的对决,参与者们都借此发泄内心对周遭一切的强烈不满。整个审判过程中,"男人和他们的妻子争得面红耳赤,已婚妇女和单身及离异女人互不相让,政治派和非政治派吵得不可开交",这场本不宜在公共场合上演的争吵"成了每个人发泄对家人、邻居、制度和生活不满的借口,旧的伤疤重被揭开,新的伤害接踵而至"(Garcia,1992:114)。政治带来的文化创伤的阴霾正在人与人之间设立更多的屏障,很多古巴人不得不承受来自家庭和外界的孤立和敌对造成的创伤之痛。加西娅用极富讽刺性的口吻描述了盲目而激愤的政治极端分子的可笑和疯狂,同时暗示政治分歧激起的仇恨在民族内部不断发酵,政治极端主义只能给古巴民族带来更多的创伤之痛。

(三)身份危机

家庭分离意味着个体与家人精神连接纽带的断裂,而民族对立分裂则意味流亡海外的古巴移民群体与本族历史纽带的分离,因而,倍受分离之苦的古巴人民尤其是古巴的海外移民不可避免地面临着个体和集体身份危机。身份危机是群体文化创伤的重要表征,加西娅通过《梦系古巴》中对移民美国的古巴家庭身份危机的描述,表达了受文化创伤影响的整个古巴移民群体的身份困惑。

皮诺家族中的信仰冲突使得父母与孩子的关系或紧张断裂或过分依从,家庭中的政治对抗和联盟关系极易造成下一代人身份的扭曲。由于父母关系的恶化，孩子们成了父亲或母亲的精神寄托，同时成为受害者。(李保杰，2008:108)乔治与鲁迪斯之间过于亲密的父女关系多次被隐晦得描写为恋人般的依恋(attachment)。畸形的父爱剥夺了鲁迪斯获得完整的父母爱的权利，也迫使她形成较为单一的价值观和不完整的家庭身份认同，鲁迪斯对于自我和外界的认识和评价过早地被偏见侵蚀。她的思想深受父亲的宗教信仰和政治倾向的影响，她和父亲一样是虔诚的基督教徒，是亲美政府的支持者，同时鲁迪斯在与母亲西丽娅的无神论和革命思想做斗争时，习惯性地把一切与自己信仰相左的东西丑恶化。在女儿皮拉尔的眼中鲁迪斯总是“根据自己的世界观重写历史，重塑每天发生的事件，尽管她的重塑与事实大相径庭，这是有预谋的自欺欺人……她看不到事实真相，她只看到自己想看到的”(Garcia，1992:176)。幼时与父、母扭曲的关系和革命后与母亲关系的恶化使得鲁迪斯不可能获得完整的家庭归属感和身份认同，而这样的童年经历影响了鲁迪斯的一生。

尽管鲁迪斯移居美国后努力在异族文化中寻求身份认同，然而与古巴文化无法割舍的联系注定了她无法完全融入异国主流文化中，无法在异族文化中获得完整的归属感和身份认同。在古巴经历的梦魇让鲁迪斯对美国提供的庇佑心存感激，她选择冬天寒冷的纽约居住下来以便她能忘记一切与古巴炎热相关的创伤记忆，她排斥与古巴文化相关的任何事物，有意识地用美国主流文化的价值观重塑自己，并以同样的标准要求周围的人。成为美国“模范少数族裔”代表的鲁迪斯试图通过“阉割”自己原有的古巴文化身份来愈合心理创伤。然而，由此而来的空虚感和不满足感让她的生活经历了另一番苦痛：女儿皮拉尔为反抗她的精神控制离家出走，丈夫鲁非诺惧怕她无法满足的食欲、性欲和暴躁的脾气与她日渐疏远，父亲乔治的病逝让她丧失了精神上的唯一归属。美国文化给她提供了想象中归属和认同，然而家人和外界对她的疏离甚至怨愤让她感到极度的孤独，对家人和自我的陌生感则是鲁迪斯自我身份意识丧失的表征。

对美国生活和主流文化的难以适应使得不少古巴移民处于既无法回到过去又无力与现实认同的夹缝中，强制重复的创伤记忆不断提醒着他们所失去的一切。曾经忠厚能干的鲁非诺永远无法适应在纽约的生活，他躲在布鲁克林家中的工作间里，拒绝与外面陌生的世界过多的接触，终日郁郁寡欢，而“只有谈到在古巴的过去才能让他焕发活力”(Garcia，1992:138)。他像是自家古巴农场上的一株深深扎根的植物，太依恋故土农场的一切，连妻子鲁迪斯也意识到，“他(鲁非诺)无法被移植到其他地方”(Garcia，1992:129)。因无法适应美国城市生活鲁非诺不再是家庭经济收入的来源，在之后的生活中他逐渐沦为了妻子鲁迪斯发泄性欲的工具，他只能靠逃避现实生活来排遣经济地位和男性尊严丧失的痛楚。美国主流文化无法提供鲁非诺所需要的归属感，他又无意与古巴文化脱离关系，因而只能通过在他的工作间中养殖和发明来祭奠他无法割舍的古巴文化和在古巴的过去。

身份构建的困境是被双重边缘化的少数族裔必然面临的问题，是群体文化创伤的重要表征。作为古巴的第二代移民，皮拉尔两岁便被带离古巴，母亲鲁迪斯试图通过专制的美国主流文化的灌输把她塑造成一个美国人，然而与外祖母共同生活的记忆让皮拉尔对外祖母代表的古巴一直存在想象中的依存关系，在重回古巴之前她一直希望她是属于古巴的。“即便我一直生活在布鲁克林，这里对我来说并不是家。”(Garcia，1992：58)皮拉尔与外祖母亲密的关系让鲁迪斯心存芥蒂，鲁迪斯想尽一切办法切断女儿与西丽娅的精神联系，她企图把自己的喜好强加给皮拉尔从而实现对女儿的精神占有和控制，她试图教会皮拉尔像她一样去怨恨古巴和为古巴革命奉献热忱的母亲，然而皮拉尔用出走来反抗回击了鲁迪斯的精神统治。皮拉尔对于美国主流文化的抗拒更多的源自对母亲思想控制的抗拒，同时因为鲁迪斯拒绝回答女儿有关西丽娅的任何问题，因而皮拉尔只能通过想象填充对于外祖母和古巴认识的空白，而这无益于皮拉尔形成正常的身份认同。对美国主流文化的抗拒，以及现实古巴与想象中古巴的差异将皮拉尔推向了双重边缘化的境地：她既不属于美国也不属于现实中的古巴。

婚姻战争和对立的家庭政治在给夫妻彼此带来伤痛的同时，消磨掉了家庭成员间应有的爱和理解，也造成了下一代独立意志的丧失和身份的不完整。孩子在父母的婚姻战争中往往成了一方用以惩罚另一方的武器，他们被父母一方拉拢为“同盟”并形成了身份上的认同，在独立意志和认知判断尚未完全形成之前，在谎言和有意无意地教唆中本能地憎恶和异化他们共同的“敌人”。年幼的露斯在母亲菲莉西娅与父亲雨果极度不幸的婚姻中早早地意识到了这一残酷的现实：“家庭本质上是政治性的，你将不得不选择站队。”(Garcia，1992：86)不完整的父母爱造成的归属感缺失一直困扰着皮诺家族的后代，信仰不同、意识形态分歧的家庭氛围使得身份认同感的形成以疏离其他家庭成员为代价，皮诺家族成员间的疏离和无意的冷漠使得每一个人都成了精神上的流亡者，心理创伤的体验也在代代相传。小说中政治在无形中左右了每个人的命运，作者加西娅深刻地体会到“爱比政治艰难”(Garcia，1992：252)的事实正带来更多的分离和身份困惑。

三、从文化创伤到文化和解

和解(reconciliation)是加西娅早期小说的一个共同主题。她发表于1997年的《阿吉罗姐妹》(*The Agüero Sisters*),通过另外一种视角展现了被极端信仰分裂的姐妹所经历的支离破碎的人生,其中和解是小说人物重获身份认同和精神归属的唯一出路。(Garcia,1997)古巴裔美国作家露丝·贝哈(Ruth Behar)认为,古巴的社会现实要求更多的古巴人"更加细致入微地看待古巴的复杂情形,合理地看待留在故土和流散在外的古巴人如何在战后余殃分裂的民族中给各自的生活、身份和文化赋予意义"(Behar,1995:2)。加西娅在《梦系古巴》中采用的多角度叙事则较好地呈现了被政治分裂的对立双方各自立场背后的历史现实,创伤叙事的手法使得每个叙述者能够有充足的空间通过讲述各自的创伤体验把历史和现实相连接,加西娅也试图通过展现在读者面前的多种"事实"为对立和分离的家庭、民族提供理解和沟通的桥梁。因而,凯瑟琳·培安特(Kathrine B. Payant)认为:"加西娅的作品无疑带有贝哈所肯定的细致入微和复杂的眼光,由此而来的和解正是贝哈所呼吁和渴望的。"(Payant,2001:164)

古巴长期被殖民的历史使得古巴社会本身受多种文化元素的影响,古巴文化和殖民文化(主要是西班牙和美国文化)在古巴长期共存并共同铸造了古巴历史,共同影响着古巴民众个体和集体意识的形成,因而出于政治目的对任何一种文化的强行抵制都可能造成身份意识的扭曲,使更多的古巴人面临身份构建的困境。因而,加西娅借由小说中皮诺一家第三代核心人物皮拉尔的文化杂糅身份和双边视角表达了文化和解的诉求。加西娅在接受采访时承认,皮拉尔这个充满反叛精神的年轻人其实是她的另一个自我(alter-ego),皮拉尔在小说中的探求和她在现实生活中的探索很相似。(López,1995:107)两岁时被带离古巴在美国主流文化环境中长大的皮拉尔与古巴维持着想象中的依存关系,介于双重文化和意识形态之间的身份和经历使得她拥有了不同于母亲鲁迪斯和外祖母西丽娅的双重视角。皮拉尔在反抗母亲精神控制的成长过程中逐渐形成了较为独立的思考和判断能力,在试图重回古巴寻找身份和归属感的途中,年仅十三岁的皮拉尔开始有意识地抵制那些被扭曲和强加给自己的历史记忆,"谁在选择我们应该知道什么、什么才是重要的?我明白这些事情应由我来决定"(Garcia,1992:28)。这种独立的自我意识使她避免了极左或极右的意识形态的控制,赢得了较为自由的身份形成空间。

成年后对美国文化和古巴社会现实的批判性认识使得皮拉尔将自我身份界定为"古巴裔美国人"(the Cuban-American)。皮拉尔逐渐从作为美国人或古巴人非此即彼的身份选择困境中解脱出来,这个过程也是她与自我身份及双重文化影响和解的过程。皮拉尔对于身份的困惑一直萦绕着她的整个青年时期,直到重回古巴,这个象征文化和解的回归之旅让她最终建立了身份获得了归属。而在此之前,皮拉尔则一直属于被双重边缘化的境地。母亲鲁迪斯的精神霸权和父亲的出轨让皮拉尔厌倦了在纽约的生活,"即便我一直生活在布鲁克林,这里对我来说并不是家。我不确定古巴是否是我的家,但我想弄明白,如果我能再见上外祖母西丽娅一面,我就知道我到底属于哪了。"(Garcia,1992:58)同时与古巴无法割舍的联系和想象中的认同深刻影响了皮拉尔自我身份的形成。她将印有古巴革命领袖切·格瓦拉头像的古巴革命文论集作为圣诞礼物送给母亲鲁迪斯,试图改变母亲对古巴革命者的偏见,促使母亲与古巴革命和解。她在母亲第二个面包店的墙上画了一幅布满尖钉的自由女神像,是作为边缘化族裔对美国主流文化的公然嘲讽。皮拉尔通过对古巴的美好想象来支撑与美国主流文化的对抗,然而回到古巴与外祖母西丽娅的重逢以及对古巴现实的认识让她最终意识到她想象中的古巴根本不存在,"从迈阿密坐飞机 30 分钟就可以飞过来,但这里却是永远无法到达的地方"。(Garcia,1992:219)皮拉尔开始剥除她想象中古巴的华丽外衣,认识最为真实的古巴——贫穷落魄、偏执不自由却人人经济平等,她看到这一切却依然无法否定她的古巴情结和她的古巴裔身份。古巴之行帮助她实现了与真实古巴的认同,也最终促使了她与美国身份的和解。"然而,我早晚都要回纽约。现在我明白,那才是属于我的地方——不是将古巴取而代之,而是与古巴并驾齐驱。"(Garcia,1992:236)

罗西欧·戴维斯(Rocío G.Davis)认为美国少数族裔女性文学的一个共同特点是她们的作品中都包含有爱怨交织的复杂母女关系,其中小说中的母亲往往带有鲜明的文化烙印,她们本身就是群体历史和价值的象征,女儿作为母亲的延续是一种不断完整的存在,她们与母亲以及祖辈女性人物关系的界定影响着她们对于自我族裔文化和身份的形成和认可。(Davis,2000:60)皮拉尔与母亲重回古巴与外祖母西丽娅相见,皮诺一家三代女性所代表的不同的历史和文化价值观由此碰撞,由于各自文化价值信仰的巨大差异,鲁迪斯与母亲西丽娅的和解只能通过她的下一代具有双重文化身份的皮拉尔来实现。在戴维斯看来,"这也正是族裔女性文学无法绕开的一种模式"(Davis,2000:

60)。最终皮拉尔对外祖母记忆和叙事声音的继承则暗含了群体文化断裂后的修复和回归,移民他国的少数族裔也在精神回归的过程中重建身份和愈合文化创伤之痛。

结 语

古巴革命领袖菲德尔·卡斯特罗当政后,年幼的加西娅在古巴至美国的第一批移民潮中跟随父母移民至美国纽约,古巴少数族裔处于主流文化中的失声使得移民家庭在古巴革命动乱中的创伤体验因处于边缘文化而不被重视,西丽娅书写皮诺家族创伤历史则是有意识地从创伤记忆中寻求苦难的根源,抚慰被压抑的民族文化创伤之痛。作为古巴至美国的第二代移民,皮拉尔强烈的寻根意识不仅为皮诺家族代际间创伤的愈合带来了一线希望,同时也抚慰了民族文化创伤之痛。《梦系古巴》展示了极端的政治信仰对于家庭和民族团结的巨大破坏力,西丽娅借皮拉尔的寻根之旅重拾被遗忘的家族记忆和民族历史,试图通过皮拉尔所持有的文化包容态度书写创伤记忆。这种书写避免了文学作为意识形态传声筒的工具性作用,宣泄了被压抑的民族文化创伤之痛,也为古巴裔美国文学摆脱狭隘的民族主义、实现文化和解提供了范式。西丽娅重新书写了历史,"国家—民族的'文本'既非单义性又非单向性的暗示"(Mitchell,1996:55)也为不同文化间的沟通和理解建立了桥梁。

参考文献

[1]Behar, R.*Bridges to Cuba/Puentea Cuba*. Ann Arbor: U of Michigan P, 1995.

[2]Davis, R. Back to the Future: Mothers, Languages, and Homes inCristina Garcia's *Dreaming in Cuban*. *World Literature Today*, 2000, Vol. 74, No. 1: 60-69.

[3]Eyerman, R. The Past in the Present: Culture and the Transmission of Memory. *Acta Sociologi*ca, 2004, Vol.47, No. 2:159-169.

[4]Lopez, I. "…And There Is Only My Imagination Where Our History Should Be": An Interview withCristina Garcia. *Bridges to Cuba/Puentea Cuba*. Ed. Ruth Behar. Ann Arbor: U of Michigan P, 1995: 102-114.

[5]Garcia, C.*Dreaming in Cuban*. New York: Ballantine Books, 1992.

[6]Garcia, C. *The Agüero Sisters*. New York: Ballantine Books, 1997.

[7]Herrera, A. Women and the Revolution in Cristina Garcia's *Dreaming in Cuban*. *Modern Language Studies*, 1997, Vol. 27, No. 3/4: 69-91.

[8]Luis, W. Reading the Master Codes of Cuban Culture inCristina Garcia's *Dreaming in Cuban*. *Cuban Studies*, 1996, Vol. 26, No. 1: 201-223.

[9]Mitchell, D. National Families and Familial Nations: Communista Americans in Cristina Garcia's *Dreaming in Cuban*. *Tulsa Studies in Women's Literature*, 1996, Vol. 15, No. 1: 51-60.

[10]Payant, K. From Alienation to Reconciliation in the Novels of Cristina Garcia's *Dreaming in Cuban*. *MELUS*, 2001, Vol. 26, No. 3:163-182.

[11]李保杰，苏永刚:《克里斯蒂娜·加西娅在〈梦系古巴中的历史书写〉》.《外国文学研究》2008 年第 5 期,第 104-110 页.

(原文发表于《青岛农业大学学报(社会科学版)》2014 年第 2 期)

文化翻译视阈下的《芒果街上的小屋》*

——从《芒果街上的小屋》译文中的注释说起

王　卓**

（济南大学外国语学院）

摘　要：在翻译研究文化转向的驱动下，翻译研究已经成为文学批评的一种有效分析手段。翻译成为参与文学文本构建的一种确切的方式，并因此使文学文本呈现出独特的意境。美国墨西哥裔女作家桑德拉·希斯内罗丝的小说《芒果街上的小屋》被翻译成中文之后，在原文与译文的交互参照下，神奇地呈现出某些全新含义和独特魅力。译文对跨文化交际中的文化缺省所造成的模糊语言的处理，译文中的注释对该作品自传体和成长小说文体特征以及该小说的教育功能起到了显化作用。

关键词：芒果街上的小屋；模糊语言；文体显化；教育功能显化

引　言

《芒果街上的小屋》(*The House on Mango Street*，1983)是美国墨西哥裔女作家桑德拉·希斯内罗丝(Sandra Cisneros，1954—)的成名作。希斯内罗丝是公认的天才女诗人，她的短篇小说也因其精巧希斯内罗丝生动，不拘一格的清新风格而入选《诺顿美国文学选读》一书，并被列入美国的文学教学大纲。不过，真正为希斯内罗丝带来意想不到成功的还是她的半自传体小说《芒果街上的小屋》。这部作品的问世与20世纪后期美国文化界开始逐渐重视族裔问题的社会文化氛围十分吻合，可以说该书的出版恰逢其时，次年即获得了前哥

---

* 本文为山东省社会科学规划重点项目“美国女性成长小说研究”(05BYZ16)的阶段性成果。

** 作者简介：王卓，教授，研究方向为现当代美国文学。

伦布美国图书奖。美国著名的出版社兰登书屋购买到该书的版权后，不但成功地推出了该书的平装本，更积极组织人马将该书翻译成多种文字出版。该书于2006年由译林出版社和凤凰出版传媒集团引进中国并由旅美年轻译者潘帕译成中文。此书一经出版，好评如潮，高居全国畅销书销售排行榜首位达数月之久。[①] 文学名家、评论家陆谷孙、黄梅、沈胜衣、张悦然等人纷纷撰文，或评论或导读，一时间在中国大陆掀起了一阵“芒果街”热和“成长小说”热。然而，遗憾的是，迄今为止，国内还鲜有从翻译角度对该小说进行研究的成果问世。本文将从文化翻译视角透析在跨文化交际中，小说的信息从源文本转换到目标文本，其含义和成长小说的特质所经历的奇妙的文本转化的旅程，并将特别关注在从一个文化空间移入另一个文化空间的过程中，作者的族裔文化话语所经历的变化。同时，本文将从《芒果街上的小屋》译文的注释策略的运用入手，从文化缺省的角度，关注源文本的模糊话语在译文和译文的注释中所经历的变化，并将特别关注注释作为文化翻译策略对小说文体的显化功能。

一、翻译作为文学分析手段

当翻译与文学批评发生碰撞，文学会在翻译中获得什么？这一命题在翻译理论研究与实践的过程中如一个幽灵，不时灵光闪现，出现在翻译者和评论家的视野中，成为一个人们不得不思考的问题。翻译与文学批评的可兼容性吸引着翻译和文学研究不断碰撞，并摩擦出耀目的火花。越来越多的文学批评的视角从锁定原文转变为关注译文，并逐渐成为一种文学文本分析行之有效的方法和途径。美国学者 M. G. 罗斯（Marilyn Gaddis Rose）在其专著《翻译与文学批评：翻译作为分析手段》中指出，在翻译与文学批评的碰撞中，翻译研究起着“引领、跟随并支撑”的作用；“文学翻译也是一种文学批评的形式”，而“翻译所做的就是帮助我们进入到文学的内部”。（Rose，2007：11-13）

---

① 《芒果街上的小屋》是全美大中小学课堂读本，也是托福、雅思试题的题源，在美国的销量已达500万册。根据《新京报》图书排行榜（小说榜），《芒果街上的小屋》2006年在中国的销售排行为第5位，而2006年诺贝尔文学奖得主帕慕克的代表作《我的名字叫红》仅排在第10位。《新京报》2006年度文学好书“致敬词”中这样评价这本小说：“……在一个文学迷失于大众的时代，我们需要来自文学最原始的本真力量，而这正是《芒果街上的小屋》所带来的。有鉴于此，我们授予《芒果街上的小屋》最佳年度文学图书的荣誉，并希望从这本书开始，迎来文学精神的回归。”

关注翻译与文学批评的关系是翻译学研究文化转向(cultural turn of translation studies)的一个显著特点。(Bassnett & Lefevere,1990;Toury,1995;Simon,1996)跨文化交际现象是文学研究和翻译学研究共同关注的核心问题之一,而这种交际在翻译过程中的功能日益彰显出来。学者们认识到翻译已经成为文学生命和文学发展的一个主要动力,是一条文化之间的"差异被感知、保留、投射和描述"的悖论的路径,(Tymoczko,2005:17)是一种文化呈现另一种文化的最重要的方式。正如美国比较文学教授Tymoczko所言,如果民族是"想象的社群",当民族通过带着本民族自我身份认知的群体翻译构建时,民族的表现将不可避免地发生转移。(2005:17)反过来,身份本身取决于对他们的表达不同的认知。从这个角度来看,翻译是一种差异的游戏,是"语言利用自身的修辞性进行一种增补、散播、颠覆、延异和踪迹"(陈永国,2005:2)。翻译所表现的原文与译文、作者与译者、源语言与目的语之间的关系不是对等的再现,而是踪迹的延宕;不是纵向的词语转换,而是横向能指的延异;不是同一性追求的"信",而是重复所要达到的差异。在这个过程中,"翻译的两端由两极对立转变成了横向的空间流动,变成了语言或文化从一地到另一地的旅行"(陈永国,2005:4)。在把原文转化为译文的过程中,所传达的信息并不是等量的,因此产生了意义的差异,而这种差异正是原文在译文中获得再生的前提,也是翻译成为文学批评手段的前提。

翻译是"译文和原文之间的差异来决定的"(Spivak,2001:21)。而这种差异主要是文化的差异,因为从根本上讲,翻译是一种文化活动。文化对翻译的制约既表现在杂拟译文本的选择上,也表现在翻译策略的确定中。根据以色列拉维夫学派学者埃文·佐哈儿(Evan-Zohar)的多元系统论(Polysystem),译者会根据文学的文化地位的不同而采取不同的翻译方法和策略:如果某一文学多元系统十分强大,从而使翻译文学处于一个次要地位,以这个多元系统为目标系统的译者往往会采取归化式的翻译;而如果翻译文学在某一文学多元系统处于主要地位,译者往往采取异化式翻译。(王东风,2004:4)在后现代历史语境中,此种归化和异化的二元对立也不可避免地发生了变异,翻译的策略被越来越多地赋予了政治和意识形态的动因。在后殖民翻译理论中,翻译成为一块"折射的棱镜",曲折地透射出文化间的"差异的神话"。(西蒙,2005:279)在斯皮瓦克等人的翻译理论和实践中,译者成为两个完美身份之间的中介,也就是"文化的掮客"(西蒙,2005:273)。斯皮瓦克主张采用"屈服于原文、突出原文独特的修辞性"的陌生化手法,从而体现出语言的他性。在翻译实践中,斯皮瓦克倡导的是"知识性的接受"的翻译文本,其翻译文本常常带有序、跋和注释等组成部分。(西蒙,2005:283)这意味着从译者的身份来看,“除了传播者,她还是一个批评家,坚持翻译文本的认知和批评功能”(西蒙,2005:283)。斯皮瓦克的翻译哲学和翻译实践在《芒果街上的小屋》的翻译中得到了进一步的实践和印证。

二、《芒果街上的小屋》中的文化缺省与模糊语言

由于作者独特的墨西哥裔文化身份,《芒果街上的小屋》中呈现出十分丰富的文化交互参照现象。这一特点对翻译本身提出了挑战,也注定了译者身份的多元性和复杂性。那么,小说的汉译本又是如何参与到小说的文化参照的构建中呢?

小说译本的一个最显著的特点是,译者为小说文本加了50个注释。这一策略使人想起斯皮瓦克的一贯做法:为译本添加“序”“跋” 和“注释”。用斯皮瓦克自己的话说,这是一种“知识性的接受” 的翻译文本。毫无疑问,这种策略是坚持翻译文本的认知和批评功能外化的体现,并比较直接地解决了翻译中的“文化缺省”问题,(王东风,1997:56)而这一问题是关联理论所无法克服的障碍。正如王斌指出的:“关联翻译原则将原语文化中理想认知模式之一的文化缺省的文化成分一劳永逸地丢在了原语文化之中。”(2000:15)所谓“文化缺省”就是被省略的成分与交际的文化背景有关,这种缺省的内容在原著中往往找不到答案,“因为原著是写给具有共同文化背景和认知心理图式的人读的,由于翻译是跨文化交际,所以译文读者便无法构建起非得由缺省的文化来填充的有效认知图式,以形成语境效果推理,从而达到交际目的”(王斌,2000:15-16)。

《芒果街上的小屋》是在美国文化和墨西哥族裔文化的双重编码中构建的文本,因此,源文本中的文化缺省至少有两个层面:一个是美国文化缺省;另一个是墨西哥族裔文化缺省。文化的缺省势必引起人的认知活动的障碍,从而引起语言的模糊,因为“语言的模糊性产生于人的认识过程”(吴世雄、陈维振,1996:16)。笔者在对源文本和目的文本的比较研究中发现,由于文化缺省而造成的模糊语言十分耐人寻味,而译文及注释对模糊语言的处理更值得关注。根据源文本和目的语的语言模糊特点和属性,我们将其划分为三个不同层面:语言层面、修辞层面和文化层面。(吴世雄、陈维振,2001;邵路,2007)值得注意的是,在《芒果街上的小屋》中,这三种层面的语言模糊又往往交织在一起,

难以清晰剥离。下面本文将从这三个层面对源文本中的模糊语言进行分析,并将特别关注译文中的注释对模糊语言的处理方式和功能。

(一)语言层面的模糊语言

从语言层面来看,模糊语言在源文本中的表现形式主要有语义模糊和语用模糊两种情况。语义模糊又包括词项意义缺乏和指称模糊等不同情形。例如,在"笑声"一节中,有这样一段话:

> (1)Our laughter for example. Not the shy ice cream bells' giggle of Rachel and Lucy's family, but all of a sudden and surprised like a pile of dishes breaking. And other things I can't explain.①

这段话中的"icecreambells" 是颇令人费解的一个表达。从表面看,属于语义模糊,因为无论是"冰淇淋" 还是"铃声",词汇本身的意义都很清楚,但从上下文中却无法确定它们到底用于哪些客体。该句翻译过来就是"冰淇淋铃声",而冰淇淋又怎么会发出铃声呢?因为汉语中没有对应的表达,这似乎是一种词项意义缺乏所造成的语言模糊;然而,从深层次和文化层面来看,这却是一个典型的文化意义模糊的例子。对于这个文化缺省造成的模糊,译者采用了以语义翻译为主的方法,没有对原文进行任何修饰和修正,而是最大限度地保留了英文表达的结构形式,直接译成了"冰淇淋铃声"。为此,译者加了一个注释:"在美国,冰淇淋车几乎成为一种文化象征。销售员们会摇响铃铛在大街小巷招揽生意。"(第 22 页)这种翻译策略一丝不苟地体现了目的语的他性,即积极参与了两种不同文化之间的互动,是典型的斯皮瓦克式的翻译。这种文化间的优美律动在源文本与目的语文本之间快乐地跳动。在"髋骨"一节中,有一个有趣的例子:

> (2)I want to shake like hoochi-coochie, Lucy says. She is crazy. I want to move like heebie-jeebie, I say picking up on the cue.(第 207 页)

hoochi-coochie 和 heebie-jeebie 对中国读者来说均属于较为陌生的表达

---

① 引文见潘帕译桑德拉·希斯内罗丝的小说《芒果街上的小屋》(译林出版社 2006 年版)。以下该小说的中英文引文均出自此双语版本,引文只标注页码,不再一一说明。

方式。hoochi-coochie 是 20 世纪 60 年代在美国流行乐坛有一定影响的布鲁斯乐队，然而对于中国读者来说，这一乐队显然没有达到广泛的认知程度，即使知道该乐队的名称，也未必了解这个乐队演奏的特点是摇滚或身体不停地颤抖这种独特方式。译文把 hoochi-coochie 巧妙地译成了“呼哧库哧”，这样译巧就巧在既模仿了原文发音的“逼真”，保留了原文的拟声词的特点，又显豁了原文的语义，更兼顾了原文的文化含义。“呼哧库哧”的表达在汉语中同样具有拟声词的特点，很自然地让人联想到摇绳跳绳的女孩子上气不接下气的神态。heebie-jeebie 的翻译尽管有些牵强，但考虑到与前文中的“呼哧库哧”对称，译成“希比吉比”也不失为一种不错的选择，在前文的暗示下，在“语言幻想”的作用下，读者也会自然联想到同样摇摆震颤的状态。heebie-jeebie 一词从语言层面来看，属于语义模糊中的指称模糊。该词是一个美国俚语，有“让人起鸡皮疙瘩，肉麻的”含义，同时，这也是一个美国摇滚乐队的名字。那么，在这个语境中，到底是哪种含义呢？译者对该词的音译同样采取了模糊策略，而把消除这种模糊放在了注释中：“hoochi-coochie，20 世纪 60 年代中期流行的一支布鲁斯乐队，其主打歌曲 hoochi-coochiemen 是广泛流传的布鲁斯经典曲目。Heebie-jeebie，一支摇滚乐队名。heebie-jeebie，俚语，指起鸡皮疙瘩，或头皮发麻的感觉。这支乐队演唱时，伴唱动作呈现摇摆或颤抖状。”（第 69 页）当然，这种模糊的消解是相对的，只能是模糊度的改变，因为模糊是绝对的。（石安石，1988；苗东升，1999；吴世雄、陈维振，2001）

语用模糊指的是讲话人在特定的语境中使用不确定、模糊或间接的话语从而达到表达言外之意的作用。在“瞧见老鼠的阿莉西娅”一节中，开篇有这样一句：

(3)Close your eyes and they'll go away, her father says, or You're just imagining. And any way, a woman's place is sleeping so she can wake up early with the tortilla star, the one that appears early just in time to rise and catch the hind legs hide behind the sink, beneath the four-clawed tub, under the swollen floor boards nobody fixes, in the corner of your eyes.(第 184 页)

句中的 tortilla star 即属于语用模糊，tortilla 指墨西哥的一种薄玉米饼，是传统的墨西哥食品，词义固定、清晰。然而，当这一食品名称修饰“星星”一词时，含义却变得模糊起来。尽管“玉米饼”与“星星”在颜色和形状上有某些相似性，但用“玉米饼”修饰“星星”的表达还是充满着陌生感。从上下文中，我们可以大概了解在墨西哥的传统文化中，墨西哥女人所必须承受的传统的角色定位，那就是顶着星星起床，为全家人准备玉米薄饼做早餐。译者把这一表达直接译成了“玉米饼星星”，保留了原文的模糊度。译者的这一译法并非走捷径，而是保留了原文的陌生化表达。tortilla star 是一种典型的儿童心理认知方式，他们由于认知的不成熟，往往机械地把经常反复出现的现象联系在一起。原文中，小女孩阿莉西娅的妈妈早逝，留在她幼小的记忆中的母亲形象是与“玉米饼”和“星星”紧紧联系在一起的。从这个角度来看，突出原文陌生化的译文无疑是成功的。

(二)修辞层面的模糊语言

从修辞层面看，模糊语言的表现形式在于文学修辞意义和修辞手段的运用。例如，在“我的名字”一节中，开篇有这样一段话：

(4)In English my name means hope. In Spanish it means too many letters. It means sadness, it means waiting. It is like the number nine. (第 159 页)

这段文字的内容本身就凸显出语言和文化的差异：我的名字在英语中和西班牙语中有着截然不同的含义，而差异之大令人惊讶，是“希望”和“等待”之间的天壤之别。letter 一词在英语中可作“字母”和“信件”解释。单从语法关系和语义关系无从判断哪一种翻译更符合原文，似乎两个解释都行得通。从修辞层面来看，这种模糊是属于双关语的应用而造成的，是一种修辞意义上的模糊。译文把该词译成了“字母”，但这样做显然没有传达出原文的一语双关的含义，因此，译者又为这个词加了一个注释：“英文单词‘letter’既可以作‘字母’解，也可以作‘信’解。太多的信，意味着等待。通过这层隐义，句子前后意义得以贯通。”(第 11 页)

(三)文化层面的模糊语言

在前文中提到了文化层面的模糊语言，是与语言层面的模糊交杂在一起的。在小说中，独立形态的文化意义上的模糊也不少。在“米饭三明治”一节中，有这样一句：

(5) And I said yes and could I please have a kleenex—I had to blow my nose.(第 201 页)

这里的 kleenex 就属于文化背景的模糊。从上下文可以判断出，kleenex 应该是某种可以擦鼻子的东西，因此可以推断出，kleenex 可能是某个品牌的面巾纸。但对于没有美国生活经历的中国读者来说，没有这种相关的背景知识，具体的美国面巾纸的品牌可能就无从得知了。另外，对于商品的品牌一类的专有名词，不同的时期、不同的国家和地区的译法经常发生历时或共时性的变化，可能正是基于这种考虑，译者采用了模糊的译法，把 kleenex 干脆译成了"面纸"。这种译法显然在一定程度上提高了译文的模糊度，因为从"功能分级系统"的角度考虑，"面纸"属于 2 级，而 Kleenex 属于 1 级。(Tymoczko, 2005:337)但是，译文却考虑到了"存在于不同认知环境中不同的相关的'等级'"(Tymoczko,2005:346)，因此，尽管"面纸"具有一定程度的语义模糊，却符合中国读者的认知程度。然而，为了降低译文中形成的语义模糊，译者为这一词加了一个注释："原文是 kleenex，是世界上最早的面纸品牌，因此，很多美国人保持了把面纸叫成 kleenex 的习惯。Kleenex 品牌到了中国就是'舒洁牌'。"(第 59 页)同样是品牌，在"髋骨"一节中，译者却采用了完全不同的译法：

(6) One day you wake up and they are there. Ready and waiting like a new Buick with the keys in the ignition. Ready to take you where? (第 205 页)

对于这段文字中出现的 Buick 一词，译者毫不含糊地把它直接音译成了"别克"。之所以采用了与 kleenex 截然不同的译法，还是基于文化意义上的考虑。Buick 汽车享有较高的知名度，对于如今的中国读者来说，不具有文化意义上的模糊性，因此，直接的音译既忠实于原文，又没有造成译文的模糊。更重要的是，汽车的品牌对于汽车而言的意义与面巾纸的品牌对于面巾纸的意义是截然不同的。这两种对商品名称的翻译一种提高了源语言的模糊度，一种基本保持了源语言的模糊度，但都取得了不错的翻译效果，并在注释的介入下，取得了一定程度的平衡。

《芒果街上的小屋》中的模糊语言更多地来源于墨西哥族裔文化的缺省和某些作为族裔专用符号的模糊。例如，在"生辰不吉"中，小主人公回忆自己的婶婶时有这样一段话：

(7) Her name was Guadalupe and she was pretty like my mother. Dark. Good to look at. In her Joan Grawford dress and swimmer's legs. Aunt Lupe of the photographs.（第 217 页）

对于中国读者来说，Joan Grawford dress 应该是不陌生的，不会造成文化意义上的模糊。Joan Grawford 是美国最有魅力的女演员之一。她气质高雅，身材修长，尤其是她身穿长裙的形象更是深入人心。该段文字中的另一个名字 Guadalupe 却很容易造成文化意义上的模糊。从上下文来看，Guadalupe 只是婶婶的名字，对于对墨西哥传统文化不了解的人来说，这也只是婶婶的名字。然而，这个名字对于墨西哥人来说却是神圣的，是代表着墨美母系文化的原型——瓜达卢佩圣母。墨西哥裔的美国人崇拜瓜达卢佩圣母，视她为圣洁的母亲。圣母瓜达卢佩体现的文化和宗教特质使得她成为“穷人的安慰，弱者的保护，被压迫者的救助”，是“孤儿的母亲”。(Paz，1967：76)译者采用了音译加注释的方法，一方面保留了这一名词作为“我”婶婶的名字的功能，另一方面也弥补了中国读者的文化缺省。

三、中译本中注释的显化功能

从以上的论述可以看出，注释对于《芒果街上的小屋》的中译本来说，已经成为一个有机的组成部分。这 50 个注释参与了译者翻译的全过程，是一种成功的翻译策略。然而，对于这部小说来说，注释的意义远不仅仅局限于翻译的层面。注释不仅仅是一种翻译策略，而且是对这部小说的自传体和成长小说体裁以及小说的教育功能进行显化处理的有效手段。

（一）注释对小说体裁的显化功能

《芒果街上的小屋》是一部作者半自传体成长小说，全书由 44 个记忆的片断松散地组合在一起。这些片断如同一个少女青春的日记，具有感性、片断性、跳跃性等特点。从叙述的声音来看，主要是一个少女的呢喃之音，然而，通过细读，也不难辨析出成年人不时参与其中的或评论或感慨或唏嘘的声音。这些声音互相质疑、也相互补充，构成了一个“会话网”(泰勒，2006：36)。在这个网络中的所有声音“漫无目的而又潜移默化地对自我发生着影响”(帕克，2005:37)。在这个会话空间构建的是一个成长的自我，这与《芒果街上的小屋》的成长小说特征完全吻合。在这个自我成长的故事中，童年的叙事自我和成年的叙事自我在对过去的记忆的诉求和对现在的反思的互动中，努力构建一个具有道德维度的自我。有趣的是，中译本的注释不时地参与到童年叙事和成年叙事的双重声音当中，成为该小说自传叙事的“第三个”声音。例如，在“男孩和女孩”一节中，叙事的声音就不停地在童年和成年之间漂移：

> (8)她(蕾妮)不能去和法加斯家的孩子们玩，要不然，她会变得和他们一样。既然她跟在我后面来了，她就是我的责任。
>
> 有一天，我会有一个我自己的、最好的朋友。一个我可以向她吐露秘密的朋友。一个不用我解释就能听懂我的笑话的朋友。在那之前，我将一直是一个红色气球，一个被泊住的气球。(第 9 页)

在这段叙述中，表层的声音是童年的“我”对于男孩子和女孩子之间交往和个性区别的理解，然而很明显，有些认知是来源于成年后的“我”的理性思索，比如:“既然她跟在我后面来了，她就是我的责任”就绝不是一个小女孩的思考可能达到的深度；再如，对于朋友的理解，也不是一个童年的“我”可能会总结出来的。最令人玩味的是最后一句话，“在那之前，我将一直是一个红色气球，一个被泊住的气球”。这里的“红色气球”显然是小女孩喜爱的意象，而把自己比作一只“被泊住的气球”显然并不是小女孩的思维方式，而是成年后的“我”对墨西哥女性命运的一种喻指。中译本的注释就在童年“我”的形象思维和成年“我”的抽象思维的空间地带介入了小说的叙事:“在这个故事里，气球是作为逃逸的象征，而‘被泊住’的状态暗示了某种束缚，比如她与蕾妮的关系意味着家庭的责任。”(第 9 页)这一注释仿佛是小说叙事的延伸，揭示出了童年的“我”没有意识到，而成年的“我”不愿意也不方便说出来的象征含义。注释在这里已经融为小说整体叙述的一个有机部分，成为潜藏在小说中的“第三个”声音。正是这个声音的共同参与，才使得《芒果街上的小屋》的自传性和成长性被凸显了出来。我们甚至可以认为这些注释是对小说文体的一种显化和密集处理，注释形成的“第三个”声音构成了对童年的自我认知和成年的自我认知的带有一定距离感的伦理和道德的评判，而这个评判对于成长小说来说是至关重要的。正如杰西卡·本雅明所指出的那样，因为自我的成长需要“一种自我宣示和他人认可的平衡”(帕克，2005:44)，这三个声音共同形成的叙事也许才是理想的叙事模式。《芒果街上的小屋》中译本的注释屡屡扮演着这个对话之网中不可或缺的角色。同为自传体小说，凯洛琳·斯迪曼(Carolyn Steedman)的《好女人写生》(*Landscape for a Good Woman*)曾经明确地阐述了自传体小说的写作目的："使那些被驱逐的人，那些长街中的居民们，能够使用自传性的'我'，来讲述他们的人生故事。"(2002:16)因此，自传体小说的写作目的是通过独特"我"的故事，使其他像"我"一样的人们认识自我，从这个角度讲，中译本的注释直接参与了这一认知过程，并以带有距离感的冷静直言了认知的结果，从而强化了自传体小说的创作目的。因此，我们有理由认为，《芒果街上的小屋》中译本的注释是对这部自传体小说和成长小说特征的显化处理。

(二)注释对小说教育功能的显化处理

《芒果街上的小屋》作为少数族裔女作家的成长小说，其教育功能一直是不容忽视的重要因素。这也是这部小说能够被列入美国文学教学大纲并成为全美大中小学课堂读本的原因之一。中译本的注释显然显化了成长小说的教育功能，同时也彰显了斯皮瓦克所坚持的"翻译的教育作用"(西蒙，2005:283)。50个贯穿始终的注释使这部小书读起来更像一本语文教材。这些注释起到了答疑解惑的作用，从解释生疏的单词，到解析不规范的语法，再到介绍背景知识，仿佛无所不包，最重要的是，原文中的双语书写特点，在注释中得到了解释和强化。双语书写是评论家鲍姆加滕提出的"交互参照"的最直接的体现。[3]"交互参照"最直观的叙事策略就是跨语言的游戏，而这正是当代墨西哥裔美国作家写作的策略之一。正如费希尔所言："也许墨西哥裔美国人的写作最引人瞩目的特征就是跨语言游戏：互扰、交替使用、交互参照；这些东西在其他族群写作中也有，但墨西哥裔美国人将其发挥到最清晰和最戏剧化的水平。"(2006:266)当代墨西哥裔美国作家的作品中都或多或少地出现了英语与西班牙语的双语写作现象。当代墨西哥裔美国作家对这种跨语言游戏的偏爱与他们杂糅的民族身份和特殊的移民经历有很大关系。

如同构成小说的一个又一个记忆的细碎片断一样，西班牙语作为一种文字和文化符号也如细碎的颗颗卵石镶嵌在芒果街狭窄的街道上，也洒落在《芒果街上的小屋》的文本之中：

(9) Your abuelito is dead. Papa says early one morning in my room. Está muerto, and then as if he just heard the news himself, crumples

like a coat and cries, my brave Papa cries.(第 215 页)

译文:你爷爷去世了。有天清晨很早的时候,爸爸到我房里来说。他不在了,说完,他好像自己才听到这个消息一样,人像件外套一样皱缩起来,哭了。我的勇敢的爸爸哭了。(第 75 页)

以上这些句子中的西班牙语好像从小主人公的口中不由自主地流出来,又好像是小说中的人物在情急之下一时想不起合适的英语词汇,于是母语便脱口而出了。悲伤万分的父亲用母语说出了"爷爷",仿佛在母语中寄托了自己无限的哀思;而从口中喃喃而出的 Está muerto,用母语把爷爷去世了这件事情又重复了一遍,仿佛用英语的表达并不能使他自己完全理解这件事情的真正含义。只有在用母语重复了之后,"他好像自己才听到这个消息"。译文把 Está muerto 翻译成"他不在了",是比"去世了"更为委婉的一种表达。同时,译者在此加了一个注释:"此处原文为西班牙文,是对前面一句话意思的重复,渲染出悲伤的氛围。"(第 76 页)父亲对英语的迟钝在述说着墨西哥移民对英语的陌生感和疏离感,同时也使文本传递出更加丰富的言外之意。

这些注释使得阅读小说的过程与学习语言和文化的过程交汇在一起。从这些注释中,读者会学习到诸多经典名著:《爱丽斯镜中奇遇记》《灰姑娘》《格林童话》《瑞普·凡·温克尔》;也会了解美国和墨西哥文化的诸多特色:墨西哥土著文化中,月亮是女人的神、墨西哥第二大城市瓜达拉哈拉是"墨西哥最高贵的城市"、古埃及女王的妆容的特点、卡通片"兔八哥"等等,这些注释起到了辅助阅读的作用,同时也起到了拓展知识的作用,而这些恰恰是语文教材应该具有的功能。可见,中译本的注释考虑到了小说的阅读对象和这部小说在源语言中的教学功用,因此,对这部小说的中译本进行了这方面的显化处理,使得这部作品在目的语中也成为一部具有内在生命力和教育功能的作品。

参考文献

[1]Bassnett, Sysan & Andre Lefevere. *Translation, History and Culture*. London: Pinter, 1990: 1-13.

[2]Paz, Octavio. *The Labyrinth of Solitude*. Trans. Lysander Kemp. London: Penguin, 1967.

[3]Rose, Marilyn Gaddis. *Translation and Literary Criticism-Translation as Analysis*. Beijing: Foreign Language Teaching and Research Press, 2007.

[4]Simon, Sherry. *Gender in Translation: Cultural Identity and the Politics of Transmission*. London: Routledge, 1996.

[5]Spivak, Gayatric. Questions on Translation: Adrift. *Public Culture*, 2001, Vol. 13, No. 1: 13-22.

[6]Steedman, Carolyn. *Landscape for a Good Woman*. Toronto: Scholarly Book Services Inc., 2002.

[7]Toury, Gideon. *Descriptive Translations Studies and Beyond*. Amsterdam: John Benjamins, 1995.

[8]Tymoczko, Maria. *Translation in a Postcolonial Context-Early Irish Literature in English Translation*. Shanghai: Shanghai Foreign Language Education Press, 2005.

[9]查尔斯·泰勒:《自我的根源》,韩震,等译,译林出版社2006年版。

[10]陈永国:《代序 翻译的文化政治》,载陈永国:《翻译与后现代性》,中国人民大学出版社2005年,第1-17页.

[11]大卫·帕克:《自传中的本真叙事和认知叙事》,载杨国政,赵白生:《传记文学研究》,人民文学出版社2005年版,第36-58页。

[12]厄内斯特-奥古斯特·古特:《作为语际间阐释的翻译》,载陈永国:《翻译与后现代性》中国人民大学出版社年2005年版,第327-351页。

[13]迈克尔·M. J.费希尔:《族群与关于记忆的后现代艺术》,载詹姆斯·克利福德,乔治·E.玛库斯:《写文化》吴晓黎译,商务印书馆2006年版,第240-284页.

[14]苗东升:《全方位地探讨模糊语义问题——评〈模糊语义学〉》,《福建外语》1999年第4期。

[15]邵路:《跨文化交际中模糊话语的留存与磨蚀》,《外国文学研究》2007年第4期,第99-104页。

[16]石安石:《模糊语义和模糊度》,《中国语文》1988年第1期。

[17]王斌:《关联理论对翻译解释的局限性》,《中国翻译》2000年第4期,第13-16页。

[18]王东风:《文化缺省与翻译中的连贯重构》,《外国语》1997年第6期,第55-60页。

[19]王东风:《翻译文学的文化地位与译者的文化态度》,《中国翻译》2004年第4期,第2-8页。

[20]吴世雄,陈维振:《论语义范畴的家族相似性》,《外语教学与研究》1996年第4期,第14-19页。

[21]吴世雄,陈维振:《中国模糊语言学:回顾与前瞻》,《外语教学与研究》2001年第1期。

[22]雪莉·西蒙,热尔曼娜·德·斯塔尔,加亚特里·斯皮瓦克:《文化的掮客》,载陈永国:《翻译与后现代性》,中国人民大学出版社2005年第273-286页。

(原文发表于《解放军外国语学院学报》2008年第4期)

西班牙文化与印第安传统的对立与融合

——《保佑我，乌尔蒂玛》新解

石平萍*

（解放军外国语学院英语系）

摘 要:《保佑我，乌尔蒂玛》是美国当代著名墨西哥裔作家鲁道福·安纳亚的代表作。本文将对这部小说的解读重新语境化，指出其再现的时代和创作出版的时代存在着西班牙和奇卡诺文化至上主义的意识形态差异，这一差异决定了小说人物与作者的认同取向存在较大的反差；安纳亚在着力表现笔下人物文化认同的反常与荒谬之时，将主人公托尼的成长展现为逐渐认识和接受印第安传统并将其与西班牙文化融合建构新型文化身份的历程。

关键词:《保佑我，乌尔蒂玛》；西班牙文化至上主义；奇卡诺文化至上主义；文化认同

在美国奇卡诺文学界①，鲁道福·安纳亚（Rudolfo A. Anaya，1937—）享有“当代奇卡诺文学运动的奠基人之一”，“最负盛名、最多才多艺、最多产的墨西哥裔作家之一”，“被研究最多、被文集收录最多的墨西哥裔作家”等美誉。（Olmos，2004:117）他的长篇小说处女作《保佑我，乌尔蒂玛》（*Bless Me, Ultima*，1972）（以下简称《乌尔蒂玛》）是其最著名的作品，也是很少几部奇卡诺

---

* 作者简介：石平萍，教授，主要研究方向为英美文学、文学翻译和比较文学研究。

① 多数学者认为，“Chicano”（奇卡诺）一词起源于20世纪三四十年代，来自墨西哥的纳瓦特尔印第安农业工人发不出完整的“Mexicano”（墨西哥人），美国当地的墨西哥裔就故意夸张地把它念成“Chicano，嘲笑这些贫穷的新移民。六七十年代的奇卡诺运动中，“Chicano”的负面含义被淡化和去除，成为凸显美国墨西哥裔独特身份和文化传统的骄傲的自称。七八十年代，女性主义者不满奇卡诺运动的男性中心主义意识形态，自称“Chicana”（奇卡纳），继而出现“Chicana/o”或“Chicano/a”的统称。本文采用“奇卡诺”这一统称。在文学批评界，狭义的“奇卡诺文学”指的是与奇卡诺运动同步兴起的墨西哥裔文学，广义的“奇卡诺文学”则可以上溯至1848年，乃至16世纪初的西班牙殖民时期。

文学畅销书之一，已被公认为奇卡诺/西语裔文学乃至美国族裔文学的经典作品之一。不难想象这部作品在评论界激起的热烈反响，但将该书与相关社会历史语境联系起来进行文化批评和政治解读的尝试相对较少，且大多否认该小说文本与语境之间的指涉和互构关系，少数持不同观点的评论则存在主题解读和语境化方面的盲点。本文在与已有相关评论对话的基础上，力求对这部作品的意识形态和身份政治内涵进行重新阐释。

一

《乌尔蒂玛》评论大致有四类：(1)“最基本的”主题和体裁研究：评论家普遍认为该书是一部成长类小说，以 20 世纪 40 年代中期美国新墨西哥州瓜达卢佩镇为背景，讲述墨西哥裔主人公安东尼奥·马雷(昵称托尼)6 到 8 岁的经历，涉及心理和精神的成长、自我实现、对个人身份和文化身份的追寻、奇卡诺传统和神话对于精神生活和身心痊愈的重要性、成长过程中导师的作用等主题；(2)所谓的“标准解读”着眼于小主人公所面对的二元对立冲突：父亲家族的游牧生活方式与母亲家族的农耕生活方式、基督教的上帝与异教的金鲤、善与恶、爱与恨、男与女、城镇与乡村等；(第 3 页)“更为常见的解读”运用荣格的神话原型理论或西方文化的其他参照系，或把托尼的成长解释成分离、启蒙和回归等神话仪式的重演，或认定乌尔蒂玛代表着女性原则等，关注该书的普世美学价值；(4)“一些解读”关注作品与其诞生的社会历史语境的关联，涉及时代精神和意识形态，属于文化和政治批评。(Olmos，2000：39-53)

第四类评论数量最少，其中绝大多数人认为该书是一个怀旧文本，以浪漫的、理想化的笔触描写过往的农村生活，与 20 世纪六七十年代起大多聚居于城市的墨西哥裔读者及其现实生活中的矛盾冲突毫无关联。此种观点往往是由第三类评论延伸得出的结论，比如埃克托尔·卡尔德龙认定《乌尔蒂玛》是探讨神话主题、怀旧气息浓郁的罗曼司，“从历史逃向”了一个久远而单纯的“黄金时代”。(Calderón，1986)只有极少数评论肯定该书的现实指涉意义，且多是第二类评论的扩展。比如布鲁斯-诺沃亚着眼于小说中的各项二元对立，认为其意识形态信息是以居中调和的政治应对因坚持二元对立而导致毁灭性冲突的文化强力，指出这一意识形态与六七十年代美国社会“好战的、分裂的”主流政治气候和社会氛围格格不入，属于“尊重所有生物、提倡手足情谊的反文化……如果该书有抵制的对象，那便是渐渐兴起的奇卡诺族裔抵抗话语中的好战倾向。”(Bruce-Novoa,1996:186)霍斯特·汤恩则将这部小说置于两个社会历史语境——小说再现的时代和创作出版的时代——中进行解读:40年代中期的新墨西哥农村处于社会转型期,类似于60—70年代的奇卡诺社区及整个美国社会,小说探讨的“身份形成、冲突调和、以古鉴今”等主题,正是两个时代的共同问题,面对价值危机引起的身份危机,小说提出了拒绝怀旧、面向未来、“顺应变化、建构集体身份”的主张,而托尼与乌尔蒂玛设法弥合社区内部冲突的故事情节“反映了20世纪60年代和70年代早期奇卡诺族裔内部冲突的调和过程,并为此发挥了积极作用”。(Tonn,1987)

本文赞同布鲁斯-诺沃亚和汤恩的基本立场:《乌尔蒂玛》与其诞生的时代存在千丝万缕的关联,并非一个超越历史语境的纯文学文本。但两者在这部小说的主题解读和语境化等方面存在一定的盲点:布鲁斯-诺沃亚只注意到了二元对立与冲突调和的主题,汤恩谈到了身份政治,但缺乏文本分析所提供的必要支持,也没有详细论述顺应变化的具体方式以及身份建构的具体结果;就文本解读的语境而言,两者都聚焦于美国主流社会与奇卡诺社区、WASP主流文化与奇卡诺族裔文化的对立与调和,连奇卡诺族裔的内部矛盾(激进主义与温和主义、分裂主义与同化主义等)也被视为这两对外部矛盾的延伸。这种思路自有其道理,毕竟自1848年美国吞并墨西哥的一半领土(即今日美国的加州、内华达州、亚利桑那州、犹他州、新墨西哥州和科罗拉多州的一部分)、这里的墨西哥人集体沦为美国墨西哥裔开始,这两对矛盾便成为困扰奇卡诺族裔的主要问题,且随着时间的流逝愈演愈烈,最终激化为将政治民族主义与文化民族主义合二为一的奇卡诺运动。另外,小说虽未大肆铺陈,却也借助少量细节(如父亲变换工作、托尼上学、哥哥参战离家),勾勒出这两对矛盾对托尼一家造成的冲击。然而,作为主要的故事情节,托尼的成长经历并不涵括以一个局外人或讲双语者的身份争取在美国主流社会立足的矛盾冲突,连安纳亚本人也强调这部小说并未涉及“盎格鲁-奇卡诺的矛盾斗争”(Dash et al.,1999:155)。

本文认为,《乌尔蒂玛》主要探讨个人身份和文化身份的建构,不仅展示了身份建构的过程,也勾画出了结果。汤恩没有看到后者,原因正是语境化的偏颇;只有把与美国墨西哥裔身份建构相关的历史和当前语境、宏观与微观语境结合起来,才能获得对这一问题的全面、正确的认识。

历史不容割裂,美国墨西哥裔的历史并非始于1848年,而是至少可以上溯至美国殖地时期的印第安文明。1519年,西班牙殖民者赫南·科尔特斯入侵阿兹特克人统治下的墨西哥,西班牙文化与印第安文明、西班牙人与印第安人的碰撞与交汇，产生了现代意义上的墨西哥文化和混血人种。与此同时，弘扬西班牙血统与文化、贬斥印第安血统与文化的殖民价值体系开始生根发芽，1821 年墨西哥宣布独立时，这一价值体系已经根深蒂固，直到拉萨罗·卡德纳斯担任总统期间(1934—1940)，墨西哥人方才接受其印第安传统，并引以为傲。

对于早在 1848 年便与母国分离的美国墨西哥裔来说，族裔认同与文化认同的问题变得更加复杂。面对“盎格鲁社会借助电影和其他传媒创造的恶毒的、残酷的、误导性的”墨西哥人刻板形象与“野蛮的、卑鄙的、背信弃义的”印第安人刻板形象，美国墨西哥裔“不仅被迫蜕去自己的墨西哥特性，更不可能想到自己的印第安文化之根”，肤色白皙者干脆假冒白人，深肤色的混血儿只能声称“我的祖先是西班牙征服者；我们是西班牙裔美国人、西班牙人”。(Anaya and Lomelí，1989：94，97)在文化认同上，他们只有两种选择：或被 WASP 文化同化，或以西班牙文化至上主义(Hispanicism)抵制同化。

在安纳亚土生土长的新墨西哥州，因其作为西班牙殖民地的历史长过西南部其他各州，西班牙文化至上主义最为深入人心：

> 美国西南部各州中，新墨西哥对其西班牙文化遗产最感自豪。自 1598 年胡安·德奥尼亚特建立殖民地以来，新墨西哥人一直致力于保护和弘扬其西班牙文化传统。新墨西哥的西班牙文化至上主义明显地流露出族裔和地区自豪感，同时也是一种文化政治，是反击盎格鲁美国人广泛散布针对墨西哥人和墨西哥裔的不满情绪的后果。在盎格鲁美国人眼里，西班牙人是最卑微的欧洲人，但比美国历史研究和通俗小说中那些背信弃义、懒惰无能的墨西哥混血杂种要高贵得多。(Paredes，1988：803)

二战爆发之后，成千上万的墨西哥裔美国人或移居大城市从事与国防相关的工作，或参军上前线，无形中加快了被 WASP 文化同化的趋势。但 20 世纪 50 年代盛行的同化主义并未给他们带来政治、经济和社会地位的根本改善，积微成著的幻灭感持续发酵，最终演变成 60—70 年代的奇卡诺运动。1969 年 3 月，美国第一届全国奇卡诺青年解放大会通过《阿兹特兰精神计划》，宣告奇卡诺运动致力于“以印欧混血人种和土著文化复兴为基点，建构和颂扬一种新型族裔身份”，在此基础上强化族裔认同，全面清算美国社会对奇卡诺族裔的政治压迫、经济剥削和文化消音。(Caminero-Santangelo，2004：115)具体到文化认同，奇卡诺运动推行奇卡诺文化至上主义，宣称印第安祖先和墨西哥祖先(偶尔包括西班牙祖先)的文化传统决定了奇卡诺文化的独特性和优越性,彰显面对 WASP 文化的自信心和自豪感。

在新墨西哥,墨西哥裔也开始认可其印第安祖先,彰显其印第安血统和文化。据安纳亚自述,他在 1963—1970 年间潜心创作《乌尔蒂玛》,但时刻关注着奇卡诺运动的进展;从 1966 年起他结交了一些印第安友人,因此感受到体内"土著灵魂的颤动";1971 年,《乌尔蒂玛》的手稿荣获奇卡诺文学的最高荣誉"昆托·索尔文学奖",翌年出版,风靡整个墨西哥裔社区,安纳亚由此"与奇卡诺运动建立联系",成为奇卡诺文艺复兴的中坚人物,深知"在奇卡诺运动的高潮期,来自前哥伦布时期阿兹特克人统治下的墨西哥的神话、传说和象征开始成为奇卡诺诗歌和思想非常重要的组成部分"。(Anaya,1990:379-384)换句话说,安纳亚的文化认同和文学创作都与弘扬土著传统和身份的奇卡诺意识形态非常契合。

如上所述,就文化认同和身份政治而言,从 1848 年到《乌尔蒂玛》出版的 1972 年,以 20 世纪 60 年代初为分界线,美国墨西哥裔社区,尤其是新墨西哥,经历了从西班牙文化至上主义占主导地位到奇卡诺文化至上主义日渐盛行的意识形态嬗变。当然,这一嬗变的根本原因是美国主流社会与奇卡诺社区、WASP 主流文化与奇卡诺族裔文化的对立与冲突,布鲁斯-诺沃亚和汤恩的解读也正是倚赖这一大的框架,但他们忽略了 1848 年以前的殖民历史和新墨西哥的特殊性,没有意识到西班牙文化与印第安文化的矛盾对立一直存在于美国墨西哥裔的身份政治中,且在上述主要矛盾愈演愈烈的同时,这对次要矛盾的两个对立项之间发生了调和与转化,笔者认为,后者才是正确解读《乌尔蒂玛》身份政治的社会历史语境。

二

在《乌尔蒂玛》所再现的新墨西哥州瓜达卢佩镇,20 世纪 40 年代中期,因二战而渐渐兴起的 WASP 文化同化主义虽然造成了一定的冲击,但源自殖民时期的西班牙文化至上主义依然根深蒂固。在日常生活中,居民依旧说西班牙语,信仰天主教,自豪地宣称自己是西班牙征服者或墨西哥殖民者的后裔,一如既往地歧视印第安人,几乎形同种族隔离。叙述者特意提到,偌大的瓜达卢佩镇,只有一个印第安人,而且没有具体的姓名,被镇上其他居民称为"贾森的印第安人",他守着印第安人的古墓,独自住在山洞里:"贾森的父亲禁止贾森和这个印第安人聊天，他为此打过贾森，想尽办法不让贾森接近他。但贾森根本不听话。”(Anaya 1972：9；以下引自该书的部分只注页码)这些细节表明，这是一个纯种印第安人，但受到镇上非印第安人的排斥，属于被边缘化的他者。叙述者把托尼的肤色描述为“棕褐色”，暗示他属于印欧混血人种，但托尼的父母从不认为家族与印第安人同根同源，(第 9 页)父亲不仅言必称“祖先是西班牙征服者”，其推崇的生活方式亦“好动如他们航行的海洋，自由如他们征服的土地”，(第 6 页)母亲也说，祖先“在墨西哥政府拨赠的土地上建立殖民地。殖民的头领是一位神父”，其安稳、虔诚的农耕生活传统保持至今。(第 49,27 页)值得玩味的是，他们了解新墨西哥的历史，对墨西哥殖民者 1848 年后反被盎格鲁美国人剥夺土地和自由的惨痛经历有着切身的体会：

> 第一批开拓者中有牧羊人。后来他们从墨西哥进口了牛群，成为牛仔……在这片从印第安人那里得来的原始、荒凉的土地上，他们是最早的牛仔。随后，铁路修进来了。带刺的铁丝网架起来了。民歌、柯利多民谣变得悲伤起来，德克萨斯的人与我们的祖辈短兵相接，带来了血腥、谋杀和悲剧。人们失去了家园。有一天他们环顾四周，发现自己被包围了。他们熟知的土地和天空的自由消失了。这些人没有自由就活不下去，于是他们收拾行装，向西迁移。(第 119 页)

相同的血脉，相似的境遇，却不足以在美国墨西哥裔与美洲印第安人之间建立认同。托尼的父母刻意强调祖先是殖民者，而非被殖民者，除了心理的慰藉，更深层次的原因在于殖民意识形态，即白人至上主义的内化。无论是族裔内部的西班牙文化至上主义，还是主流社会的 WASP 文化霸权，都是建立在将印第安人他者化的基础之上。

对印第安人的他者化导致墨西哥裔的文化实践与文化认同出现极大的偏差。一个典型的例子便是同样有着“棕褐色”肌肤的民间药师乌尔蒂玛。民间药师的行医实践根源于普韦布洛、那瓦霍等各印第安部落的古老宗教，这些部落早在西班牙和墨西哥殖民者入侵之前就生活在美国西南部，虽然种族融合是不可避免的趋势，但印第安人的文化传统没有被埋没，而是与西班牙文化或墨西哥文化结合起来，存在于当代社会。(Kevane，2003：42)但在乌尔蒂玛的认知里，她的医术并非印第安文化的一部分，而是属于纯正的西班牙文化。在向托尼传授草药知识时，她说：“我们与北河的印第安人采制相同的药草和药物。她还说起其他部落的古老医药，有阿兹特克人、雅人，甚至还有古老的故国里摩尔人的医药。"(第 39 页)显然,在她眼里,"我们"是正统的西班牙人的后裔,而北河的印第安人、墨西哥历史上的阿兹特克人和玛雅人以及西班牙历史上的伊斯兰民族摩尔人,都是非我族类。在安纳亚的人物构思中,乌尔蒂玛是一个墨西哥裔族裔文化的象征符号,代表着西班牙文化传统与"土著经验世界"的融合,但由于戴着意识形态的有色眼镜,她看不到自身的文化混杂,其中的反讽颇为耐人寻味。(Olmos,2000:40)托尼的母亲也是如此。她笃信的瓜达卢佩圣母是"第一个黑肤混血圣母",西班牙天主教本地化的产物。(Kevane,2003:43)然而,尽管全家"都知道瓜达卢佩圣母在墨西哥向一个印第安小男孩显圣的故事",却无人承认她与印第安文化的关联。(第 43 页)更极端的例子是托尼的父亲。他认为给人的自由与不朽灵魂提供滋养的是"高贵的广袤的土地和空气以及白净的天空";他亦明确表示喜欢印第安人的火葬仪式,不赞同用棺材埋葬的天主教模式,因为前者是人死后"回归自然的好方法"。(第 220,224 页)这种对大自然的膜拜与印第安人如出一辙,然而他似乎没有意识到这一点,反倒对印第安文化横加贬斥。比如,孩子们在学校里学会使用"gosh""okay"等英语口语词汇后,他竟有如下反应:"教育对他们有什么好处,他们只学会像印第安人那样说话。"(第 50 页)

究其原因,在于西班牙文化至上主义以对印第安人的他者化为前提,致使小说中众多人物对其血统和文化中的印第安成分或有意拒斥,或浑然不觉。安纳亚受到奇卡诺运动意识形态的启蒙,自然可以看到其中的反常与荒谬,故而借助反讽着意加以展示,并通过故事情节的安排,曲折表达出与小镇居民迥异的意识形态背景和身份认同取向。在小说的后半部,乌尔蒂玛与特雷门蒂纳一家的正邪大战殃及黑水牧场的泰莱兹一家,特雷门蒂纳姐妹下咒召来的三个科曼奇印第安人的鬼魂,频频侵扰他们的生活。对此乌尔蒂玛解释道:

> 很久以前,黑水牧场是科曼奇印第安人的土地。后来,从西班牙定居点来了做易货贸易的商人,之后是赶着牛羊的墨西哥人——多年以前,三个科曼奇人袭击了一个墨西哥人的牛羊,这个人就是泰莱兹的祖父。泰莱兹叫来了邻近的墨西哥人,吊死了三个印第安人。他们把三具尸体挂在树上,没有按照印第安人的习俗埋葬他们。于是,三个印第安人的鬼魂只能在牧场上游荡。下咒的女巫了解这段历史……唤醒了三个鬼魂,强迫他们做坏事。不要怪罪三个受苦的灵魂,他们被女巫控制了……(第 216 页)

值得玩味的是，这段话的要点不是印第安人对墨西哥殖民者的袭击，而是后者吊死前者的残暴和没有妥善安葬的亵渎。安纳亚已借瓜达卢佩镇只有一名印第安居民的细节凸显20世纪40年代镇上的种族隔离，此处又虚构一个印第安人（而非其他族裔）闹鬼的故事，引出新墨西哥土著遭受双重殖民的历史，重点揭示墨西哥殖民者侵占科曼奇印第安人的土地在先，其后又对他们的反抗毫不留情地施以"血腥、谋杀和悲剧"的史实。对镇上的墨西哥裔居民来说，历史的回味似乎不是反省和哀痛，而是虎落平川的怅惘与不甘，但身处奇卡诺运动洪流的安纳亚不可能看不到印第安人遭受的多重伤害。因此，在含蓄批评墨西哥施暴者的同时，安纳亚却没有谴责印第安人的仇恨心理：尽管三个鬼魂给泰莱兹家带来了灾祸，但最终的责任应该由下咒的女巫承担。这三个印第安冤魂还有一层象征意义，类似于托尼·莫里森笔下的宠儿：他们携带着本族裔被压迫、被侵害、被擦除的历史和文化记忆，如闹鬼般叩击托尼和读者的"历史健忘症"，以记忆的开掘与重构服务于族裔政治和身份认同的需要。

托尼虽不是鬼魂袭扰的对象，但因为他敏感多思，大人们的只言片语便足以在他脑海里勾画出一个"幽暗神秘的过去，在这里繁衍生息的人们的过去"（第220页）。托尼所说的"幽暗神秘的过去"，更多的是指其族裔记忆中有关印第安人的部分；如前所述，这个过去早被白人至上主义驱赶至墨西哥裔族裔意识的边缘，但仍以某种形式隐身于民间的文化实践中，等待托尼去发现和认识。作为托尼成长过程中的引路人，乌尔蒂玛尽管有意识形态的局限性，但并不影响她把承载着印第安文化记忆的民间药师的技能和尊崇自然、敬畏自然的观念等传授给托尼。托尼说自己"感觉跟乌尔蒂玛比跟自己的母亲还要亲。乌尔蒂玛给我讲祖先的故事和传说。从她那里，我知道了我们民族历史上的光荣与悲剧，我逐渐明白，我们民族的历史在我的血液里如何澎湃。"（第115页）鉴于墨西哥裔与印第安人缠绕纠结的历史经历，乌尔蒂玛在唤醒托尼对本族裔历史记忆的同时，也等于告知了印第安人的历史存在。此外，同龄人在托尼的成长中也起到了重要的作用，他们带他进入了土著神话的世界，让他知道在"官方既定的宗教"（即托尼一家虔诚信仰的天主教）之外，还有另一种精神信仰和道德观，即土著的异教信仰。（Olmos，2004：121-122）具体说来，托尼从小伙伴塞缪尔那里听到了河谷水神金鲤的传说，后来又在希克的带领下亲眼看到了金鲤，深受吸引。需要强调的是大多数评论忽略的一个细节，即金鲤传说，如希克所言，先由"贾森的印第安人告诉塞缪尔；纳西索告诉我；现在我们告诉你"（第102页）。后殖民主义研究和族裔研究都已证明，强势族群借助官方的书写传统，实施对弱势族群的统治和钳制，而弱势族群往往依赖民间的口述传统保存自身的历史和文化记忆,并诉诸反记忆的形式寻求对官方记忆的挑战。从这个意义上讲,安纳亚小说中仅有的一个印第安人实则担当了印第安传统文化中极其重要的讲故事者,通过口口相传的方式,在强势文化的重压下达到保存和传播本族裔文化的目的。有了乌尔蒂玛和"贾森的印第安人"等讲故事者,托尼的文化认同和身份建构才有可能趋于完整。这里不能不提及另一个同样重要的细节:当托尼询问金鲤传说中的部落"是印第安人吗?"塞缪尔(毋宁说安纳亚)的回答听似闪烁其词却又别有深意:"他们是人民。"(第73页,原文斜体)读者完全有理由认为,"人民"一词暗指混血墨西哥裔和纯种印第安人共同的印第安祖先。

从小说的情节发展来看,托尼深陷其中的二元对立冲突中,父亲家族的游牧生活方式与母亲家族的农耕生活方式无疑是最明显的一种,但在他的内心深处,持续时间最长、最激烈因而影响最大的是宗教冲突:托尼从小浸淫于天主教,但从二战老兵卢皮托被镇上居民射杀开始,他便意识到抽象的天主教教义无法解释成人世界的善与恶,随着乌尔蒂玛的到来,她那令神父望尘莫及的神奇医术及她与特雷门蒂纳一家的正邪大战,加剧了他对天主教上帝的怀疑,此时他接触到"贾森的印第安人"传播的异教信仰,顿感醍醐灌顶,然而"上帝的戒律说,除了我以外,你不可有别的神",在天主教的上帝与土著异教的金鲤之间,托尼该何去何从?(第99页)也就是说,是安纳亚向托尼单一宁静的天主教世界派来了两位印第安文化使者,让他体会到了两种文化的差异和冲突,冲突的根源却是贯穿西方文化传统的逻格斯中心主义:这部小说中,从排他性的上帝,到西班牙文化至上主义乃至鲜少涉及的WASP文化至上主义,无一不是它的具体表现形式。托尼要想解决文化冲突和身份认同的问题,唯一的办法便是改变思维模式。又是安纳亚安排乌尔蒂玛向托尼提供了替代的思想资源,即印第安人的整体论:世间万物环环相扣、因果相连,是一个相互依存、不可分割的整体,恰如"汇聚到河流并注入大海的正是来自月亮的甘甜雨水。假如没有月亮之水补充给海洋,海洋便会干涸。海洋中苦涩的海水被太阳带到天空,又重新变成月亮之水。没有太阳,不会形成消解黝黑大地饥渴的甘露。"(第113页)受此启发,托尼认识到上帝所代表的西班牙文化传统与金鲤所代表的印第安文化传统并非相互排斥、势不两立,他所要做的就是兼容并包,兼收并蓄,在消化吸纳的基础上创造出一个全新的、完整的自我身份和文化身份:"把平原与河谷、月亮与海洋、上帝和金鲤合在一起——创造一种新宗教。"(第236页)这正是他走向成熟的标志,如特雷莎·卡诺扎所言,这部小说的主旨"不是说成长要求人们在矛盾的选项中进行排他性的选择,而是说智慧与经历能够让人们的视线越过差异，看到统一与和谐”(Kanoza，1999：159)。

三

从殖民地时期开始，美国墨西哥裔的身份政治中一直存在西班牙文化与印第安传统的二元对立。1848年后，这种对立被置于美国主流社会与奇卡诺社区、WASP主流文化与奇卡诺族裔文化的对立与冲突之中，更加复杂和激化。以20世纪60年代初为分界线，延续了几个世纪的亲西班牙反印第安的殖民传统逐渐式微，奇卡诺运动使得印第安血统和文化第一次成了族裔自豪感的源泉，长期占主导地位的西班牙文化至上主义被奇卡诺文化至上主义取代。《乌尔蒂玛》再现的是20世纪40年代中期，它的创作过程见证了奇卡诺运动由新兴到高潮的发展轨迹，两个时代的意识形态差异决定了小说人物与作者的意识形态背景和认同取向存在较大的反差。安纳亚受到奇卡诺运动意识形态的启蒙，在着力表现笔下人物文化认同的反常与荒谬之时，将主人公托尼的成长展现为逐渐认识和接受印第安传统并将其与西班牙文化融合建构新型文化身份的历程。

尽管作为小说主要故事情节的托尼的成长经历并未凸显“盎格鲁-奇卡诺的矛盾斗争”，但安纳亚以整体论取代二元对立思维模式的主张完全适用于解决美国墨西哥裔及其他族裔读者现实生活中的任何矛盾与冲突，这也许是《乌尔蒂玛》至今畅销不衰的根本原因吧。

参考文献

[1]Anaya, Rudolfo A. *Bless Me, Ultima*. Berkeley: Tonatiuh International, 1972.

[2]Anaya, Rudolfo A. Rudolfo A. Anay, in: *Rudolfo A. Anaya: Focus on Criticism*. Ed. Cesar A. Gonzalez-T. San Diego, CA: Lalo, 1990. 359-389.

[3]Anaya, Rudolfo A. & Francisco Lomelí. *Aztlán: Essays on the Chicano Homeland*. Albuquerque: University of New Mexico Press, 1989.

[4]Bruce-Novoa, Juan. 1996. Learning to read(and/in)Rudolfo Anaya's *Bless Me, Ultima*, in: *Teaching American Ethnic Literatures*. Eds. John R. Maitino & David R. Peck. Albuquerque: University of New Mexico Press: 179-191.

[5]Calderón, Héctor. Rudolfo Anayas *Bless Me, Ultima*: A Chicano Romance of the Southwest. *Critica: A Journal of Critical Essays*, 1986, No. 3: 21-47.

[6]Caminero-Santangelo, Marta. “Jasóns Indian”: Mexican Americans and the Denial of

Indigenous Ethnicity in Anaya's *Bless Me*, *Ultima*. *Critique*, 2004, Vol. 2: 115-128.

[7]Dash, Robert C., et al. *Bless Me*, *Ultima* at Twenty-Five Years: A Conversation with Rudolfo Anaya. *Americas Review*, 1999, Vol. 5: 150-163.

[8]Kanoza, Theresa M. The Golden Carp and *Moby Dick*: Rudolfo Anaya's Multi-culturalism. *Melus*, 1999, Vol. 2: 159-171.

[9]Kevane, Bridget. 2003. *Latino Literature in America*. Westport, CT & London: Greenwood.

[10]Olmos, Margarite Fernandez. Historical and Magical, Ancient and Contemporary: The World of Rudolfo A. Anaya's *Bless Me*, *Ultima*, in: *U. S. Latino Literature*: *A Critical Guide for Students and Teachers*. Eds. Harold Augenbraum & Margarite Fernandez Olmos. Westport, CT & London: Greenwood: 2000. 39-53.

[11]Olmos, Margarite Fernandez. Rudolfo A. Anaya, in: *Latino and Latina Writers*. Alan West-Durá. New York: Charles Scribner's Sons: 2004. 117-138.

[12]Paredes, Raymond A. Mexican American Literature, in: *Columbia Literary History of the United States*. Eds. Emory Eliott et al. New York: Columbia UP, 1988. 800-810.

[13]Tonn, Horst. *Bless Me*, *Ultima*: A Fictional Response to Times of Transition. *Aztlan*, 1987, Vol. 18, No. 1: 59-68.

（原文发表于《外语研究》2009 年第 4 期）

第六部分　综述简介和多视角评述

从鲁道尔夫·贡萨雷斯的作品看美国奇卡诺族文学的特征

胡兴艳*
（中南民族大学外语学院）

摘　要：作为美国当代多元文化格局中的一种典型形态，奇卡诺文学勃兴于20世纪60年代社会运动的高潮中，有着其特殊的历史和文化背景。这些特殊的背景造就了奇卡诺文学的与众不同，兼有墨西哥裔文学和民族解放运动的特点。在此将以鲁道尔夫·贡萨雷斯的作品为突破口来展现奇卡诺族文学的特征。

关键词：奇卡诺；文化取向；民族身份；文化保留；混血文化

一、奇卡诺文学运动的时代背景及贡萨雷斯的作用

长期以来，在美国非常注重种族政策，所有生活在美国国内的种族应该与讲英语，信仰清教的白人文化相“熔合”。这一观点和主张，其本质上反映了以英裔白人文化为主导的文化统一策略和实施过程，但是伴随这一统一策略和实施过程所发生的，连续不断的骚动和与日俱增冲突则表明，一些族裔从中感受到的是自身文化逐渐被漠视、被排斥以至于被迫消亡的危机。因此在他没看来这种所消的“熔合”理论包含了非常浓重的后殖民主义色彩。正因如此，人们一方面表现出强烈抵制，而另一方面则争取在促进本民族文化的发展和提升上有所作为，直接导致当代美国社会多元化文化格局“融而不合”的结局。20世纪60年代，居住在美国墨西哥族裔兴起一场旨在争取平等权利，以“奇卡诺”为文化标志的社会运动。这一运动的兴起使得“奇卡诺”这一文化标志，

* 作者简介：胡兴艳，副教授，研究方向为美国族裔文学。

更加广泛频繁地出现在政府文件、主流文化媒体及社会的各个方面。最后甚至代替了“墨西哥裔美国人”这一传统称谓，成了具有特定时代与文化内涵的专用名词。在这种背景下奇卡诺文化逐渐繁荣，最终在美国多元文化格局中与黑人文学、犹太文学、亚裔文学一样成为重要一员。与此同时人们更多的用“奇卡诺”来称呼所有讲西班牙语的墨西哥裔美国人，以显示其独特的民族特性，其意义发生了重大的变化。在此期间涌现出了一批优秀的作家，奇卡诺作家们为世界人民带来了一部部反映美国多元文化的瑰丽的作品。一些民族领袖推出并回答了奇卡诺人的民族身份问题，这其中当以鲁道尔夫·贡萨雷斯为首。

史诗《我是华金》已经成为永远的经典。诗歌叙述了各少数族裔在奇卡诺族形成中经历的血腥斗争及其在白人主流社会里的尴尬处境，以及奇卡诺人为保存自己独特的文化、争取与白人同等的权利所进行的长期不懈的抗争。主人公“华金”是不断激励自我，寻求自我，进行不屈不挠的奇卡诺人的代表，是奇卡诺人的象征。在美国民众面前展示了奇卡诺民族的生存状态、精神追求和独特的文化特征。在奇卡诺作家的努力下，奇卡诺文学走出“边缘地带”，进入了美国当代文学经典的殿堂，成为多族裔文化大合唱的一个重要声部，反映了当代美国文学发展的重要趋向。墨西哥民族的形成是由于西班牙殖民者和印第安民族融合，而文化中也同样融合了两个种族的文化。由于这一特殊的历史背景，造就了奇卡诺文学的混血特点。这一混血特点从奇卡诺文学作品一方面带有西欧的特征，另一方面又有土著印第安人特点的选才方式上可见一斑。由于文化身份不断被认同，一些政治权利、经济权利、教育权利不断被提出，那么寻找一种传达心声和展示自己新形象的凡是就变得尤为重要和迫切，而文学艺术无疑是最合适的，从而得到了重视和提倡。正如美国当代文学批评家米歇尔·洛佩兹所说：“奇卡诺文化民族主义与美国黑人权利、黑人民权运动并行，也是奇卡诺运动在政治学和文学上第一次繁荣的特征。”

二、贡萨雷斯作品中的奇卡诺文化排斥、反抗美国主流文化

20 世纪美同主流社会虽然没有明显的大国殖民体现，但在意识形态和政治生活上依旧压迫生活在美国领土上的墨西哥裔人，这说明主流社会依旧排斥墨西哥移民。由于生活的贫困，政治生活的压迫和意识形态的“漂泊”使他

们不得不进行精神上的反抗，正如鲁道尔夫·贡萨雷斯的作品中的华金，他们的反抗体现了后殖民主义的色彩。反抗美国主流文化的霸权是奇卡诺文学的一大宗旨，同时使自己民族文化在主流文化占统治地位的美国找到生存发展的栖息之地，而身份的认同则是奇卡诺文学的后殖民色彩最重要的体现。奇卡诺们像非裔美国人一样，非裔美国人转向非洲寻求自己的文化模式，而他们则转向土著印第安文化寻求自己的身份。在文学表达中他们努力尝试并成功地塑造着能代表自身文化的形象，和“他者”形象进行不屈不挠的抗争。阿纳亚就是通过乌勒蒂玛这一形象构建当代奇卡诺人带有浓厚印第安色彩的自我。奇卡诺文学变相的接受主流文化则表现了他的另一个特点，那就是与主流文化的“杂糅”。奇卡诺女作家丹尼斯·夏维认为西班牙语会给作品带来不同的风味，所以不愿意用斜体标出作品中的墨西哥语。在后来形成的，研究当代少数族裔边缘化的“边界”理论里，有许多基本素材都是来自墨西哥裔边界民谣和文学作品中激烈的文化冲突的描写。在这些民谣和文学作品中白人经常是虚伪、凶残的角色，他们会用卑劣的手段谋害墨西哥裔的英雄。奇卡诺的民族自豪感存在于这些古老的信仰之中，人只有在自身文化的群体中才能真正找到自我。而帕拉迪斯的文学创作和学术研究实践了“重新建立自豪感和自信心”这一“奇卡诺精神计划”的要求。

奇卡诺文化最大特点就是：民族主义特征。20 世纪民族运动中产生的奇卡诺文学最为突出的特征就是强烈的民族主义。在墨西哥裔美国人追求民族权利和民族平等的同时，奇卡诺作家们也以各自的方式向一统美国文学界的欧美主流文化发起非难。奇卡诺作家们把各式的人物形象，独特的人文地理环境和特色的语言都当作争取文化平等的方式。鲁道尔夫·贡萨雷斯的作品关于民族主义的描述尤为突出，叛逆、奋斗、反抗异族侵略的悲剧形象的塑造十分成功，华金这个多民族的混合体在鲁道尔夫·贡萨雷斯的笔下栩栩如生。许多墨西哥裔人产生了独立出美国，并在美国西南部建立自己的自治国家这一想法。20 世纪早期，大批墨西哥商美国人因生机艰难而从农村迁移到大城市，但是他们发现大城市中的境遇和其他地方一样的糟糕。二战期间由于缺少劳动力，美国在墨西哥招募了大量的短期工人后来都留在了美国，但是由于种族地位低下等原因都被排斥在了正常的社会生活之外。虽然生活很艰难，但墨西哥裔人口却不断壮大，并且成为美国最大的少数族裔。由于缺乏教育和没有技能，他们只能从事一些收入低的“肮脏”职业，但却成为美国不可缺少的劳动大军。综合各方面的原因“奇卡诺运动”触发了“民权运动”“平等权利运动”，为墨西哥裔追求民族权利，复兴民族文化起到了推动作用。

墨西哥裔人认为他们的祖先才是阿兹特兰土地上的真正主人,他们世世代代生活在这片土地上,如今他们怀着对自己民族历史文化遗产的无限自豪,带着一个新民族的意识,怀着强烈的要求收回这片养育了他们生命的土地,以及祭奠他们作为太阳民族的决心。他们的血液中流淌着对自主权利的无限渴望。阿兹特兰不属于那些来自欧洲的外国人,他应该属于那些世代守候他的人们。在这片褐色的大陆上,不断在上演着边疆的变化,然而他们却从来都不承认。兄弟的情谊和对于兄弟的爱,让我们在与那些剥削我们财富,摧毁我们文化的人斗争是团结了起来,我们把心放在手上,把手放在土地上,我们宣布我们作为一个混血的民族独立了。在所有北美和世界人民面前我们展现出的是一个有棕色文化的棕色民族,而这个民族是由着这片褐色的土地所养育的。由于他们以“民族主义”作为寻根和身份认同的代名词,却毫不掩饰它所存在的争议,同时宣称“民族主义是所有墨西哥裔能够达成共识的旗帜”。这一现象使得他们的思想观念和行为方式发生了十分深刻和明显的改变。在“奇卡诺运动”的三篇宣言中他们在政治、经济、文化、教育等方面所有的要求几乎都有所涵盖,并且提出了实现要求的必经之路和行为准则,勾画了成就社会理想的蓝图。因此他们在作家、诗人、音乐家、艺术家创作过程中不断地强调和确认其创作的作品一定要与他们的革命相通,要对人民具有感召力。

三、奇卡诺族文学对美国文学、世界文学的巨大影响

奇卡诺文学的作者从 70 年代作家批评家那里学习和吸收了一些方法、策略应用到文学的研究和表达之中。

从 70 年代的作家和批评家那里接受了文化研究的方法论,吸纳了欧美当代批评理论和策略,并将其应用到奇卡诺文学的研究和表达之中,这也决定了奇卡诺文学以后的研究方向。美国文学评论界的一些观点在解析奇卡诺文学在 20 世纪八九十年代直至现在的发展情况上是非常有价值的。能够展现美国特定民族文化的深度和广度才能称为多元化文学。一种取代了传统的民族身份观和对移民的敌对政治观点的混血文化造成了政治角度与审美角度的冲突。现代社会对于国际政治、多民族经济和世界历史的关注也体现在了对“跨民族”“全球化”这样研究的普遍存在。这种动态的、比较性的跨民族少数族裔研究与传统的美国主流研究观点自然是有差异的。依照这样的观点,一些曾被视为“边缘地带”的文学及其作家,现在完全可以扮演“文学史的主角”。奇

卡诺文学正在迈入美国多元文学经典的殿堂。经历了多少次的挣扎奇卡诺文学终于赢得了自己在美国文坛的一席之地。民族多元文化关系的变迁和发展,构成现代民族国家公民身份认同的政治学问题,导致文化认同关系危机。多民族国家也面临由于多元文化关系而面临主流文化与少数文化发展的冲突要求。奇卡诺文学作为一种"混血文化"有着其独特的含义,奇卡诺文学变相的接受主流文化体现了其与主流文化的"杂糅",并与黑人文学、流太文学、亚裔文学并列成为美国多元文化格局中的重要一员,奇卡诺文学的逐新繁荣,有着其特殊的历史和文化背景。这些特殊的背景造就了奇卡诸文学与众不同,并对世界文化的发展起到了促进作用。

参考文献

[1]Moss, Joyce, George Wilson, eds. Sandra Cisneros: *The House on Mango Street*, in: *Literature and Its Times: Profiles of 300 Notable Literary Works and the Historical Events that Influenced Them*, vol. 5: *Civil Rights Movements to Future Times*(1960—2000). Detroit, MI: *Gale Research*, 1997. 132.

[2]Ilans. *Mexican Americans*. *Microsoft Encarta Encyclopedia*, 2002.

[3]Hull University. *20th Century American Literature Survey*. 2006-02-02 http://www.hul.lac.uk/amstuds/modules/does/02110.pdf.

(原发表于《长春理工大学学报》2012 年第 12 期)

当代美国西裔文学的嬗变

李保杰*

（山东大学文学院）

摘　要：美国西裔文学历史悠久，起源于西班牙对美洲的殖民征服，早于美国白人主流文学。由于文化、地理、政治和种族等原因，主流英语读者群对西裔文学了解甚少。20世纪以来，西裔作家开始使用英语或者双语进行创作，西裔文学才逐渐引起文学界的关注。半个多世纪以来，特别是近30年来，西裔文学获得了长足的发展，不少西裔文学作品已经摘取普利策奖等重要文学奖项，西裔文学及其研究受到美国文学研究界乃至世界文学研究界的广泛关注。流散主题和文化杂糅是当代西裔文学叙述的重要内容，不同族裔文化的冲突与整合成为书写的重点。

关键词：美国西裔文学；文化杂糅；流散

引　言

在美国多元文化文学的舞台上，西裔文学（Latino literature）作为一股不可忽视的力量，已经成为美国新兴文学的重要组成部分。美国西裔文学（另译为“西语裔文学”或者“拉美裔文学”）是指母语为西班牙语的少数族裔及其后裔创作的英语文学作品，这些族裔群体包括拉丁美洲移民及其后裔，也包括美国西南部的墨西哥裔原住居民及其后裔。30多年以前，路易・里尔（Luis Leal）认为把奇卡诺文学（即当代美国墨西哥裔文学）看作美国文学的一部分还过于理想化；但到了21世纪，很多西裔文学作品已经摘得普利策奖等诸多重要文学奖项，其研究同样受到美国文学研究界乃至世界文学研究界的广泛

---

* 作者简介：李保杰，教授，主要从事当代美国文学和美国族裔文学研究。

关注,《诺顿美国文学史》和《剑桥美国文学史》等权威著作中都有专门章节加以介绍。20 世纪 80 年代之后,女作家群的兴起以及后殖民理论、解构主义等多种研究方法的广泛应用,西裔文学创作与研究更是焕发出无尽的活力。可见,不是里尔当年的看法过于悲观,而是西裔文学的发展远远超出了研究界的预期。

一

美国西裔文学是个有着高度异质性的文学领域,这和西裔人口的异质性密切相关。西裔人口包括拉丁美洲移民及其后裔,也包括美国西南部的墨西哥裔原住居民及其后裔①。2007 年 5 月美国人口普查显示,在美国的 3 亿人口中,西裔人口占 20.5%,并且已经超过非裔人口,成为增长速度最快的少数族裔群体。这些族裔群体虽然都使用西班牙语为母语,但是它们之间存在很大差别。例如,古巴裔和多米尼加裔人口的总体受教育程度都远远高于墨西哥裔,这与这些移民原住国不同的政治和历史密切相关:1959 年古巴革命以后大批古巴人出于政治原因流亡到美国,其中相当一部分是知识分子;多米尼加移民中则有相当一部分是为了躲避特鲁斯略时期的政治迫害;相比之下,很多墨西哥移民则是在 1876 年迪亚斯政变和 1910 年墨西哥革命之后为生计所迫而作为季节性农业工人来到美国。

美国西裔文学是有着悠久历史传统的"新兴"文学力量,从文学渊源上来看,西裔文学和拉丁美洲文学有着密切的联系,其源头进而追溯到西班牙文化和土著文化的杂糅历史。在 15 世纪末"地理大发现"之后,西班牙开始在拉丁美洲进行大规模的殖民征服,之后土著人和西班牙殖民者之间相互通婚,继而产生了一个新的混血人种(Mestizos)②。而在拉美移民进入美国或者墨西哥原住居民被归化为美国公民之后,他们的文化和美国白人的主流文化再次相互碰撞、整合。所以说,西裔文化是美洲土著文化、西班牙殖民文化和美国白人文化结合的产物,具有典型的杂糅性特征。

西裔文学深受西班牙文学的影响,具有悠久的口头文学传统,诗歌、民谣

---

① 根据 2007 年的统计数字,53%的西裔人口是出生在美国以外的外来移民。

② 墨西哥的混血人口比例大约为 60%,而在某些国家,例如哥斯达黎加、萨尔瓦多和洪都拉斯等国,此比例高达 90%。

和戏剧都是重要的文学形式，19 世纪末、20 世纪初流行于德克萨斯州墨美边境地区的科瑞多民谣（corrido）就是其中的杰出代表。阿美力哥·帕雷德斯（Américo Paredes）的《枪在手上》（*With His Pistol in His Hand*），1958 系统研究了被誉为墨西哥裔美国人史诗的“格里高里奥·科尔特兹之歌”，由此塑造的“枪在手上”的英雄形象成为再现文化冲突的代表。奇卡诺文学先驱托马斯·里维拉（Tomas Rivera）和罗兰多·伊诺霍萨（Rolando Hinojosa）都继承了帕拉迪斯作品中的斗争精神，前者的代表作《……大地不曾吞噬他》（*…And the Earth Did Not Devour Him*，1971）集中反映了季节工人的艰难生活，其叙述手法融合了“魔幻现实主义”和欧美实验主义小说的元素；后者的《河谷素描》（*Estampas del Valle yotras obras*，1972）①则以轻松幽默的语言讲述格兰德河谷一个墨美社区中人们的喜怒哀乐，从人文主义角度体现了墨美人身处逆境而不挠的积极乐观精神。

这些创作手法同样体现在 20 世纪 80 年代之后兴起的女性主义文学之中，例如，德克萨斯作家格洛丽亚·安扎尔多瓦（Gloria Anzaldua）的自传《边疆：新生混血女儿》（*Borderlands/La Frontera：The New Mestiza*，1987）则体现了更加明显的反抗性特征，采用“语码转换”和蒙太奇般的“拼贴画”叙事风格反映了墨美人的多重文化身份以及他们寻求自我的努力。这部作品因此也成为少数族裔女权主义和同性恋理论的著名读本，成为集中反映文化杂糅的代表作品。

口头文化传统同样体现在西裔戏剧创作中，西裔戏剧也取得了令人瞩目的成就。墨西哥裔剧作家路易斯·瓦尔德斯（Luis Valdez，1940—）从 60 年代就开始崭露头角；米盖尔·皮奈洛（Miguel Pinero，1946—1988）的剧作《遮掩的世界》（*Short Eyes*）曾获得 1974 年的奥比奖和戏剧评论家奖，并获得 1975 年托尼奖提名。古巴裔剧作家玛利亚·埃莱娜·佛内斯（Maria Irene Fornes，1930—）先后共获得 13 项奥比奖，尼洛·克鲁兹（Nilo Cruz，1960）以《热带的安娜》（*Anna in the Tropics*，2002）成为第一位获得普利策奖的拉美裔剧作家。

---

① 1986 年，作者本人对这部作品翻译成英文和再创作，将其命名为“The Valley”。

二

从历时角度看，虽然西裔文学的起源早于白人主流文学，但是其在早期阶段一直游离于主流文化群体的认知以外，有几个原因导致了其边缘化身份。首先是语言差异。由于归化后的墨西哥裔美国人仍然广泛使用西班牙语，文学作品和报纸等大众传媒方式也都是以西班牙语为载体。另外，拉丁美洲和美国毗邻的地理位置以及移民“回归故土”的愿望都使得西裔人口生活在相对孤立的环境中，因此在迈阿密和纽约布鲁克林才会出现“城中城”式的古巴裔移民聚集区，而类似的墨西哥裔社区更为常见，这些都为移民保持其原有的文化创造了条件。其次，主流群体对少数族裔经济上的剥削和政治上的排挤也成为西裔人边缘化的外部条件。以加利福尼亚、新墨西哥和德克萨斯等州的横向比较研究为例。在1821年墨西哥独立后不久，德克萨斯就开始接受美国移民，后来又历经德克萨斯共和国的独立(1836—1846)和墨美战争，因而近一个世纪内德克萨斯的政治始终处于动荡之中。相比之下，新墨西哥州最早接受西班牙殖民而最后一个成为美国行政州(1912)，即使到2007年仍旧有44%的人口属于西裔。

这些原因使得西裔文学具有明显的地缘文化特征。德州文学具有明显的反抗性特征，科瑞多民谣在此盛行就是一个例证。而新墨西哥的西班牙文化传统保持较好，土著神话传说和美国的现实主义造就了带有浓重“魔幻现实主义”色彩的新墨西哥文学作品，例如鲁道夫·阿纳亚(Rudolfo Anaya)运用神话框架创作的《保佑我吧，乌勒蒂玛》(*Bless Me, Ultima*, 1972)。加利福尼亚州则是个典型的移民州，文化的冲突整合趋势更加明显，其文学以直线型叙述模式为主，着重从文化移入的角度叙述文化的碰撞和人物文化身份的变化，家族历史小说成为重要代表，如“奇卡诺文学之父”何塞·安东尼奥·维拉里尔(José Antonio Villarreal)的《美国化的墨西哥人》(*Pocho*, 1959)，以及自转和半自传性质的成长小说，如理查德·罗德里格斯(Richard Rodriguez)的《记忆的饥渴：理查德·罗德里格斯的教育》(*Hunger of Memory: The Education of Richard Rodriguez*, 1982)。

西裔文学经历了西班牙语文学时期和20世纪20年代以来的英语文学时期，在20世纪60年代民权运动之后焕发出巨大的生命力。“奇卡诺运动”极大地推动了奇卡诺文学的发展，以维拉里尔、里维拉、阿纳亚和伊诺霍萨为代表的"金托·索尔"一代的作家积极发掘奇卡诺文化传统、书写奇卡诺生活，一定程度上代表了当代奇卡诺文学的第一个高潮，即20世纪六七十年代的奇卡诺文学运动。80年代后，女作家的创作开始受到广泛注目，掀起了奇卡诺文学的新高潮。安扎尔多瓦、桑德拉·西斯奈罗斯(Sandra Cisneros)和卡斯蒂略等作家已被美国广大读者所熟悉，她们的作品虽带有浓郁的族裔文化气息，但已经难以简单地划分到族裔文学的范畴内。

三

其他的西裔文学分支主要以移民文学和流散文学为主，但其影响同样主要彰显于20世纪60年代民权运动之后。波多黎各裔文学中杰出的代表性作品有朱蒂斯·考夫尔(Judith Cofer)的《太阳界线》(*The Line of the Sun*)和古巴－波多黎各裔作家皮瑞·托马斯(Piri Thomas)的《过去和现在》(*Down These Mean Streets*, 1967)等。在《太阳界线》中，叙述者玛丽索尔以舅舅古斯曼为主要线索，描写了父母一代从岛上迁移到纽约的奋斗历程。玛丽索尔从父母的历史中汲取力量，通过想象和叙述，把自己的生活和无数波多黎各人的生活融合在一起："我知道我所做的只不过是我注定要终生付出努力的事情——我将用我的故事来换取我生活中的所需。"(Cofer, 283)这一类的叙述往往讲述家族的历史，并且把家族的历史和民族的历史联系起来。

古巴裔文学大多以离散为主题，试图以文学叙述的形式对历史进行重构。克利斯蒂娜·加西亚(Cristina Garcia)的《梦系古巴》(*Dreaming in Cuban*, 1992)曾经入围1992年美国国家图书奖决赛，奥斯卡·西于罗斯(Oscar Hijuelos)的《曼波歌王奏情歌》(*The Mambo Kings Play Songs of Love*, 1989)成为第一部获得普利策小说奖的西裔文学作品。《梦系古巴》较为典型地再现了古巴裔人的离散生活，穿插使用多个叙述人物和多种叙述角度，采用多角度立体透视的办法透过人物的命运反映20世纪古巴历史，实现了对宏观叙事和统治阶级意识形态的解构，以及对男性权威话语的颠覆。里奇(Adrienne Rich)和大卫·米契尔(David T. Mitchell)都对这种书写方式进行肯定，米契尔认为："加西亚没有采取非此即彼的方式将象征性的民族文化再现为国家统治权或对抗记忆的产物，她暗示着国家－民族的'文本'既非单义性又非单向性。"(Mitchell, 55)这种历史书写使得古巴裔美国文学摆脱了狭隘的种族主义概念，用更广阔、更开放的话语结构书写族裔身份和族裔文化。因此伊莎白尔·鲍兰德(Isabel Alvarez-Borland)将加西亚等“古巴”作家称为“联系不同文化的桥梁”,他们的书写“使得西班牙语世界和英语世界彼此了解”。

多米尼加裔文学具有移民文学和流亡文学的普遍主题,往往以特鲁希略时期的政治为背景。其杰出的代表人物有朱莉娅·阿尔瓦雷斯(Julia Alvarez)和朱诺特·迪亚兹(Junot Diaz)。阿尔瓦雷斯著有《加西亚姐妹是如何失去乡音的》(*How the Garcia Girls Lost Their Accents*,1991)和《蝴蝶时代》(*In the Time of Butterflies*,1994)等多部作品。《加西亚姐妹》以四姐妹的成长经历为线索,采用倒叙的手法,讲述了她们从多米尼加到美国的经历以及她们在两种身份之间寻找自我的故事。《蝴蝶时代》以多米尼加历史上著名的米拉贝尔姐妹的故事为蓝本,获得1995年的国家图书评论奖提名。迪亚兹的《奥斯卡·沃短暂精彩的一生》(*The Short and Wonderous Life of Oscar Wao*,2007)用充满活力的语言证明了移民经历与自我历史之间的缕缕联系。小说获得翌年的多项重要奖项,如国家图书评论奖和普利策奖。

结　语

纵观西裔文学半个多世纪以来的轨迹,特别是近三十年来的迅猛发展,作家的族裔身份是重要的文化资源,为他们书写身处不同文化边界之中的经历提供了独特的视角。同时,西裔文化的多重杂交身份也是理解西裔文学的重要线索。理解西裔文学的发展对于重新定义美国文学、重新书写美国文学史具有重要的意义。西裔文学研究在国内尚处于起步时期,尚需要学者们的关注与努力。

参考文献

[1] Alvarez-Borland, Isabel. *Cuban-American Literature of Exile: From Person to Persona*. Charlottesville: University of Virginia Press, 1998.

[2]Cofer, Judith Ortiz. *The Line of the Sun*. Athens: The University of Georgia Press,1989.

(原文发表于《求索》2010年第1期)

后现代主义视角下的当代奇卡诺文学[*]

李保杰　苏永刚[**]

（北京外国语大学英语学院　山东大学外国语学院）

摘　要：奇卡诺文学叙述中后现代主义手法应用比较普遍，复调叙述、“碎片式”叙述、虚构性自传和书信体等语言和叙述手段被广泛运用。基于这些创作手法构建的族裔文学构成了主流文化文学之外一种书写形式，既解构了宏观叙事的叙述权威，同时也以文化杂糅为基础重构新的墨美身份。

关键词：奇卡诺文学；后现代主义；解构；重构

墨西哥裔美国文学自20世纪40年代以来经历了长足的发展，已成为美国新兴文学的重要组成部分。[①] 墨西哥裔美国文学自产生之日起就带有鲜明的杂糅特征，兼具拉美文学和美国少数族裔文学的特征，体现了西班牙殖民文化和美洲土著文化的杂糅，以及美国主流盎格鲁-撒克逊清教文化和西语裔文化的交融，这就是其独特的“三种文化”渊源和“二次杂糅”的经历。

当代作家在创作中沿袭了拉美文学的某些手法，结合美国多元文化的现实，综合运用多种非传统的叙事手段。尽管学术界对于“后现代”的定义存在较多争议，但本文作者认为，这些手法在本质上有别于传统的文学再现手段，鉴于其鲜明的“去中心化”、“反讽”和“解构”等特征，将其认同为后现代主义表现手法。本文通过分析这些后现代主义叙事方式在文本中的具体运用，来解读奇卡诺文学如何利用语言和多重叙述来书写以文化杂糅为基础的少数族裔文化身份。

---

* 本文为教育部人文社会科学研究一般项目（10YJC752020）的阶段性成果。

** 作者简介：李保杰，教授，主要从事当代美国文学和美国族裔文学研究；苏永刚，教授，主要从事当代美国文学研究。

① 路易·里尔（Luis Leal）将1942年以后的墨西哥裔美国文学称为“奇卡诺文学”（Chicano literature），阴性形式为“奇卡娜”（Chicana），本文采用这种分类方法。

一、颠覆与重构

詹明信(Fredric Jameson)认为,语言和表达的扭曲是后现代主义文化逻辑的一个重要表现。在“后现代主义和消费者社会”中,他认为后现代主义的一个特征就是:“抹杀一些重要的分界线,特别是高雅文化和所谓大众文化之间的传统界限。”①当代奇卡诺文学采用独特的语言和叙事手法对中心和权威进行解构,采用詹明信所说的“零散性”结构表现主体的消亡,将众多的叙述角度和叙述人物穿插结合在一起,并通过西班牙语的穿插使用外化小型叙事的功能,实现对元叙事及其权威的消解。

当代奇卡诺文学的一个重要方面就是创造被主流叙事排除在外的“另类话语”和“自我历史”的叙述方式。文化差异及政治、经济矛盾冲突曾使主流文化对墨西哥裔群体带有很大的偏见,韦伯(Walter Webb)在《德克萨斯骑警》中使用“凶残”、“野蛮”和“贪婪”等字眼来评价墨西哥裔美国人,集中体现了主流文化的霸权地位。帕雷德斯(Américo Paredes)的《枪在手上》对德克萨斯边疆的科瑞多民谣《科尔特兹之歌》进行了整理,从墨美人的角度重述科尔特兹和德克萨斯骑警的冲突,塑造了敢于反抗压迫的墨西哥裔美国人形象,有力驳斥了主流文化对墨西哥裔群体的歪曲。赛勒斯·帕特尔对此类现象评论道:“美国新兴文学作品的目标之一就是创造多里斯所称的‘自我历史’:由于某些特殊群体的故事被美国‘标准历史’排斥在外或者加以篡改而在这些群体内部撰写的历史……美国历史是一个国家的历史;而自我历史是一个特定民族的历史,它通常延伸到美国立国以前很长时间,而且往往发源于美国边界以外的各个领地。”②创造“自我历史”包含着对权威和霸权的颠覆,同时也包含了自我身份的重建。

“重构”同样是当代奇卡诺文学的重要特征。伊格尔顿(Terry Eagleton)把后现代主义定义为对真理、理性和宏大叙事的挑战,是一种“深奥的、去中心

① Jameson, Fredric. Postmodernism and Consumer Society, in: *The Critical Tradition: Classic Texts and Contemporary Trends* (3rd Edition), Ed. David H. Richter. Boston/New York: Bedford/St. Martin's. 2007: 76.

② 萨克文·伯科维奇:《剑桥美国文学史》,孙宏主译. 中央编译出版社 2005 年版,第 577 页。

化的、没有根据的、自省的、谐谑性的、衍生性、折中的以及多元性的艺术"[①]。哈桑(Ihab Hassan)同样认为后现代主义的两个重要特征就是"解构"和"重构"。奇卡娜作家、理论家安扎尔多瓦(Gloria Anzaldua)在《边疆:新生混血女儿》这部"自传作品"中提出了"边疆"意象和"新混血儿意识",其基本意旨遵循了"解构"与"重构"两个过程的整合。虽然大多数学者把安扎尔多瓦的批评理论划归到后殖民主义批评,但是《边疆》"支离破碎"的叙述结构、看似随意的英语和西班牙语的交叉使用以及通过这些手段所强调的"中心的消解"都带有后现代主义的表现特征。这印证了韦斯特(Cornel West)将种族问题嵌于后现代理论之中的观点,他强调法国哲学家和批评家所强调的差异性、边缘性和异质性是后现代主义论争的中心问题。由此来看,那么包容差异性的"新混血儿意识"的确带有明显的后现代主义色彩。

尽管很多奇卡诺作家和批评家对后现代主义持否定态度,认为它影响了墨美人对主体性的追求,但事实上,奇卡诺作家在创作中又借鉴了某些后现代主义手法,如上面所提到的后现代主义对权威话语的解构。因为这些手法可以为"他者"提供话语空间,实际上使族裔文学获得主体性。胡克斯(Bell Hooks)也持相似的观点,认为后现代主义对"普遍性身份"的批评恰恰有助于重构不同的身份,而所谓的族裔身份不过是主流文化群体对族裔群体的偏见。她说:"后现代主义总的影响就是,现在其他许多族裔群体即使没有相同的境遇,但是也和黑人一样有着孤立感、绝望和怀疑,没有归属感。激进的后现代主义唤醒人们去关注这些超越阶级、性别和种族的共同情感,而这些情感能够成为构建相互认同的沃土,促使人们认识到共同的义务,并成为团结和联盟的纽带。"[②]墨美文学的创作实际上实践了这种"激进的后现代主义",叙述结构和叙述语言都带有明显的解构性和重构性,较鲜明地反映奇卡诺文化和主流文化的关系。

《边疆》为这种颠覆与重构提供了理论支持和应用实例。这部所谓的"自传"包括诗歌和散文两种文体,语言以英语为主,夹杂着西班牙语、南德克萨斯方言和土著语言,这种"语码转换"集中体现了作者所谓的"边疆语言"。另外,文字的编排打破传统,采用了"拼贴画"风格,外化了文本的"反传统"主旨,展

---

① Eagleton, Terry. *The Illusions of Postmodernism*. Cambridge: Blackwell Publishers, 1996: vii.

② Hooks, Bell. *Yearning: Race, Gender and Cultural Politics*. Boston, MA: South End Press, 1990: 27.

现了叙述者/作者作为“奇卡娜”、“女性”、“作家”和“女同性恋者”多重复杂的身份。很多评论家把安扎尔多瓦称为“激进的女同性恋者”，然而叙述者却明确地说：“同性恋是我的选择(对有些人却是遗传特征)。”[①]显然，叙述者对同性恋身份的“选择”是其主体性的体现，是对奇卡诺主流思想的宣战：作为“他者”中的“他者”，女同性恋者的身份可以让她进一步了解历史之外的历史，使她得以了解与平衡奇卡娜的二元性身份，反抗主流文化和奇卡诺男权意识对女性的伤害。她生活在各种边缘文化身份的交集之中——既不认同于美国主流文化价值观，也不完全认同于墨西哥文化价值观，而是综合不同的身份，克服多重边缘身份的局限，对不同的文化身份进行全新的阐释。所以，她希望用包容差异性的“新混血儿意识”来综合多重身份所产生的张力，汇集出更强大的合力，赋予自己主体性和话语权，从而实现对男性权威和文化霸权的挑战和颠覆。

二、去中心化叙述

与“颠覆”和“重构”主题密切相关的叙事方式就是解构权威的“去中心化叙述”，较常见的叙事形式有多个叙述视角的转化、“碎片式”叙述，复调叙述以及梦境叙事等。“碎片式”叙述相当普遍，希斯奈罗斯(Sandra Cisneros)的《芒果街上的房子》等文本通过这些形式表现了对叙事权威的挑战和文化杂糅为基础的自我重构。

《芒果街上的房子》由 46 篇相对独立的短篇小说组成，墨西哥裔女孩雅斯贝兰莎作为叙述者将这些故事串联在一起，讲述其在墨西哥裔社区中成长的故事。小说有别于欧洲传统成长小说，也不同于奇卡诺文学经典中的成长小说和家族历史小说，而是反映土著文化、西班牙文化和美国主流文化的杂糅，并从女性角度对种族和性别身份加以界定。一方面，“芒果街的房子”象征着贫穷及其对主人公心智发展的束缚和伤害；另一方面，“房子”是归属感，也是墨美传统家庭观念对女性的羁绊。小说开始时雅斯贝兰莎对房子的渴望代表了她对自身物质生活的追求，主流社会的评价标准在她身上得到内化，破旧的房子成为她的自卑心结。即便如此，她已开始意识到独立的重要性。在“我的

---

① Anzaldua, Gloria. *Borderlands/La Frontera: The New Mestiza*. San Francisco: Aunt Lute Books, 1999: 6.

名字”中，她接受了祖母的名字，但是也决心冲破家庭对女性的局限：“我继承了她的名字，但是我不想继承她在窗前的位置。”[①]雅斯贝兰莎还逐渐认识到自己所希冀的房子不仅属于她本人，书写的自由也代表了无数沉默的兄弟姐妹。在“阁楼上的流浪者”中，她表现出要为流浪者提供庇护的希望，因此这里的“房子”已经成为她和奇卡诺民众交流的桥梁，是叙述者用文字创造的奇卡诺人的精神家园。

去中心化的叙述不仅在形式上实现了对权威的解构，尤其体现在奇卡娜文学中对墨西哥女性原型形象的重构，如“哭泣的女人”，玛琳琦和瓜达卢佩圣母等。安扎尔多瓦在《边疆》中将这些女性形象追溯到阿兹特克地母神科亚特利库。这个掌管生死和善恶的女神是矛盾的综合体，安扎尔多瓦提倡的“地母神的境界”是对三个女性原型的综合，剔除了消极、被动的因素，褒扬其积极成分，创造出女性新形象“蛇女”。这既是对基督教“蛇”之形象的改写，也是对阿兹特克文化中雄鹰与蛇之间关系的颠覆。奇卡娜文学就采用了这种综合矛盾、跨越边界的立场，通过使用“碎片式”叙事解构宏大叙事的中心地位，确立多种叙事声音和多重身份。

阿纳亚在《保佑我吧，乌勒蒂玛》中采用的是另外一种叙事方式——创造神话，通过梦境叙事和普通叙事的交替来实现。小说中运用土著信仰、民间医术等具有强烈象征色彩和神话暗示的手法，在传统上被解读为“魔幻现实主义”。希克斯(Emily Hicks)认为这个术语没有摆脱西方思想中二元对立的束缚，而事实上，此种手法只是消解了过去、现在和未来之间的界限。本文以此采用“创造神话”一词，从消解二元中心的多元化视角对现实和人类在“矛盾中生存”这一论题进行探索。就文本而言，它强调奇卡诺文化中的土著传统，提倡人们只有重拾历史的记忆，才能从现实的矛盾中找出契合点，从而探索生存的现实。民间药师乌勒蒂玛是神话原型中的“智者”和奇卡诺文化中被神化的祖母形象，是连接现实世界和灵性世界、基督教和土著信仰、人类和自然的桥梁，在主人公安东尼奥·马雷斯的成长中发挥了精神导师的引导和媒介作用。小说中穿插的十个梦境叙事是安东尼奥无意识的体现，存在于他理解自己族裔身份的集体记忆之中。“创造神话”的手法使得文本超越了奇卡诺群体的经历，从更广阔的背景下探索奇卡诺群体超越矛盾、寻找和谐的经历。堪诺莎(Theresa M. Kanoza)也强调了文本的普遍性意义，即智慧与经历允许人们超越差异、寻求和谐。一定程度上说，文本通过梦境叙事和现实叙事的穿插交替

① Cisneros, Sandra. *The House on Mango Street*. New York: Vintage Books, 1991.

创造了另外一种现实，实现了对现实的解构。看似神秘的民间医术其实根植于印第安文化中对灵性世界的信仰，即世间万物的灵性和人类的灵魂相通，自然和人类融汇成不可分割的整体，也颠覆了主流文化中的“人类中心论”。

三、“反讽”在虚构性自传中的运用

哈桑认为“反讽”是后现代主义的一个重要特点，哈琴(Linda Hutcheon)同样视其为后现代表现手法的一个核心。

《记忆的饥渴：理查德·罗德里格斯的教育》是罗德里格斯三部自传作品中的第一部，一直是奇卡诺文学界争论的一个焦点。由于叙述者在自传中反对双语教育和赞助性行动，作者本人受到严厉抨击，被视为奇卡诺文化的背叛者。这部“自传”被奇卡诺文学界视为背叛族裔文化的宣言，而被主流文化群体视为美国平等与自由理念的成功实践。这部作品反映出部分奇卡诺作家从文化边缘向中心靠拢的事实，以及奇卡诺人在寻求社会认同过程中所面临的困境。虽然罗德里格斯把《记忆的饥渴》称作“自传”，但是这部作品螺旋式的叙述结构和多重叙述声音使叙述者和作者呈现出明显的不对称性，暗示了叙述的不可靠性。同样，迈克坎娜也提出一个“反论”：“正是因为罗德里格斯的第一部自传，我们才不知道他到底是谁。”[①]这就证明了奇卡诺文学中较为普遍的虚构性自传在很大程度上是一种叙述策略，本身就具有后现代主义色彩。

表面看来，自传描述的是叙述者从“处于弱势社会地位的孩子”成长为“美国化的中产阶级”的上升过程。而事实上，深层叙事结构却是循环式的，这就产生了文本最基本的一个矛盾，在很大程度上否定了叙述本身的真实性。同时，叙述内容自始至终以奇卡诺文化为中心展开，分别从教育、自我奋斗、宗教、肤色和职业等六个方面对奇卡诺身份进行论证，文本因此成为奇卡诺文化身份的一种话语表征。自传的螺旋式叙述结构、多重叙述声音、叙述中的矛盾与空白都能够证明叙述具有不可靠性。表面看来，叙述者接受了主流文化、背弃了奇卡诺文化。然而，学业的成功却带来了记忆的饥渴和一次次的回归。从这个意义上来说，叙述者接受的教育并没有从根本上改变他的状况：他背叛父母的文化，将自己局限于中产阶级的主观自我之中，话语权没有使他获得真

---

① McKenna, Teresa. *Migrant Song: Politics and Process in Contemporary Chicano Literature*. Austin: University of Texas Press, 1997: 51.

正的自由，因此他才通过语言再现这种异化。叙述文本成为叙述者构建“边缘”文化身份的媒介，同时也是对“记忆的饥渴”的否定，再次证明了叙述结构中的矛盾。通过叙述话语之间的这些矛盾可以看出，自传的叙述是不可靠的，叙述者也是不可靠的叙述者。叙述者将自己在上流社会中的形象比作棕色皮肤的“怪物”，凸显他格格不入的“无部落者”身份，也是他对自我背叛的嘲讽。撇开作者和叙述者之间的差距不谈，仅仅从叙事结构的前后矛盾中就可以证明自传文本事实上是哈桑所说的“反讽”与伊格尔顿所谓的“谐谑性”。[①]

这种反讽与前面所论述的颠覆和重构在本质上是一致的。美国的白人主流文化要保持权威地位，势必要努力消灭族裔文化的影响，利用其权威地位对边缘文化进行主观性的规划和改造。虽然这部自传作品表面看来从语言到文体和主题都遵循西方文学的传统，但其深层叙述结构却反映主流文化对墨美文化的同化压力。叙述者必须在父母的文化和主流文化之间做出选择，然而这两种文化不是势均力敌的，归根结底，主导他生活的就是一种文化——主流文化。他要么接受主流文化的改造、成为其中的一部分；要么被其淘汰而成为无形的、没有声音的奇卡诺民众中的一员。实际上，对于任何有机会进行选择的奇卡诺人来说，这种选择几乎不带任何悬念，但也是无奈的。相比之下，白人中产阶级无须做出这种选择。因此赛勒斯·帕特尔认为：“它（自传）所记述的内容（几乎不管它承认与否）正是美国主流文化对少数族裔所造成的损害。”[②]

其他虚构性自传的具体风格和叙事手法虽各不相同，但是去中心化叙述和反讽等都比较普遍。另外，“自传”的标签也使得叙述具有一定的元叙述特征，更加突出了文本的后现代主义色彩。

纵观当代奇卡诺文学几十年的发展及文本中后现代主义手法的具体运用，文化的冲突与杂糅始终是核心问题。后现代主义书写突出了文化的整合，也表现了以文化杂糅为基础的全新奇卡诺自我，同时也强化了墨美文学的主体性和创作空间。奇卡诺文学没有自我隔绝或抛弃奇卡诺自我，而是以这些鲜明的特色在美国文坛发出了独特的声音。

（原发表于《东北师大学报（哲学社会科学版）》2012 年第 1 期）

① 袁先来：《美国文学中旅行主题的文化寓意》，《东北师大学报（哲学社会科学版）》，2010 年第 2 期，第 108 页。

② 萨克文·伯科维奇：《剑桥美国文学史》，孙宏主译．中央编译出版社 2005 年版，第 571 页。

美国 20 世纪 60 年代“奇卡诺运动”探微

钱　皓*

（上海外国语大学国际问题研究所）

摘　要:“奇卡诺运动”是 20 世纪 60 年代末美国墨西哥人争取民族自由、平等权利的一个社会运动，它是继美国黑人民权运动后的又一个美国少数族裔集团的民权运动。“奇卡诺运动”的一个直接结果是唤醒了美籍墨西哥人的民族意识，并将处于“边缘地带”的墨西哥文化推向美国文化的中心。因此，研究“奇卡诺运动”不仅填补了我国美国学在这块领域的空白，有助于我们对生活在美国社会“边缘地带”的墨西哥人有一个直观的了解，同时也有助于我们对美国主流文化与亚文化之间的互动关系有一个客观的认识。

关键词:“奇卡诺运动”；墨西哥裔美国人；平等权利

“奇卡诺”(Chicano)一词为美国学术界和大众媒介所认知是在 20 世纪 60 年代中期，该词的社会化是当时美国社会运动和族裔运动的伴生物。对该词的最初起源仍未达成共识，但词源学认为这是“墨西哥”(Mexican)一词的截头和转换。[①] 另一种解释认为“奇卡诺”是美国墨西哥人中产阶级对“草根”的称呼或对美国墨西哥穷人的称呼。[②]在社会运动风起云涌的 20 世纪 60 年代，1968 年的“奇卡诺运动”是美国墨西哥人反种族歧视，争取墨西哥民族自由、平等权利的社会运动。运动初期的主力军是年轻的一代美籍墨西哥学生，他们称自己是“奇卡诺”一族，与贫穷的墨西哥人是一体。这些年轻学生的热情获得了挣扎在美国社会底层的墨西哥人的认同。随着“奇卡诺运动”的全国

---

* 作者简介：钱皓，教授，研究方向为中美关系和美国研究。

① 参见 Bardeleben, Renate Von, et al. eds, *Missions in Conflict-Essays on US-American Relations and Chicano Culture*. Tuübingen: Gunter Narr Verlag, 1986. 11.

② 参见 Bardeleben, Renate Von, et al. eds, *Missions in Conflict-Essays on US-American Relations and Chicano Culture*. Tuübingen: Gunter Narr Verlag, 1986. 12.

化,“奇卡诺”一词以其强调族裔新意识和强调其在社会、政治、文化运动中对本民族的热爱得以在全国范围内迅速流行。作为阐述一种新的政治和文化认同,“奇卡诺”一词代替了传统的“墨西哥裔美国人”一词。随后,美国学术界也对该词表示认可,并将之用来指代所有墨西哥裔的美国人,无论他们从事何等职业,受过何等教育和具有何种政治身份。

一、运动的起源

关于“奇卡诺运动”的近期起因应追溯至第二次世界大战。在那次战争中,墨西哥裔美国人与美国其他已经同化了的移民并肩作战,出生入死,浴血疆场。同时,这些墨西哥裔美国人相信,当战争结束后,他们为国捐躯的爱国热情必将为他们赢得社会的尊敬、得到中产阶级的地位和实现“美国梦”。战争结束后,他们怀着对未来的美好憧憬,随军队返回国内。此间,美国经济进入腾飞时期。1945—1960年,美国在世界上的经济霸主地位使大多数美国白人移民的美国梦得以实现。他们拥有了自己的汽车、大型冰箱、存款、政府对子女教育的贷款等,但美国的黑人、亚洲人、墨西哥人却无权享受这些,他们被关在社会发展的外围。这样的不公平待遇使那些曾与美国白人共同浴血沙场的墨西哥裔美国人极度失望和无比愤怒。在长期无望的等待中,这些解甲归田的美籍墨西哥军人开始为农场工人的工资提高、工作条件改善进行了和平请愿活动,并赢得了各界墨西哥裔美国人的共鸣和支持。在加利福尼亚州,塞扎·查维斯领导的农场工人联合会成功地提高了农业季节工人的工资,改善了他们的工作环境;在新墨西哥州,雷斯·洛佩斯·蒂赫里纳和一些墨西哥民族主义活动家为争取夺回1848年美墨战争后失去的国土四处游说;在得克萨斯州,墨西哥活动家鲁道夫·考基·冈萨雷斯和该州南部墨西哥民族主义活动家何塞·安赫尔·古铁雷斯则在墨西哥人聚居的西南地区建立了以族裔认同为基点的政党——“种族联盟党”(El Partido de la Raza Unida,or la Raza Unida Party),为墨西哥移民争取民族自由和平等权利。这样的各类争取墨西哥移民民族权利的活动为“奇卡诺运动”的兴起作了思想上的先期准备。

“奇卡诺运动”的直接起因源自20世纪60年代美国的社会运动。“奇卡诺运动”前夕,美国社会运动此起彼伏。从对社会不满的反主流文化运动到厌恶越南战争的反战运动,从黑人争取权利运动到妇女解放运动,整个美国处在一个动荡和变革的时代。美国黑人民族主义运动的高涨和黑人对种族主义的痛斥激起美籍墨西哥人的共鸣。特别是目睹了大学校园内的反叛行为和大学生的“自由之夏”之类的民权活动及大学生的反战宣传，美籍墨西哥学生切身感受了社会运动的活力和斗争的力量。置身于这样的如火如荼的校园反叛激情之中，他们年轻的心受到感染，民族热情受到激发。作为美国的一个“边缘民族”，在美国社会中他们遭受着和美国黑人同样的歧视，但黑人通过自己的“民权运动”最终获得了原本就属于自己的权利。黑人的成功向这些美籍墨西哥学生展示了一个美好的前景，也坚定了他们争取墨西哥人平等权利的决心。从 1965 年开始，这些美籍墨西哥学生着手在校园里开展各类有关奇卡诺的活动，宣传奇卡诺思想。

除这些社会运动对美籍墨西哥学生形成撞击外，另一鲜为人知的原因是一些第二代墨西哥移民奉行“实利主义”(Materialism)价值观，把向上流动作为他们的人生重大目标。因此，他们强制其子女墨守社会陈规，游离于社会运动之外，“不问窗外事，只读赚钱书”。然而，在如此社会运动背景下的墨西哥裔青年怎能等闲视之。父母的压制激发了他们的反抗意识，而社会的歧视更促使他们寻根并认同它。情感归属的需求、年轻人的激情和争强好胜的性格把他们推向运动的前列，成为“奇卡诺运动”的先期主力军。此间，1966 年 6 月由墨西哥裔农场工人倡导的“斯塔尔县大罢工”因地方政府和农场主的联手遏制而失败，但这一失败却唤醒了墨西哥人的民族主义情结。1968 年，加利福尼亚州、得克萨斯州、科罗拉多州和新墨西哥州的美籍墨西哥学生同时走出校园，上街游行，争取民族权利。这一行动标志着“奇卡诺学生运动”的正式诞生。至此，“奇卡诺运动”走出校园，走上社会大舞台。“奇卡诺运动”不仅改变了美国人对墨西哥民族的态度，同时也改变了墨西哥裔美国人对墨西哥非法移民的态度，并在年轻的墨西哥裔美国人中间还兴起了一股奇卡诺认同热。如同 20 世纪 60 年代美国黑人选用“Black”代替“Negro”一词一样，“奇卡诺”一词成为墨西哥裔美国人对自己的族裔一个重新界定的术语。该术语包含着对美国西南地区墨西哥传统文化的骄傲和对在盎格鲁-美国人统治下墨西哥民族所遭受的压迫和歧视的愤怒与反抗。而“Chicanismo”，即“奇卡诺认同”，则是年轻的墨西哥裔美国人为他们自己设定的一个象征“强健的民族”的认同目标。①虽然该术语主要在年轻的墨西哥裔中学生和大学生之间流传，但至 20 世纪 70 年代后，“奇卡诺学生运动”引起了全国上下的重视，该术语也随着运

① 见 Gutierrez, Ramon A. Community, Patriarchy and Individualism: The Politics of Chicano History and the Dream of Equality, *American Quarterly*, 1993, Vol. 45: 45-72.

动的发展和影响成为墨西哥裔美国人家喻户晓的名词。

二、运动的宗旨

1968年由墨西哥裔学生倡导的“奇卡诺学生运动”很快便在美国全国范围内蔓延并得到了来自美国社会各阶层的墨西哥人的支持和加入。“墨西哥裔美国人运动”是当时支持“奇卡诺学生运动”的一个最有影响的组织，而“墨西哥青年组织”在支持、推动“奇卡诺运动”的发展及80年代奇卡诺复苏运动中的作用更为重要。[①] 1969年，为统一“奇卡诺运动”的宗旨，“第一届全国奇卡诺青年自由大会”在科罗拉多州的丹佛市召开。会议吸引了2000多名代表参加，他们分别来自全国各地的奇卡诺学生组织、社区组织和政治组织。大会规模空前，也是奇卡诺活动家第一次聚集一堂，共同讨论全国性“奇卡诺运动”的宗旨和策略。在界定他们的新族裔认同的过程中，与会者提出了此次大会的著名宣言，即“阿兹特兰”（Aztlan）概念，全称为“阿兹特兰精神计划”（El Plan Espiritual de Aztlan）。“阿兹特兰精神计划”是从墨西哥的“阿兹特兰”神话和奇卡诺活动家冈萨雷斯、奇卡诺诗人阿留雷斯塔的作品中对奇卡诺文化引以骄傲所用的生动表达法中得到灵感的。“阿兹特兰”指的是“阿兹特克人”（the Aztecs）的假想中的祖先的故乡并由此推理是墨西哥人的故乡，但1848年美墨战争使墨西哥失去了这片土地。“阿兹特兰宣言”宣称“阿兹特兰”

> 位于美国西南地区，从东部的墨西哥湾，穿越整个得克萨斯州，再到科罗拉多山地和平原，进入新墨西哥，再从西部穿越亚利桑那进入内华达州低地，经过沙漠地带进入加利福尼亚州直至太平洋的北部海岸，这就是‘阿兹特兰’的国度范围，是我们的国家。在这片土地上，我们曾为之战斗，为之献身。这块土地是我们的土地，我们后代的土地。[②]

宣言还宣布：

---

① 参见 Navarro，Armando. Mexican American Youth Organization-Avant-Garde of the Chicano Movement in Texas. Chicago，TX：U of Texas P，1995. 45-79.

② Gjerde，Jon，ed.，*Major Problems in American Immigration and Ethnic History—Documents and Essays*. New York：Houghton Mifflin Company，1998. 417.

> 在我们这块土地上曾飘扬过西班牙、法国、墨西哥、得克萨斯共和国、加利福尼亚共和国、邦联和美国的旗帜，但这一切即将过去。我们已有自己的旗帜，它将在它应该飘扬的地方高高飘扬。①

宣言最后写道：“我们所需要的是为我们所有的在一小部分人制定的腐朽制度下受压迫的人民赢得自由。”②

对奇卡诺活动家而言，“阿兹特兰”代表着“奇卡诺人”的象征性的王国，而该精神计划则代表着一种“太平盛世”，昭示奇卡诺文化将被世人接受的美好前景。与会者还发出“我们是古铜色的民族，拥有古铜色的文化。在世界面前，在所有北美国家面前，在众多生活在古铜色大陆上的兄弟姐妹面前，我们是一个民族，我们是所有操西班牙语的自由人的共同体，我们是‘阿兹特兰’”。③“阿兹特兰”思想反映在年轻的“奇卡诺人”身上是一种激进的民族主义思潮，即赞美祖先，不承认美国文化和社会与他们之间的关联，否定美国化运动和同化运动，并认为这是对他们民族文化的一种摧毁。在丹佛会议上，奇卡诺活动家还提出打破盎格鲁-美国人的霸权，在“奇卡诺人”高度密集的地区建立“奇卡诺人”社区和“奇卡诺人”地方自治机构来管理学校、选举官员、经营商务和金融。虽然这些提议并未实现，但大会的召开和宣言的发布使学生代表激动不已，并迅速在美国的西南地区激发了一场新的大规模的学生运动和社区组织的建立。一份以“AZTLAN”命名的杂志也随后创办。该大会标志着一个重要的转折点，即年轻的“奇卡诺人”开始重新界定奇卡诺认同的概念，并在这种新的“阿兹特兰认同”下进行政治活动。

“奇卡诺运动”的另一主要目的表现在教育方面。“运动”强调了降低中学辍学率的必要性；扩大双语和双文化教育项目；提高墨西哥裔美国人在高校获

---

① Gjerde, Jon, ed., *Major Problems in American Immigration and Ethnic History—Documents and Essays*. New York: Houghton Mifflin Company, 1998. 417.

② Gjerde, Jon, ed., *Major Problems in American Immigration and Ethnic History—Documents and Essays*. New York: Houghton Mifflin Company, 1998. 417.

③ Gjerde, Jon, ed., *Major Problems in American Immigration and Ethnic History—Documents and Essays*. New York: Houghton Mifflin Company, 1998. 431-432.

取奖学金的比例;支持在美国教育系统的各个层面增加西裔[①]指导老师和行政人员的分比;开设多样化的奇卡诺研究课程。在“奇卡诺运动”中,一些学生组织还组织了一些论坛,针对如何提高墨西哥裔美国学生受教育的机会展开讨论和宣传。这些论坛和讨论激发了学术界对奇卡诺研究的热情。1969 年,在加利福尼亚大学圣巴巴拉分校召开了一次大会,大会的目的是希望各奇卡诺组织在“奇卡诺学生运动”的旗帜下团结起来。大会上形成了“圣巴巴拉计划”,以加快奇卡诺研究的进程。大会之后,有关奇卡诺研究的学术会议在全国范围内陆续召开,参会人员从局限于墨西哥裔美国学者扩展至整个学术界的各个领域的专家。1972 年,由大学生和教师组成的“全国奇卡诺研究协会”成立,每年召开一次会议。年会的主题涉及墨西哥裔美国人的社会、文化、经济等领域。1982 年年会的一次特别会议对墨西哥裔美国籍妇女参加该协会的必要性进行了讨论。会后,妇女的参与大大增加。[②]这是墨西哥裔女性第一次在以男性为统治地位的“奇卡诺活动”中赢得承认和尊重。

“奇卡诺运动”还致力于反对种族隔离,要求社会承认他们的差异,反对强迫他们放弃“奇卡诺理念”而接受盎格鲁-撒克逊思维方式。一些“奇卡诺运动”活动家试图改变美国社会机制或建立自己独立的机制;另一些激进的“奇卡诺运动”活动家赞同“孤立主义”或“棕色分离主义”。[③]在反对种族歧视的政治纲领的基础上,他们还提出了重建得克萨斯州政治新格局的口号,但如同上个世纪 60 年代美国黑人的“返回非洲运动”一样,最终不了了之。尽管如此,“奇卡诺运动”对民主、平等的公开追求使更多的美籍墨西哥人意识到自己的权利和自由。1970 年 7 月,一些美籍墨西哥人组织向尼克松总统提出在美国

---

① 西裔(Hispanics)是一支在人数上仅次于美国黑人的第二大族裔集团,也是美国社会中最大的有色人种之一。按照美国普查局对西裔的定义,西裔是指“居住在美国,但在西班牙出生,或在讲西班牙语的或其文化渊源于西班牙的拉美国家出生的人”。(见涂光楠:《Hispanic 译谈》,《世界民族》1999 年第 3 期)美国学术界中对西裔的主流界定在部分上与普查局的界定吻合,即:西裔是指那些讲西班牙语的或其文化渊源于西班牙的拉美国家出生的人,并通常将墨西哥人、波多黎各人、古巴人、多米尼加人和哥伦比亚人视作西裔群体中的五个主要成员。(见 Taylored, Ronald L.ed. *Minority Families in the United States: A Multicultural Perspective*. Upper Saddle River, NJ: Prentice Hall, 1998. 75.)

② 参见 Galens, Judy et al. eds. *GALE Encyclopedia of Multicultural America*, Vol. II. Detroit: Gale Group. 921.

③ 参见《得克萨斯州手册》(*The Handbook of Texas*)。资料来源: http//www.tsha.utexa.edu/handbook/online/articles/view/MM/ pqmue.html。

联邦政府机构中安置 5.5 万名美籍墨西哥人的要求。[①]在 7 月 30 日的总统记者招待会上,尼克松总统对记者在该问题上的发问回答道:"我们将向美籍墨西哥人提供美国行政部门历史上最多的机会……你也知道,来自洛杉矶的马丁·卡斯蒂罗先生已在此请求下进入白宫。我们欢迎一切高质量的、对政府工作有兴趣的人。我们欢迎他们进入政府工作。我们期待着他们的加入……"[②]总统的立场也影响了美国公众对墨西哥人的权利和自由的关注。此后,美籍墨西哥人开始步出一贯的不问政治的旧传统,逐渐在美国政界崭露头角,成为美国西裔族裔力量中的一个重要组成部分。

三、运动的作用

"奇卡诺运动"是墨西哥裔美国人为争取民族自由、平等权利的一个社会运动,它是继黑人民权运动后的又一个美国少数族裔集团的民权运动。"奇卡诺运动"所产生的社会影响不仅是在墨西哥族群内部,在其他西裔团体内所产生的影响也是有目共睹的。运动的主要作用反映在以下六个方面。

第一,强化了墨西哥族群内部和西裔团体内的认同。长期以来,由"奇卡诺运动"活动家所提出的墨西哥裔美国人族裔和文化认同对墨西哥裔美国人在墨西哥移民问题上的态度有很大影响,但用否定美国传统同化模式的方法来重新界定奇卡诺社区,强调墨西哥文化、历史、语言的重要性,是奇卡诺活动家的一个主要手段。"奇卡诺运动"改变了美国社会中以往对墨西哥非法移民的全盘否定的态度。一些原先对墨西哥非法移民持强硬态度的组织,如创建于 1923 年的西裔最早、最大的政治组织——"全拉美公民联盟"和 1948 年创立的"美国 GI 论坛"在 1971 年国会关于非法移民听证会上也一改传统的强硬态度,转向较为模棱两可的态度。在此之前,两个组织的发言人在这个问题上一直是支持政府的。这两个组织态度的转变也影响了其他一些组织在墨西哥非法移民问题上的态度。"墨西哥裔美国人政治协会"曾对美墨两国的"季节工人"项目表示极大的反对并曾极力游说国会废除该项目,并主张对非法移民

---

① 参见乔治·W.约翰逊:《尼克松总统记者招待会》(*The Nixon President Press Conference*),1978 年,第 127 页。

② 参见乔治·W.约翰逊:《尼克松总统记者招待会》(*The Nixon President Press Conference*),1978 年,第 127 页。

采取严厉的法律制裁。但在经历了奇卡诺文化运动的冲击后,其态度也大有改观。1971 年该协会主席阿曼多·罗德瑞格兹在国会就“阿内特”(Arnett)立法举行的小组听证会作证时解释他的协会将计划对“阿内特”立法表示反对,因为这将开启“歧视之门”,使那些看上去像拉美人的人受到歧视。[①]他的发言改变了该组织传统的反对非法移民的惯例,表明墨西哥裔美国人在族裔认同问题上有新的突破。

1975 年之前,许多墨西哥裔美国人将他们作为美国公民的利益放在第一位,而将墨西哥非法移民的利益放在第二位,但 1975 年后,情况发生了变化。在“墨西哥美国学生联盟”“墨西哥裔美国人青年组织”“棕色贝雷帽组织”的共同努力下,墨西哥集体认同的观念得到强化。这些墨西哥裔美国人开始逐步意识到墨西哥非法移民问题与墨西哥裔美国人的平等权利之间的关系,意识到一个由墨西哥移民和墨西哥裔美国人组成的联合阵线将有利于“平等权利”的保障。1977 年夏天,卡特政府宣布移民改革方案时指责非法移民违反了国家移民法,抢夺了美国公民的饭碗,给当地政府和州政府带来了财政上的重担。墨西哥裔美国人和奇卡诺民权发言人闻讯后立即联合起来,对卡特政府的“反非法移民”计划表示抗议。[②]

1977 年 10 月,第一届全国奇卡诺—拉美国家关于移民和公共政策大会在圣安东尼召开。大会吸引了近 2000 人,代表来自许多著名的族裔组织,如:“美国 GI 论坛”、“正义十字军”、“社会工人党”和拉美裔选举人选出的政府官员等。在 3 天的会议中和会后的几星期里,与会者清楚地表明他们反对卡特计划并宣称该计划将遭到全体拉美裔人的反对。大会呼吁采取行动并严厉指出“事情的真相是拉美裔人做了政府试图摆脱国内经济膨胀、失业、收入下降、消费下降等困难的替罪羊”[③]。他们强烈地表达了他们对卡特政府的失望之情。大会组织者还提出抗议,指责曾得到大量西裔选票的卡特竟在新移民政策中将“驱逐”矛头直指他们。大会随即通过了一系列决议,要求对已经在美国的非法移民实行无条件大赦,并将宪法权利授予在美国居住的异邦人。大会还要求政府确保外邦人组织工会的权利、接受失业金的权利和其子女受教

---

① 参见 Gjerde, Jon, ed., *Major Problems in American Immigration and Ethnic History—Documents and Essays*. New York: Houghton Mifflin Company, 1998. 445.

② 参见 Alejandro, Portes & Ruben G. Rumbaut, *Immigrant America—A Portrait*. Berkeley, CA: U of California P, 1996. 124-129.

③ Gjerde, Jon, ed., *Major Problems in American Immigration and Ethnic History—Documents and Essays*. New York: Houghton Mifflin Company, 1998. 438.

育的权利。在近 6 年的斗争中，奇卡诺活动家和美籍墨西哥活动家在移民问题上达成一致性意见并最终在 20 世纪 80 年代“辛普森-罗迪诺移民提案”中得到体现。大会在许多方面标志着半个世纪以来关于墨西哥裔美国人的认同辩论达到顶点。虽然代表们在许多问题上观点不一致，但大会所做的决议表明，墨西哥裔美国人和奇卡诺活动家在墨西哥裔美国人和来自墨西哥的非法移民之间许多较为复杂的政治、社会、文化关系上取得了实质性的进展，特别是大会召开这件事的本身表明移民问题已成为墨西哥裔美国人政治中的中心议题，也表明墨西哥裔美国人的族裔认同感开始复苏并得到了呼应。在“奇卡诺运动”不断高涨时期，年轻的“奇卡诺人”开始从关注奇卡诺认同走向关注墨西哥非法移民并将他们视作正在形成的“奇卡诺人”。至 1975 年，许多奇卡诺组织者已达成这样一个共识，即：“学会如何保护无证件工人的权利就是学会如何保护我们自己。”[①]

第二，“奇卡诺运动”对墨西哥文化的传播起了巨大的推导作用。虽然运动并未促使美籍墨西哥学生成为激进的社会运动者，[②]但学生对奇卡诺文化的热衷和对奇卡诺文化所举行的各类宣传活动使奇卡诺文化从“边缘文化”走向美国社会，加入美国多元文化的行列。“奇卡诺文学”“奇卡诺诗歌”成为 20 世纪 70 年代美国族裔文学、诗歌的主旋律。1980 年“奇卡诺运动”再次复苏，这一复苏主要表现在学术研究领域，特别是一些著名学者著书论述奇卡诺文化，这对奇卡诺文化进入“学术殿堂”起了决定性作用，如著名学者阿尔波特·卡马里欧、雷·伊斯特拉德、琼·恭麦兹·奎朗斯等。“奇卡诺运动”复苏的一个直接后果是：数以百计的研究或介绍奇卡诺文化的书籍和杂志竞相问世。这些奇卡诺作品主要为诗歌、民歌、小说、剧本。这些作品的共同主题是：对西裔人的社会现状表示不满，对西裔的族裔性持认同态度。

第三，“根”意识的强化和民族主义思潮的兴起。与美国其他所有的族裔团体不同，“奇卡诺人”从未将自己视作是一个“移植”民族。他们认为他们在北美最早的墨西哥印第安祖先的历史早于西班牙北美殖民历史。作为“阿兹特兰”的臣民，“奇卡诺人”声称他们属于“阿兹特克”文明，是太阳神的第五个

① Gjerde, Jon, ed., *Major Problems in American Immigration and Ethnic History—Documents and Essays*. New York: Houghton Mifflin Company, 1998. 439.

② 因为大部分学生来自工人阶层，他们的父母急切希望自己的子女在大学中获得更多有关建筑、医学、电脑的知识，最终改善他们现有的社会地位。父母的反对和阻挠决定了“奇卡诺运动”的局限性。

儿子的后裔。美国现今的西南地区，即从加利福尼亚州、新墨西哥州、科罗拉多州、亚利桑那州到得克萨斯州为他们的祖先曾生活了几世纪的领土。自1521年西班牙将墨西哥的这块领土变为其殖民地到1821年墨西哥获得独立的300年间，墨西哥人一直生活在这块土地上。1846—1848年美墨战争标志着墨西哥裔美国人作为美国的一个新少数群体的开始，而战后所签订的"瓜达卢佩-伊达尔戈条约"将墨西哥西北地区割让给美国，正式成为美国的西南地区。这一历史事实为"奇卡诺人"坚持美国西南地区自古为墨西哥领土提供了坚实可信的证据，而奇卡诺活动家通过对历史的回顾，告诉生活在当今美国的墨西哥人，他们的祖先是西南地区的真正主人，总有一天西南地区将回归墨西哥。这样的历史回顾和对墨西哥民族文明源头的追溯使生活在美国的墨西哥人特别是年轻的墨西哥人触动很大。一位墨西哥裔学生说："当一位身材高挑、非常漂亮的四年级老师对我们说：'同学们，请拿出加利福尼亚历史书。'我感到非常兴奋和快乐。作为该班的唯一一位拥有西班牙血统的棕色人种学生，我常常感到丢脸。但加州历史的学习使我为我的西班牙祖先对人类的贡献而骄傲。是他们把加州的印第安人教化为天主教徒，教会了他们西班牙语、耕作技艺和手工艺……"[①]年轻学生对自己的祖先文明的骄傲使他们的"根"意识更加强烈，而不平等条约和土地的失去更使他们的民族主义情绪上升。继承祖业，夺回被割让的土地，做西南地区名副其实的主人，成为他们的梦想。

第四，"奇卡诺运动"唤醒了墨西哥女性反对性别歧视、追求性别平等的意识。在墨西哥的传统文化中，女性在社会中是无地位可言的。相夫教子、操持家务是一个墨西哥妇女一生的全部生活内容。女人无论在家庭，还是在社会中，她们没有发言权和决定权，她们只是作为男人的附属生存着。墨西哥妇女的这种生活模式无论是在墨西哥国内还是在美国一直延续至20世纪60年代。美国20世纪60年代女权运动打破男人一统天下的格局，妇女争取性别平等、反对性别歧视的观念也触发了墨西哥女性对她们所承受的三重压迫——种族压迫、性别压迫、阶级压迫——的反抗意识和追求权利、平等的愿望，但这一反抗和愿望在"奇卡诺运动"初期并未得到支持和鼓励。在"奇卡诺运动"中，女学生的职责只是协助男同学的工作，或煮煮咖啡，或承担清洁工作，或听从男同学的调派，不能担当领导工作。如果一个女性获得了一个领导职务并还有一个男助手，那么这个女性便常常被人辱骂为"女同性恋者"，而那

① Molesky-Poz, Jean. Reconstructing Personal and Cultural Identities. *American Quarterly*, 1993, Vol. 45, No. 4: 611-620.

个男助手则被嘲笑没本事。墨西哥知识女性在“奇卡诺运动”的冲击下开始清醒。她们深深地意识到女性的真正解放不能等待别人的施舍，只有依靠自己的力量才能获得。这些觉醒的知识女性启用了“Chicana”(奇卡那)一词来对应“Chicano”，代表觉醒的墨西哥女性。此后，争取墨西哥女性权利运动也在全美如火如荼地展开。“奇卡那”一词和“奇卡诺”一词一样，在20世纪60年代末和70年代成为热点话题。如今，奇卡那文学、诗歌以其独特的女性细腻的文笔、犀利的笔锋、不落窠臼的视域赢得越来越多的读者和尊敬，成为美国文学的“新边疆”[1]，并为在美国的墨西哥女性的民族认同和民族文化的热爱起了导航和护航的作用。

第五，“奇卡诺运动”不仅激起美籍墨西哥人对母国的“根情结”，也激起了美国学术界对奇卡诺文化、历史、文学等领域的研究。特别是奇卡诺文学的发展，这个与西班牙人在新世界登陆的历史一样古老的文学，正是在“奇卡诺运动”的推动下才成为美国文学领域中的一支奇葩，成为“奇卡诺人”在现代美国社会中的地位逐年上升的艺术表现形式。[2]在奇卡诺文学的带动下，自20世70年代后，对奇卡诺研究的机构在各大学内建立，并主要以西南地区的大学为主。加利福尼亚大学洛杉矶分校1980年创建的“奇卡诺研究中心”(CSRC)在全美最早开展奇卡诺研究，也是《AZTLAN》杂志的主办者。它是美国奇卡诺研究领域跨度最大的中心之一。该中心在1980年从政府“第二阶段教育改进基金会”中得到资助，用以购置奇卡诺研究所需的教学及研究资料。该研究中心对美墨关系、奇卡诺妇女史和奇卡诺政治研究论题投资最多。[3]这样的研究势态一方面展示了奇卡诺研究的价值性，另一方面也推动了“奇卡诺人”的认同进程。墨西哥人正是在这样的社会夹缝和社会边缘地带保守着对母国的认同。尽管这份认同饱含着不尽的辛酸和无奈，但它给生活在异国他乡的墨西哥游子带来了“精神家园”。这样的“精神家园”是每一个社会人的最终归属，墨西哥人也不例外。

第六，“奇卡诺运动”的真正收获在于墨西哥裔美国人终于找到了自我：既

---

① 参见 Herrera-Sobek, Maria & Helena Maria Viramontes, eds, *Chicana Creativity and Criticism: New Frontiers in American Literature*, 2rd ed. Albuquerque, NM: U of New Mexico P, 1996.

② 参见 Lomeli, Francisco A. & Carl R. Shirley, eds. *Dictionary of Literary Biography*, Vol. 122, Farmington Hills, MI: Gale, 1992. ix.

③ 参见 Gann, L. H. & Peter J. Duignan, *The Hispanics in the United States*, Boulder, CO: Westview Press, 1986. 189.

不是墨西哥人；也不是西班牙人；一个既说不好英语，也说不好西班牙语的那个“我”；一个融合了西班牙-墨西哥-印第安人血统但又融合了盎格鲁-撒克逊-美国人文化的那个“他”。这样的“自我”发现所能说明的一个问题是：任何一种文化，当它与其他文化交汇时都不可避免地发生改变，但改变的方向和改变的程度常常受制于社会环境和人为因素。当接受国的主流社会对异文化持宽容态度时，异文化与其他文化交汇时的改变方向和改变程度是在“优胜劣汰”的自然竞争中进行，即：异文化调整其不适应接受国社会生存和发展的那一部分文化属性，同时接受国的主流文化也不断调整和丢弃其落后的那一部分文化属性，让具有鲜活生命力的异文化补充进来。但当接受国主流社会对异文化持歧视和排斥态度时，异文化将被迫或被强制性地单向性地同化于接受国的主流文化。这种强制性的单向性文化同化在美国特定的时代背景下曾经“成功”实现，但这种人为压制下的文化同化模式违背了文化互补和自然进化的属性。因此，这种同化模式的生命周期注定是短暂的，它被双向性文化同化模式的取代是必然的，也是不可阻挡的历史潮流。墨西哥移民的“我”与“他”的融合正是这种双向同化模式的一个具体例证。

（原文发表于《世界民族》2001 年第 3 期）

美国当代多元化文学中的一支奇葩*

——奇卡诺文学及其文化取向

傅景川　柴湛涵**

（吉林大学文学院）

摘　要：作为美国当代多元文化格局中的一种典型形态，奇卡诺文学勃兴于20世纪60年代社会运动的高潮中。运动中形成的奇卡诺“精神宣言”引领了第一代作家、评论家的创作，体现出文化身份认同的主要取向。八九十年代奇卡诺文学进入全面繁荣，在美国民众面前展示了奇卡诺民族的生存状态、精神追求和独特的文化特征。在两代奇卡诺作家的努力下，奇卡诺文学走出“边缘地带”，进入了美国当代文学经典的殿堂，成为多族裔文化大合唱的一个重要声部，反映了当代美国文学发展的重要趋向。

关键词：美国当代文学；奇卡诺文学；多元文化；文化取向；民族身份

长期以来，在美国社会和历史文化传统中具有主导性影响的“大熔炉”理论一直强调，所有居住在美利坚土地上的种族应该与讲英语，信仰清教的白人文化相“熔合”。这种关于美利坚文化结构形态的观点和主张，实质上反映了以英裔白人文化为主流的文化统一策略和实施过程，但是伴随这一过程所发生的持续不断的骚动和冲突则表明，少数族裔从中感受到的是自身文化遭受到的漠视、排斥甚至被迫消亡的危机。因此他们视这种“熔合”理论染有浓厚的后殖民主义色彩而加以强烈抵制，并努力在促进本民族文化的发展和提升方面有所作为，由此形成当代美国社会“熔而不化”的多元文化格局。进入20世纪后半期，在这一多元文化并存的共同体中，勃兴于六七十年代，而在八九十年代形成高潮，至今仍方兴未艾的奇卡诺文学，以其鲜明的文化特色引起美国社会和学术界的普遍关注。

---

* 本文为教育部人文社会科学研究项目（05JA750.47-99009）的阶段性成果。

** 作者简介：傅景川，教授，主要从事现当代欧美文学、西方文化的教学与研究；柴湛涵，职称不详，研究方向为比较文学与世界文学。

一、族裔文化身份认同的文学表征

美国学术界关于“奇卡诺”(Chicano)一词的词源辨析至今尚无定论,但有一种说法,认为它的发音源自古代的阿兹特克人。[①] 作为一种称谓,“奇卡诺”开始被使用是在 20 世纪 40 年代,当时许多生活在美国具有美国国籍的墨西哥后裔喜欢用这个词表明自己的种族身份。60 年代,美国墨西哥族裔兴起一场旨在争取平等权利的社会运动,“奇卡诺”迅速成为运动的文化标志,更加广泛地出现在政府文件、主流文化媒体及社会的各个方面,以至代替了传统的“墨西哥裔美国人”的称谓,成了具有特定时代与文化内涵的专用名词。

诠释奇卡诺的时代与文化内涵,不能不面对历史。作为生活在美国的西班牙语裔美国人的一个分支,美国的墨西哥族裔的现代命运应该追溯到近代以来西班牙的殖民扩张历史。

从 16 世纪早期开始,西班牙的探险家、征服者占据了现在的墨西哥和美国西南部地区。他们征服了当地的印第安人,推翻了阿兹特克帝国,把西班牙的势力扩张到整个美洲大陆。西班牙人在当地土著居民中强行传播罗马天主教,把西班牙语定为当地的首要语言,印第安文化与西班牙文化开始融合,又由于印第安人与西班牙定居者相互通婚,形成了一种新的混血民族和混血文化。这个民族从现在的墨西哥中部地区来到今天的美国西南部进行殖民,并首先在现在的新墨西哥城的位置建立了圣・菲城,形成了他们的第一个殖民地。[②]

19 世纪,西班牙对殖民地的控制和统治土崩瓦解。1821 年墨西哥获得独立,这个新的墨西哥国家包括原来西班牙控制的区域,主要有现在的墨西哥和美国西南部诸州。当地的英裔移民与当地政府经常发生冲突。1836 年,一场英裔移民发动的起义宣布了德克萨斯的独立。8 年后美国将德克萨斯收入囊中。美国与墨西哥之间的边境冲突愈演愈烈,最终导致“墨西哥战争”(1846—

---

① Ilans. *Mexican Americans*. *Microsoft Encarta Encyclopedia*, 2002.

② Moss, Joyce, George Wilson, eds. Sandra Cisneros: *The House on Mango Street*, in: *Literature and Its Times*: *Profiles of 300 Notable Literary Works and the Historical Events that Influenced Them*, vol. 5: *Civil Rights Movements to Future Times*(1960—2000). Detroit, MI: *Gale Research*, 1997.

1848）。1848 年签订的《瓜达卢佩公爵协定》结束了美墨战争，墨西哥将最北部的领土以 1500 万美元的价格出售给美国，这块领土上的墨西哥居民成为美国公民。①

蜂拥进入这片土地的英裔美国人对当地墨西哥裔民族采取种族压迫政策，执政当局在许多领域禁止使用西班牙语。当地的许多墨西哥裔人认为墨西哥独裁者把土地出售给美国是叛国的行径，深感被人出卖的屈辱。因此，他们既不效忠美国，也不效忠墨西哥。在墨西哥裔人中，开始流传一则传说，讲述了现在美国西南部诸州就是早年的印第安“阿兹特兰”（Aztlan）的所在地，是阿兹特克人的故乡。这则传说使墨西哥裔人把自身与墨西哥文化中深厚的印第安传统联系起来。许多墨西哥裔人由此进行自我身份认定，产生了从美国独立出来，在现在美国西南部位置建立一个自治国家的愿望。②

20 世纪早期，大批墨西哥裔美国人因生机艰难而从农村迁移到洛杉矶、圣安东尼奥等大城市，但大城市中的境遇也很糟糕。社会现实加深了墨西哥裔在美国社会中的孤独感、陌生感。二战期间由于缺少劳动力，美国在墨西哥招募了大量的短期工人，其中的许多人后来留在了美国，但因贫困和种族地位低下，长期被排斥在正常社会生活之外。积蓄已久的不满、怨恨导致 40 年代的暴力冲突。因此，在美国的西南部地区，社会对具有反叛倾向的墨西哥裔少数民族形成了恐惧感。③

尽管生存得十分艰难，但墨西哥裔人在美国却是一个不断壮大的群体。如果说西班牙语裔已经成为美国人口规模最大的少数族裔，墨西哥裔则是其中人数最多的一支。由于缺乏教育和技能，他们中大多数从事收入微薄的“肮脏”职业，但却是美国社会不可缺少的劳动力大军。2003 年，一部名为《没有墨西哥裔人的一天》的美国影片，以怪诞的手法描绘了加州墨西哥裔人消失后，整个社会生活陷入一片混乱，揭示了墨西哥裔人对美国社会的重大作用和两者间的互为依存关系。遗憾的是，当时主流文化圈的许多人认识不到这一点。政府当局的实用主义政策和上流社会的冷漠态度，终于将少数民族裔的问题推向颇为极端的 60 年代，并因此而凸显其抗议的性质。

20 世纪 60 年代爆发的大规模抗议运动是 20 世纪后半叶美国多元文化格局形成、发展的先声。其中的“民权运动”、“平等权利运动”和受其触发而起

---

① Ilans. *Hispanic American*. *Microsoft Encarta Encyclopedia*. 2002.

② Ilans. *Hispanic American*. *Microsoft Encarta Encyclopedia*. 2002.

③ Ilans. *Hispanic American*. *Microsoft Encarta Encyclopedia*. 2002.

的“奇卡诺运动”，为墨西哥裔追求民族权利，复兴民族文化起到了推动作用。

“奇卡诺运动”促使墨西哥裔人首先对自己的文化身份进行寻根式的深入思考。在此之前，美国的历史教科书几乎完全被“欧洲中心论”的视角所独占，而没有包括美国西南部、墨西哥和中美洲印第安人的悠久历史和文化。正是这些印第安人与早期的西班牙定居者融合，生成新的种族和文化。墨西哥裔人声称：

> 我们，奇卡诺人，在祖先世代居住的阿兹特兰土地上生活，我们带着一个新民族的意识，怀着对于我们历史遗产的自豪和对残酷的外国佬对我们领地入侵的憎恶。我们要求收回生育我们生命的土地，祭奠我们作为太阳民族的决心，我们的血液呼唤着我们自主的权力，我们的责任和我们无悔的命运。我们的家庭、我们的土地、我们额头的汗水、我们的心呼唤着我们自由地履行这些使命。阿兹特兰属于那些为它播种、浇灌和收割庄稼的人，而不属于来自欧洲的外国人。我们不承认这个褐色大陆上变化不定的边疆。兄弟情谊使我们团结起来。我们对于兄弟的爱，让我们认识到与那些剥削我们财富，摧毁我们文化的人斗争的时机已到。我们把心放在手上，把手放在土地上，我们宣布我们作为一个混血的民族独立了。我们是有棕色文化的棕色民族。在世界面前，在所有北美人面前，这片褐色土地上生活着我们同胞，我们是一个民族。我们是自由村落的联盟。我们是阿兹特兰人。①

他们毫不掩饰地以颇有争议的“民族主义”作为寻根和身份认同的代名词，宣称“民族主义是所有墨西哥裔能够达成共识的旗帜”②。由此带来的思想观念和行为方式的变化是十分深刻的。“奇卡诺运动”的三篇宣言③几乎涵盖了他们在政治、经济、文化、教育等方面的所有要求，提出了实现要求的必经之路和行为准则，勾画了成就社会理想的蓝图。

在这重要的影响民族命运的变革时期，奇卡诺运动的参与者反复重申：

---

① Espiritual de Aztlan.[1997-11-13]. http://www.umich.edu/～mechaum/Aztlan. html, 1969.

② Espiritual de Aztlan.[1997-11-13]. http://www.umich.edu/～mechaum/Aztlan. html, 1969.

③ 即《德拉诺宣言》《种族联合组织宣言》《阿兹特兰精神计划》，参见王岭，段忠阳译：《三个奇卡诺宣言》，载《九江师专学报》1996 年 2 期。

"文化,我们人民的文化价值观将强化我们的身份认同感,形成我们运动的脊梁。"①他们进而认为,"建立一种稳定的代表自身的文化来与'他者'形象进行抗争是紧要的"②,因此强调,"必须确认,我们的作家、诗人、音乐家、艺术家创作的文学与艺术和我们的革命相通,对我们的人民具有感召力"③。

显然,随着文化身份的认同和一系列政治、经济、教育权利的提出,墨西哥裔人迫切需要强化传达心声,展示自己新形象的表现方式,文学艺术便成了族裔文化的重要表征而受到普遍提倡和重视。正如美国当代文学批评家米歇尔·洛佩兹所说:"奇卡诺文化民族主义与美国黑人权利、黑人民权运动并行,也是奇卡诺运动在政治学和文学上第一次繁荣的特征。"④

墨西哥人本来就不乏艺术天赋,其文学传统世代相承。他们中的部分人成为美国少数民族的一个群体后,仍保留着这种天赋和传统的韵味,在早期美国的西南部,墨西哥裔小说就产生了重要的影响,西班牙裔牛仔的民谣和传说也广泛流传,并成为多元族裔文学艺术格局中尤具特色的一部分。奇卡诺运动赋予这个族裔的文学艺术才能以新的时代内容和文化意蕴,极大地激发了其作家、术家的创作冲动和热情,当代文学史家和批评家所称的"奇卡诺文艺复兴"由此形成。

二、"奇卡诺精神计划"的艺术表达

美国文学批评界习惯于称20世纪六七十年代为奇卡诺文学从形成到初步繁荣时期。关于文学艺术要与革命性文化相通的倡导和要求,使作家的创作与奇卡诺运动贴得很紧,在某种意义上说,是奇卡诺"精神计划"的艺术表达。1969年3月科罗拉多州丹佛市"解放会议"通过的《阿兹特兰精神计划》(*El Plan Espiritual de Aztlan*)清晰地表达了奇卡诺人的民族意识,其中通

① Espiritual de Aztlan.[1997-11-13]. http://www.umich.edu/~mechaum/Aztlan.html, 1969.

② Rojo, Miguel López. Three Critical Texts of the Chicano Generation of the Eighties, Stanford Center for Chicano Research, Stanford University, 1992. 9.

③ Espiritual de Aztlan.[1997-11-13]. http://www.umich.edu/~mechaum/Aztlan.html, 1969.

④ Rojo, Miguel López. Three Critical Texts of the Chicano Generation of the Eighties, Stanford Center for Chicano Research, Stanford University, 1992. 10.

过"太阳"民族的身份确认而树立起来的民族自豪感和归属感,辐射式地体现于这一时期众多作家作品中。1969 年出版的《镜》(*El Espejo*)被视为奇卡诺文学的第一部文选而受人关注。文选编入大量被英裔主流文化圈所不屑的墨西哥裔神话传说,并插入各种创作风格的奇卡诺作家的作品,展示了奇卡诺古代文化的神韵和现代人生活的状态,以寓意深刻的对照性艺术画面唤起奇卡诺人的民族意识的觉醒。

著名奇卡诺作家鲁道夫·阿纳亚在这一时期的小说和戏剧创作,大多取材于故乡新墨西哥帕斯图拉小镇流传的印第安、墨西哥裔民间故事和传说。他在回顾自己的创作经历时写到,自己出生时脐带缠住了脖子,是当地的巫医、神婆兼接生婆格兰德把他救了下来。培养他讲故事能力的是外祖父李波里奥·玛尔斯,教会他懂得许多词语的魔力。童年的记忆对他后来成为作家起到了巨大的作用,并使他对家族世系、乡土和超自然神秘现象倍感兴趣。阿纳亚说:"我的一生都会遇到这样的人,他们懂得人的精神、懂得人的潜能。如果我能成为作家,这些前辈的声音将是我探索的目标。"①

作为这种探索工作,他于 1976 年发表了长篇小说《阿兹特兰之心》(*Heat of Aztlan*)。作品围绕着寻归这样一个命题,展开土地被剥夺、乡村到城市、城市化问题、种族主义及其在社会和劳动市场上的表现等社会生活场景的写真艺术画面,构成墨西哥族裔从历史到现实经历的浓缩。作品中人们热望着走向阿尔布克尔克,那里是传说中"阿兹特兰"的遗址,是古老的阿兹特克人的诞生地。这样向阿尔布克尔克的迁徙就是寓言性的回归精神故土和奇卡诺社区的形成过程。人们认为,阿纳亚文学创作的盛期是在 80 年代。但无论他在艺术表现上发生了怎样的变化,他的艺术之魂总是在奇卡诺精神之乡游荡。

这一时期,奇卡诺文学的成就和一些重要特征,同样较为集中地体现在先驱人物琼斯·安东尼奥·维拉利尔(Jose Antonio Villarreal,1924—)和亚美里克·帕拉迪斯(Americo Paredes,1915—1999)的创作中。维拉利尔的第一部小说《美国化的墨西哥裔》(*Pocho*,1959)是美国主流出版商出版的第一部墨西哥裔作家的作品,受到了评论界的广泛关注。作品采用了美国成长小说的艺术形式,以作家移民工人家庭的生活和经历作为某种原型,描写了作家个人的墨西哥裔人在美国的移民经历。主人公出生在美国,熟悉美国生活方式,

① Anaya Rudolfoa, in: *Dictionary of Literary Biography*, vol. 278: *American Novelists Since World War II*, 7th Series. Eds. James R. Giles & Wanda H. Giles. Detroit: Gale Group, 2003.

能熟练运用英语,对英裔主流文化并不排斥,但墨西哥裔的血统和身份又使他不得不在文化归属上做出选择。他面临两难境地。作品提出的仍是文化身份认同问题,但却与激进的奇卡诺运动参与者在态度上有所差异。因此受到某些批评。不过,人们并不否认这部作品是奇卡诺文学的先驱作品之一。在以后的20年中,以之为先导,形成了一个新的文学分支:奇卡诺小说。这类小说记载了美国墨西哥裔人民在聚居区的场景和移民来的农业工人的生活,如弗洛德·萨拉斯(Floyd Salas)的《邪恶的十字文身》(*Tattoo the Wicked Cross*,1967)、理查德·法斯克斯(Richard Vasquez)的《奇卡诺》(*Chicano*,1969),雷蒙德·巴里奥(Raymond Barrio)的《采摘李子的工人》(*The Plum Plum Pickers*,1969)和托马斯·里弗拉(Tomas Rivera)的《没有被大地吞没》(…*ynoselotragó latierra*,1971)。

维拉利尔于1974年发表的《第五名骑手》(*The Fifth Horseman*:*A Novel of the Mexican Revolution*)是一部关于墨西哥革命的小说。作品的《序》以冷峻的写实画面将读者带入了严酷的革命中,清晰地展现了小说的主题。主人公赫拉克里奥·伊奈斯是一个与众不同,勇敢而具有叛逆精神,带着特殊使命来到世间的人物,他与父兄在庄园做苦工,后来追求幻想成了一名骑兵,最终对革命者无意义的滥杀无辜和背信弃义感到极度失望,产生了离开旧墨西哥。重建一个新的墨西哥的愿望。美国评论界有人认为,小说中主人公寓意着浪漫风格的墨西哥裔绿林好汉赫拉克里奥·本奈尔、希腊的半人半神赫克里斯和西班牙征服者之前的"太阳族"传说。他们尤其对维拉利尔关于墨西哥裔传统中的命运观念和男子大丈夫气概的艺术描写赞不绝口,在表现民族意识和性格方面《第五名骑手》是他最具有挑战性的作品。[①] 发表于1984年的《克莱门·奇科》(*Clemente Chacon*)是作家的最后一部小说。作品描写了在美国的墨西哥裔年轻人获得成功的过程,作家有意识地采用一种复杂的艺术结构,旨在表明他的小说不能局限在"奇卡诺"的层面,而应该放在一个完整的美利坚环境中去理解。

帕拉迪斯是20世纪美国墨西哥裔的一位具有开创性的作家。从20世纪50年代开始,他就对墨西哥裔的民歌、民谣、民间传说和原型进行了深入研究,为研究美国西南部地区民俗学奠定了基础。他一生大部分的学术生涯是

---

① Jose Antonio Villarreal, in: *Dictionary of Literary Biography*, vol. 82: *Chicano Writers*, 1st Series. Eds. Francisco A. Lomelí & Carl R. Shirley. Detroit: Gale Group, 1898.

在奥斯丁德克萨斯大学度过的，其博士论文《手握着枪：边境地区的民谣与英雄》(*With His Pistol in His Hand: A Border Ballad and Its Hero*，1958)以边境地区民间流传的乔治里奥·科特兹(Gregorio Cortez)的故事为研究对象，展示了一幕幕墨西哥裔文化与英裔文化冲突的悲剧性场景。科特兹是被白人司法势力追捕的"犯人"，但也是墨西哥裔民间传说中的英雄，当他知道为他提供饮水和食物的墨西哥裔人都受到了白人的私刑后，为了避免民众蒙受更多的苦难，宁愿自己被捕，表达了一个悲剧人物心中对本民族人民的深情厚谊。这部作品引发了人们对墨西哥裔民间传说的关注和对文化冲突的思考。

帕拉迪斯编选的《墨西哥民间故事》(*Folk Tales of Mexico*，1970)和《德克萨斯墨西哥裔民歌选》(*A Texas Mexican Cancionero: Folksongs of the Lower Border*，1976)涉及内容非常广泛，不仅受到民谣学者的关注，也更引起了人种学者和社会学者的注意。这些民谣记载了墨西哥裔美国人在保持民族身份的长期斗争中的一个重要方面，确认了自身人的基本权利。许多民谣描述的是墨西哥裔人与英裔白人武装的暴力冲突。在墨西哥裔边界民谣中，白人经常是虚伪、凶残的角色，他们经常采用懦弱、邪恶的方式谋害墨西哥裔的英雄。这些对激烈的文化冲突的描写，为后来形成的，研究当代少数族裔边缘化的"边界"(Border)理论提供了基本素材。帕拉迪斯的文学创作和学术研究实践了"奇卡诺精神计划"的要求，"重新建立自豪感和自信心。奇卡诺的民族自豪感存在于这些古老的信仰之中，人只有在自身文化的群体中才能真正找到自我"①。

弗洛德·萨拉斯(Floyd Francis Salas，1931—)也是这个时期很有特色的奇卡诺作家，他的童年和少年时期，跟随家庭迁徙于科罗拉多和加利福尼亚各地，这使他对墨西哥裔下层人民深入地了解。他关心政治，参加过旧金山的少数族裔静坐活动，为少数族裔争取接受高等教育的权利开展了大量有成效的社会活动。他的政治观点、社会意识和对族裔的看法获得了批评界的关注。他的第一部作品《邪恶的十字文身》(*Tattoo the Wicked Cross*，1967)讲述了少年监狱中的丛林生存法则，主人公阿龙在六个月的监狱生活中，发现这里完全是一个颠倒黑白的世界。粗暴、恃强凌弱的恶棍被监狱长任命为班长，而善良行为却遭到践踏。最初，他还相信人性的善良，但在饱受恶棍的欺凌而难以得到同情和援助后，他被迫接受这个世界的生存法则。他采用狠毒的手段杀死

---

① El Plande Santa Barbara.[1997-07-29]. http://www.panam.edu/orgs/MEChA/ st_arbara.html, 1969.

侮辱他的恶棍，不但没有受到惩罚，反而成为监狱中的英雄。他由对善的信仰转向对恶的崇拜表现出了当代世界的疯狂。萨拉斯还写有《我现在的爱情》(*What Now My Love*，1970)、《危险之中》(*May My Body on the Line*，1978)和《紧急状态》(*State of Emergency*，1996)等小说。这些作品都引起人民关注，成为奇卡诺第一代文学的重要部分。

创作催生出批评。六七十年代奇卡诺文学队伍中，也出现了一批学者型的批评家。他们"采用了多种的方式对奇卡诺文学进行分析。他们的出现也代表着在英裔主流传统的漠视和压迫下，一个新的文学团体开始逐步出现。这些批评家使我们想到了美国西南部几个世纪之久的西裔和墨裔文学传统，和为文学发展提供了丰富养分的墨裔、奇卡诺民间文化。他们关注到奇卡诺文学对美国文化和政治霸权的批判，和其中进行的重要艺术和语言学上的革新。这些基础性的工作证明了奇卡诺文学在美国文学研究中的重要性。第一代奇卡诺批评家和这个时期的争论，展示了奇卡诺文学的文化视角并将之置于一个社会和历史的环境之中"。[①]

三、走出"边缘地带"，进入文学经典的殿堂

20 世纪 80 年代，奇卡诺文学进入全面繁荣时期。值得注意的是，美国评论界对于这一并无争议的说法提供的支撑材料，首先是欧美大学中的奇卡诺文学和文化研究状况，并以此作为美国当代文学多元化发展进一步深化的重要标志。比如英国的霍尔大学(University of Hull)在美国当代文学研究的课程设置上，专设了"奇卡诺文学"的科目[②]；美国的许多大学，如新墨西哥大学，加州大学洛杉矶分校、圣巴巴拉分校，斯坦福大学等相继成立了奇卡诺文化的研究机构，许多高校还设立了"奇卡诺文学"的博士研究方向[③]。

这些研究已经从 70 年代主要关注奇卡诺的历史、政治和社会问题转向包括语言、文学、美术和电影、音乐和舞蹈等更广泛的学术性研究。由于研究规

① Rojo, Miguel López. Three Critical Texts of the Chicano Generation of the Eighties. Stanford Center for Chicano Research, Stanford University, 1992. 4.

② Hull University. *20th Century American Literature Survey*.[2006-02-02]. http://www.hull.ac.uk/amstuds/modules/docs/02110.pdf.

③ University of California, Los Angeles. Guide to Graduate Study in English 2006-2007. [2006-09-19]. http://www.english.ucla.edu/graduate/guide/guide06-07.pdf.

模和层次的提高,“奇卡诺文学”与早已成就斐然的美国黑人文学、犹太文学、亚裔文学并列成为多元化文学中的重要一员。

事实上,谈到 80 年代奇卡诺文学的繁荣,不能不提到被学术界称作“第二代”或者“80 年代人”的奇卡诺文学批评家。其代表人物有:玛努尔·赫南德斯(Manuel Hernandez)、拉蒙·萨第瓦尔(Ramon Saldivar),嘉勒莫·赫南德斯(Guillermo Hernandez)等。这批讲授或写作奇卡诺文学的年轻教授和学者从 70 年代的作家和批评家那里接受了文化研究的方法论,吸纳了欧美当代批评理论和方法,并将此应用于奇卡诺文学的研究和表达。“这个十年决定了以后奇卡诺文学研究的方向,新一代的批评家也努力探索形成成熟的解释方法。”[①]加之他们的著作几乎都由著名大学出版社出版,标志着新一代的奇卡诺批评家的学术职业化倾向,这也预示着奇卡诺文学以后的发展趋势。

当然,80 年代奇卡诺文学批评过于学术化的倾向,也引来一些批评,如著名学者萨第瓦尔指出:“玛努尔·赫南德斯的评论局限于维拉利尔、托马斯·里维拉(Tomas Rivera)和米吉尔·曼德斯(Miguel Mendez),嘉勒莫·赫南德斯局限于剧作家路易斯·瓦德兹(Luis Valdez)的讽刺方式、琼斯·蒙托亚(Jose Montoya)的诗作和罗兰多·西诺加沙(Rolando Hinojosa)的小说,这些批评家是在学术架构规定的狭窄论述范围内进行活动。”[②]

此外,维拉利尔的《美国化的墨西哥裔》因表现“同化”主题在六七十年代受到的批评也引发了“80 年代人”的反批评,这实际反映了奇卡诺文学表现文化冲突的一种变化,即由 70 年代着重描写一种与英裔美国价值观之间的社会文化冲突,而转向同时注重表现坚持忠实于墨西哥裔聚居区文化的群体与认同英裔文化价值观的奇卡诺群体之间的矛盾冲突。美国学术界更关注的是这种对批评的“反批评”,表明了奇卡诺文学在繁荣中所体现的文学本位回归和品味深化。

当然,第二代奇卡诺批评家的显著作为,主要还是奇卡诺文学创作的迅速发展促成的,“与前辈相比,他们面对着一个群星璀璨的作家群和非常丰富的作品体系”[③]。

---

① Rojo, Miguel López. Three Critical Texts of the Chicano Generation of the Eighties. Stanford Center for Chicano Research, Stanford University, 1992. 1.

② Rojo, Miguel López. Three Critical Texts of the Chicano Generation of the Eighties. Stanford Center for Chicano Research, Stanford University, 1992. 11.

③ Rojo, Miguel López. Three Critical Texts of the Chicano Generation of the Eighties. Stanford Center for Chicano Research, Stanford University, 1992. 4.

已经在70年代建立文学声誉的阿纳亚继续保持着强劲的创作势头。他的作品内容广泛，体裁多样，并以多产著称。在延续到跨21世纪的30多年文学生涯中，他先后发表了包括小说、诗歌、戏剧和评论在内的数百万字的文学作品和大量文集。继70年代写成“新墨西哥三部曲”：《保佑我，乌勒蒂玛》(*Bless Me, Ultima*, 1972)、《阿兹特兰之心》(*Heart of Aztlan*, 1976)和《乌龟》(*Tortuga*, 1979)之后，他在80年代精心构思写作，90年代出版了“阿尔布克尔克四部曲”：《阿尔布克尔克》(*Alburquerque*, 1992)、《齐亚的夏季》(*Zia Summer*, 1995)、《格兰德河的秋季》(*Rio Grande Fall*, 1996)和《沙曼的冬季》(*Shaman Winter*, 1999)，作品在更大的时空背景下展现了美国西南部地区的历史演变和文化冲突，表现了墨西哥裔人无论作为群体还是个体在文化冲突中的命运、心灵世界和行为特征。阿纳亚的创作是奇卡诺文学批评的热点。80年代以来，学术界越来越多地谈到他对欧美后现代主义哲学、语言学、人类学和文学，从观念到方法上的借鉴和运用，认为他的一些作品及其引起的争论使“奇卡诺文学从20世纪60年代的意识形态局限中走了出来，并促进了更加复杂的奇卡诺小说阅读方法”[①]。

学者型作家阿图罗·伊斯拉斯(Arturo Islas, 1938—1991)是斯坦福大学的美国和奇卡诺文学教授，他的主要作品是安吉尔一家三部曲，《雨神》(*The Rain God*, 1984)和《移民精神》(*Migrant Souls*, 1990)现已发表。两部作品对于当前奇卡诺文化研究中的热点问题，如性别、父权制和对于同性恋的传统看法进行了艺术解读。《雨神》中通过对发生在墨西哥裔家庭中死亡和欲望冲突的描写，分析了现代奇卡诺知识分子的飘零感、孤独感，作者以“一种更为复杂的方式处理小说的情节和观点，他经常对文化描述进行再次批判，……把叙述提高到一个新的审美层次，再现了一种更强有力的文化批评，对普通读者传统的认识世界的方法提出了疑问”[②]。

这一时期活跃在文坛的一批奇卡诺女作家(或称“奇卡娜”作家，Chicana，“墨西哥裔女性”之意)也因其创作独具的特色而跻身于美国当代经典文学的殿堂。奇卡娜文学的产生是西方女权运动的结果，但是其文化特征又与美国

---

① Anaya Rudolfoa, in: *Dictionary of Literary Biography*, vol. 278: *American Novelists Since World War II*, 7th Series. Eds. James R. Giles & Wanda H. Giles. Detroit: Gale Group, 2003.

② Arturo Islas, in: *Dictionary of Literary Biography*, vol.122: *Chicano Writers*, 2nd Series. Eds. Francisco A. Lomelí & Carl R. Shirley. Detroit: Gale Group, 1992.

白人女权主义不完全一致。墨西哥裔社会崇尚父权，推崇“男子气概”（machismo），这也意味着女性在家庭和社会中处于从属地位，一个试图对此提出挑战的女性将受到包括奇卡娜在内的绝大多数墨西哥裔的排斥，所以奇卡娜女性主义远远没有美国白人女权运动那样激进和外向。墨西哥裔的文化史也留下了一对典型的女性模式：“瓜达卢佩圣母”和“马琳奇小姐”，两者对比鲜明，非黑即白，构成两个极端，导致了墨西哥裔社会对于奇卡娜的认识在传统上也存在极端化的倾向。这种一维的认识对奇卡娜形成了重要影响，这在当代奇卡诺文学名著《芒果街的房子》中有鲜明的体现。奇卡娜忍受着白人社会和族群内部的双重压迫，对美丽的追求也成了错误。这些文化因素造就了奇卡娜文学不同于欧美主流女性文学的鲜明特色。

最负盛名的奇卡娜作家是桑德拉·西斯奈罗斯（Sandra Cisneros，1954—）。她于20世纪80年代崭露头角，是一位诗人和小说家。在作品中，她大量采用童年的经历、体验和墨西哥裔父母给她带来的文化遗产，在小说和诗歌的创作中探索了诸如贫困、文化压迫、身份的追寻、性别角色等问题。她的人物形象的塑造具有鲜明的拉美女性特征，往往与美国主流文化疏离。这些形象超越了传统的叙述结构，强调对话和触动感官的意象，她是“典型的美国作家，乐于表露情感，回避魔幻现实主义的陈词滥调，她的作品在英裔与墨西哥裔人之间建筑了一座桥梁”①。

西斯奈罗斯的重要作品有：《芒果街的房子》（*The House of Mango Street*，1984）、《呼喊着克里克语的女人》（*Woman Hollering Creek and Other Stories*，1991）和《焦糖色披巾》（*Caramelo*，2002）。《芒果街的房子》对传统的小说形式提出了挑战，经常被看作是一部独特的散文著作、小说或者自传。这个集子由44篇相互联系，长短不一的散文组成，“这些故事能够像诗一样，精炼而抒情，给人以意犹未尽的感觉”②。西斯奈罗斯以其独特的奇卡娜女性视角、新颖活泼的体裁和对奇卡娜女性心灵世界的展示获得了读者的认可，步入了当代美国经典作家的行列。

综观奇卡诺文学在20世纪八九十年代直至目前的发展状况，美国文学评论界的一些看法是很有价值的，“多元化的文学应该展示美国特定民族文化的深度和广度。一种混血文化和超越民族界限的身份观取代了传统的民族身份观和对移民的敌对政治观点，这也造成了政治角度与审美角度的冲突。而

---

① Sandra Cisneros, in: Contemporary Authors Online. Gale, 2003.

② Sandra Cisneros, in: Contemporary Literary Criticism Online. Gale, 2003.

像'跨民族''全球化'这样的多文化研究的普遍存在,也反映了当代社会对于国际政治、多民族经济和世界历史的关注。这种动态的、比较性的跨民族少数族裔研究与传统的美国主流研究观点自然是有差异的"[①]。按照这样的观点,一些曾经被视为"边缘地带"的文学及其作家,现在完全可以扮演"文学史的主角"。奇卡诺文学正在迈入美国多元文学经典的殿堂。

(原文发表于《吉林大学社会科学学报》2007 年第 5 期)

① Delbanco, Andrew. American Literature: A Vanishing Subject? *Daelalus*, 2006: 22-37.

奇卡诺文学简论

黄晓梅*
（南通大学外国语学院）

摘　要：与黑人文学、犹太文学、亚裔文学并列成为美国多元文化格局中的重要一员，奇卡诺文学在20世纪60年代以后逐渐繁荣。奇卡诺文学作为20世纪60年代以后墨西哥裔文学的代名词，有着其特殊的历史和文化背景。这些特殊的背景造就了奇卡诺文学与众不同，兼有墨西哥裔文学和民族解放运动的特点。经过两个阶段的发展奇卡诺文学走向全面的繁荣，奇卡诺和奇卡娜作家们（奇卡诺女作家）为世界人民带来了一部部反映美国多元文化的瑰丽的作品。

关键词：奇卡诺；混血文化；身份认同；后殖民主义；奇卡娜

一、奇卡诺文学的历史背景

"奇卡诺"（Chicano）一词是20世纪中期以后墨西哥裔美国人的代名词。特殊的时代连同墨西哥裔美国人所具有的特殊的历史和血统，造就了"奇卡诺"奇特的文化现象。在阐述奇卡诺文学的特征之前，本文简单概述其民族的形成和历史。墨西哥裔是美国社会中人数最多的西班牙语裔的一支，墨西哥民族的形成要追溯到近代以来西班牙的殖民扩张史。

从16世纪早期开始，西班牙殖民统治者占据了现在的墨西哥和美国西南部地区。西班牙人在当地土著居民中强行传播罗马天主教，把西班牙语规定为当地的官方语言。和所有的殖民过程一样，在殖民过程中印第安文化与西班牙文化开始融合，又由于印第安人和西班牙定居者互相通婚，形成了一种新

* 作者简介：黄晓梅，职称不详，主要研究方向为英美文学。

的混血民族——近代墨西哥民族。因此墨西哥民族的文化就带有混血文化的特征。①

19世纪，随着西班牙实力的削弱，西班牙在殖民地的统治土崩瓦解。1821年，墨西哥宣布独立，这个新的墨西哥国家包括现在的墨西哥和美国西南部诸州。然而，当地的英裔移民与当地的政府经常发生冲突。加上美国与墨西哥边境的冲突愈演愈烈，在1846年"墨西哥战争"爆发。② 1848年美墨签订《瓜达卢佩公爵协定》，"墨西哥战争"结束，但墨西哥将最北部的领土，即现在的美国西南部诸州出售给美国。这就是第一批墨西哥裔美国人。这批墨西哥裔美国人生活在政治的夹缝当中：一方面，他们受到英裔统治者的种族压迫，禁止他们使用西班牙语。另一方面，他们又感受到被原有国——墨西哥的"遗弃"。与他们政治生存状态并存的文化也处于"漂泊"状态：他们排斥英裔文化，同时又对"遗弃"他们的墨西哥的文化充满怀疑。在"漂泊"过程中，他们把自身和墨西哥文化中深厚的印第安传统联系起来。当然这一时期的墨西哥裔美国人还称作墨西哥裔美国人(Mexican-Americans)，"奇卡诺"(Chicano)的称呼来自20世纪。二战以后，由于缺乏劳动力，美国和墨西哥政府协商，在墨西哥招募了大量的短期工人，其中的许多人后来留在了美国。"奇卡诺"最早就用于指代这些迁移到美国的一批贫穷墨西哥人。他们地位低下，生活贫困，和早期的墨西哥裔美国人一样被排除在美国主流社会以外。之后"奇卡诺"一词越来越多地用来称呼那些刚到美国的墨西哥移民，这时的奇卡诺带有明显的冒犯意味。

20世纪50年代后的近二十年时间内，在美国的民权运动影响下，60年代，墨西哥裔人也兴起了一场旨在争取平等权利的社会运动，"奇卡诺"则是这个运动的文化标志，这场运动就是所谓的"奇卡诺运动"。这时的"奇卡诺"不再是对墨西哥裔美国人的贬称，而成为众多的墨西哥裔美国人作为身份认同和民族自豪的标志。从此，在美国的政治界、文学界，"奇卡诺"一词不再陌生，"奇卡诺"文学也就成了20世纪中期以后美国墨西哥裔文学的代名词。

所以，从奇卡诺的历史背景可见，奇卡诺既具有传统墨西哥裔美国人的特点，又具有特殊的时代特征。也就是说，在概念上"奇卡诺"包含在"墨西哥裔美国人"的概念当中，但是特指20世纪中期之后的墨西哥裔美国人。由于其

---

① 参见丹尼尔·科西奥·比列加斯等：《墨西哥历史概要》，中国社会科学出版社1983年版。

② 参见王春良：《墨西哥独立战争》，商务印书馆1984年版。

特殊的历史背景，在美国多元文化当中，“奇卡诺”文学也是不可忽视的一部分。[①]

二、奇卡诺文学的特点

奇卡诺文学作为奇卡诺的精神体现，其特征可以从以下几方面体现：

首先，作为墨西哥裔美国文学的一部分，奇卡诺文学具有混血文化的特点。这一点是继承了墨西哥文化的传统，墨西哥民族是由西班牙殖民者和印第安民族融合而成，在其文化中两种文化也是以融合的方式出现的。在文学作品的选材上可见一斑：一方面带有西欧的特征，另一方面又有土著印第安人的神秘和追求人与自然和谐相处的特点。如在鲁道夫·阿纳亚的《保佑我，乌勒蒂玛》(*Bless Me*, *Ultima*, 1972)中，主人公安东尼奥的父亲加布里尔是驰骋于大平原上的西班牙裔牛仔，具有西班牙式的自由和放任不羁的性格。而安东尼奥的母亲则是农民的女儿，她从骨子里透露出农民的安分知足，平淡的生活对于她来说是人生的全部。而小说里的另一主人公乌勒蒂玛，则体现了土著文化的神秘色彩。安东尼奥由于父母的原因从小生活在两种意识形态的矛盾中，在安东尼奥彷徨时，作为智慧化身的乌勒蒂玛给了他重生。[②]

由于美国墨西哥裔形成的特殊历史，后殖民主义色彩成为奇卡诺文学的第二大特点。第一批迁移到现在的美国境内的墨西哥人是由于两国政治上的不平等条约。20世纪的墨西哥移民同样受到美国主流社会的排斥。虽然没有明显的大国殖民体现，但在意识形态和政治生活上美国主流社会对在美国领土上的墨西哥裔人的压迫，仍然是殖民主义的体现。生活的贫困，政治生活的压迫和意识形态的“漂泊”带来了精神上的反抗。他们的反抗体现了后殖民主义的色彩。奇卡诺文学的一大宗旨是反抗美国主流文化的霸权，在主流文化占统治地位的美国找到其民族文化生存发展的一栖之地。奇卡诺文学的后殖民色彩最重要的体现就是身份的认同。在文学表达中奇卡诺作家们努力尝试并成功地塑造着能代表自身文化的形象，和“他者”形象进行不屈不挠的抗

---

① 参见傅景川，柴湛涵：《美国当代多元化文学中的一支奇葩——奇卡诺文学及其文化取向》，《吉林大学社会科学学报》2007年第5期，第126-133页。

② 参见李保杰：《鲁道夫·阿纳亚与〈保佑我，乌勒蒂玛〉》，《解放军外国语学院学报》2007年第2期，第89-92页。

争。正如非裔美国人转向非洲寻求自己的文化模式，奇卡诺们转向土著印第安文化寻求自己的身份。阿纳亚就是通过乌勒蒂玛这一形象构建当代奇卡诺人带有浓厚印第安色彩的自我。

作为族裔文学的一支，奇卡诺文学的第三大特点是与主流文化的"杂糅"，体现在变相的接受主流文化。奇卡诺女作家丹尼斯·夏维(Denise Chvez)就拒绝把作品中的墨西哥词语用斜体标出。夏维认为："读者应该学一点西班牙语，因为西班牙语会给作品带来不同的风味。"[①]

最后一大特点是：民族主义特征。作为时代特征的奇卡诺文学产生于20世纪民族运动中，其强烈的民族主义特征尤其突出。奇卡诺运动中墨西哥裔美国人追求民族权利和民族平等。在文学作品中，奇卡诺作家们也以各自的方式向一统美国文学界的欧美主流文化发起非难。在展示本民族文化精髓和反映墨西哥裔美国人独特的精神面貌和生活状态的同时，也在争取本民族文化的平等地位。作品中的具有奇卡诺特色的人物形象、美国西南部独特的人文地理环境和奇卡诺特色的语言，都成为奇卡诺作家们争取文化平等的方式。

总体上讲，奇卡诺文学一方面体现墨西哥裔美国文学的混血、后殖民主义和与主流文化杂糅的特点，另一方面体现了民族主义的时代特征。

三、奇卡诺文学的发展代表作家及简介

美国文学批评界一般认为，至今为止奇卡诺文学的发展经历了两个阶段：第一阶段在20世纪六七十年代，第二阶段在20世纪80年代。两个时期有着各自的历史背景和特点。

第一阶段是奇卡诺文学的形成到初步繁荣时期。[②] 这一阶段受到奇卡诺运动的影响，民族主义带来的自豪感和归属感是文学作品的一大特色。在这一时期，墨西哥文化的精髓和墨西哥裔人的生活状态在大量的文学作品中反映出来。被认为是奇卡诺文学的第一部文选《镜》(*El Espejo*)中收编了大量的墨西哥裔神话传说和各种风格的奇卡诺作家的作品，在展示了奇卡诺古代

---

① 参见 Nma Baym, *The Norton Anthology of American Literature*, 3rd ed., New York: W. W. Norton& Company, Inc., 1989. 2374.

② 参见钱浩：《美国20世纪60年代"奇卡诺运动"探微》，《世界民族》2001年第3期，第77-80页。

文化的精髓和现代人的生存状况的同时，民族的自豪感一览无余。而有“奇卡诺文学之父”之称的鲁道夫·阿纳亚在这一时期文学作品的选材上大多是其故乡新墨西哥帕斯图拉小镇流传的墨西哥民间故事和传说。具有印第安特色的巫医、神婆、接生婆等在主流文化中没有的形象给鲁道夫·阿纳亚这一时期的作品以及其全盛时期的作品烙上了奇卡诺的烙印。

作为起始阶段，这一时期出现的奇卡诺文学的先驱人物是琼斯·安东尼奥·维拉利尔(Jose Antonio Villarreal)和阿美利克·帕拉迪斯(Americo Paredes)。他们的作品此时体现的也是这一时期的特征。维拉利尔在1974年发表的一部关于墨西哥革命的小说《第五名骑手》(*The Fifth Horseman:A Novel of the Mexican Revolution*)，主人公赫拉克里奥·伊奈斯是一个与众不同，勇敢而又叛逆，带有特殊使命而来到人间的人物。维拉利尔在小说中把墨西哥裔传说中的命运观念和男子大丈夫气概进行艺术化的描写，充分表现了“太阳族”的民族意识。帕拉迪斯从20世纪50年代开始，就对墨西哥裔的民歌、民谣、民间传说和原型进行了深入的研究。帕拉迪斯编选的《墨西哥民间故事》(*Folktales of Mexico*,1970)和《德克萨斯墨西哥裔民歌选》(*A Texas Mexican Cancionero Folksongs of the Lower Border*,1976)把墨西哥民族文化精髓归纳得十分全面。

到20世纪80年代，民族主义的呼声相对于60年代有所减弱。美国社会的发展在文化界也以多元文化共同发展作为体现。[①] 这个时期的奇卡诺研究进入全面繁荣时期：对奇卡诺的研究已突破了政治历史方面，拓展到文学、语言、美术、电影、音乐、舞蹈等领域。被学术界称为“第二代”或者“80年代人”的奇卡诺文学批评家有玛努尔·赫南德斯、拉蒙·萨第瓦尔、嘉勒莫·赫南德斯等，这些奇卡诺文学批评家把欧美当代的文学批评理论应用于奇卡诺文学的研究中。他们的研究带来了奇卡诺文学在80年代的全面繁荣，但是批评家们仅限于学术领域，这点成为当时和后人抨击的矛头所指。同时这一阶段出现了大量著名的奇卡诺文学作品，如鲁道夫·阿纳亚的《保佑我，乌勒蒂玛》(*Bless Me,Ultima*,1972)、《阿兹特兰之心》(*Heart of Aztlan*,1976)和《乌龟》(*Tortuga*,1979)以及在20世纪90年代出版的“阿尔布克尔克四部曲”：《阿尔布克尔克》(*Alburquerque*,1992)、《齐亚的夏季》(*Zia Summer*,1995)、《格兰德河的秋季》(*Rio Grande Fall*,1996)和《沙曼的冬季》(*Shaman

① 参见韩家炳：《美国多元文化主义的缘起——以少数民族的遭遇和抗争为中心的考察》,《安徽师范大学学报》2006年第4期，第446-450页。

Winter,1999);阿图罗·伊斯拉斯(Arturo Islas)的"安吉尔一家"三部曲、《雨神》(*The Rain God*,1984)和《移民精神》(*Migrant Souls*,1990)。

这一时期的女作家尤其值得一提。西方女权运动造就了一批奇卡诺女性作家,这些被称为"奇卡娜"(Chicana)的女作家们不仅忍受着来自白人主流社会的压迫,同时在崇尚"男子大丈夫气概"的墨西哥裔本族受到来自性别的压迫,特殊的文化背景造就了奇卡娜文学不同于欧美主流女性文学的鲜明特征。最负盛名的奇卡娜作家是桑德拉·西斯奈罗斯(Sandra Cisneros),主要作品有:《芒果街的房子》(*The House of Mango Street*,1984)、《呼喊着克里克语的女人》(*Woman Hollering Creek and Other Stories*,1991)和《焦糖色披巾》(*Caramelo*,2002)。西斯奈罗斯从她独特的奇卡娜女性视角、新颖的体裁和对奇卡娜女性心灵世界的深刻刻画,成功塑造出具有鲜明的拉美特征、与美国主流文化疏离的女性形象。另一位值得一提的奇卡娜作家是丹尼斯·夏维(Denise Chávez)。夏维的成就主要是她的几部小说:《最后一个订菜女孩》(*The Last of the Menu Girls*,1986)、《知晓动物语言的女人》(*The Woman Who Knew the Language of Animals*,1992)、《天使之脸》(*Face of an Angel*,1994)等。[①] 夏维作品中的奇卡诺精神体现为对现实的乐观肯定的态度。夏维笔下的女主人公满怀梦想,对生活充满信心,寻找人生的真谛。

纵观奇卡诺文化的形成历史和奇卡诺文学的划时代发展,奇卡诺文化作为美国族裔文学的重要一支,在多元文化共同发展的美国社会正得到新的发展。这种既具有墨西哥裔民族特点又具有时代特色的文化形式,在个性化、多元化、全球化的当今社会得到更多的关注。

(原文发表于《世界文学评论》2008 年第 1 期)

---

① Rachel Gray, Chávezs. "the Last of the Menu Girls"—A Queer Reading. Published on 4 September 2006. http://www.associatedcontent.com/article/56787/chavezs the last of the menu girls.html.

异军突起的美国西语裔作家

石平萍*
（解放军外国语学院英语系）

摘　要：当代西语裔作家能够取得前所未有的成功，在一定程度上是顺理成章、自然发展的结果：首先，其西语分支起源于西班牙人在今日美国的领土上定居的16世纪初，英语分支则生发于19世纪中期美墨战争之后，它们为当代西语裔作家提供了丰饶肥沃的创作土壤。其次，20世纪60年代黑人民权运动中，西语裔族群爆发了奇卡诺运动和新波多黎各人运动，西语裔文学招致主流社会的关注。再者，西语裔族群大力提倡发展本族群的文学和文化。此外，外因同样不容忽视：一、整个美国社会对少数族裔文学的发展采取容忍乃至鼓励的态度，读者对少数族裔文学的兴趣与日俱增；二、自1965年美国颁布《移民和国籍法》之后，拉美移民急剧增加，到20世纪90年代已经形成一个可观的读者群。随着四大少数族裔文学的兴盛，美国文学中白人一统天下的局面已成为历史，多元共荣的时代已经到来。

关键词：西语裔；主流；文化；多元

美国西语裔常常也称美国拉丁裔，指的是文化渊源乃是西班牙或讲西班牙语的拉丁美洲国家的美国公民和居民，但大多为西班牙人与美洲印第安人的混血后代。作为一个族群，美国西语裔包括按国别划分的众多族裔，墨西哥裔、波多黎各裔、古巴裔、多米尼加裔是其中的4个主要成员。2004年，美国西语裔人口总数超过黑人，跃居第一大少数民族，估计到2050年，西语裔将占美国总人口的四分之一。这使得曾以“文明冲突论”扬名世界的美国哈佛大学教授塞缪尔·亨廷顿抛出“拉美移民威胁论”，声称在不久的将来，美国可能分裂为一个拥有迥然不同的两种主导性语言（英语与西班牙语）和两种主流文化（盎格鲁-撒克逊新教文化与拉美西班牙语文化）的国家。不管亨廷顿是否危

* 作者简介：石平萍，教授，主要研究方向为英美文学、文学翻译和比较文学研究。

言耸听,西语裔族群的发展壮大却是不争的事实,这不仅体现在人数上,他们对美国社会和文化所产生的影响也越来越大,表现之一便是 20 世纪 80 年代末、90 年代初以来西语裔作家在美国文坛的异军突起。

率先崭露头角的是墨西哥裔女作家桑德拉·西斯内罗斯(1954—)。她的成功始于 1983 年出版的长篇小说《芒果街上的小屋》。这部具有自传色彩的女性成长小说讲述一个贫穷的墨西哥裔女孩决心摆脱西语裔妇女的传统命运,冲破性别、种族和阶级的藩篱,成为作家的故事,语言极富诗意,感情真挚,人物心理刻画入微。这部作品荣获 1985 年的美国图书奖,80 年代后期开始成为美国大学和中学的必读书,迄今销量已超过 200 万册,第一部深受学术界好评且创造了商业神话的西语裔小说。其后西斯内罗斯屡有佳作问世,文名和影响力与日俱增。短篇小说集《喊女溪》(1991)以美墨两国的边界地区为背景,刻画了许多阶级出身、教育背景各不相同的墨西哥裔人物,传达出种族政治与女性主义兼顾的政治诉求。这部作品延续了《芒果街上的小屋》的风格和成功,不仅赢得国际笔会中西部年度最佳小说奖等多个奖项,还被《纽约时报书》等评为当年最值得注意的图书之一。2002 年出版的长篇小说《条纹大披巾》讲述一个墨西哥裔女孩的寻根之旅和成长历程,是一部包罗万象的史诗巨制,大到墨西哥历史和美国墨西哥人移民史,小到家族历史和个人的人生经历,错综复杂,引人入胜,有评论称其是"我们这个时代伟大的文学作品之一"。这部作品除了被美国多种主流报刊选为当年最值得注意的图书之一,还跨出国门,角逐英国、爱尔兰等国的文学大奖,最终获得 2005 年的意大利那玻里奖。如今西斯内罗斯已经成为美国西语裔文学的代表人物之一,她的成功为当代西语裔作家树立了典范,带来了福音和希望。

以西斯内罗斯的成功为契机,越来越多的西语裔女作家成为主流出版社的签约作家,掀起了"西语裔女作家运动"。多米尼加裔朱莉娅·阿尔瓦雷斯(1950—)和古巴裔克里斯蒂娜·加西亚(1958—)是这场运动的中坚力量。阿尔瓦雷斯关注暴政、人权、种族、阶级、性别、性向等议题,作品或描写多米尼加移民及其后代在美国的生活遭遇,或挖掘多米尼加岛国的前尘往事,主人公大多是女性,具有鲜明的女性文学和后殖民文学特征。她已出版 18 部作品,包括 5 部长篇小说,其中《加西亚家的姑娘们如何失去口音》(1991)荣获奥克兰国际笔会约瑟芬·迈尔斯奖,并被《纽约时报书评》等选为"值得注意的书",《蝴蝶时代》(1994)入围美国最负盛名的三大主流文学奖项中的全国书评家协会奖(另两项为普利策奖和全国图书奖)的终审名单。加西亚擅长家世小说,往往以古巴和美国为背景,讲述一个古巴裔家族中几代人的遭遇,探讨世代交替的影响、兄弟姐妹之间的差异、迁移和放逐、政治腐败、人格变异、两性情感等主题，文笔幽默，叙述技巧多样化，富有独创性。她已出版4部长篇小说，其中《古巴一梦》(1992)入选全国图书奖终审名单，《阿圭罗姐妹》(1997)获得珍妮特·海迪格·卡夫卡奖。评论家一般认为，《芒果街上的小屋》、《加西亚家的姑娘们如何失去口音》和《古巴一梦》的出版标志着西语裔女作家运动的正式启动。这场运动中可圈可点的作家还有不少，比如墨西哥裔安娜·卡斯蒂略(1953—)和丹尼丝·查韦斯(1948—)。早在1990年，主流杂志《名利场》便把她们与西斯内罗斯、阿尔瓦雷斯并称为“创造了一种小说新类型”的西语裔“四姐妹”。同年的全国图书奖终审名单中，西班牙出生、智利长大的埃利娜·卡斯特多(1937—)的长篇小说《天堂》赫然在目。

西语裔女作家运动令当代美国文坛风生水起，西语裔男作家声势稍逊，但也屡屡摘获主流的文学大奖，得了令人惊叹的成就。1989年，古巴裔奥斯卡·黑杰罗斯(1951—)出版长篇小说《曼波之王的情歌》，讲述20世纪50年代早期，同为曼波音乐家的古巴两兄弟移居美国纽约，在异国他乡继续追求他们的音乐梦想和美好爱情的经历，流畅的英文时常夹杂西班牙文，叙述技巧复杂多变，对古巴音乐文化的描绘驾轻就熟，对当时纽约社会现状的再现入木三分，是一部难得的杰作。这部作品同时获得美国全国书评家协会奖、全国图书奖和普利策奖的提名，最终摘得1990年的普利策奖，实现西语裔作家在美国三大主流文学奖项中零的突破，并于1992年被改编成电影，2005年被改编成歌剧，在《芒果街上的小屋》之后，将美国主流出版社的目光引向了更多的西语裔作家。黑杰罗斯于1995年与知名的哈珀-柯林斯出版社签约，另著有5部长篇小说，大都反映古巴裔移民在美国的生活，风头虽不及《曼波之王的情歌》，但也部部精彩，颇受好评。1996年多米尼加裔朱诺·迪亚斯(1968—)以处女作、短篇小说集《沉溺》受到评论界的热烈关注，2007年推出的长篇小说处女作《奥斯卡·瓦欧奇妙的短暂人生》更为风光，一举拿下全国书评家协会奖和普利策奖。迪亚斯的作品多以纽约和新泽西为背景，探讨多米尼加裔的文化身份和归属感等主题。《奥斯卡·瓦欧奇妙的短暂人生》看似讲述了一个多米尼加裔男孩的成长故事，实则通过其家族历史间接反映多米尼加共和国的现代史，深入审视独裁政治之危害和威权之本质，书中夹杂大量西语俚语和历史注解，风格非常独特。《纽约客》曾把迪亚斯列入20世纪最值得期待的20位作家，仅凭两部作品便得到如此高的评价，迪亚斯前途不可限量。

以上提到的仅是一些领军人物，还有不胜枚举的西语裔作家在族群内部同样很受肯定，但由于运气等原因，在主流社会的声名稍逊。事实上，西语裔文学是一个大集体，下属的墨西哥裔、波多黎各裔、古巴裔、多米尼加裔等作家群都是人才济济，各个作家因生活经历和知识情感的差异，创作主题、审美导向和政治诉求往往存在差异，但他们的作品又体现出共同的地域特点和故国文化背景：墨裔文学往往以聚居的美国西南部和加州为背景；波裔和多裔多在纽约，古巴裔多在佛罗里达；墨裔文学歌颂农耕文明，强调人与土地休戚与共的联系；另三个族裔则因故国是岛屿，对水和海洋情有独钟；古巴裔文学着重表现政治流亡生活的困苦和失意，另三个族裔的创作主题更为丰富和多样化。共同的西语文化背景和历史境遇决定上述各族裔文学在彰显个性同时，也表现出共同的特点：一，致力于展现本族裔的独特经历，弘扬本族裔的独特文化，探讨西语文化传统与美国主流文化的差异与冲突，反映美国社会现状的同时，批判主流文化中固有的种族和阶级歧视；二，作品主人公的命运往往与殖民主义、帝国主义和地缘政治的风云变幻纠缠不清，以此解析拉美人民的历史命运及美国在其中扮演的角色，具有较强的政治性；三，作家大多能用双语创作，即便以英语为创作语言的作家，也往往在作品中掺杂一些西班牙语，语言混合的特征很明显；四，西语裔文学在一定程度上受到拉美文学的影响，家世小说体裁和魔幻现实主义笔法屡见不鲜，但西语裔作家往往能结合美国的生活实际，进行创造性的挪用。在创作主题和技巧上，西语裔文学与基于盎格鲁-撒克逊文化的美国主流文学也有相通之处，比如成长经历、家庭关系、美国梦等都是两者的文学母题，现代主义和后现代主义技巧也是两者共用的创作手法。

当代西语裔作家能够取得前所未有的成功，在一定程度上是顺理成章、自然发展的结果，毕竟他们的身后矗立着历史悠久的西语裔文学传统：其西语分支起源于西班牙人在今日美国的领土上定居的16世纪初，英语分支则生发于19世纪中期美墨战争之后，它们为当代西语裔作家提供了丰饶肥沃的创作土壤。其次，20世纪60年代黑人民权运动中，西语裔族群爆发了以墨西哥裔为主的奇卡诺运动和以波多黎各裔为主的新波多黎各人运动，旨在以文化领域的民族主义思潮推动政治、经济和教育等方面争取平等权利的斗争，“复兴”的西语裔文学招致主流社会短暂但史无前例的关注，墨西哥裔作家鲁道福·安纳亚（1937—）的长篇小说《保佑我，乌尔蒂玛》（1972）受到主流读者的欢迎，从而起到了向主流社会推广西语裔文学、鼓舞后辈作家的作用。再者，西语裔族群大力提倡发展本族群的文学和文化，安纳亚和西斯内罗斯等知名作家都发起成立了基金会和工作坊，给本族群作家提供必要的保障和帮助，促进了创作人才的发掘和成功。另外，80年代末以来涌现的西语裔作家大多接受过美国大学的正规教育，能把西语文化传统和美国主流文化融会贯通，其作品大多用英语撰写，在保持族裔特色的同时，往往能诉诸人类普遍的、共通的情感体验，打动主流社会的读者和评论家。当然，外因同样不容忽视。一，作为五六十年代民权运动的产物，多元文化主义经历了七八十年代的试验和磨合，在 20 世纪 90 年代已经深入人们的思想意识、日常生活和学校的课程设置，整个美国社会对少数族裔文学的发展采取容忍乃至鼓励的态度，读者对少数族裔文学的兴趣与日俱增；二，自 1965 年美国颁布《移民和国籍法》之后，拉美移民急剧增加，加上西语裔育龄妇女的高生育率，西语裔人口不断攀升，到 90 年代已经形成一个可观的读者群。有了这两个因素，市场有了保证，美国主流出版社也乐意出版西语裔文学作品，一旦畅销，便会产生良性循环，既能激发西语裔作家的创造力，又会使越来越多的西语裔优秀作家和作品为主流社会的学术界和读者所认识和认可。天时地利人和，使得当代西语裔作家成为美国文坛的生力军。

继美国黑人文学和印第安文学之后，西语裔文学和亚裔文学在 20 世纪 80 年代末、90 年代初几乎同步迎来了真正繁荣的局面。西语裔族群终于在美国文坛发出了强有力的声音。这是西语裔族群日益壮大、经济和社会地位日益提高、西语裔文化日益兴盛的表现，也标志着历史悠久的西语裔文学正在获得姗姗来迟的应有承认。随着四大少数族裔文学的兴盛，美国文学中白人一统天下的局面已经成为历史，多元共荣的时代已经到来。文学反映社会现实，又反作用于社会现实，美国文学的日益多元化必将推动美国社会“主流”与“边缘”分野的最终消弭。

（原发表于《世界文化》2008 年第 10 期）